U0840932

美读

MEIDU

美好生活，与你共读

颜值战争

陈 瑜——著

5.0/10.0

辽宁人民出版社

5.0/10.0

CONTENTS

目录

CONTENTS

目录

CONTENTS

目 录

CONTENTS

目录

你是否想过

有一天，外表也能决定一个人的生死

5.0/10.0

楔 子

鹿呦呦走着走着住了脚。

她看向视线所及最高的建筑，外墙上巨大的显示屏应该是22米×16米，标准的电影屏幕尺寸。这种屏幕就是某些电视剧艺人撑不起电影表演的缘由：票房号召力一呼百应的他们那“尚可”的演技，在能看清面部肌肉牵动的高清巨幕上显得漏洞频出。

不过眼前这块巨幕上没有颜艺，最清晰的是肉。它们堆积在姑娘们的下腹部，也从比基尼兜不住的边缘流泻出来。“她们的大腿围绝对逼近规定值了。”鹿呦呦想。

屏幕上肉浪汹涌，姑娘们搔首弄姿，舌尖扫过上唇，指端探入口中。一水儿的短衣短裙，颤动的乳沟和股沟尽力给出最撩的邀约。吊诡的是，她们都不是美人。脸蛋儿平平无奇，曲线要么没有要么太多。屏幕下缘的跑马灯和她们脖子上的项圈一样闪亮亮：“玩物赏！想要不一样的女人吗？等你！”后面跟着一大波联系号码，转眼间镜头已转了几十番，登场姑娘有上百了。

这当然是情色场所广告，和街道地上的娼妓名片、网络裸聊弹窗一样，色调俗滥、文案粗陋、没有设计，裸女和电话都直勾勾地对着你，不屑遮掩。粗暴，而有效。

鹿呦呦挪不开眼。她羞于承认自己总被这类事物吸引。她固然知道这是种心理预热，可预见的将来，她也许会成为那种屏幕姑娘——一个玩物赏，很可能；她不知道的是，潜意识里，她觉得这些姑娘很漂亮，纵然不是蛇精脸、水蛇腰，谁说美人只能是一种模样的？

她终于回了神，跺跺脚，瑟缩了一下，街上很冷。屏幕其实很远，流光溢彩也和这里截然相反，这里是背人的后巷，拐角有尿臊味。

如果我们在高空中找鹿呦呦，会发现她所在的庞大陆地呈不规则的圆形，环境色调从周缘向中央逐渐变浅，由黑到炭灰，到烟灰，到银灰，到白，由大到小、由深到浅的五个同心圆。观察高度降低后，能看到陆地内核的屏幕，很像鸽子身上流了脓的花绿伤口；我们必须降低再降低，仔细找，才能看到鹿呦呦，她站在陆地外缘，周遭黑色建筑的阴影淹没了她。

鹿呦呦在身旁窗户上看到自己的投影，再次探头去看那屏幕，觉得自己真像屏幕姑娘：姿色平庸、不好看。

她的眼瞳明亮有神色，但是眼距在常人的认知里显得略宽了，又是毫不含糊的单眼皮；皮肤很白，可惜脸形不符合审美，没有尖下颏，下颌骨的轮廓显得英气；有一个小巧的鼻头，仿佛造物主在脸庞中央轻柔地捏过一下，却忘了捏个鼻梁上去；唇色是可爱的橘色，天生有点嘟嘴，唇峰也不明显，远看像叼了颗没熟透的樱桃——如果我们生活在魔幻世界，她离森林妖精的模样大概只差一对尖耳朵；或者，如果这是个赛博朋克的故事，她就长了一张标准的人工智能脸。但这个故事没那么美好，所以鹿呦呦不是正宗美女，这个事实让她性命堪虞。

鹿呦呦所在的虚陆，所有人都要接受每年一度的外观衡准，由衡准中心的人工智能——“主脑”给出评分，五官、身材、皮肤、发质、健康状况，连全身毛发量都在计算之列。经过复杂运算得出的数据被灌入一张出生时就植入的芯片，后者是个人进入社群的钥匙，接受何种程度的教育、从事什么领域的职业、交往什么样的朋友、婚恋哪一个人，连吃什么、住哪里、进入这道门或那道门，都由芯片记录的得分决定。

外观及格线是5分，过不了就立刻成为供体，器官被活摘，皮肤肌肉组织则合成为蛋白原液，供那些更美的人选用。所以虚陆没有肥胖者，没有残疾人，没有绝症患者，甚至没有……老人，至少表面上看是这样。

外观评测开始于十八岁，因为系统认定这是一个人外观定型的最佳年龄，换句话说，十八岁是deadline。

鹿呦呦今天正好十八岁，她刚从外观衡准中心出来，体内芯片记录了人生第一个评分：5.0。满分10分，而且从某种程度上说她还作了弊，所以她没有劫后余生的欣喜，反而只有听天由命的悲愁。

你当然可以选择整容——哦，这个世界观里没有“整容”的说法，只有外观重塑，这种从骨骼层面重塑容貌和身材的泛泛手术更深入，也更贵。事实上，外观重塑是虚陆人民最热衷的，但耗资不菲，预后、护理和保持的花费更是高昂——谁都知道，“整容”是不归路。外观有缺陷意味着贫困，而贫困又导致无法重塑外观，这是个死循环，所以对穷人（或者丑人，两者其实是一回事）来说，变美就是空想，如果你丑，活该去死，受着吧。

鹿呦呦不但没钱，而且还是稀有血型，重塑开销活蹦蹦又加几个零。

没钱又不想当供体的人还有最后一条路：成为“玩物赏”，进入虚陆无数赏玩公司中的一个，为那些有特殊癖好的（当然也是长得美的）客人提供服务。什么服务？所有。

鹿呦呦绝不想当玩物赏。从有自我意识开始，她的自我意识就只有两个目标：赚钱，变美——或者说，这是同一个目标。

第一章
哭 声

凌晨出发、前往外观衡准中心的鹿呦呦，回到住所时已近黄昏。尽管衡准中心的分支遍及虚陆，最近的一处对步行者来说仍是遥不可及，她只能乘坐“管道胶囊”，这是一种装配在密闭管道中、通过弹射实现运输的公共交通工具，虽然理念听上去很酷，但提供给低分陆民的管道十分拥塞，往往要等上几小时才能入闸，而低分区域的闸口很少，离住所也非常远，往往走很久才能到达。

出闸后又走了个把小时，鹿呦呦终于拖着脚步来到5+区域一处集中住所的入口。进去前，她停在售货机旁看也不看地摁了几次键，接了掉出来的东西就走：低分陆民通常只能吃低质量食品，选项不会超过五种，无非就是加了盐的面包或不知用什么合成出来的糨糊，要么是冷冻豌豆和烘干洋葱。沉重的金属阀门在她尚未靠近时就打开了：体内芯片已激活，以后出入都不用再刷叮叮卡了，但她这张芯片能来去自由的地方也没几个。

走出气密舱，身后的阀门一闭紧，熟悉的闷热嘈杂立刻一拥而上，包围了她，鹿呦呦舒心地叹了口气。如果说评分这么低还有什么好处，就只有“不用搬家”这一项。

从内到外，虚陆被划分为六个同心圆的围区，陆民按芯片评分居住其中，从9+到5+，其中9+和8+区域被称为内核（区域），7+、6+和5+区域叫作外缘（区域）。评分越低住得越靠外。第一次外观衡准前，子女可以住在父母所在区；芯片激活后，如果评分等级有变化，就要内迁或外迁。鉴于虚陆秉持严格的单向移动法则：向外围区走是自由开放的，向内围区走则层层设卡，所以十八岁生日可以说是名副其实的成人礼，因为这天之后，很可能就要离开父母、独立生活。

鹿呦呦的父母已经不在了，但她不想离开熟悉的环境。和5+区另外几千个集中住所一样，她住的地方也是一个人工地坑，在地下十几米处建成，窄长的通道两旁是挤挤挨挨的房门，通道只有四步宽，推开房门进去，也是四步见方的一个小房间，几乎只够睡觉的。“好在”这里洁净水有限，洗漱时间要严格遵照配给作息规定，洗澡更是奢侈，加之不需要烹饪，所以浴室厨房根本都省了，房间只够留出马桶的空间，有些讲究的陆民会在马桶周围砌一堵隔断，居然很像样子。

即便住这种地方，也得向中心支付居住费，而且外观衡准前无权拥有房间，成年后才按“一人一间”的标准配给。鹿呦呦小时候都是和妈妈住一间，爸爸住隔壁一间，父母不在了以后，其中一间要立即收回，鹿呦呦保留了妈妈那间，在爸爸那间里关了一天一夜，照着房间的样子临摹了许多草图，现在就贴在自己房间的墙上。

她不想离开熟悉的环境，这里有从小认识的伙伴和邻居，尽管越来越多的人在年复一年的外观衡准日后已经或即将离去，但房间里还留着妈妈的痕迹，她梳头时落在床铺缝隙的头发被鹿呦呦收集起来理好，存在盒子里；墙上还有妈妈为她画的画，那里本来是一块擦不去的污渍，妈妈把它改画成了一只鹿。

房间门也像住所阀门一样，自动打开了。鹿呦呦走进去，脱掉外套、踩掉鞋子，把手套和食品扔在床铺上。全身脱得只剩内衣，才深吸一口气，站上体重器，小心翼翼地去看数据表盘——半圆形的表盘左边被她贴了细细的一张胶条，现在指针超过了胶条，大概半个刻度。鹿呦呦无精打采地叹了口气。怎么一天没吃东西还是没瘦呢？她又想起妈妈离开前说的话：“呦呦，千万不能变胖。”

鹿呦呦身高165厘米，体重上限是49.5千克，她现在有、有50千克了？她本来是不相信压力型肥胖的，但是外观衡准日的到来让她情绪不稳，于是体重……她看了一眼床铺，试图用吞咽动作压制饥饿感，对现在的她来说，那些难吃食品的吸引力明显增加了。

还是别吃了。鹿呦呦套了更轻的衣服裤子，穿上鞋，打开门准备出去，却被外边举起手正要敲门的人吓得后退了一步。

面前的姑娘叫庄姜，她正不耐烦地扭来扭去，一头蓬松的棕黑色卷发肆意地堆在肩上。比起鹿呦呦，她的身量大了一号，腰臀比例也明显得多，姣好的乳房在紧身衣下撑起了丰满的曲线。鹿呦呦和庄姜本来是最不可能成为好友的，她们简直是截然相反的两种人，性格相反，爱好也不同：鹿呦呦好静，喜欢画画；庄姜好动，爱泡夜店。但是两家住在同一个住所，庄姜又总来亲近她，还总用一句“咱们是好朋友”开始或结束对话，于是鹿呦呦逐渐也对此深信不疑了。

庄姜比鹿呦呦早半年通过外观衡准，芯片评分5.8。但她看上去比这个分数漂亮得多，脸小眼睛大，身材也好，看起来像是8分姑娘。虽然人人都明白，一个容貌接近8分的姑娘不可能常年在外缘晃荡，所以这个8分姑娘只能是“伪装女”，即化妆达人。但庄姜就是乐此不疲，还坚持不懈地把鹿呦呦往自己的路子上引，虽然一次都没得手过。

鹿呦呦看了庄姜一眼：“那些修容颜料对皮肤没好处，少用吧，不然下次衡准你怎么办？”

庄姜也看了鹿呦呦一眼："你又要出去长跑？外面暮瘴可上来了，别说我没提醒你。"

鹿呦呦转身回屋，拿了个空气过滤器套在头上。这个头罩型的过滤器巨大丑陋，她立刻变成了蟑螂人，声音也变得瓮声瓮气："你相信压力型肥胖吗？"

"不信。"庄姜撇撇嘴，走上前，帮她把碎发塞进头罩，又拎了拎衣领，确保没有皮肤裸露在外，"今晚别去了，暮瘴很厚的，跟我去夜游俱乐部吧，这对小家伙，"她双手指着自己胸脯画了个圆，"能弄来好多免费酒，喝醉就什么都忘了，别老活得这么沉重。"

"我也不想跑，没办法，塑形中心那么贵，住所又这么窄。而且明天还要上课打工，得早点睡，你去吧。等等，你不上课吗？"

"上什么上！你也别上了，再上也当不了艺术家——你可别恼，我是说实话，你得接受现实。"庄姜看不出好朋友脸色的变化，还在滔滔不绝地说服她和自己出去玩儿，全然没注意到好友已经沉默了。

鹿呦呦非常喜欢绘画，但5+的学校根本没得教，事实上，这里的教育系统不提供任何可能通向心仪职业的阶梯，低分陆民只能研修技工种类的专业，以便将来在体力劳动为主的低薪工种上找到位置。尽管如此，鹿呦呦仍然选了和绘画最接近的专业，她学的是版雕，为高分区域的建筑和家具材料描绘和雕刻花样——据说，那里的建筑内外都很精致，与其所代表的生活品质一样精致。

"喂！和你说话呢！"她的失神被头罩上的用力拍击打断，透过目镜，她看着庄姜有些愠怒的脸："我出去了，你别生气，玩得高兴点。"

入夜的街道有些恐怖，每当太阳沉匿，灰纱一般的暮瘴就会降临虚陆，这种天一黑就四处蔓延的毒雾具有腐蚀性，行人不得不戴上头罩，穿着防护服，扎紧脖领和袖口，小心藏起裸露的肌肤。街灯颓然的光穿不透暮瘴，来去匆匆的行人们没有被照亮，反而成为深灰色街道中一道道更深的暗影。

鹿呦呦把头罩的排气量调到最大，沿着墙角慢慢跑。这条夜跑线路是她悉心规划的，很安全，而且沿途有几处投递点，不愿夜间出门的陆民会把要传送的东西寄放在那里等人来取，只要扫描芯片、留下信息，任何人都能成为临时投递员，将物品送到目标投递点，赚取跑腿费。这也是芯片激活后为数不多的好处之一，鹿呦呦为此勘察了周边的地图，准备了轻便的背囊。以前的夜跑只是夜跑，今天开始，夜跑能赚外快了。

她跑过一片霓虹闪烁的建筑，庄姜常去的夜游俱乐部就在这里。建筑是密封的，听不到音乐，外墙的投射屏正尽职地直播着室内的浮华：年轻女孩子挤满了舞池、吧台和卡座，擎着酒，夹着烟，在男伴怀里挤挤挨挨。她边跑边扭过头看她们，试图分辨有多少是本区面孔，不过这很难。虽然外缘陆民不能随便出入内核，但高分陆民会不时来低分区玩玩，带着重口味的猎艳故事回去炫耀一番，于是夜游场所的客流结构变成了这样：高分男、低分男、高分女和伪装女。后两者很难靠肉眼分辨。

绕过夜游俱乐部，就是路线上第一个投递点。所谓投递点，其实是墙体上的一处凹洞，能容纳两人站立，地面有标志指示站位，半人高的位置有物品储存槽和芯片读取设备。

她刚站进去，眼前的面板就打开了，她犹豫了一下才伸手进去，端出一个靛蓝方盒子，盒子的棱边滚着细细的烫银线条。这种配色她认得，是衡准中心的官方色。“大概是哪个工作人员不愿跑一趟。”她想着，手上翻来覆去地看，见收件地址正好在住所附近，就装起来，折返方向继续跑。

眼瞅着要到投递点了，她卸下背囊，正往外掏盒子，冷不防从暮瘴里冲出个人，头罩和她猛撞在一起，还不道歉，反而兜手要抢盒子！她被撞蒙了，听见对方是个女的，含混不清、断断续续地喊“给我看看，我要看看”，她赶紧护住盒子，往投递点里躲：为了预防交接货品时发生抢劫，投递点都有监控和警报。

她奋力去够按钮，却被人从后面拦腰抱住，那人力气奇大，她一下被拽离了地面，这下可吓得不轻，连踢带打地乱扭，心说死定了，对方是两个人，这可怎么逃?!

正绝望着，钳制她的臂膀松开了，她的脚再次回到地面，只听一个男人对她说：“对不起，你能冷静一下听我解释吗？对不起，真的对不起，你别怕。”

怎么可能不怕?!鹿呦呦向后趔趄了几步，腿一软跌坐在地，哭了起来，手里依然抓着盒子。

对方一迭声说了好几遍对不起：“我们真不是抢东西的，我们是在这儿等东西的——哎，我们也不是真的等东西，最好等不到东西……”发现对方比自己还紧张，她反而不那么怕了，抬起模糊的泪眼偷瞄了一下。这是个身材魁梧的男人，怪不得轻易就把她拎了起来。那男人指着刚刚撞了自己的另一个人，“这个是我妈，今天我弟弟去衡准了，到现在也没回来，我们就来等——”他说不下去了，呦呦心里咯噔一下。

谁也不知道那些衡准失败的人具体会经历什么，官方说法是“立刻成为供体”，是“立刻”，没有通知、没有告别，什么都没有。中心会把受测者的个人物品投递回原址，这是亲人得到的最后讯息。因为可能是一去不返，所以有些低分家庭在亲人接受衡准前会办葬礼。鹿呦呦甚至庆幸父母不在了，她不愿让他们经历这种悲恸。

所以眼前这对母子才在沉沉暮瘴中等待，期盼着不会收到任何东西。她很难过，小声说：“我明白了。可我还是得先把货品交回系统核销，你们稍等一下，就一下，马上就能拿到——”她意识到了失言，赶紧吞回话头，端起盒子钻进标示区，将盒子塞进面板中，不等她闪到一边，那位焦急的母亲已经站上标示区，刚关闭的面板再次升起，吐出来的，正是同一个盒子。

他们不死心，三下两下撕开封条，内容物露出来时，“母亲”立即瘫软下去，痛哭起来，盒子里的东西扣了一地。鹿呦呦不知所措地待在原处，该劝他们吗，可又能说什么呢？与此同时，她感到长久以来支撑自己活下去的麻木感在流失，她怕极了。

“母亲”撕心裂肺的哭声持续，不知过了多久，鹿呦呦才回过神，猛然发现“母亲”的袖口已经有些松脱，她捂住脸的双手正暴露在暮瘴之中。鹿呦呦赶紧摇晃那位呆坐在地的“哥哥”：“这样不行！快带着妈妈回去！回去啊！”说着，把散落的物品捡进盒子，东西不多，几小袋食物，一些硬币，一支笔，已被剪成两半的作废叮叮卡，一张印着受测者信息的门禁卡，一张小画像——呦呦停住了动作，这张像是她今早刚画的！

今早在中心等待衡准时，排在她后面的小男生特别紧张，她就为他画了张像，放在他手心里，告诉他、也告诉自己“别怕”，她还记得他的笑容，他长着一点雀斑的鼻子皱出了笑纹，当时她想，要是有这么一个弟弟，也不错呢。

如今这个弟弟不在了。

呦呦翻出那张门禁卡，细细看了一遍，弟弟叫作南茁葭。“茁葭”，初生的芦苇长得茂盛。

鹿呦呦不记得她是怎样离开的，只记得“母亲”的哭声，即使走远了，仍然穿透暮瘴直抵耳鼓。她在“母亲”的哭声中睡去，又在自己的哭声中醒来，这是父母离开后，她第一次哭。

第二章

抑若扬

“早说不能哭，真是活该。”

第二天，在剧烈头痛中醒来的鹿呦呦追悔不已。睡前的哭泣能为孩子赢来温暖的怀抱，对成年人却是百害无利，哭泣导致的横膈肌痉挛会让大脑缺氧，引起头疼；流泪造成眼睑压力过高，导致了肿眼泡。双管齐下，让镜子前的她产生一种“这世界不会再好了”的错觉。

也许不是错觉。

头疼死了。鹿呦呦觉得像是戴着头箍，箍上每隔二十度打孔插钉，十八颗长钉齐齐上劲，头骨都要被夹碎了。

她摇晃着走出房间，去敲庄姜的门，想借一些冰块敷眼，却没人应门。贪睡的庄姜很难早起出门，那只能是昨夜没回来了。

鹿呦呦有些担心她。衡准中心的规定真让人想不通。不同区域陆民之间的通婚被严格限制，交媾却被默许，而堕胎是绝对不可以的，只要受孕，胎儿必须出生。中心对此的解释是“阻断初代低分陆民借由婚姻实现阶层跃迁”，同时“避免区域内长期通婚导致的基因同质化”，语焉不详，且湮没在浩如烟海的枯燥法条中，所以很少有人在乎，“规定就是规定呗”，大部分人这么想。

鹿呦呦不是大部分人，她特意跑去衡准中心，在“可公开资料区”查了好几天，终于找到了以上寥寥数语，把它们抄在随身带的画本上。鹿呦呦是想问“为什么”的那种人，可惜脑瓜不太够用，思考过后仍是一头雾水。

“规定就是规定”，规定的后果可想而知。暮瘴将人们禁闭在室内，夜幕降临后的虚陆就是巨大的失乐园。各处赏玩中心和夜游俱乐部全力运转，夜夜欢歌后难免有人中招，孩子又只能生下来，所以单亲妈妈非常多。庄姜的妈妈蔓姨就是单亲妈妈，那庄姜不会也……她猛地摇晃脑袋，这么揣测朋友太不厚道。

没有冰块了，她只好用凉水拧了块手绢敷在眼底，上学去了。

学校也好不到哪儿去。教室里乌烟瘴气，打磨材料时会扬起大量粉尘，更扰攘的是学生，前途暗淡，大家根本无心向学。鹿呦呦的专业老师叫方之川，是个精瘦的小老头，据说有六十多岁了，但保养得法，看不出实际年龄。他似乎不想费神维持秩序，布置了当天的作业以后，就坐在角落打盹。

鹿呦呦把座位搬到最前面，这样才能听到老师从未特意提高的音量。方之川是有年资的版雕师，作品遍及虚陆，但学生们对这一点并不尊崇，他也不强求，似乎衣钵承继这件事竟没什么重要的。

鹿呦呦却很有承继的野心。她认真完成每一次雕作功课，完成度很高，其实学徒作品也有可能进入市场，只要足够好。她手头在做的是一尊立鹿，两支珊瑚树般雄壮美丽的鹿角与背景的蕉叶缠绕在一起，而这里是匠心倾注之处，她已在细部雕琢上花去了数月，眼看就要完工。

“要完成了，覆鹿寻蕉，不错。”盹醒的之川老师来到她的操作台旁，端详了一会儿，指着鹿的后蹄，“这里，你可以在底下签名。”

“我可以吗？”突然的赞赏让她受宠若惊。她的欣喜让之川老师不满，后者皱皱眉：“签名可以，但一个签名不能让你变成艺术家，咱们充其量只是工匠。”

“我知道。”她低下头，“我只是想认真地做这件事，毕竟，这样的事太少了。”

“哎……不过，我可以试试把你的东西放到流通系统里去，我想会有人喜欢的。如果喜欢的事不能为你带来名气，能带来利益，也算是没白喜欢一场。”方之川轻轻敲了敲她的工作台，走开了。

鹿呦呦必须赚钱，但她赚钱的方式很谨慎，至少目前还能保持如此。

和她同龄的女孩子很多都在夜游俱乐部开酒，也有在商业区做服务员的——虽然物资配给极少，但区域交界的繁华地带总有一些提供享乐的场所。这些工作的小费很多，还有大把机会能接触高分男客，也因为后者，她觉得这些工作不靠谱。

她把不多的打工机会扒了扒，选了一家雪茄吧。这是一种类似男士俱乐部的场所，不同的是所有人在营业期间要保持沉默，包括客人。她喜欢这种静谧的工作环境，更重要的是，这家雪茄吧是由父亲生前的朋友经营的。

说是朋友不太合适，其实更像是老板，鹿家爸爸以前是个维修工，这里的空气过滤设备都是他维护的，对雪茄吧来说，通风系统尤其重要。

总之，老板愿意给她一份工作。他是个声音洪亮、喜欢穿竖纹西装的中年人，姓简，单名一个狄字，妻子和两个女儿都住在7+区域，他本人也属于那边，因为在区域交界处开了店，所以每月有十天会在5+，剩下的时间在另外两间店，那两间店也开在交界处：高分客人会来外缘换心情，但他们通常不会深入外缘，就止步于交界处，久而久之，区域之间的交接地带形成了商圈，这里的纷华靡丽讨好着高分陆民，也吸引了更多低分陆民，后者带着模糊的希冀和强烈的动机，在城市的缝隙飘荡停留，即使历尽辛苦也不愿离去。鹿呦呦觉得，商圈就像一张致密的滤网，磨细了的金粉在网里，偶尔撒了一撮出来，就足够网外逡巡的鱼群疯狂许久；后者很少知道，那些金粉属于网内的鱼，它们一出生就在网内，网外的鱼想进去，太难太难了。

“不论什么情况都别说话，写字或者打字。”店长递给她一块掌屏，“帮客人点雪茄前，要让火柴头烧一会儿，等硫化物的味道烧没了再点。”岗前培训就只有这两句。

鹿呦呦有点羡慕店长懂那么多雪茄和酒的知识，有几次店长为客人写产品介绍时（当然是写的），她想在旁边看，事后就被训斥，才明白哪一行都有规矩，你的好学在别人眼里就是偷师。

好在简老板还算照顾她，吩咐店长别让她干劳力活，她只需要把掌屏拿给客人，等他们选酒，再把酒端过来；客人一招手就跑过去为他们剪灰烬、点雪茄；店里忙不过来时帮忙擦亮杯子，所以多数时候只是揣着雪茄剪和火柴转来转去，这给了她很多时间观察客人，想想心事。

即使在这种禁欲气质强烈的地方，也会有讨厌的客人。

比如今晚，她为一位客人送上酒单后，正要按惯例退到旁边等，却被他一把拽住，她吃惊之下一抬头，看到对方脸上有一道疤，一指来长，像是被一刀砍断了右眉骨，在灯光下触目惊心。对方被她盯着伤疤看，却丝毫没有不适，反而好整以暇地掏出眼镜戴上，眼镜一架上鼻梁，镜片的左上角就点亮了蓝绿色的内屏。过了两秒，他看着她，慢慢地说：“5.0分，对吗？”

鹿呦呦感到被冒犯了，转身要走才发觉手腕还被死死攥住，又急又气又伤心，正不知所措，店长擎着瓶酒过来了。

店长在掌屏上点了几下，待投诉页面显示出来后递给客人，又为他倒了酒，其间用手肘碰了碰她，示意她离开。鹿呦呦发现自己的手腕不知什么时候已被松开了。

她蹲在吧台里哭了一会儿，想起什么，赶忙给店长发了条信息：“谢谢店长。”

“你也太呆头呆脑了。”

“对不起店长，谢谢。”

“不用谢我，谢4桌的客人吧，他们呼叫的，说你遇到了麻烦。”

鹿呦呦站起来，向4桌望去，是三个二十出头的男客人，正隔着桌子互相比画，“说”到兴头还笑——这个年纪的客人她见过，无非是来看新鲜的观光客，旁若无人地东张西望，十分打扰别人。搁在平时，他们业余的交流方式和压低声音的笑都特别惹人烦，但今天她不这么想。她盯着他们，直到其中一人觉察到了她的视线，转过头对她招了招手，她才在报以微笑后收回了目光。

鹿呦呦因为闯祸被留堂，店长让她做完所有打烊工作才能走，离开雪茄吧时已经半夜了。

暮瘴很厚，但她怕的不是这个。管道闸口很远，她得穿过午夜的商圈才能到达，这可不是什么好事。她蹲下系紧鞋带，准备跑过去。“就是这个时候，才会后悔为什么不交个男朋友。”她又在心里自嘲地补了一刀，“我说这位姑娘，你也得交得着男朋友才行啊。”

刚跑出几百米就发觉被一辆车跟上了，女孩子对这种事的直觉很准。她试着拐了两次弯，那车果然随行，她更紧张了，加快了脚步，对方也不急着赶上来，缓缓跟着，始终和她保持一段距离。在车灯照射下，她面前的暮瘴变成一道灰色幕布，她的影子投射在上面，被拉长扭曲，随着暮瘴的流动而变形，十分恐怖。

她紧咬牙关，仿佛一松劲力气就要从牙缝泄掉似的。她已经没了主意，暮瘴的遮蔽让她迷失方向，四望之下根本没有灯光，她只能盲目地乱撞，注意力全放在“千万别摔倒”上——惊悚片里被坏人追的女主角，最后都死在“摔倒”上，然后镜头就会定格在那些女人惊恐的双眼，或充盈尖叫的喉咙里——她想把这些场景赶出脑海，背后却已铺满了黏黏的冷汗。

她不敢回头，溜着街沿儿，见到弯就拐进去。她跑啊跑，直到头罩撞上墙发出“当”的一声，才从幻想的惊悚场景中回到现实，她低咒一声转过身，跟踪而来的车已在巷口停住，车灯没关，强烈的光线让她一时看不清，等视觉恢复，车上下来了三个人。“该死！这下真完了！”她定定神，看看周遭，这是条没窗的死巷，纵深只有十几米，脑子里响起一个悲观的声音，提醒她没有任何反抗的机会，他们有三个人。

鹿呦呦紧靠着墙，绝望地等坏人靠近。他们戴的面罩比她的轻便高级。不等为首那个走到眼前，鹿呦呦已经看清了他的脸，她认得这张脸！就是今晚雪茄吧的4桌客人，她向他微笑过的那个。

“你——”她语塞了，说不上来是什么心情，但绝不是松了口气的感觉。

“记得我吗?”对方的声音很好听，像铺了一层奶油般绵软滑腻，“那更好了，想跟我们去玩会儿吗?”

他的态度再温和不过了，但真的好人不会在半夜尾随一个姑娘。

“不，不想。”她缩着肩回答。

“那太可惜了，我们都很想带你去。”他又接近了半步，两人的面罩几乎贴在一起。

鹿呦呦不得不偏过头：“谢谢你们今晚帮我，可我——啊！”她突然被另两人架了起来，强作镇静的推辞刹那间变成了恐惧的尖叫，过度紧张让她的喉头痉挛，声音干涸在嘴边。

突然，停在巷口的车开始鸣笛，然后车灯灭了。

这恐怖片一样的场景转换让巷底的四个人都有些发蒙，有那么一两秒，所有动作都暂停了。带头的那个最先反应过来：“有人要偷车，带上她！”说着拔腿向巷口跑去。鹿呦呦被两个男人架着拖行，她乱扭着不配合，混乱中听到巷口几声惨叫，混杂着拳打脚踢的声音。钳制她的两人松了手，也向前跑去，黑暗中传来连声惨叫，有人大喊“我面罩碎了！”

一切发生得极快，周遭又恢复静谧时，她还没从地上站起来。她当然知道得马上跑开，可人已吓成了软脚虾，只好手脚并用、边爬边走，盘算着趁黑溜出巷口，不管那儿守着的是人是鬼。

“你还往哪儿跑。”有个男人突然说道。吓得她一激灵，脚下也不敢动了，呆在原地慢慢转过头去看对方。

说话人背对着她，脚下踩着个人，看来这话不是对她说的。仔细一看，被踩着的正是4桌为首的那个，再看周围，另两个也被撂倒了，横七竖八瘫在一边哼哼。说话人弯下腰，拍拍地上那人的脸：“听着，这女孩在哪儿工作你们知道，不过你们在哪儿住我也知道。车借我用一下。”话毕转过身来，她看到他面罩里蓝绿色的内屏光亮——这是今晚第二次看到同样的光彩了。

她的大脑混乱极了，只有一个念头是清楚的：“快跑！”

她刚要动作，就听那人说：“你确定？现在所有末班交通都没了，你确定要在暮瘴里走一夜？”她犹豫的时候，他上了车，启动引擎，对着副驾座位偏偏头。看她还犹豫，他不耐烦地说：“就算我是坏人，你一上车我就把你敲晕，但你不上车，我照样也可以敲晕你。既然结果一样，你还不如来车上接着怀疑我。”

鹿呦呦上了车。

“车上有过滤系统，你的头罩可以摘了。”他在脑后摁了一下，面罩“咯”地掀开了。鹿呦呦毫不意外地看着他的样子，右眉骨上有道疤。

“你，为什么要——”

“为什么要救你？”他目视前方，“和未经允许就读你芯片的理由一样。”

如果真有“谈话终结者”比赛的话，这人一定是冠军，鹿呦呦愤愤地闭上了嘴。

沉默。她发现行驶方向是朝着区域外围，猜到他知道自己住哪儿，具体怎么知道的，肯定问了也不说，索性不问，就把好奇都用在对他的观察上。看肤质和下巴上的胡茬儿，应该有三十好几了吧？长得还行，眉毛浓浓的。如果没有疤，应该是8+的。有了疤就不好说了。可为什么会有疤？为什么疤没被处理掉？或者干脆说，为什么这个有疤的人没被处理掉？

这样想下去肯定又要没完没了了。她摇摇头，跳脱出来，想从他的衣着看出点线索，却发现他受了伤，左前臂有一道刀痕，透过划破的衣袖，正往外渗血，上臂已被他扎紧了，但伤口很深，张着口，一片狼藉。

“你受伤了！”她脱口而出。

“你才发现。”他依旧看着前面，“什么人去雪茄吧还带着刀，真是群业余的浑蛋。我说你，观察人要先看整体，别对着男人的脸发呆。”

“我——”她语塞。

他停车：“你到了。”

鹿呦呦下了车，又转身抓住车窗：“那你呢？”

“你这个小女孩真奇怪，你管我干吗？”

“你的伤需要缝针，但是医院——”虚陆的医院可以说是形同虚设，只治疗可治愈的病症，另一方面，如果病人存在损毁外观的可能性，就会立即被隔离，隔离后会怎样，她不知道。

眼前这个人，本身脸上就有道疤，再带着一身血到医院去，会有大麻烦。她不知怎么对他解释，直接对着人家的伤疤说三道四，有些冒犯吧？

“你会缝针？”他打断了她的思索。

“要用的东西我那儿都有。”她妈妈以前是护士。

“你是说——让我去你那儿？”他放慢了语速。

“不管怎样，你救了我。还是你有别的地方可以去？”

“得先去把这车处理了。”

“怎么处理？”她紧张起来。

“停在几条街以外，擦掉痕迹——你以为呢，要烧车？”

把医药包里的东西掏出来，一一摆在托盘里，她就停止了动作，看着面前的纱布块、消毒液和缝合针发呆。

他看看托盘，又看看她，露出了匪夷所思的表情：“你不会缝？”

“我……以前看我妈缝过，我再搜一下就——”她拿出掌屏。

他打断了她：“还是我自己来吧。”他伸出右手，掌心向上，“倒些消毒液，再帮我戴上手套，拿那把剪子把袖子剪开。”

她赶紧照做，用消毒液冲洗伤口，再用纱布擦拭一遍，揩去污血，看着他把鱼钩形状的缝合针穿过皮肤，每缝一针就打一结，她也跟着哆嗦一下。

“你干什么？是我疼，不是你疼。”他盯着针尖。

“嗯，那个是什么？”

“什么什么？”

“就是刚才你戴的那个，会亮光的。”她在脸上比画一下。

“就是个眼镜，读芯片的，可以夜视。”

“你是特工吗？为中心工作的？”

“我像吗？”他缝完了，伸手要剪刀。

她递给他：“嗯——我还不知道你叫什么呢。”

“我为什么要告诉你？”

“你知道我那么多事儿，我问一下你的名字也……”他生硬的语气让她受挫，她低下头，声音也渐渐小下去。

“抑若扬，我叫抑若扬。”

她抬起头看着他，重复了几遍这个名字，他眯起眼：“我知道，这名字很那什么，跟言情戏男主角似的。”她赶紧摇头。

他一撑身站了起来，住所显得更小了，她发觉他比在雪茄吧和巷子里看上去都高大，也更加神秘。她心里充满了疑问，却不知怎么问才能让他回答。

两人僵持了一小会儿，她鼓起勇气说出了酝酿半天的话：“能不能请你睡隔壁，是个放清洁用品的仓库，很干净的，我把床铺搬过去给你用。”

他放声大笑：“我还担心你对陌生人一点戒心都没有，还好，人不算傻。我没打算多待，现在就要走了。”

“那不行的！”她站起来，似乎想挡住他，“这么晚了，暮瘴最厚的时候，我——”她想说“不放心你在外面走那么久”，硬生生地咽下了话头，改口说，“在外面走那么久不安全。”

这一晚她睡得并不安稳。她不停梦到自己被那三个人拖上了车，或是失血太多、倒在暮瘴中的抑若扬被扔上了中心的车，她不知道哪辆车更可怕，只觉得两件事同样可怕。“真希望我不在这个地方。”她在梦里反复说着，最后终于醒了，刚醒来就听到门外有人嚷嚷，立刻想起了抑若扬。

“糟了！”她拨开被冷汗浸湿的刘海，胡乱套了条裤子打开门，看向通道的右手边，距离她十几米的地方就是抑若扬睡的那间小仓库。这仓库是庄姜的妈妈蔓姨在用的，她管着周围几个集中住所的清洁工作，所以鹿呦呦才敢未经通报地拿她的仓库一用。现在，房东和临时房客正在门口对峙。

鹿呦呦赶紧过去，埋怨地看着抑若扬：“你怎么还没走?”却被人从后边拉了一下，扭头看是庄姜，心说不好，又要被她说三道四了。

“说得好！”庄姜向她欠身过来，压低声补了一句，“男人就该用过即弃，一次性用品嘛。”鹿呦呦使劲儿瞪着她，直到她吐吐舌头，退后一步，才和蔓姨解释原委，讲的时候刻意漏掉了动作和受伤的桥段。

一旦除去那些关键桥段，这个故事就像是蹩脚的谎言了，她越讲，蔓姨的脸色越狐疑，一双眼睛不停地在她和抑若扬身上切换，最后干脆摆出一副“我懂”的架势，说了句“你们聊”就走了，还带走了挤眉弄眼的庄姜。

呦呦装作没看见庄姜的眼色，又问了抑若扬一遍：“你怎么还没走?”

“我还没睡醒。”

“我以为，”她压低声音看看周围，“你们这种人都是来无影去无踪的，让我们普通人一早醒来，发现你们消失不见，不是都该这样的吗?”

“我们这种人？什么人?”

“就芯片眼镜，还有搏斗什么的，你说你们是什么人?”她攥起拳，在空中虚晃几下，掩盖自己的窘迫，“让我看看你的伤。”她攀住他一只胳膊，向上面巴望了一下，“已经不渗血了。”她放下他的胳膊，退到一边，等着他答话告辞，他却不搭她的茬儿，只是默默看着她，半晌才说：“你怎么不问问我为什么?”

“什么为什么？我昨晚问了，你又不说。你为什么救我?”

“应该是‘我为什么接近你’，你知道我在接近你吧?”他纠正她。

“我不知道。”

“是‘不知道’？还是‘没想’?”

“没想。”她肯定了他的纠正。

“为什么不想?”

“好多事，我都选择不想。”她低着头。

“为什么?”

“想了也没用，不想更简单。”

他叹了口气：“我该走了。”看她点点头，他忍不住问，“你不问怎么找我吗？”

“不用吧。‘我是在接近你’，你这么说，我应该躲着你才对。不过想躲也躲不过就是了。”

他抬起手，在她脑后晃了一下，又放下了。

抑若扬离开了。阀门在他靠近时自动打开，他离开后又慢慢关闭了。

第三章
白色巨塔

人的境遇一平淡，情绪就容易陷入无聊；情绪一无聊，日子就像被偷走一样，莫名其妙就没了。

外观衡准日以后，鹿呦呦就像过了一道坎，如释重负却有点儿失落，为之揪心的目标暂时没了，着实让她恍惚了一阵，等回过神时，已经过去了好几周。

生活恢复了老样子，上学打工，赚钱攒钱。被上一个外观衡准日清零重置，为下一个外观衡准日筹谋准备，不管怎样必须活下去，活着是唯一目的。

抑若扬没再找过她，他像没出现过一样消失了，留下的疑问比答案多。

她搜索了他的名字，什么也搜不到。她仔细思索了前因后果，似乎只有“抑若扬跟踪她”才能解释他救了她的“巧合”，可为什么呢？一切都说不通。

庄姜试图用暗恋理论来解释一切：“他喜欢你呗，跟着你好久了，那天正好撞上救了你。”

此时，两个女孩并排躺在鹿呦呦的床上，她枕在庄姜层层叠叠的长发上。

“你能不能别什么都用喜欢解释？难道每认识一个异性，就得在心里想‘TA是不是喜欢我’，太花痴了。”

“这是常态好不好？不说不意味着不想。人人都这么想。男的明骚女的暗贱，大家才能愉快地勾搭在一起。人生处处有桃花啊少女。”庄姜翻了个身，单手托腮俯视着她，乳沟在重力和动作下被挤压成一个最好看的弧度，呦呦没意识到自己快速地向那里瞟了一眼。

“啊！你看了！对不对？”庄姜捧住呦呦的双颊。

“什么啊，看什么了？”

“我的胸啊，你瞟了一眼。”

“我哪有。”

“你就是有，这种感觉我太熟了，我只要穿紧身的，人们就会瞟一眼，视线快速下移再挪回来，就这样，瞟一眼。”庄姜比画了一下“瞟”的表情，眼神非常妩媚。

呦呦有点羡慕她，就慢吞吞地说："什么他喜欢我，你都是按自己的情况瞎说，我又不是你，哪儿那么容易让人喜欢了。"

"那可不一定。我看见了，他就是对你有意思。"

呦呦突然对这个话题失去了兴趣，只用一个问句就成功转移了好友的注意力："你最近是不是认识谁了？男生。"

"啧啧，不是男生。"庄姜眼睛亮晶晶地摆了摆手指，"男人。"

呦呦看得出来，这个男人对庄姜来说很不一样，虽然她一向不喜欢和庄姜讨论男人，因为庄姜总是说得太多听得太少，她还是勉强听了听庄姜的描述："体贴……懂女人……做生意的……喜欢钓鱼……住在8+……带她去的尽是些新鲜高档的地方……"等等！住在8+！

呦呦一下睁开眼睛，庄姜还在说个不停，她只好等她说完，就这样又过了几分钟，终于等到一个句号长度的停顿，呦呦赶紧插话："他是8分吗？你们怎么认识的？"

"拜托，我刚才讲的你都没听吗？"

"姜姜，你千万别犯傻，爱他不要紧，但别太爱他，你会伤心的，我怕你会伤心的。"她说得特别诚恳。不过她知道，庄姜听不进去，每个姑娘都听不进去。

日子过得毫无建树，幸好还有一件开心事。之川老师告诉她，那尊立鹿已经在流通系统售出了，是按艺术品而非工艺品的价格卖掉的。这可是不小的一笔收入，比她之前任何一笔薪酬都高。这件事给了她很大信心，她突然变得有点励志了，就连下了晚班穿过暮瘴时都走路带风。正好来了个不寻常的打工机会，让她觉得，难道真是冥冥中自有安排，终于要转运了？

事实上她错了，这个机会并不是财运的转折点，而是命运的转折点，不过目前来说，她不可能知道。

是这么回事，蔓姨不是普通清洁大婶，她暗暗经营着一项"拉皮条"的生意：把外缘陆民介绍到内核去做家政服务。别小看这桩生意，它的运作模式和色情业一模一样，小姐把做不了的生意介绍给姐妹，等到熟客和手下姑娘足够多了，就转行去做老鸨，然后手下姑娘还会继续发展下线和熟客——很快，蔓姨成了上线的上线，简直就是保洁领域的鸨后，手下统领着一众清洁大妈。更重要的是，这些大妈都成了她的耳目，她们深入高分领域的边边角角，探听着只有风才知道的秘密。

一天，蔓姨找到鹿呦呦，问她愿不愿意临时顶包去做一回家政妇，这个缺之所以空出来，是因为她手下有个大妈，本来做得好好的，但儿子刚挂掉了外观衡准，这个阿姨悲痛过度，不能干活了。

而那个客户住在9+，还是个名人：卫淇奥，9.7分，当红新闻主播。不同于某些空有皮囊的艺能型主持人，此人明明能靠脸混饭，偏要靠脑子走江湖，访谈和写作风格都是单刀直入一针见血，得理不饶人，特别敢说，因此得罪了不少人，也非常受欢迎，他的节目和文章被推送到无数大大小小的屏幕上，是点击率最高的主播之一。

鹿呦呦一向不喜欢流行的东西，却不反感卫淇奥。这是因为他曾在节目上质疑过筛选陆民的标准："为什么外表这么重要？没人想问问这一切都是怎么来的吗？我们究竟是怎么变成了今天这样？只有长得好看才有资格活得好？只有长得好看才有资格谈恋爱？甚至只有长得好才有资格活下去？看看周围吧！我们都不知道哪些脸是真的哪些脸是假的！这个看脸的社会到底怎么了？"

简直说到她心里去了。当初看到这段节目时，她刚走出管道闸口，下班返程的人群熙熙攘攘，她呆呆地站在蠕动的人海中，就算不时被过往的人撞上一下，却仍是呆站着，静静听他的质问。她不由得暗暗为他担心，怕那番惊世骇俗的评论之后，他会被封杀。她特地留心过，发现虽然一时被推上风口浪尖，他依然好好地出镜做节目，不禁替自己可笑：一个勉强活着的低分女，有什么资格担心远在天边的男神？

既然可以去内核，还是男神家，为什么不叫庄姜去？"咳！姜姜不行！"蔓姨摆摆手，"她话太多，又毛里毛躁的，再捅了娄子。你这么稳当，心又细，我们姜姜怎么跟你比！不过你也要留心哪，卫淇奥可不好伺候了，这不满意那不满意的，我都给他换了好几拨人了——"怕她打退堂鼓，蔓姨说到半截又改口了，"没事，反正你就去一次，干得好干不好的，只要拿钱走人，没事，去吧！"

鹿呦呦就去了。带着蔓姨给的临时叮叮卡，登上了通往9+的管道胶囊，还有蔓姨的一堆嘱咐："通行卡是临时的，进出只能用到下午五点，坐车只能用到五点半，别只顾着逛，9+和其他区不一样，要是天黑还没出来，麻烦就大了！"

这是她第一次进入6+以内的区域，之前根本没机会进去。她看什么都新鲜，无论是乘客密度低得多、舒适程度也高得多的管道交通，还是越来越高耸也越来越精巧的建筑群，都让她惊异和赞叹，但她更害怕，她竭力控制情绪，不肯多走一步路、多说一句话，唯恐被人嘲笑。

努力注定是徒劳的。在管道里穿行时还好，她能假装不在意地瞥着窗外洁净的天空和建筑，学着其他人那样一脸漠然；等到出了管道闸口，伪装的平静一下就被击溃了：周围的人都那么美！美到爆炸！

鹿呦呦晕头转向。她活到现在十八年，全加起来都没见过这么多美丽的人。他们每个人都似乎在散发微光，又像是自我宇宙中的恒星，自带着美的重力场，强烈吸引着她的目光。他们每个人都自有轨道，行进得有条不紊，和这个高雅精致的区域相得益彰；只有她，像被黑洞捕获的星体碎片，在格格不入的撕扯中不断下坠。

花费了好久在迷路上，伴随着“真不该来”的懊悔，她终于找到了卫淇奥的住宅，9+中心地带一座颀长的白色巨塔。她站在它脚下，下颏和颈项仰成了钝角，看不到楼顶在哪儿。

她笨拙地刷了好几次叮叮卡，才获得了准入资格，她先是觉得困窘，接着发现根本没必要：周围哪有一个人正眼瞧她？她太黯淡了，人人衣冠楚楚，只有她，那件走形褪色的涤纶衫就像个松塌塌的塑胶袋，套着她这尊丑娃娃。

卫淇奥的家在高层，电梯上升时她一直练习怎么打招呼，“是说‘你好’？还是说‘先生您好’？笑而不语？还是面无表情地说‘我是打扫卫生的’？”她决定用最后一种。

“真讨厌自己。”

她想多了，卫淇奥根本不在家。敲了几次门，没回应，她试探着掏出了叮叮卡。

门开了，鹿呦呦松了口气，好歹对方知道清洁工要来，是留了门的。

四下张望着进了门，房子极大，可以说是空旷了：从天花板到地面一水儿的白色，没玄关，走下两级台阶，她就站在了开阔的大厅里。房子是挑高设计，纵深足有三层楼高，大厅中央有一块不规则的椭圆形下沉地带，比周边矮了二十厘米，溜着下沉区的边缘，是半月形的白色大沙发，看着非常舒适，只是她并不敢上前试坐一下；大门对面是一整面墙的落地窗，她走过去，站在窗前远眺。视野极好，清澈的天空和鳞次栉比的楼群一览无余，9+的世界美得让她的心一阵刺痛——当面对不可能属于自己的东西时，只能是这种感觉。

她把手掌贴在玻璃上，仿佛在抚摸那些景色。她看到了视线尽头的乌云与迷雾，以及紧贴其下的黑压压的地表。虽然什么也看不清，但她知道，她来自那个方向。

房里响起的声音打断了她的失落。这是一种并不扰人的，由远及近的回旋声响，她四下寻找，看到身后一面本白的墙上浮现出了荧绿色的数字时钟，已经正午了。

没时间自我怜惜了，得马上开始干活。

房子虽大，房间却很少，大厅是一整间，大厅的角落有楼梯通往二楼，楼上是稍小的一厅，还有一个房间叮叮卡打不开，应该是卧室，主人设置了权限。

她仔细吸了尘，擦拭了很少的家具，把散落在地的书籍信件理好放回书架。书架真大真高，拔地而起，延伸到天花板，足足占了落地窗旁边的一面墙，她不得不踩着专用的梯子，才把几本书送到符合索引的位置。小心翼翼爬下来之后，她盯着书架旁边的单人转椅发了会儿呆，想象着主人对着窗外万盏灯火读书的样子。

在这里脑补主人的样子很难，房子几乎没有个人气息。不同于多数公众人物，卫淇奥似乎并没有摆设自己照片的习惯，墙和家具都太冷清，别说大幅硬照，连一张小小生活照都没有。陈设和装饰品几乎没有，整个家雪洞一般，只在能够浮现数字钟的那面墙上挂了幅一米见方的画。大片的空白中，这幅画非常突出：似乎是炭笔画的，只有黑白两色和深深浅浅的阴影，画的是一个无人的广场，广场中央有一尊中空的球形雕塑，阳光穿过雕塑，在地面上投射出涟漪般的阴影。天空中重云密布，没有鸟也没有风。她在画前站了一会儿，被其传达的沉重压抑所感染，她觉得自己被一种无言的强大力量接纳了，无人理解的她被这幅画理解了。

不时分神看画，拖慢了她的进度，时钟报了四点，她一下子紧张起来，干活的手都颤抖了。

她把梯子从书架移到落地窗前，爬上去，确保每条窗框上的尘土都揩净了才下来；清理厨房区域多用了些时间：这是她第一次见到家用厨房，有点好奇；她拆下空气净化系统的滤网，清洗、晾干、装好；最后重新回到书架，这里应该是工作区，一张单薄的书写台立在转椅旁。她犹豫了一会儿，从随身包里抽了张纸，写了几行字，压在镇纸下。

她离开了那里，大门在身后上锁时，没发出一点声响。

刚走出白色巨塔，她就发现落了东西：她的绘图本，翻遍了随身包也找不到，应该是写留言条时忘在了工作台上。她慌忙返身回去，叮叮卡已经失效了，时钟刚敲过五点。

她的惊惶失措很快引起了大楼保安的注意，一个大堂管家装束的男人出现在门里，对她摆手，指着门上的通话器。她跑过去，踮起脚对着通话器，语无伦次地自我介绍，试图说明原委，男人面无表情，态度傲慢。

手足无措之间，她突然看到了卫淇奥，他不知是什么时候进去的，正在大堂一角等电梯。她赶紧招手，喊他的名字，但太远了，对方根本听不到。她只好拍打玻璃，请管家先生帮着找人，管家先生很不情愿地去了。

呦呦稍稍松了口气，看着管家先生走到卫淇奥身边，和他说了什么，然后指指门外的她，她赶紧举高手：他看到她了！

他看到她了。他看着她，表情冷淡又疏离，而后摇了摇头。

卫淇奥进了电梯，消失在缓缓合上的门后。

“你赶紧走吧。”管家先生对她说了最后一句话，走开了。

鹿呦呦毫无办法。

无疑，绘图本对她很重要。里面有她的学校笔记、写生线稿、随手画下的小情绪——就这么没了。卫淇奥冷漠的脸一再浮现，绘图本一定会被他扔掉，或者更可怕：扔掉前他会随手翻翻。

她闭上眼，不敢想了。

那些隐秘无言的心事，傻里傻气的随笔，稚嫩粗糙的线条，全会被那个漠然的陌生男人一览无余。他只会得出一个结论：绘图本的所有者，是个幼稚又愚蠢的人。

她感到愤怒、困惑和难过，却哭不出来。返程的胶囊上，她强作镇静，实则攥紧了拳头，指甲深嵌进掌心，她的脚趾在鞋子里扭来扭去。

一出闸，她就撒丫子跑起来。阴云压境似的负面情绪在身后追她，要碾碎她。

她跑了很久，直到双膝酸软才停下。她拄着双膝，环顾四周：为什么一出闸她的诡异压抑感反而增强了？是有什么跟着她吗？

四下无人。

她感到茫然，虽然已经回到5+的世界，但这片集中住所她从未来过。

过了一会儿，她才发现这个地方并不陌生：她站在南茁葭的家门口。

那个外观评测时排在她后面的雀斑男孩，早已不在人世，她就是把噩耗捎给他家人的死亡信使。内疚让那个装着他遗物的靛蓝烫银盒子经常入梦，那一晚的匆匆一瞥，南茁葭的名字和住址就铭刻脑中，于是现在，鬼使神差地，她来到了这儿。

她在锈蚀斑斑的阀门一角找到通话器，输入记忆中的门牌号以后，一个男人的声音传出来：“你找谁?”这个声音是南茁葭的哥哥，如果她没记错的话。

鹿呦呦对着通话器镜头招手：“你好，我是，我是南茁葭的朋友，我来看看他妈妈。”

阀门打开了。

为她开门的正是南茁葭的哥哥，那天晚上拦腰抱住她的男人。他让到一旁，请她进屋，同时打量着她，露出疑惑的神情，鹿呦呦猜他没认出她，那晚大家都戴着头罩。她也不想这么介绍自己，不想让他们通过自己记起那个痛苦的夜晚。

房间和她的住所一样狭窄，她一进门就看到了跪坐在地铺上的南妈妈，瘦削的她睁着无神的眼，眼神飘忽，仿佛穿透了鹿呦呦，看着她身后的空气。鹿呦呦胸中又是一阵强烈的痛楚，她知道，父母离开后，在内心深处，她和南妈妈是一样的。

她走过去，坐在南妈妈对面，正因为不知说什么而开始惊慌时，看到了墙上一个小镜框，里面镶着外观衡准日那天，她为南茁葭画的像。

“那是我画的。”她看着那张像。

南妈妈循着她的视线看过去，眼神一下有了焦点，她抓住鹿呦呦的手腕，眼睛发亮：“你认识我们家小葭吗？”

“我总是想，要是有他这么一个弟弟就好了。”

南妈妈一下子哭了出来。

南茁葭的哥哥也坐下来，坐在呦呦身边：“我是茁葭的哥哥，叫茁蓬，茁葭是你弟，我就是你哥。”

自从父母离她而去，鹿呦呦从没像今晚这么安心。

她和南家人没做一般家庭久别重逢会做的事，他们没有围炉吃饭，因为这里无法烹饪；他们也没有谈笑风生，因为这个家庭还在悼念亡者。但疏离如她，却不费力地融入了这个家庭。

她陪着南妈妈做手工活，把猪鬃毛穿到底座上，做成刷子，听南茁蓬讲他在6+牧场杀猪的事——南茁蓬是个饲养员兼屠夫，这很符合他的外观：魁伟的体格，黝黑的肤色，两丛乱糟糟的眉毛。南茁蓬住在5+，却要每天来回6+上班。虚陆外围的空气和土壤太脏，不适合生物成长，所以农业和养殖业都内迁到了6+，但由于地理和气候条件所限，产量都不高，南家和其他低分陆民一样，吃不到新鲜蔬果，更没有肉。他们养的家禽家畜、种的蔬菜瓜果，还有南妈妈手工的猪鬃刷子，都运进了内核。

鹿呦呦很快发现，这种简单机械的手工活很自由，她渐渐忘了为什么会来这里，只是专心低头做活，不时请教南妈妈一两句。一抬头，天已经黑了。

没戴头罩的鹿呦呦很自然地被南妈妈留宿，她没犹豫就留了下来。南茁蓬回隔壁房间后，她们就像母女一样比邻而眠，她很快睡熟了，梦里回到了小时候，久违的温馨。

直到她被一阵急促的砸门声惊醒。

第四章
秘　密

清晨，南茁蓬刚起身出门，就撞见一男一女堵在母亲的住所门口，其中那个高挑身材、蓬松卷发、眼妆明艳的姑娘，正把拳头举过头顶砸门，他上前想问明来意，被这姑娘一把揪住："你把我们鹿呦呦怎么了?！说!"

这边，被惊醒的鹿呦呦看到的是这样一幅场景——

庄姜八爪鱼似的缠在南茁蓬背上，揪住他的耳朵正喊："呦呦呢？人呢？交出来！交人!"

"你们在干什么?"

庄姜一见她就从南茁蓬背上跳下来，一把揽过她："你没事吧？他没把你怎么样吧?"

"姜姜，你怎么找来这儿的?"

"我找了你一晚上！你去9+后一直没回来，通信器也关了……"鹿呦呦罩了件借来的旧睡袍，庄姜心疼地打量着衣衫不整的她，泪光潋滟，"呦呦对不起，我来晚了，让你受委屈了，对不起。"

她哭笑不得："我没事，可你是怎么找到我的?"

"我当然有办法！是晏落桑啦，他托人调了监控，看了大半夜才找到你，我眼都花了，现在还看不清呢。"她眯起眼向前摸索，状态虚弱，仿佛刚才蹦高到南茁蓬身上的，根本不是同一个庄姜。

鹿呦呦这才看到和她一起来的还有别人。

晏落桑是个气质成熟的男人，戴着细框眼镜，很文气。他对鹿呦呦点头笑道："庄姜以为你被劫持了，紧张了一晚上，看来事情不是她想的那样。我送你们回去再慢慢说，也打扰人家很久了。"说完左右一看。

周围已经出来了不少看热闹的邻居，呦呦赶紧挽住庄姜，给南家母子致歉，道了别出来。

由于资源空间有限，低分陆民被剥夺了私人用车的权利，外缘往来的车辆全是内核陆民开过来的，除去抑若扬"借"车送她回家的那晚，鹿呦呦并没坐过私家车。走出南家以后，庄姜落落自然地上了晏落桑的车，看她还犹豫，就一把拽她上车："你怎么老这样傻呆呆的!"

呦呦被她拉扯着，还在回头张望："我觉得怪怪的。"

"坐车而已，怪什么?"

"不是，总感觉——"从昨天开始的那种如芒在背的感觉又回来了，好像有人远远盯着她，但她仍是什么也没看到。

"什么?"庄姜探头出来，看向她张望的方向。

"没什么。敏感了。走吧。"

几乎在他们消失在街道转弯的瞬间，鹿呦呦张望过的那个拐角，建筑的阴影下，闪出小半张清秀的人脸来。那张脸隐藏在5+阴暗的楼群中，只有眼角眸波，闪动着悸动幽深的光。

晏落桑的车载媒体播着节目，正好是卫淇奥的访谈直播，呦呦觉得心烦，想关掉，庄姜却扭头问她："是卫淇奥！你不是去过他家吗？见到他没有？他本人比镜头上的帅还是不帅?"

"帅……吧。"她其实根本没看清。

鹿呦呦内心升腾起一种想法，她想弄清楚对卫淇奥的情绪。情绪就是她自己。她的情绪时常模棱两可，所以常常搞不懂自己。她惊讶地发现自己并不恨卫淇奥。生气吗？是的，但更多是气自己。她太软弱了，连这点事都说不清。而卫淇奥，人家又不认识她是谁，自己的疏忽凭什么要气在别人身上?

她的自我谴责渐渐被驱散了，卫淇奥这期节目有点意思，不仅是她，车里其他两个人也渐渐屏息凝神地听他说了。

卫淇奥在采访一个衡准中心的官员，位阶挺高的那种，他们在谈论最近的神秘事件：很多低分陆民都突发性衰老，原因尚未确定，但中心立刻采取了措施，官方说法是"隔离"，但大家都知道其实就是被逮捕，成为供体了。没经过外观衡准日的测评，就宣布陆民成为供体，而且是这么大规模的，过去并没有先例，所以这个事件被炒得很热，即使鹿呦呦这种跟不上时事潮流的人，也有所耳闻。

他们现在正说到突发性衰老的原因。

"这么说，你的意思是，突发性衰老是因为暮瘴?"卫淇奥问。

"不排除是受到暮瘴的影响。"官员圆熟地答道。

"对不起，我问的是'因为暮瘴'，请精确些，陆民毁容是因为暮瘴吗?"卫淇奥的视线没有离开过官员的眼睛。

“目前没有证据证明不是。”

“我换一种问法，陆民毁容是因为他们住在外缘吗？”

“相对来说，外缘的空气过滤系统覆盖率是低一些。”

“暮瘴浓度也更高。高得多。”卫淇奥补上了官员没说完的话，接着提问，“所以归根结底，陆民之所以会被毁容，是因为他们住在外缘，也就是，”他扭过头来，看了一眼镜头，仿佛在为接下来要说的话争取观众的同意，“因为他们长得丑。长得丑就应该变得更丑。这给了中心充分的理由来‘供体化’他们，可以这么认为吗？”

“中心只是按照法条办事，严格遵守。”受访者底气很足，因为他说得对。

“我这里有一些图片。”卫淇奥抽出几张纸递给受访者，稍微侧身向后，“相同内容我们投射到身后屏幕上，请大家看一下。”

图片一刷出来，鹿呦呦倒抽一口凉气，背后起了一层鸡皮疙瘩，庄姜骂：“呸！这什么啊！这么恶心的照片能公开放吗?！他们也太敢了！”

左边图片是高清的，是一张干瘪的、木乃伊化的人脸，像是从皮肤到肌理所有的水分都蒸发了，皮肤呈死灰色，显然是尸体的脸。图片下方显示一行字：“高浓度暮瘴侵蚀后的容貌状态。”

右边图片模糊很多，貌似拍摄时光线很差，但仍能看清一张坑坑洼洼、花花绿绿的人脸，像是被腐蚀性气体喷过，伤痕深到腠理，烂肉血沫统统翻了出来，双眼紧闭，也是尸体的脸。图片下方也是一行字：“突发性衰老的容貌状态。”

两张脸都丑陋恐怖不堪，但显然不是同一种丑陋恐怖。

“这张图你们是怎么拍到的？”受访者一看到就指着右边图片质问，“在事件没查明之前，中心不会公布任何细节，这些图片都是你们非法获得的！”他翻动着手中的纸，越翻越激动，之前掩饰得很好的情绪都泄露了，“这是侵权，我们保留起诉你们的权利！”

“塔（受访者姓）先生，这只是做访谈，不是打官司，我们取得图片的方法可能在法庭上不被承认，但在媒体方面，只要是涉及公众利益，且并非拍摄于私人地方的资料，我们是可以说的，也可以展示。出于对中心的尊重，这些图片的拍摄地点我就不公开了，但你应该比我和观众都明白，这些图片取自公共得不能再公共的地方（卫淇奥在暗示：图片拍摄于衡准中心的停尸房），所以谈不上侵权。”卫淇奥慢慢地、清晰地说出这番话，竟然又接着提问了，“现在你能不能告诉我，既然突发性衰老是暮瘴引起的，为什么左图和右图不一样？”

塔先生面无表情，语速却明显快了一些：“我们还在调查突发性衰老的人群，很多化验数据还没出来，具体解释暂时不能给出。而且，你们说谈不上侵权，但图片不是我们给出，我们会保留申辩的权利。”

“你说化验数据，指的是尸检结果吗?”卫淇奥的表情安然沉静、语气波澜不惊，反应非常快，鹿呦呦觉得他一点都不可恶了。

“我说的是化验数据。”

“陆民有知情权，我们代表陆民提问而已。”卫淇奥低头翻翻手上的笔记，“暮瘴浓度达到多少时，会对人体产生何种程度的伤害，到目前为止，中心还没有公布任何具体数据。因为尚不明确的原因，外缘的暮瘴浓度已经明显上升了，我们能否大胆预测一下，内核的暮瘴浓度也将受到影响?”

“你这种没有根据的说法会引起恐慌的你知不知道?”

“不会的。你不负责任的回答才会。”

屏幕右上角的“直播”字样突然消失了，节目暂停，插播了广告。

轻快的广告音乐充满了车厢，庄姜耸耸肩。鹿呦呦这才发现，晏落桑不知什么时候把车停在了路边，他们三人不约而同地专心看完了节目。

卫淇奥太敢说，所以节目暂停、插播广告这种情况，对于他的节目来说并不少见，而看节目的人，至少车里这三个，尽管心情沉重，却意犹未尽。

鹿呦呦在深夜辗转难眠，反复想起卫淇奥的访谈，隐约觉得有什么大事在发生。可她掌握的资讯实在太少，这种直觉无法发展成所谓“不祥的预感”，所以很自然地转向了关注细节：她记得卫淇奥在访谈中有些不一样，更沉着，更有底气，更……让人看不透了。对访问者来说，“让人看不透”是好事，因为人总是会通过观察对方来调整自己的谈话——或者撒谎方向。所以记者在访问中，和警察在审讯中一样，最好摆出一副扑克脸，这不是没礼貌，反而是专业的体现。

她激活掌屏，查找卫淇奥最新的访谈。

一无所获。

她诧异地一歪头，换个关键词又搜了一遍。

还是没有。

这就有点诡异了。

鹿呦呦想起庄姜曾传给她一些夜游中心和玩物赏的视频，因为很色情，都是通过地下中继器传送的，也许……她打开邮件，把那些视频调出来，尽量无视那些纠缠的肉体、粗重的喘息和娇嗲的呻吟，翻到中继器地址，点了下载。浏览器跳转后，果然能搜到那个访谈了。

细细看了一遍视频，她的猜测被证实了：卫淇奥调整了微表情，去掉了多余的身体语言，尤其是，他不再轻咬下嘴唇了。不得不说，这个小动作让他很上镜，不过对于记者来说，具有诱惑性的表情完全不专业，且会暴露情绪：鹿呦呦也算半个迷妹，长期看他的节目下来，发现他一紧张就会咬嘴唇，这让他看上去有种和人设、职业、年龄不符的脆弱。

视频结束后回到首页，跳出来一大片诡异的图片和视频，虽然只是缩略图，只看那冷淡的色调和可疑的内容，就足够让人反感了。“致命！暮瘴中出现絮状悬浮物”“你知道虚陆以外有什么吗?”“5+地下存在神秘实验基地”“午夜后某区街道出现疑似残肢”……一大溜阴森的标题，人们看到这种的，往往会深感怀疑，同时偏要点开几个看看，鹿呦呦选了一个看上去完全不刺激的标题，“虚陆外缘空气过滤器安装地点”，点了一下。

页面刷新了好久，就在地图一角开始显现时，突然停电了，网络也断了。

呦呦叹了口气。停电停水在这儿不罕见，线路老化，维护部门也不上心，5+得到的服务总是最差最慢的。

今晚是不会来电了。鹿呦呦在黑暗中躺下来，好奇思考之后，她感到困倦，于是任由意识流失……

掌屏突然亮了，是陌生号码发来的信息：“你想什么呢？深网？你知不知道自己在干什么?”

“什么深网？你是谁?”

“你在上面逛那么久，还问深网是什么?”

“你是谁?”

“抑若扬。”

“!”

“开门!”

“?”

“我在你门外。”

她跳起来，开了门，他和黑暗一起挤进来，贴近她站着。近距离和黑暗容易造成孤岛效应，她害羞起来，幸好对方看不到自己。

“脸红什么?”他一开口问，她就想起来了，他那副该死的眼镜！蓝绿色的光亮起来了，“你心跳加速了。”

“你干吗戴眼镜，我没什么好探查的。”她不理他的问题，转过身。

“不戴什么都看不见。”

“戴了什么都看得见。”她嘟囔。

“什么?”

“没什么。你来这儿干什么?”

“我问你，你上深网干什么?”

“我……有些问题。”

“如果承受不起答案，就别提问。”

鹿呦呦抿嘴一笑，没出声，她知道抑若扬看得到。

他果然问：“这是该笑的时候吗?”

“没有，你是只在女人面前这么中二，还是一直这样?”

“你——”他欲言又止，上前一步，双手向她肩头一摁，力气很大，房间又小，她被他推倒在床上。

鹿呦呦耳畔嗡的一响，正犹豫是否尖叫一下以示他的逾礼，他就退回了安全距离，“你给我听好，深网不是闹着玩的，不许乱看，懂?”

“那些片子和‘玩物赏’广告差不多，满街都在放的。”脑中闪过屏幕上那些成人镜头，她脸红心跳又懊恼，语气却刻意平淡：半夜上色情网站被抓现行，也只能勉强维持形象了。

“我指的不是那些。深网上的禁忌一大堆，权限比你高得多的人都不敢直连，得绕好几个弯、加密多少层才敢访问，你就明目张胆地上去闲逛?再者，你住的这种地方，网络接入里都埋着监控节点，再没有比这儿更好追踪的地方了，要是刚才断电不及时，你现在已经被衡准中心带走了。”

“你能断这儿的电?那能不能——”

“我不会帮你偷电的。”抑若扬打断了她，“你怎么了?你紧张什么?”他注意到她的心率了。

“我没有，我们这里，电什么的，真的很贵……”她声音小了下去，恨自己的笨拙，紧张什么啊。

“缺钱用我转给你。”她看到他的瞳仁一动，目镜右上角已经有一串数字抖动起来，赶紧说“不用了”，他也不强求，只是问了一句“对你来说系统漏洞可以钻，让我帮你就不行?”

“本来就不是好系统，怎么钻不得漏洞。你能不能告诉我，你是从哪儿冒出来的?你是不是，跟踪我?”

借着微弱的蓝光，她看到他竟然笑了，然后他说：“这样没用的。”

“什么?”

“说话。”他朝她扬扬下颏，“像这样说话。你不是健谈的人，从我刚才一进来，你就非常紧张。你是个小姑娘，我是你这么近距离接触的第一个男人，我救过你，你想把我当作可靠的人，但是现在这么晚了，你有点害怕。所以装得伶牙俐齿，试着开玩笑，都是为了掩饰窘迫，顺便套我的话，这样没用的。”

他深深地看了她一眼：“好啦，别眼泪汪汪的，我走了，以后不许上深网。”

尽管庄姜和晏落桑来到雪茄吧时已接近午夜，鹿呦呦仍然还有两小时才能下班：到9+打工那天，遗失了绘图本的她昏昏然跑去看南妈妈，把当晚还要上班的事忘了个精光，所以被店长罚了，扣钱还得加班。

庄姜等不及了，靠在大门口扭来扭去，晏落桑揽住她出了大门，不一会儿两人回来，庄姜一把抓了鹿呦呦就往更衣室走，路过领班时还耀武扬威地白了人家一眼。见鹿呦呦不敢走，晏落桑解释说：“我刚和简狄通了话，替你请了假，不用担心。”鹿呦呦要戴头盔，被他拦住，“这里直通车库，车库是密封的，不用戴。”鹿呦呦在这儿上了一年班，并不知道什么密封车库。

他们上了车，过滤器随之启动，呦呦在身边摸到一个面罩，小小的，粉紫色，不到她自己头盔的一半重。“落桑给我定做的，好看不?”庄姜笑嘻嘻地说，“让他再订一个，咱俩戴一样的。”鹿呦呦摇摇头，她把面罩翻来覆去地看，问开车的晏落桑：“你认识我们老板?”

“嗯，做生意认识的，有时一起钓鱼。”他冲她笑了一下，仿佛担心冷落了她，“7+的渔猎区有很漂亮的池塘，有空儿带你们去玩。”

“落桑家是做物流的。”庄姜只说了一句就知趣地咽下了话题：在虚陆，物流商人并不是送货那么单纯，背地里都做走私勾当。很多东西对外缘禁运，如果低分陆民想吃柠檬鲈鱼，想穿丝绸睡袍，甚至想换个轻便点的头盔，都不得不依赖走私商人，以几倍于市价的价格交换。衡准中心对此并不深究——只要贿赂对了人。走私的货物包括但不限于奢侈品，食物、药品、调味料、零件、书籍、婴儿用品、电子元件……一切的一切，经由物流公司四通八达的配送管道，输送到外缘的每个角落，将贫穷陆民的最后一点积蓄压榨殆尽。

然而最重要的货物还是蛋白原液。这种可以驻颜续命的灰白色液体，是虚陆的储备货币和经济命脉，是这片被暮瘴侵染成黑色的土地上泵动着的，汩汩不绝的血浆。

天黑不辨方向，但鹿呦呦知道他们在朝内核开，因为暮瘴越发稀薄了。

车在一道雪松石墙外停住，有淡紫色的藤萝垂挂下来，影影绰绰地遮住了街道门牌。

庄姜牵着她的手，进入一处幽静的院落，走过印满苍苔的卵石路，这里安静得能听到池塘鱼儿甩尾的声音。

晏落桑在前面引路，转身提醒她们苔滑：“这个小院是自住的，前面还做着生意，平时不这么冷清，今天请你来，就把店关了，方便你们说话，也清静些。”说着已来到了内室。

她挨着庄姜坐了，发觉这里比卫淇奥的客厅小一些，陈设却多了几倍，金碧辉煌，处处昭显主人的富有。

晏落桑招呼她们喝东西，闲聊一阵，指了几件收藏给她看，才说：“上次见面太仓促，也没好好认识，姜姜总说你们很好，我一直挺想见你的。虽然你们现在不住同一区了，但你俩是最好的朋友，”“我们一直——”她刚要说“是邻居啊”，腰窝上被庄姜捏了一把，她瞟了庄姜一眼，后者却没看她。

她只好纳着闷听他们讲下去，渐渐听出了头绪。原来这两人竟然在规划未来。虚陆不允许不同区域的陆民通婚，想嫁给晏落桑，庄姜就必须做外观重塑，她希望由鹿呦呦来当她的重塑鉴准人。

外观重塑只能逐级进行，一次提升一级分数，每两次外观重塑之间，要经过长时间的恢复适应，严禁越级重塑。官方对此的解释是“为陆民心理健康考虑”“容貌改变过于剧烈会造成自我认知障碍”——说白了，他们担心人一下换成另一个人的面皮，会疯掉。

重塑鉴准人是某种担保人，通常由外观重塑者的亲友担任，来保证外观重塑者在身体、心理和财力上，都有实力承受重塑。这些都写在陆民守则上，首次通过外观衡准后，每人都会拿到一份，但因为条目冗长撰写晦涩，几乎不会有人读，人们只需要知道什么能做、什么不能，麻木且服从，就够了。

晏落桑乐意做庄姜的鉴准人，庄姜却无论如何都要鹿呦呦才成。个中缘由鹿呦呦知道：鉴准人需证明外观重塑者开始于哪个等级，显然，庄姜在这个问题上对晏落桑撒了谎。

谈话终于告一段落，鹿呦呦干咳一声说想去厕所，庄姜赶紧说我也去。

卫生间门刚锁上，呦呦就转身质问庄姜：“你骗他你是几区的？”

“7+。”声调跟着脑袋低下去。

“你！”她一时间竟想不出说什么，“你怎么不想想后果！”

“我认识他时就随口一说，谁知道，谎就一路撒下来了。”庄姜底气不足。

“干吗要把自己说高了？是几区就是几区。”

“你说呢？女的谁愿意承认自己难看？还不是都往高了说？女的嘛，大家都一样，不是在脸上造假，就是在照片的脸上造假。你也一样，别以为我不知道你拼命攒钱是为了干什么。”庄姜底气足了。

鹿呦呦哭笑不得：“能一样吗？我是为了活命！”她盯着庄姜看。不得不说，这妮子的妆化得真好，媚眼星眸，丹唇玉肌，她又很会抖动睫毛，眨得那么自然不做作。庄姜也盯着她，两人对看了一会儿，扑哧笑了出来。

“我要是男人，天天揣瓶卸妆水出门，管你是神仙妖怪，一泼都得现原形。”鹿呦呦说。

“不用那么麻烦，一起过夜再一起起床，包管真相大白。”

“对哦。那你们呢？他没‘真相’了你？”她记得庄姜有几次彻夜未归。

“我们？我和他一起过夜但没一起起床，天不大亮我就溜了，我也没睡，怕妆花了。”庄姜说得轻描淡写，但呦呦一想到她穿过黎明还没散尽的暮瘴，孤身一人、担惊受怕地走在陌生的别区，顿时心疼起来：“你真傻，太傻了！你这样值得吗？”

庄姜叹了口气：“我没办法啊。我现在可后悔了，当初要是没骗他就好了，那时他要是觉得我不好，配不上他，就让他滚了，我也没多大感觉，可现在，都这么久了，我放不下了。”

“放不下也不行啊，不可能一直撒谎，总有一天瞒不住。再说，你们一起走来走去，门禁怎么办？当面把你的分数读出来，不一下就露馅了？”

鹿呦呦心中突然冒出一个念头：也许晏落桑是真心的，不然不会这么认真地规划两人的未来——但她不敢说出口，不能给好友虚假的希望。

“没关系，你不知道衡准中心那些玩意儿年久失修得多厉害，好多监控设备都是摆设。”她激活掌屏给鹿呦呦看，“除了你这种没前途的宅女，有点夜生活的人多少知道些绕过监控的办法，何况我？我搞到了门禁的密钥串，怎么绕过危险地方我心里都有数，只要跟他一起时小心点就行；然后外观重塑，我都想好了，先弄些蛋白原液来，然后……”庄姜没再说下去，表情倒是胸有成竹的。

“你到哪里弄那些？咱们用不起的。”

“你别管，总之我有办法就是了，我听说了一个路子，能弄到就是能弄到。等真弄到了，分一些给你。”

“我不用。”不论怎样包装粉饰，蛋白原液就是尸浆，她始终觉得那东西恶心、恐怖、可悲。

“你真死心眼。”

两人都沉默了。

半晌，庄姜轻搡了她一下：“光说我了，你呢？”

“我什么?”

庄姜眼波里游荡着狡黠：“别装傻，我都知道了。”

“什么啊?”

“卫淇奥啊!”看着她一脸懵懂，庄姜咯咯笑起来，“你很行嘛，让人家一见难忘了，我妈都跟我说了，卫淇奥找她，还要你去呢。”她掏出张门禁卡，“喏，卫淇奥给你的，这张可不是一次性的，9+的大门向你敞开，去吧姑娘!”

第五章

卫淇奥

鹿呦呦有种特别讨厌的性格，越向往的人事物越要表现得冷漠，“与其得不到，索性就不要。”她老这么想。

所以9+她是再也不想去的。卫淇奥，与其说那天他那副事不关己的德行刺痛了她，倒不如说隔在两人中间的玻璃墙激怒了她。她对住在内核的那些人怀有好奇，但更多的是天生的愤怒。

此刻，她却又来到了白色巨塔下，她没法放弃绘图本。

大厅比上次热闹得多，川流出入的人个个美丽。所有人进电梯前都会进入一种封闭通道，进去时是外出服，出来时都换上了盛装：这是某种一键换装系统，衣帽间在云端，在屏幕上点选订购服装，由特殊的喷头将液体织物喷洒在身上，几秒间就固化成型，还帮你搭配好发型和首饰。不用说，这东西很贵，设备安装也复杂，所以只有内核才有。

鹿呦呦傻乎乎地看着屏幕。上千页的衣裙鞋帽，她眼花缭乱。翻了几页，选中一件及膝连衣裙，白色，一字领滚着宽宽的荷叶边，她从没穿过这种看上去就很贵的衣服。

“对不起，账户余额不足。”系统温柔地说。

她只好放弃，出口方向却不开门，一个探头伸出来，朝她颈后一扫：“5.0分。请换女仆装。请脱掉外衣部分，伸展双臂。”

她只好照做。四个喷头立刻启动，对着她不由分说地一番喷洒：“已完成，请离开。”

呦呦低头看看，这是一身黑白色调的连衣裤，围裙领结花边一应俱全。

她走出通道，周围衣香鬓影的女孩们都拿着或羽毛或亮钻的晚装包，她手里是个系统附送的香槟托盘。

进入卫淇奥家里的一瞬间，她简直不敢相信自己的眼睛：这跟上次的根本不是同一间屋子。一水儿的白色没有了，整个大厅流光溢彩、人头攒动，头顶上数十个灯球在旋转，脚下是触感光源，一步踏下去就有一圈彩色涟漪泛开，音乐四处流淌，这是个大派对。

她一时慌了，不知该往哪儿去。灯光耀眼，人们都在跳舞聊天，没人理她。她想往角落躲，四下张望时，竟看到了一张熟悉的脸：黧黑面盘，乱糟糟的两丛眉毛，是南茁蓬！

“南哥！”她喊着，一边朝他挤过去。

南茁蓬也看到了鹿呦呦，笑着冲她招手：“呦呦！你怎么在这儿?”

“我也想问你呢，我原本是来打扫卫生的。”

“我每周都来内核送货，今天这里有聚会，订了烤乳猪。”他手上忙活着，指了指她的空盘子，“你快去那边端上酒，别看这里乱糟糟的，有派对管家盯着，抓到你不干活要扣钱。我还得盯着火候，顾不上你，咱们下来再聊。”

她去角落端上酒，边向大厅中间走，边环顾四周。

细看之下，这还是卫淇奥的客厅，大小高度没变，原本的家具是嵌在墙上的，现在藏进了墙里，换成了热闹非凡的陈设，那套纯白沙发也不见了，代之以大红丝绒软榻，唯一没变的是沙发旁边的下沉地带，似乎注满了热水，四周蒸汽氤氲，围了比别处多几倍的人，看不真切。

卫淇奥没在。

鹿呦呦并没意识到自己在找他。她傻呆呆地戳在那里，东张西望着，很多人经过她，拿空了她的托盘。

她看到有人冲她招手，尽管周围很乱，对方仍是一瞬间就吸引了她：是个非常漂亮的女孩，艳光四射。

她坐在一张大大的扶手靠背椅上，就在那块下沉地带边上，两个很帅的男人一左一右正和她说着话，她点着头，眼睛却没看着他们。她的美貌明媚如画，穿着一件太阳黄的蓬蓬裙，软软的裙摆在椅面上舒展着，上面缀的水晶随动作闪着光。她的腰围非常细小，这裙子更把腰肢衬托得完美，凸显了她形状完美的乳房。不过，无论她散开的裙子显得多么温柔，马尾梳在脑后显得多么甜美，那双叠放在膝头的小手显得多么文静，她的本来面目是藏不住的。那双任性、不安分的眼睛才是她。

这双眼睛盯着鹿呦呦，示意她过去。

鹿呦呦费劲地挤过人群，来到她身边。

“你傻了?”她用手中的高脚杯碰碰鹿呦呦的托盘，“看不到盘子空了?”

“啊，对不起，我这就去拿。”

“等等！”她喝止了鹿呦呦，“我有让你走吗?!”

鹿呦呦只好站住，给她骂。

“我问你，我请你来，是为了让你站桩吗?！我观察了你好一会儿，你一直待在同一个地方，东张西望，左顾右盼，就是不干活！我叫你过来是给我倒酒的，你盯着我干什么？看你就来气！”

“对不起，我觉得你很眼熟，不小心就走了个神。”

她从鼻孔里笑了一声：“少来这套，这种陈词滥调我从男人那儿听得都烦死了，用你来说。别岔开话题，你偷懒，破坏了我的聚会，懂吗？你当我请你来玩的？你也配！”

人群渐渐静了下来，远处有人向这里张望，音乐不知什么时候停了。鹿呦呦低着头，看不到周围，却听到不同的人压低嗓子说话：“又一个低分撞枪口上了。”“能不能继续了，还想跳舞呢。”“舜华生气了，这下有得闹了。”

——舜华?

原来面前的是舜华，怪不得眼熟。鹿呦呦不由自主地抬起头，想仔细看看她，不想这更惹恼了她。她的眉毛挑起来，对着呼讯器喊管家，要把她赶出去：“直接带到衡准中心，问问他们，她这副样子怎么过的衡准?”

鹿呦呦被这番话吓到了：下个衡准日到来之前，她绝不能参加衡准。只有她自己知道，她那可怜的5.0里掺了水分，如果贸然再次接受衡准，不经准备的她极可能会失败。到那时，此前所有的努力，父母的全部希冀，都泡汤了。

此刻，鹿呦呦想求饶，却一个字也说不出口。沉默在舜华看来是挑衅，她急躁地拍了下扶手：“来人！把她带走！马上！现在!!”

“大小姐，我认识她，她新来的，不懂规矩。”南茁蓬摸到跟前试着求情，被舜华扫了一眼：“我不跟杀猪的说话，走开!”南茁蓬还想说话，鹿呦呦默默冲他摇头，他只好闭嘴。

“舜华，怎么了?”一个熟悉的声音从身后响起，鹿呦呦回头，是卫淇奥，他终于出现了。

“淇哥哥!”舜华的大眼睛充满了欣喜，她跳到卫淇奥身边，挽住了他的胳膊。

卫淇奥看看鹿呦呦，又看看舜华，俯下头在她耳边低声说——鹿呦呦站得足够近，近到听得见他的耳语：“我是公众人物，搞平权的，从我家带走一个低分去衡准中心，影响会很不好。”舜华看着他，眼中已有了歉意。卫淇奥抬起头，停止了耳语：“今天就算了，好不好?”

舜华点头。

“乖了。”他揪了一下她垂到腰际的发尖，大声说，“没事了，各位继续。”

人群像融化的冰一样散开了，不过半分钟，大厅恢复了刚才的样子，音乐喧嚣，其乐融融。

鹿呦呦被留在原地，惊魂未定。

下一秒，她注意到了下沉地带的用途，这再次沸腾了她刚平复的情绪。

这块原本作为舞池的区域，现在变成了浴池，里面注满了光滑温润的灰白色液体，正在微微蒸发，灯光下的液面显得温暖朦胧，人们聚拢过来，把裸露的小腿浸泡进去，随意地聊着天，酒杯在空中频频相碰，池边的人越聚越多，池中液面下降很快，肉眼可见。

鹿呦呦从没见过实物，但她猜出来了。这种颜色、质感、和身体接触后吸收的速度——这是蛋白原液。

她觉得一阵恶心，快速挤过人群，穿过两道门，冲到阳台上，扒住围栏，向着空气干呕起来。

她回想起十七岁那个晦暗的晚上，父母告诉她，他们打算主动申请外观衡准，赶在下个衡准日到来前接受衡准。她哭着求他们别去，“那是送死啊！”他们却说这是最好的办法：“我们都老了，本来就过不了衡准，提前申请可以加分，加的分我们不要，都给你。”“好孩子，这是唯一的办法了。”

为了更有效率地控制人口，衡准中心鼓励“主动申请提前衡准的良好行为”，提出申请的陆民可以得到0.1的加分。高分陆民压根儿不在乎的区区0.1分，往往却是低分陆民捡回性命的关键，有些预感通不过的陆民会铤而走险赌一把。赌赢了就活，赌输了也没什么，不过早死几个月。加分可以转赠，很多父母会把加分留给孩子。

于是，在一个凛冽的、能听到瓶中水结冰的早晨，他们离开了，再也没回来。

衡准中心投递了他们的遗物，棱边滚着烫银细条的靛蓝方盒子里，有张妈妈写的字条，泪水打湿在一行字上：“呦呦活下去，替我们活下去。”

对缓解衰老有奇效，只消几滴就能抚平皱纹的蛋白原液，是低分人群的救命药，可是贵到咂舌，穷人根本负担不起。虚陆没有实体货币的概念，钱是存储在芯片里的积分，蛋白原液按克售卖，价格随尸体供应数量浮动，但是单价从未低于400积分；鹿呦呦在云端衣帽间里看到的衣服，均价是20000积分；而她在雪茄吧的月薪是2097积分，算上加班费。

如果有足够的蛋白原液，父母根本不会死。他们买不起原液，所以成了原液的原料。而现在，那些人居然用蛋白原液泡脚。

鹿呦呦艰难地回望那个池子。那些液体哪里是灰白色，分明是血红色。

她埋下头，又干呕起来。

“你在干什么？”

卫淇奥安顿好舜华，在拥挤的大厅找不到鹿呦呦，几番张望，才隔着落地窗看到她。她在阳台上——露天阳台。他匆匆跑过大厅，刚走出气密室就对她喊出了声。

她被他的声量吓到，抖了一下转过身，面色发白，脸颊还有泪痕。

“对不起，我——”她还没道完歉就被他拽走：“快进来！你不要命了？暮瘴起来了！”

她顺着他指的方向看出去，刚待过的地方已经看不清了，暮瘴起来了。失神太久，根本没注意太阳下山的速度，她刚看清卫淇奥戴着面罩，他们站在气密室里。

气密室类似载人航天器的气闸舱，有内外两道闸门，一道连接室内，一道通往室外，两道门都关闭后，舱内就形成良好的密闭环境，暮瘴在这里被过滤，代之以洁净空气，待气体处理完毕，再打开内舱门进入室内，可以保障室内的呼吸安全。外缘的住所也配有气密室，不过设计上没有内核的这么美观隐形，且只在总阀门处有一个，整座住所共用，早晚高峰常常排长队；气密性也不可靠，不时会有轻微泄漏，这也是威胁低分陆民外表和健康的原因之一。

过滤系统发出轻轻的蜂鸣声，暮瘴指数灯很快亮起了绿色，内闸门打开了。鹿呦呦抱紧托盘，对卫淇奥微微行礼：“谢谢先生，我去干活了。”

“先等一下，你跟我来。”他领着她，绕过那个池子，走到大厅角落，踏着楼梯登上二楼，来到上次那个没向她开放的房间——他的卧室门口。

她站在门口，犹豫着向楼下张望。他一笑：“舜华不会整晚盯着你的，虽然这是她举办的派对，但这里是我的家。我没恶意，你别怕。”他打开灯，关上门，楼下的嘈杂一下被推了出去。他在一张黑色褶皱皮沙发上坐下，拍拍身边的位子：“来。”

她一坐下，他就牵起她的手，鹿呦呦不禁往后一缩。他又笑了，举起手里的东西：“你听过这个吧？这是检测暮瘴伤害的频谱仪。”频谱仪她见过，只是没见过这么小巧的。

她伸出手，他把她身上裸露的地方都细细照了一遍，讶异道：“这里没事……这里也没事……奇怪，我确实看到你暴露在暮瘴里了。”

她环顾着四周：房间大小几乎是她住所的100倍，主色调和楼下截然相反，黑色硬木地板，黛色窗幔，燕麦色的靠垫散放在玄色沙发上。视线所及的尽头，孤零零地摆着一张巨大的床。房间空荡荡，没装饰，只有床头上方挂着幅画——不，是版雕：一头美丽的雄鹿，昂扬的鹿角和背景的蕉叶缠绕在一起。她眯起眼，表情从疑惑变成惊讶。

走近了一看，果然，鹿的左前蹄上有她的签名。

“这是我刻的？”她不敢置信地说。

“没错，是你的作品。”他跟了过来，微笑着。

“你怎么知道这是我的？”

他从床边小屉中拿出她的绘图本，递给她：“这是你的吧。”

她点头接过来，抱在胸前。

“刚看到你本子里那幅蕉叶覆鹿[1]的草图时，我也很惊讶，怎么会有这么巧的事。当然，我也看到你留在工作台的字条了，比对了笔迹，确定是你。跟着想起那天你在门外着急的样子，才明白是怎么回事，就联系了家政中介。这个本子对你很重要吧，那天我不认识你，所以……对不起。”

“是你买了我的鹿……你知道蕉叶覆鹿？”

“我喜欢它的含义。得失荣辱——”

“皆是梦幻。”她和他一起喃喃地说。

有一会儿，两人都没说话，沉浸在同一个哲学命题引发的各自回忆之中。

她先回过神：“你买这个，花了多少钱？”

他露出一副无语的笑容：“话题转得有点突然，咱们还在赏画呢。”

“多少钱？”

他耸耸肩：“四万积分。”

“见鬼！”她低咒一声。

“怎么了？”

“他们只给了我六千。”当初自己还那么高兴来着！“你要是从我手里买，我只要，嗯，只要八千就好了。”这是她从设计到下刀，到细部打磨，几个月里深思熟虑的心理价位。

“呦呦，”他顿了一下，很满意这个亲昵的称呼成功让她紧张了，“艺术品流通可不是这样的。你看，假设有100个工匠做出了作品，得有一双眼睛，把那件卓越的作品从其他99件平庸之作中甄别出来；还得有一双手，把这件大师之作送到想要它的人面前。这里面的精力、时间、渠道，远远不止四万。要我说，我可是抄底买到这幅东西的。再说，你甘心你的作品只值八千？”

眼前的姑娘歪着头倾听的样子极其可爱，脸颊粉粉的，墨深的眼瞳跟住他，而且，也许她不知道，她其实和他一样，紧张时会咬嘴唇——卫淇奥忍不住说：“呦呦，我觉得你很聪明，你也很了解我，抱歉，我是从你的本子里看出来的，你记了不少我文章里的句子。我是说你真的很了解我，还特意留下字条提醒我在节目里不要咬嘴唇，‘这样显得你不专业’，你这么写，所以——”

呦呦脑子里嗡嗡作响，心跳剧烈：她早就觉得卫淇奥在访“陆民离奇死亡”那期节目里显得

[1] 春秋时，有个樵夫杀死一头鹿，将其藏在坑中，以蕉叶覆盖。下次再来寻找时却忘了所藏何处，于是就以为是一场梦。这个哲学命题可以类比庄周梦蝶。

不同了，一直没想出是怎么回事，原来是这样，他不咬嘴唇了，他真的听到了她的话。

她期待着他的下一句。

“你愿不愿意做我的玩物赏?”他微笑着说。

第六章
探鱼器

鹿呦呦搭南苗蓬的车回去。他开着畜牧场的货车，驾驶室窄小，货舱分两层，上层是畜栏，下层是冷冻室。车很破旧，行驶起来噪声很大，他们的交谈是用喊的：“舜华后来没再为难你吧?”

“没。”

“她其实不是看上去那样，她那个人就是嘴坏。”

“你认识她?”

“也不算认识。她喜欢聚会，我送过几次货给她，后来就总找我去干活。我见过她骂下人，也只是骂，吓唬人的那些话从来没实现过，你别怕她，也别记恨她。”

“我不是下人。她骂的是你吧?”

南苗蓬没回答，憨憨地笑。

鹿呦呦意识到他谈话的重点都集中在舜华身上，立刻明白了：南哥和她一样，都是身陷沟渠还妄想星辰，真是可悲。

不久之后，鹿呦呦和庄姜之间爆发了前所未有的争吵，导致了两人的决裂，这是她俩都始料未及的。

这天庄姜又到雪茄吧找她，刚来就要上厕所，去了不一会儿就神秘兮兮地回来，把鹿呦呦也拽进去，说是找到了奇怪的东西：“我耳环掉马桶了，我就捞，你猜怎么着，我看到了这个!”

鹿呦呦朝着她指的地方一看：“就是个马桶窟窿啊，哎呀你脏死了，快洗手!”

“不是，你等等!”庄姜见她要走，右手拽住她，左手就伸到马桶里去掏。

“你干什么？你刚才捞耳环的是哪只手？是不是拉着我的这只?”鹿呦呦还要骂她，却看到她拽出一小截黑色的导管，那一头还连着导线。

“这……是个镜头吗?”她迟疑地问。

“嗯。确切地说，是个探鱼器。”庄姜笃定地说，“晏落桑带我钓过鱼，他用这个录下钓鱼的过程。我一开始看到这东西，还以为谁把棉条的套管掉马桶了，真是狡猾——啊！”她惊呼一声，凑近了说，“难道，难道晏落桑是个变态？”

“怎么可能。我上了这么久的班，他就来过一次，还是跟你一起，你忘啦？”鹿呦呦的表情从好笑变成了顿悟，“你知道还有谁喜欢钓鱼？简狄，我们老板。”

两人面面相觑，庄姜啐了一口：“这个变态！”

鹿呦呦推开隔间的门：“你快去洗手吧。”

“这个呢？要不要交给衡准中心，举报他？”

“别。”她在洗手台前踱来踱去，“咱们没证据，交了去怎么说？‘嗨，衡准中心吗，我们从马桶里掏出个镜头，快把我们老板抓起来’？谁会信两个5分的丫头。再说，就算举报也只能我自己去，你不能出面。”

“为什么？”

“你忘了？报案要录档案，万一闹大了给晏落桑知道你的分数，怎么办？”

“对哦。那怎么办？”

“得找到证据。这个录到的东西在哪儿能看？”

“有个手持的监控器。探鱼器的发射半径不大，他要想看直播，就得在近处。”

“只能直播？能录像吗？”鹿呦呦想到庄姜学的是硬件维护，不过她很少上课，几乎所有人都忘了她还有个专业——“上什么课啊，上了也当不了工程师”，她总这么说。

“能，不过存储空间有限，也就几百分钟。”

“几百分钟满足不了他。这个应该是上传到什么地方存起来了。”

“那个叫伺服器。”

“要是找到伺服器，你能打开吗？”鹿呦呦记得简狄办公室的密码，他今晚应该不会来。

“试试看。明天吧，今晚我和晏落桑约好了。”

“不行，咱们不知道简狄什么时候会看这些视频，万一今晚就看了，咱们发现他的事就暴露了，到时什么也查不到。这事越早越好，就今晚，你推掉约会吧。”

庄姜嘟着嘴不高兴，鹿呦呦推了她一把：“你怎么还不洗手？”

鹿呦呦分数低，住得特别靠外，简狄“照顾”她，允许她提前下班不用关店，对此店长早有不满，这晚鹿呦呦主动提出负责关店，店长很满意，时间一到，就换衣服走了。

店里店外的灯一关，这里就成了另一个地方，阴暗又诡异。鹿呦呦只留了一盏靠近老板办公室的灯，她试着输入密码，不对；再输，又不对；又输，还不对。

屏幕显示“还有一次机会”。庄姜拽她衣角，她摇摇手：“让我想想。”

她静了静神，谨慎地摁了一串数字。门闩发出轻响，门开了。

“会不会在保险柜？”

“这种东西，应该会放在更方便的地方。”鹿呦呦走到酒柜旁，检查周围的地板，她仅有几次进入这个房间而简狄恰巧在的时候，他都是端着酒杯坐在这里。

地板平整，没有暗格的迹象；她摸索酒柜，庄姜帮忙把酒瓶全掏了出来：“都是好酒！这些有钱人。”顺手也给自己倒了一杯。

鹿呦呦在柜子底部摸到一个凸起，摁下去，酒柜侧面轻轻滑开了，露出三指宽的夹层，藏着一薄一厚两块屏幕。庄姜接过屏幕说：“这个厚的是探鱼器的监控，这个薄的是存储器。你真行，怎么找到的？”

“柜子里外不一般大，虽然不明显，老木工还是能摸出来的。夹层的开关多是在榫卯相接的地方。这柜子不算什么，学校里教过这些，之川老师做的那些才精细呢，滴水不漏的。咦，这个有密码。”屏幕锁了。

“现在该我上场了。”庄姜拎了一瓶酒到桌上，从包里掏出电脑，连上简狄的手持屏幕，“幸好今天没穿小裙子，不然搭配的包肯定装不下电脑，咱们就只能干瞪眼啦。”

她边解码边喝酒，十分潇洒快活，鹿呦呦却越来越紧张：“要不然咱们走吧，太久了。你别喝了！”

“没事，马上好，你知道的，这种事需要灵感。”庄姜仰起脖子，咕噜又是一口。

又过了一会儿，庄姜伸了个懒腰站了起来：“好啦。”她在屏幕上划拉了几下，惊呼起来，“你快来看！今儿真是开眼了！”

鹿呦呦看了一下就瞪圆了眼睛：屏幕上都是女性生殖器的照片，整整齐齐排列成一大片，有种诡异的壮观。文件夹的名字，居然是“雪花”。

鹿呦呦惊呼：“我们店里女客人不多，攒了这么多张，那个变态一定偷拍了很久。”

“看来咱们需要谈谈了，两位女士。”办公室的门不知什么时候被推开了，门外的黑暗中走出一个人，正是简狄。

“两位女士”被吓到了，她们下意识地后退了几步，简狄反而大咧咧地在酒柜旁坐下，给自己斟了一杯，拎着杯子向后一靠，紧盯住她们，眼里满是不在乎。

鹿呦呦生气地说：“你知道自己有多下流无耻吧。”

他冷笑一声："下流无耻？我有伤害到谁吗？这件事在今晚之前，都只是关在这个房间里的。今晚之后就不一定了，会不会伤害到谁，取决于你们。"

"今晚之后唯一受伤的人就是你。"

"我们要去告你!"

他看上去一点也不怕："呦呦，你认识我很久了，你有见过我的家人吗?"

"这事和她们没关系。"简狄的妻子和两个女儿住在7+，极少过来，印象里鹿呦呦只见过一次，当时她有些震惊：她们太像了，那三个女人，活像一个人投下了两具影子。

"你一定也想起了她们可怕的模样吧？你有没有奇怪过，我店里，办公室，为什么从来不摆她们的照片？因为，实在太他妈可怕了啊!"好整以暇的神态从他脸上消失了，代之以恐惧和厌恶，"你根本没法想象和她们共处一室是什么感觉。我这么说吧，有时在床上，我都分不清是在操老婆还是在操女儿。

"她们都疯了，我赚的钱全被她们拿去买了原液，然后就是整容，疯狂整容，她们的心思全在脸上，同一张脸——在她们看来，漂亮只有一种。我不知道事情是从什么时候开始失控的，我只知道，从很久以前，我老婆就消失了，她对自己做了那些事，然后对我们的女儿做了同样的事，最后我们的女儿也消失了。那只是个我不认识的空壳，三个空壳。"

"这也不能解释你的所作所为。"

"你不明白！人们长得越来越像的时候，你知道只剩什么还不一样吗？只有一个地方。"他的眼睛发亮了，"像雪花一样，每一个都不同，这才是真正的美啊!"

"你这些都是借口，你没征求过那些女性的同意，这是犯罪。"

"艺术，不是俗人能理解的!"他粗暴地打断了她，"现在，来说说眼前的事吧。"

"我们还是会去举报的。"

"不不不，你们不会。你们会留下我的收藏，乖乖离开，你不会来上班了，但你会保持沉默。"他恢复了从容平静。

"我们怎么可能那么做?"

"因为要止损。如果你不听话，我会把你的那些视频送给——哈哈，这么说吧，我认识不少玩物赏的老板。我会好好剪辑一下，保证你的脸蛋出镜，到时候，男人们才不管你们这些女人是不是受害者，男人们只想对着视频来一发。到了那时，你觉得你会离哪里近一些，是你心心念念想搬去的6+，还是你一心想逃离的玩物赏?"

"你以为我会乖乖把这个给你吗?"鹿呦呦抱紧了那块手持屏幕。

“随你信不信，但是，当你一个人静下来时，你不会担心我在某些地方藏着另一份，也许另外十份拷贝吗？还有，呦呦，你真的该换新内裤了，要不要我多给你发一些离职津贴?”

“你这个无耻的浑蛋!”眼看鹿呦呦涨红了脸，庄姜正要破口大骂，被简狄摆手制止了：“嘘嘘嘘，这位呦呦的好朋友，或者我该说，晏落桑的女朋友？你要知道，我和他关系不错，经常一起钓鱼，他总提起他的漂亮女朋友。但是据我所知，你和呦呦一直是邻居吧？只是我不知道，落桑知不知道这件事?”

呦呦还想反诘，庄姜拽了她一下。她回过头，庄姜眼里满是恳求，反复地小声说，“咱们走吧，走吧，好不好?”

她还想坚持，简狄却已认准了她们当中更软弱的那个：“用不用晏落桑来接你啊，庄姜小姐？我替你打给他?”

“不用，我们自己走。”庄姜去拉鹿呦呦的手，她躲开了。

简狄朝鹿呦呦手里的屏幕扬了扬酒杯，庄姜立即去拿——好友攥得太紧，以至于她不得不掰开那些手指，她把屏幕留在桌上，拽着一步一回头的鹿呦呦离开了。

第七章

临时避难所

天快亮了，这个时段是暮瘴最浓的时候，她们几乎看不清并肩走着的彼此。尽管头盔的读数器在报警，鹿呦呦还是觉得支持得住，她想试着步行回去，路上理一理乱如麻的心绪，庄姜却明显撑不住了，说话都带着气喘的啸音："咱们得，得躲一躲。"

她们摸着建筑物的墙壁，急急忙忙地小跑着，摸到最近的一道阀门，就赶紧躲了进去。

这是一家通宵营业的酒吧，但显然不在营业状态：店里或坐或站，挤满了躲避暮瘴的人。屏幕上不是日常的玩物赏或原液广告，而是临时插播的新闻：

"空气灾害警报：高浓度暮瘴现正在外缘扩散中，原因尚不明确，请外缘陆民迅速避险，建议内核陆民留在室内。警告：这不是避难演习。此条信息将循环播报，直到警报解除。"

鹿呦呦扶着庄姜坐下，帮她摘掉面罩。庄姜还是剧烈地喘着，鹿呦呦赶紧到吧台要了杯植物蛋白给她。在消费不起的陆民群体里，动物蛋白是原液的替代品，植物蛋白最便宜。

庄姜一口口吸着，脸色渐渐不那么差了。重重的疲倦袭来，鹿呦呦强打精神，最后倚着墙睡着了。

空气灾害持续的时间比预想的还长。被困第三天，酒水单上的价格已涨了五倍。没有救灾指示，没有物资调拨，试着离开这间临时避难所的人，大部分很快就折返了，并带回了"千万别出去"的死亡警告，至于没回来的人……没有消息，屏幕上始终是同一条循环播报的警告，右下角多了一行死亡人数，数字一直在往上跳。

庄姜之前休息的椅子早已被几个男人霸占，她们只好把外套铺在墙角，暂时安顿下来。室内闷窒异常，人们窃窃私语讨论着过滤系统还能支撑多久。不过最先失常的是厕所——人太多了，空气里一股尿臊味儿。

通信早断了，庄姜仍频繁地看掌屏，一遍遍刷新空白。

"你省省电吧。"

“看看能不能联系上晏落桑。”

“联系上又有什么用，他会来救你吗？”话在嘴边盘旋了一圈，她没说出口。

庄姜又买了一杯植物蛋白。她不让鹿呦呦买单：“你刚失业了，不是吗？”

鹿呦呦没回答。三天了，这是她们第一次提起那件事，庄姜挑起话题的方式，好像在把自己的责任从那场窝囊的失败中剔除：“没想到吧，咱们认识的第一个平权主义者，居然是个变态。”

“差劲的平权者，这不是我认识的第一个。”

“哦？说说呀。”庄姜靠过来，显得很有兴趣，或者她只是想缓解沉默的尴尬：自从三天前她把好友拽离和简狄对峙的战场后，好友就格外沉默。

鹿呦呦简单讲了卫淇奥和他的建议，庄姜半真半假地评价这是好事：“你不是很喜欢他吗？”见好友没答话，她只好兀自说下去，“兴许他也喜欢你呢？”

“怎么可能。”

“怎么不可能？”

“男女之间，林林总总，无非就是四种关系。高分男高分女，出于虚荣，逃不过分分合合；低分男低分女，始于凑合，一辈子生计所迫；低分男高分女，男的没钱基本没戏；低分女高分男，除了倒追、玩物，只剩真爱一种可能，不过后者根本不存在。”

“没特例吗？那我和晏落桑呢？”

“你觉得你俩是特例？”鹿呦呦的语气无礼极了。

庄姜认真起来：“你什么意思？”

“没什么意思。”

“把话说明白了。”

“说就说。我一开始就没看好过你俩，你俩根本不配。他那么虚伪，你呢，也没好到哪儿去，处心积虑地骗他。我早劝过你，你不听，所以你凭什么觉得你俩是特例了？”她吐尽恶毒的话，自知不该却偏要，眼前的一切都让她愤懑、不平、腻烦极了。

庄姜气得一抖肩膀：“就你聪明！您那么人生导师怎么就把自己导成玩物赏了呢？”

这下动真格了。

“玩物赏这事我可当不了导师，你得问问自己。你觉得你就不是玩物赏了？”鹿呦呦不咸不淡地追问一句，“请问你骗男友的伟大计划进行到哪步了？我舍命陪‘君子’，一定当你的鉴准人。我把话撂在这儿，你的计划成不了，你俩注定分手，你注定被甩。”

“你瞧不起我们，难道你就好了？明明对各种男人各种幻想，表面还端着，我喜欢，就表达出来，碍着你了？最虚伪的就是你，我瞧不起你！"

循环警报突然停止，屏幕上出现了卫淇奥。这显然是临时插播，画面出现时，他还在整理耳机线。

"最新消息称，暮瘴正在消散，外缘的空气污染程度已在降低，能源和通信也在恢复中。临时避难的陆民已经开始返回住所。"他停了一下，继续说道，"我们的导播刚刚连线了过滤管线部门，工作人员给出的空气安全级别是'谨慎接触'，头盔单层过滤还不能确认可靠，建议陆民乘坐配备过滤器的交通工具出行，不要长时间暴露在室外。再重复一遍，请不要长时间暴露在……目前已知的导致空气灾害的原因是衡准中心的人工智能主机——"播报突然中断了。

除了鹿呦呦，没有人关心这突然的中断，人群发出松心的感叹，纷纷忙着联系亲友。庄姜看了鹿呦呦一眼，便到最远的角落打电话去了。鹿呦呦听到她欢喜地喊了一声"落桑"。她没再回来。

鹿呦呦的掌屏也振动起来，来电显示是陌生号码，她接起来，是抑若扬："你在哪儿?"

她说了地址。

"等在那儿别动，我去接你。"

晏落桑很快就到了，他一出气密室，庄姜就冲过去抱住了他。避难所的人已离开了不少，晏落桑很轻易地看到了鹿呦呦，朝她招手，她只好过去。

"一起走吧。"他友好地说。

"她不用了。"庄姜冷淡地替她拒绝了，"鹿呦呦傲着呢，咱们配不上她。"

"谢谢，有人来接我，你们先走吧。"这话她是对着晏落桑说的，没看庄姜。后者挽住晏落桑，拉着他走了。

他们离开不久，抑若扬就到了。

"你怎么没戴目镜?"鹿呦呦看了看他，他穿着防护服，头上是笨重的钟形罩子，显得有点滑稽。

"暮瘴很厚，能见度不高。这个是军工级别的。"他敲敲头罩。

他们上了车，过滤器嗡嗡作响，已开到了最大功率。鹿呦呦看着窗外，她从没在白天见过这么厚的暮瘴，路旁的建筑都像飘浮在半空的幢幢鬼影，抑若扬开了车灯，但无济于事，光照到的地方都像灰白的墙，暮瘴浓郁不流动，他们像行驶在巨大的怪蛋里。

抑若扬突然刹了车，鹿呦呦的额头重重撞在了仪表板上。

“怎么把头盔摘了?!”他厉声问，“你没听到警报吗？单层过滤是不可靠的!”鹿呦呦这才发现，他的头盔视窗并没打开，还处于密封状态，而她因为分神，已经下意识地摘了头盔。

她想戴上头盔，却被他抓住了手腕，她白天没有扣紧防护服的习惯，此刻双手也暴露在外。

“我会注意的。”她有些紧张，想抽出手，却被攥得更紧了。

“你这样多久了?”他打量着她：肌肤平滑，呼吸也正常。

“我想上车就一下，很快的，就没扣手套。平常晚上出去，着急的话也有没扣好的时候，一下半下没事的，我试过。”

“这不是时间长短的问题……”他声音低下去，似乎在思考什么，“我先送你回去。”他再次发动了车，一路上没再说话，格外严肃。

他在住所外放下鹿呦呦，看着她戴好头盔，下了车，消失在阀门后面。而后关了导航，循着记忆和感觉开车。为了绕过区域闸口，他的路线有很多折返和绕道，他要穿过三个区，暮瘴限制了车速，到达8+时天已黑了。

他把车停在树影之下，步行到了一座庄园的后墙外。不用费神黑掉监控，暮瘴已经弄瞎了摄像头。他找到几个攀缘点，助跑几步，轻易翻过高墙，溜着墙根径直到底，上了塔楼。放倒几个守卫后，推开了最深处的那扇门。

这是一间半圆形的昏暗大厅，堆满了各种仪器表盘，手腕粗的十几簇黑色管线从房间各个方向聚拢过来，通往大厅中间的巨大培养皿。这个透明容器装满了原液，里面泡着一个人——如果还能叫作人的话：他的身体在原液中浸泡太久，毛细血管已长出体外，被滋养得格外粗壮，像植物根须一样盘踞在身体周围；他的头伸出液面，口鼻被呼吸面罩挡住了，只剩一双眼睛露在外边，骨碌碌转着。

看到抑若扬，他并不惊讶，只是缓缓挪动右手，拽掉了面罩，露出一副白嫩的面孔——这张年轻好看的脸，长在那样一具躯体上，显得格外诡异恶心。

“事情办得怎么样了？你把她带来了吗?”那个“人”问，声音竟然很悦耳，中气十足。

“计划变了。我不干了。”

“什么？咱们可是说好的!”

“没有‘咱们’。我只是个收钱办事的。”抑若扬绕着培养皿转了半圈，踢了踢最粗的一条管子——里面集纳的线路连着电子泵，把地库里的原液源源不断地吸进维生系统，“相信我，那个女孩的命，比你的值钱多了。”

“好吧。不过你以为我只能找你的话，未免太抬举自己了。你这样的垃圾，外面多的是。你觉得跑到这儿说声‘不干了’，就能不干了？”

话音未落，身后的门突然被撞开，四个守卫冲进来的同时，抑若扬闪身躲到了培养皿背面。培养皿里的那个立刻喊道：“别射击！把他带走！”

守卫立刻两两散开包抄，抑若扬伏在培养皿底座之下，扬手甩出的短刀割断了左边两个的脚踝，挺身向上，撞翻右边一个，双手扳住剩下那个的双颊、绕着他转了半圈，生生掰断了那人的颈椎。又回身拎起被撞翻的那个，左手揪着那人的额发，右手从腰间拔出匕首，顺势一抹，割开了他的喉咙。血从一指长的伤口喷出时，他已从尸体上拔了枪，砰砰两声，毙掉了断脚踝的那两个。

全程不过一分钟。

“你以为我是来说‘不干’的？我是来杀人的。”抑若扬凑近雇主的脸，狞笑一声。

“我的生命体征连着警报，我一死这里就要锁死，你也活不成！”

“你这样还不算是死了？”抑若扬踩了一脚那根最粗的管子，培养皿立刻咕噜噜乱响，液面下降了一大截，“该死的时候就放手去死，这是自然法则。用别人的命续命，你哪儿还是人，你是个怪物。”

液面还在下降，雇主浑身痉挛，痛苦异常：“饶、饶了我吧，求求你。”

“那个女孩跟你没关系了。我今天来就一个目的，告诉你我能来。你不许动她，给我重复一遍。”

“不，不动她。”

抑若扬松开管子，原液重新灌入，雇主瘫软其中，脸上现出极乐的表情。

见抑若扬要离开，他仍是不甘心：“那个女孩还有什么价值？”

“你管不着。”

“你我合作结束，你重回收割者的事就……”

“不用你管。”他留下最后一句，“我早就不是收割者了。”

第八章

舜　华

暮瘴终于消散，生活似乎恢复了常态：白天的空气洁净干燥，房顶的光伏电池板被阳光照得闪闪发亮；夜间的街道仍然被厚厚的暮瘴覆盖，戴着头盔的路人匆匆走过动态海报覆盖的店面橱窗。

一半的橱窗常年播放原液广告，其中有一半是舜华代言的。她父亲舜洵是衡准中心的指定合作商，拥有虚陆最大的原液工厂，工厂里最先进的生物实验室研制一种高提纯原液，俗称“整容液”。这种昂贵的东西能暂时改变肌肉组织的形态，使其成为宾汉流体①。整容液用途很广，不仅能用于磨腮、开眼角、垫下巴，还可以隆胸、垫屁股。虚陆没有整容医生，取而代之的是外观重塑师，他们有点像雕刻家，只不过是在人体上作业，他们必须在宾汉流体状态失效前重塑客人的外形，整个过程是不可逆的，注射整容液后肌肉会进入惰性状态，需要等待数月到一年才能再次被流体化。由于操作难度极大，外观重塑师的数量有限，收入也相当高。

整容液刚研制出来时销售并不好。它的工作原理匪夷所思，即使那些为变美不择手段的陆民，也未免狐疑犹豫。而舜华的父亲舜洵是个典型的商人，他想出了让女儿代言整容液的点子，于是一夜之间，舜华接受注射、重塑外观的镜头登上了虚陆的大小屏幕，潜在客户对这种“信誉营销”十分买账，整容液很快成为舜氏集团的另一口金钵盂。

而舜华呢，最长八个月就会接受一次重塑。她越来越完美的形象拨动着整个虚陆的神经，她眼角0.1度的上扬、苹果肌1毫米的微调，都会成为7+8+贵妇名媛的话题，进而被争相效仿。

盛产政治豪门、占据生物链顶层的9+不屑于参与其中，他们都是天生的美人胚，标榜天然也十分保守，严禁任何有过外观重塑史的人通过任何方式加入9+。不过这不妨碍他们和8+通婚，后者雄厚的财力为他们的权力提供了更好的支持。通婚所生的子女会在十八岁接受第一次，也是最

① 宾汉流体是非牛顿流体的一种，其超强属性在于，不受力时可以像固体一样不流动；受到一定程度的外力后，才能开始流动。

重要的外观衡准，评分将决定此生的身份：9+，还是非9+。混血子女获得9+评分的难度并不像想象中那么大，只要父母的基因足够强大。为避免优秀基因被过度稀释，衡准中心不允许评分相差三级的陆民通婚。

鹿呦呦站在一面动态海报之下，仰头望着舜华。外观重塑师正将一管整容液推入她的下眼睑，注射全过程她都保持着专业的微笑。

尽管在道德和情感上都排斥尸浆产品，下一个衡准日仍在倒计时中分秒逼近。不管她算上多少遍，结果都还是一样：想通过下次衡准，她至少需要四个单位的整容液。整容液的价格是普通原液的十倍，她刚查过，账户上只有四万积分。她早出晚归、节衣缩食存了一年，只攒够了半个眼睛。整容液一直在涨价，普通陆民挣钱的速度永远追不上。

她拿出卫淇奥的名片，这是他提出那个混账建议后给她的，她一开始还后悔拒绝得不够帅气，现在简直要谢谢自己当时的落荒而逃。

她结结巴巴地打给他，说明原委："……不，我不是改变主意了……我想问问卫先生有没有工作机会给我……好，我明天早饭前到……谢谢。"

他还是那么亲切友好，当即表示愿意雇用她，给的酬劳比她在雪茄吧拿到的还高。只是她一想到他说"玩物赏"的口型就想吐。她呆站着，把名片攥成一团。也许真像庄姜所说，她最虚伪了。

鹿呦呦第三次来到9+已经适应了，她没迷路，穿行在美人之间也不再慌乱瑟缩。不过，在白色巨塔的大堂看到卫淇奥时，她还是紧张了。

这是她第一次见到他不穿正装，有些陌生。他在家常穿一件米色毛衣，下摆塞了半个角在烟灰色的休闲裤里，踩着拖鞋；头发也没像上镜那样定型，蓬松而杂乱，被清晨的阳光染上了一层浅棕色。他正在和几个管理员交谈。

鹿呦呦远远站住，犹豫着该不该上前。而他看到了她，立刻举高手招呼她过去，他脸上绽放的笑容，让她差点控制不住报以微笑。

"来，呦呦，我在等你。"他的手做了个要把她揽过去的姿态，却礼貌地停在空中，"天亮时出了点状况，大楼封锁了，我担心你进不来。谢谢，我来吧。"最后一句话是对管理员说的，他接过扫描仪，对鹿呦呦说了声"抱歉"，在她后颈扫了一下，"好了，咱们上去吧。"

他的家又恢复了第一次的模样，雪洞一般。"我在弄早饭，你随便坐，一会儿一起吃。"鹿呦呦想去厨房帮忙，可环岛上的东西她都不认识，只好在大厅走了一圈，检查哪里需要打扫。他拦住她说："不着急，不限制你的工作时间，我有时在有时不在，在与不在你都能工作，不会干扰我的。"他打开早间新闻，"弄好了，过来吃，我吃得很简单，咱们随便吃一点。"

她看了看那盘吃的，谢天谢地，虽然没吃过，但大部分她都认得：白色的是煎蛋，红色的是腊肠，方形的是烤吐司。

她偷看着他，学着切片，抹调味酱，送进嘴里，尽量不露出"天哪，真好吃"的表情。他停了下来，奇怪地看着她："不好吃？"

"好吃。"

"我怎么觉得你怪怪的。"

她犹豫一下，说了实话。他的表情五味杂陈，她想：怎么，你不知道我们5+吃不上像样的东西吗？心里突然一阵厌烦，却不好发作，只好问："你刚才说天亮时发生了状况？"

"哦，那个。"他的注意力被她转移了，"凌晨发现有'抗拒组织'的人潜入9+，杀了人，现在他们正在清查损失。"

抗拒组织是一个极端反抗组织，主要成员是低分陆民，还包括一些激进的高分陆民，他们质疑虚陆的体制法则，尤其是外观衡准，他们的抗拒方式起初只是抗议、静坐和游行，后来逐渐发展成暴力袭击和制造爆炸，因此被衡准中心认定为恐怖分子而镇压搜捕，抗拒组织的活动也随之转入地下。

尽管如此，他们的行为却毫无收敛，信徒也越来越多，据说这一切都和该组织的新头领有关，此人真名森曼，信徒尊称他"新主"。"新主"口才了得，尤其擅长煽情和洗脑，据说在他的演说现场，信徒曾连续鼓掌七分钟，场面一度难以控制。他鼓吹暴力，极力煽动外缘和内核的仇恨，宣称"虚陆要经过血浴才能走向新生"。

但对鹿呦呦这样的普通人来说，抗拒组织只是类似邪教的都市传说而已。

"9+这么好潜入吗？"她喝了口牛奶，惊诧于这东西的顺滑，之前她只喝过玉米糊，玉米这东西皮实，环境再差也能生长。

"你应该这么问，'9+现在好潜入吗？'答案是：是的。"他在掌屏上划了几下给她看，"虚陆现在今非昔比了，暮瘴越来越厉害，宜居面积在萎缩，能源供应不上，衡准中心的设备很多都成了摆设。不知你听过没有，黑市流通着很多绕过闸口和监控的方法。"

鹿呦呦想起了庄姜的地图，她没作声。

"有线人告诉我，衡准中心在考虑配给制，我有预感，过不了多久就要出事了。"

难道现在不是配给制吗？她在心里问。自从看到他大厅里那个装满尸浆的池子，她就再也不相信他的政治立场了，他不可能理解她。

“你不怎么爱说话，是不是？”卫淇奥又笑了，她挫败地想，他笑起来可真好看。

晨间主播插科打诨的播报突然停了，两人不约而同地看向电视：“插播新闻，镜头交给外景记者。”

前方记者是鹿呦呦很熟的另一个主播，曹子建。她熟悉他是因为卫淇奥，两人的理念立场不同，经常打嘴仗，因此一贯被当作竞争对手。果然，曹子建一出现，卫淇奥就紧张起来。

画面下方是一行字幕：“5+地下河发现三具浮尸”，曹子建正在查看现场，播报时间、地点和报案人，强调“尸体后颈都有很深的长方形伤口”，给了伤口的局部特写，肌肉已经泡成了青白色。她赶紧偏过头，卫淇奥却按了暂停，仔细看后说道：“这是收割者的手法，我得出去一下。呦呦，空气灾害搞得过滤器失灵了，你得跟我下去一下，去车库拿个新滤网。”

电梯里，她问他：“收割者是谁？”

“半公开的宪兵组织，衡准中心的白手套。说白了就是干脏活的，绑架、暗杀。我听说他们为了反追查，下手时会把芯片取走。”他把滤网搬上小推车，“我已经把你的芯片录进安保了，进出方便些。自己当心，等我回来。”

她推着滤网回到大厅，门口正在喧闹。她停下一看，原来是舜华，她被保安拦住了，周围聚集了一圈狗仔，正追着她提问拍照：“你为什么中断新广告的拍摄？”“据说舜洵先生和你发生了争执？”“卫淇奥不让你进门有什么隐情吗？”舜华把管理员拉到门里边一点的地方，虽然听不清她在说什么，但她的表情十分困窘为难。

管理员比她更为难：“真不是针对您，大小姐，大厦午夜就锁死了，没有芯片信息强行放人，我会被解雇的。要不您再打给卫先生试试？”

“我打不通啊……”她的话被挤进门的记者捕获，顿时又是一番推测性的提问，她困窘极了。

鹿呦呦分开人群，挤着上前，看到舜华脸上有泪痕，墨镜下的皮肤甚至还有瘀青，不知哪来的勇气，她心一横，一边喊“卫先生采访去了，让我来接舜华小姐”，一边张开手护着舜华，把她从包围圈里挡了出来。她们走向门禁，识别器扫过鹿呦呦，发出悦耳的准入声。舜华跟着她上了电梯，狗仔的嚷嚷被关在了门外。

鹿呦呦立刻后悔了。舜华一进门就恢复了女主人的自居，呼喝她斟茶倒水，还盯着她干活，瞪得她芒刺在背。她站在梯子上换滤网，舜华突然大喊一声，吓得她差点摔下来。

“我知道你是谁了！怪不得眼熟，你是我派对上那个不干活的丑女！喂，你给我下来！那天一转眼就找不到你了，我听说卫淇奥带你去了他房间，很久你才出来，没签考勤你就跑了，你用什么手段把他拐上的床？”她阴森森地冷笑一声，“真有你的，你个小婊——”

“舜华！你太过分了！”卫淇奥回来了。他走下门廊，朝鹿呦呦走过去，后者还愣在梯子上，他扶她下来，又回头对舜华说，“我已经找好了地方，你去那儿避一阵，我让老赵送你去，他已经在楼下等着了。”

“可淇哥哥——”舜华突然恢复了甜美柔顺，她还想说话，却被他打断：“眼下记者在外面守着，我送你出去，你觉得合适吗？另外，鹿呦呦是我请的助理，不是你的随从，你不该说那些不体面的话，你应该跟她道歉。”

舜华咬着嘴唇不说话。

“舜华！”他生气了。

“对不起。”她飞快地说了一句，泪汪汪地走了。

“谢谢你维护我。可这样她会更讨厌我的。”鹿呦呦看着她摔上的门。

“舜华不会。你别怕她，她就是个被惯坏的熊孩子，该管教她的人没好好管教她，所以她只会乱发脾气，但事后她能想明白的。而且你不了解她，她其实挺可怜的。”见她不搭腔，他笑了一下，“你是不是在想，你们这些高分懂得什么是可怜？”

鹿呦呦不出声，算是默认了。

“相信我，人都有各自的苦处。舜华的父亲多年来都有婚外情，和不同的女人保持关系。为了讨好他，她妈妈一直重塑外观，次数太频繁，以至心理出了问题，最后自杀，死前还把自己的脸戳烂了。尸体是舜华发现的，当时她才十二岁。她和父亲关系一直不好，后来的事你就都知道了。”

比起惊讶，鹿呦呦更奇怪他为什么放心把这些告诉她，一个几乎陌生的人。

“你可不是陌生人，你的插图本我都看过了，不是吗？”卫淇奥倒了杯酒，和鹿呦呦并排坐在沙发上，“管理员和我说了，刚才你帮了舜华？”

她点头。

“很难想象你会这么做。你很难相信谁，也不愿掺和别人的事，我没说错吧？”

“人心就像沉向海底的石头，只能越来越深、深不可测。”

他叹了口气，看向窗外，天暗了，越来越浓的暮瘴吞没了9+的巨塔们。他的手搭在她身后的靠背上，没碰到她：“舜华的往事现在没人提了，要么是不敢，要么是不愿伤害她。但这并不是秘密，尽管舜洵费了很大力气想压下来，但当年这件事传得很凶，至少在内核是这样。告诉你这件事，我是想多少消除一些你的误解，不管是对她的，还是对我的。”

“你怎么不把她的芯片录进安保系统，那样今天的事就不会发生了。”

他苦笑了一下：“那天你也看见了，她用我的房子开派对，她就是这样，招呼都不打就来了。我至少也该有点空间吧。”

“那你们……”她想问是什么关系，又觉得不合适，自己这样未免太明显了。

卫淇奥仿佛没听见，兀自讲下去：“她一直在拍整容液广告，那么频繁地整容，正常人都会受不了的。昨晚她和舜洵大吵了一架，因为她不想再直播广告了，他打了她，今早几乎是绑着她进的棚。她趁换衣服的空当跑了出来，被你救了。”他站起身，“9+宵禁了，你今晚出不去，就在这儿住吧。别紧张，我卧室边上还有个小房间，有独立的门连着走廊，你睡在那儿很安全。明早我还有事要拜托你，保姆把舜华的东西打包交给我了，请你帮我送到这个地址，她暂时躲在那儿，我不方便过去。”

睡前她反锁了门，却终于忍不住问了他和舜华的关系。

“她是我的未婚妻。”他叩了叩门表示晚安。

因为自己的蠢问题翻来覆去，鹿呦呦失眠了，第二天醒来时卫淇奥已经出门了，舜华的箱子放在门边，她隐居的地方在8+，鹿呦呦得搭管道胶囊过去。

路上她听到人们在讨论同一个话题：衡准中心在回收空气灾害中遇难者的尸体，据说“多到灵车都不够了”。中心拒绝公布死亡人数，但她想起抑若扬从避难酒吧接自己回家那天，看到的那一长串白灯：每当家人死去，陆民就会亮起门口的灯以示悼念，那一天，几乎一半家门前都亮起了白灯，5+的街道像通往冥界的长路。

舜华自己应的门，没化妆，眼周的瘀青让人对她心生怜惜，何况她还光着脚，一双细长的腿赤裸着，如果不是浓密的头发垂落胸前，她简直衣不蔽体了。

“你不冷吗?”鹿呦呦帮她打开箱子，她拽出一件晨衣披上：“前一天的衣服我不要穿。这里也不知谁住过，衣柜有股怪味道，我才不要穿里面的东西。”

鹿呦呦哭笑不得：“要不要帮你重新铺一下床?”

“谢谢。”舜华抱着手站在边上看她忙。

过了一会儿，舜华说：“我想……谢谢你。卫淇奥今早又说了我一通，是我不对，昨天的事……对不起。”

“你真的很听他的话。”

“这不一定是好事。”她抱着一个靠枕坐下，下巴搁在靠枕上，“我和他不是太好。我最恨这么说，不过我有预感，我和他走不到一起。”

“为什么？你们不是已经订婚了？”

“我们之间很复杂。卫淇奥那个人，他可以很爱你，但只能在不伤害到他自己的前提下。”

“这有什么不对呢，人们都这样。”

“他是搞平权的，这算是他的卖点，我家的生意对他来说不太好。”舜华抬起头，盯着鹿呦呦，用一种前女友的口吻酸酸地说，“我讨厌你，不是出于没教养或歧视，我讨厌你，因为我看得出他喜欢你。不过，就因为他喜欢你，所以你得当心了。”

第九章

绑　架

鹿呦呦成了私人助理鹿小姐，和内核那些通勤女郎一样往返于5+和9+，早饭前到达，黄昏后离开。除去清洁，她还帮卫淇奥整理采访录音、誊写稿子和回复信件，为他检查日程、管理云衣橱、购物和做饭。她学得很快，却并不为此高兴。她不知道离开内核以后，这些技能还有什么用。“一切只是暂时的。”她对自己说。

卫淇奥显然不这么想。他的体会越来越深，这个姑娘够安静也够聪明。她把他的生活安排得井井有条，分得清何时需要征求他的意愿、何时需要保持距离，不问东问西，不自作主张，他工作时，她就静静地待在家的另一层，要么打字要么画画，和她在一起，他不觉得被打扰，也不觉得被冷落。

她忘了带走的画稿都被他收了起来，画得最多的是景，也画过他。其中一幅很像他家的窗景，不过破败得多：地平线上尽是灰黑的建筑，近处的巨塔只剩残垣断壁，半个虚陆消逝在烟尘中，连坠下的残阳都成了一圈黑的光晕。这幅炭笔草稿被他装了框挂在大厅，挨着那幅黑白广场，很是相称。

有一次，他终于交了稿，活动着僵硬的脖子起身，发现她已经走了，晚饭做好了，醒酒器里倒好了红酒，积压如山的信件也处理清了。她帮他整理了录音，誊抄了他随手涂写的采访要点，在他用来推敲真相的白板上写下了线索——这七条线索一下子切中了他的心意：

1. 衡准中心始终未公布空气灾害的死亡人数；

2. 但是，灾后尸体回收持续了很久，从侧面说明死亡人数很多；

3. 有信源披露，造成空气灾害的原因是外缘的过滤系统失灵，其起因是故障还是人为，尚不可知；

4. 与此同时，低分陆民突发衰老的神秘事件还在持续；

5. 5+地下河三尸身份查明：都是居住在最外缘的5+居民；

6. 收割者与三尸案有关；

7. 抗拒组织渗入内核。

前四条和后三条之间画了一道黑线，线上面写了“动机：尸源”，线下面写了“动机：信息”，表示两部分事件相互独立。各条线索之间交织地拉着红线，相关报道被剪成一小块一小块，分散在图表各处。

真是令人印象深刻。

他夸她聪明，她显得不好意思：“我只是挑出了相互矛盾的事实，感觉这些事之间存在联系，不过，一边是回收尸体，一边是弃尸，如果其中没有刻意营造的假象，就可以假定是动机不同的两类事件。前者是出于经济利益，后者，我看过尸检报告，除了摘除芯片造成的伤口，三具尸体都有一些用于取样的切口和针眼，难道是活体实验？不管怎样，应该是要从这些人身上调查什么，是什么呢……”她沉浸在推测里，没发现他一直注视着她。

他习惯并享受她的陪伴，却总是沮丧地发现自己并不了解她。

有一天，她谨慎地问他，能否以他为蓝本做个头雕，作为她的学年作业，他高兴地答应了。她在他书桌旁开辟了一小块地方，带了黏土和雕刀过来，在那儿画线稿，打形之后细细地雕。他看着自己的脸慢慢成型，不禁很期待最终的模样。可她很少说话，他工作间歇偷偷看她，她也从没和他对视过。

等头雕完成，他发现自己只有半张脸，另半边是半个燃烧的骷髅。他感受得到作品里的愤怒，觉得自己被理解和接纳了。可当他问她时，她却让他看那半张完整的脸上自己嘴角的一丝笑容：“你每次让采访对象必须说实话时，就会这么笑，像不像？”

他带她去艺术家聚会，打开云衣橱让她选礼服，她只翻了几页，就选中一件普通的白色连衣裙，及膝，一字领滚着荷叶边——当然这件也不错，她穿着可爱极了，可女孩子们对打扮这件事，不该是慎重到有点烦人的吗？她这么寡淡，倒让他有点失落。

在聚会上，他把她介绍给当红的艺术品掮客，她也没有要格外表现的意思，他们一起回来时，她甚至有些心不在焉。

这回一定要问清楚，他想。

“我本以为见到那么多有共同语言的人，你会很高兴，你们聊不来吗？”一回到家他就问道。

“还好，有几幅画我挺喜欢的。”

“进了这个圈子，你的作品也能摆进去。”

她笑了笑：“我听过一句话，‘接近权力让一些人错以为自己也拥有权力。’有些人觉得认识了厉害的人，自己也就厉害了，这是错觉。”

可能是喝了酒的缘故，她脸颊粉红，甚是娇俏。他忍不住伸出一只手，撑在她身旁："你是对谁都这么无所谓，还是只对我这样？"

"欲擒故纵什么的，你见得多了，也用得很多吧。我干吗还要自讨没趣。"她垂下眼帘，他拿不准她是真的害羞，还是故意的。

"你觉得我们这样，是没趣吗？那什么是有趣？"他闻到了她的鼻息，带着淡淡的酒味，甜甜的。

"基本上谈感情都是没趣的，即使一开始有趣，后来也变没趣了。"

"怎么说？"

"人都是贪心的，看上的就想尝尝，尝过的就想拥有，一拥有就离失去不远了。"她真的醉了，从没和他说过这么多话，他下决心要让她说得更多："你太悲观了，有很多人走到最后了啊。"

"所以都变成无趣了。"

"那不谈感情呢？"

"不谈感情可能有趣，但注定悲剧。比如很多女生，不惜一次一次外观重塑，挣扎着变美，就为找个有钱人，可拿了人家的钱，还得继续挣扎，留住眼前的好生活。运气好的能留下，运气不好的被一脚踹出来。不管怎样，都再也回不去以前那个光明磊落的自己了。"她本躲着不说"玩物赏"三个字，现在终于鼓起勇气问道，"为什么让我当你的玩物赏？"

他温柔地笑了："因为我觉得你丑得很可爱。而且我想不到其他能和你走到最后的办法。"

"你才丑！你全家都丑！"她直起身，用力推开他，夺门而出。

他追出去时，电梯门已经关上了；等他下楼，她已经不见了。

明天一定要好好谈谈，他想。

第二天她没来。

第三天也没来。

他着急起来，忍了又忍，忍不住打电话给她。

关机。

9+是一场幻梦，鹿呦呦努力抓住现实的边缘。除非闸口因为暮瘴原因而封锁，不论多晚她都坚持返回5+，因为只有在那间晦暗的小屋，她才能安心入睡。

她喜欢看他工作的样子，剑眉入鬓，唇角专注地抿着，怕他觉得被打扰，只敢远远望一眼。所幸能顶着学年作业的名头画他的轮廓，至于他为什么同意当她的模特，她很疑惑。

他要带她去看展，打开云衣橱让她挑礼服，她一下子就想起当初那条买不起的白色连衣裙，及膝、一字领滚着荷叶边的那一件。穿上最爱的裙子，她不敢放任自己的兴奋。“穿这么贵的衣服，这一定是唯一的一次”，她提醒自己，“况且你穿着也不好看。”

聚会就更糟。每个人都好看又泰然，只有她一个平庸黯淡、不知所措。他把她介绍给被称为“最红掮客”的任无止时，他俩搬弄着一堆高深的艺术词汇，她只能一旁听着。满屋子人挤挤挨挨，她却觉得很遥远。

卫淇奥要寒暄的人很多，她难免落单。任无止瞅准机会来搭话，他擎着杯子、捻着胡子，讲了讲她在看的那几幅画的来历，就把话题转到真正的兴趣上来：“所以……你就是卫淇奥的玩物赏？”

她摇头，竭力保持平静：“我是卫先生的助理。”

“这么说也可以。”他闪闪眼睛，“别误会，我只是觉得你的头骨轮廓很高级，你听过外观重塑师吗？我偶尔做做，消遣一下。”他抽出名片递给她，上面写着“外观重塑 · 任无止”和一串号码，他的语气尽管轻描淡写，仍是掩不住的一股炫耀气。

她基本猜出他的意思了：一定是卫淇奥打了招呼，请他给自己做外观重塑，知道她付不起，所以想用这个收买她，做他的玩物赏。

她又伤心又生气，灌了几口闷酒，草草地结束对话，回来一路心乱如麻，本想敷衍几句就逃走，不想自己的酒品和酒量一样差，被他撩了几句就方寸大乱、冷静全失，气得衣服都没换就跑了出来。

其时已过午夜，末班的管道胶囊早没了，她一边想着心事，一边打量周围，想找个通宵店铺熬到天亮，路遇零零落落几个行人，她看到他们在面罩之下对她上下打量、窃窃私语的样子，只道是自己半夜穿个白裙形似女鬼，只得快步走开。

就这么茫茫然走着，突然头顶巨响，她一抬头，发现头顶是连接两座巨塔的天桥，此刻正吱嘎作响，仿佛要塌了，她惊恐万分，撒开脚想跑出去，冷不丁撞上一个人，还没看清对方模样，就双眼一黑，晕了过去。

那人踢了踢她，确定她失去了意识，就把她拖上一旁早已停好的车，绝尘而去。

第十章
叶　蓁

鹿呦呦在极度干渴中醒来，嗓子很疼，头昏沉沉的。她看到灰黑色的天花板，房顶的角落有一盏很亮的灯，照得她头晕眼花。

她想坐起来，却发现自己被绑住了，手腕、脚踝都被固定在轮床上；小臂插了一根细管子，血被抽入一旁的离心机；身上有很多导线连着机器，还听到心肺监控仪的声音；小腹里怪怪的，好像身体下面插了什么东西；而且她没穿衣服。她害怕极了，乱扭着想要解脱，无济于事。

“别乱动，尿管滑脱还得给你重插。”有人走过来，戴着头盔看不清模样，声音冷冰冰的，是个女人。她想说话，张了张嘴却发不出声，活像一条搁浅的鱼。

“你在重度暮瘴里暴露了很久，嗓子会哑，不过这只是暂时的，会恢复的。”“头盔”俯身查看她的管线，抄了些数据，“生命体征正常，即使高浓度的暮瘴也没影响你的健康——果然！”她的语气变得热情，“我去把这屋里的暮瘴放掉，戴着头盔说话感觉糟透了。”

她踢踢踏踏地走远，排气阀嗡嗡响了起来。片刻她又回来，掇过椅子坐下，托腮看着鹿呦呦：“别怕，我不会弄死你的，你太重要了。”可是，那个硕大头盔连着她细瘦的躯体，加上怪异的说话方式，弄得鹿呦呦更怕了。

她端着杯子，示意鹿呦呦吸几口水：“你喝吧，等能说话了，咱们就可以谈了。我要用你做实验，很多很多实验，是不是很棒？简直太棒啦，我等了那么久才把你捉来。几个月前有过一次机会，那天，我跟着你从9+到5+，你一路跑进1705号住所，我在附近守了一夜，没想到你朋友开车把你接走了。太可惜了，你想想，如果那天你跟我回来，这几个月咱们一起能做多少事？没准儿已经成功了呢。不过不要紧，现在也不晚。”她疯疯癫癫、自言自语，说到高兴处竟哼起了歌。

快速思索之下，鹿呦呦得出了推论：眼前这个人绑架了她，她暂时不会死，但也有的受了。这人八成是个疯子、跟踪狂，已经盯上她很久了。

1705号住所是南茁蓬的家，她记得那天庄姜带着晏落桑找了她一晚上，可现在没人会找她了。她真心后悔，为什么要伤害唯一的朋友，就因为人家恋爱了？这种心理真阴暗。她觉得嗓子好点了，就试着说："你想干什么？"声音还是卡在喉咙里。

"你难道不知道自己多厉害吗？我绑你来的那一晚，你没戴任何防护地在暮瘴里走了那么久，竟然安然无恙！我在这间屋子里释放了高浓度暮瘴，你照样没事！你真是个奇迹——"

灯突然灭了。

漆黑中，鹿呦呦感到轮床晃了一下，"头盔"绕过床头，俯在她耳边"嘘"了一声，湿凉的手捂住她的嘴，她听到一个轻微的电子声，"头盔"启动了内屏，借着那微弱的蓝光，鹿呦呦瞥见她手中多了把枪。排气阀停了，周围静悄悄的。

"试都别试，我不想杀你。"角落传出一个男声，轮床这边的两人都打了个激灵。这嗓音似曾相识，但听不真切。

"头盔"朝话音方向连开几枪，枪声在耳畔炸开，震得鹿呦呦耳膜剧痛，枪火撕开黑暗，角落里有个黑影一闪而过，剧烈的耳鸣之下，她听不到任何声音，只能借着开枪的当口去看，眼前的场景像定格播放的影片，每朵枪火炸开的时候，就换一帧。那个黑影越来越近，一个手刀打掉"头盔"的枪，两人的厮斗撞到了轮床，她立刻感到天旋地转，刹那间就被扣在了轮床底下。

在漆黑和耳鸣中等了不知多久，灯亮了，突然的强光刺得她睁不开眼，胃里翻腾得厉害，不由干呕起来。有人解开绑带，把她从轮床下面抱出来，她竭力张开沉重的眼皮，认出了面前的人，是抑若扬。

抑若扬从轮床下抽出被单，严严实实裹住了她，轻轻一举，把她放在一旁的操作台上，拔掉了她胳膊上的针头："你自己能坐得住吗？"

她感到腿是软的，浑身上下都在疼，不过耳鸣已经消退，也不想吐了，就点点头。

"头盔"已被抑若扬绑在椅子上，他刚走到身边，她就连人带椅地朝他撞去，被他一掌推出，眼看要仰面倒下，他伸手一捞，扶正了椅子，顺势扯掉了她的头盔。

她漂亮的容颜露了出来，尽管五官因愤怒而走形，却遮不住她张扬高调的美丽。她脖子上缠着个亮闪闪的金属箍儿，一指来宽，鹿呦呦从没见过这个东西。

抑若扬没一点怜香惜玉的意思，揪着她头发往后一拽："你是谁？怎么扫不到你的芯片？"他的力气非常大，她的眼角被揪得吊了起来，大大的杏仁眼变成了细长形状，她不惨叫，反而现出享受的表情，咬住下嘴唇，齿间发出一声轻轻的呻吟。

他松了手，她的头歪到一侧，头发凌乱地披散在锁骨上，显得脆弱。鹿呦呦不由说："你别打她，她只是绑着我，没伤害我。"那美女听言，轻佻地看着她，冷笑一声："玩圣母？别笑死我了。你以为他是来救你的？你以为他心疼你、爱上你了？"她盯着抑若扬，一字一句地说，"抑若扬是个收割者，他接近你是因为有人雇他收割你的器官，那人快死了，和你一样是稀有血型，所以一直找不到配型，只能泡在原液里续命。”说完看着鹿呦呦，一副幸灾乐祸的样子。不料鹿呦呦并没有崩溃暴走，只是惨然地笑了一下。她有点惊讶：“好吧，你这个反应我可没想到。”

倒是抑若扬很激动，揪住她的领子问道：“你到底是谁？怎么知道我是谁？”她整个人都被他拎了起来，却闭上眼，深吸了一口气，仿佛沉醉在他的味道里：“这还不简单，你我都在追查同一个人，你在明、我在暗，总是碰面，当然要查查你，不然多不礼貌。”见抑若扬努力回忆，她得意地一笑，“我承认打不过你，但反盯梢的本事还是有的。要不是抓到鹿呦呦，太开心忘了规矩，也不会被你跟到这儿来。”

“你怎么会在这么靠外的地方？”他张开手掌，亮出五个指头。原来这里是5+，怪不得暮瘴这么浓，室内早已达到不戴面罩的空气净度，但过滤系统一直在全力运转。

“因为我讨厌9+，那地方就是个臭粪坑。”她果然是9+的。

“不对。你不住9+是因为你住不了，你的芯片——”他用指尖挑住她脖子上的金属箍。

“我的芯片摘了。你的智商终于上线了。”她的脸轻轻磨蹭着他的指背，仰视着他。

“衡准中心以前的首席科学官，叶诚，是你什么人？”

“他是我爸爸。”她挺直身板，抬起下巴，“我是你需要的最后一块拼图，也是最关键的那块。”

“不。最关键的是她。”他看着鹿呦呦。

“好吧，这个我争不过她。”她向鹿呦呦抛了个媚眼，“嗨，还没正式认识，我叫叶蓁。”

“你们……为什么要抓我？”。

“怎么，我和他已经成‘我们’了？怎样，咱俩是不是‘我们’？”叶蓁看着抑若扬。

“那得看你能给我什么答案。”他给她松了绑，她活动着腕子来到鹿呦呦跟前，掏出上衣口袋的听诊器：“给你检查一下？”鹿呦呦看着抑若扬，后者点头。

叶蓁检查了她的呼吸，把监控贴片连上她的身体，各项读数都显示正常。叶蓁满意地一笑，这才回答鹿呦呦的问题：“不抓你，难道请你？敲你家门，然后说‘你好，请和我来实验室吸暮瘴，看你会不会死’吗？”

“你这样抓人过来，直接灌毒气，不怕害死别人？”

“你不是也没死吗？再说我也不是随便抓人，你是我精挑细选出来的。你不知道我找你找得多辛苦。”见她说话颠三倒四，抑若扬补充道：“呦呦，你对暮瘴免疫，这种情况很罕见。”

“罕见?！简直百年不遇！”叶蓁不满地看了他一眼，仿佛他的话是一种侮辱，“你是零号陆民，明白吗？你体内存在一种抗体，能中和暮瘴里的毒素。目前这种抗体还不能人工合成，但是，如果给我时间，也许，不，一定能复制出来！到那时，你们能想象吗，虚陆得有多大的变化！这地方马上要天翻地覆了！你们想象不出来，你们那贫瘠的脑瓜！”她眼中浮现出一种和她美丽的脸蛋极不相称的狂热，抑若扬嫌弃地把她扯到一边：“这事没你想得那么简单，得好好计划。”

“好好计划，”叶蓁学着他的声调语气，撇着嘴翻了个白眼，“你还不是把她计划丢了？幸亏抓她的人是我，不然她早成供体了。”

抑若扬没理她，对鹿呦呦说：“这件事必须从长计议，容不得半点疏忽，我知道你现在不信任我，可我必须告诉你，今晚你知道的这些事非常严重，我和叶蓁能查到你，就意味着总有人能查到你，你今后的处境很危险，千万不能自作主张。我知道这一切看上去很疯狂，可这个疯女人已经是你可能遭遇状况里，最好的一种了。”

“你说谁是疯女人！”叶蓁斜刺里给了他一拳，他反手一挡，攥住她的拳头一拧，她立刻就势旋了出去，在空中划了半道弧线，稳稳落地，“想拧断我的手？想得美！”

“我先送你回去。”他看也不看叶蓁，“她的衣服呢?”

“她不能走！我的抗体怎么办?”叶蓁退到墙边，堵住一个工具柜。他把她扯到一旁：“合适的时候我会再带她过来，你别添乱。”他打开柜门、拿出衣服递给鹿呦呦，“到车上再换。这地方接近陆外，离内核很远，得赶在天亮前入闸，不然暮瘴一薄，巡逻队出来会很麻烦。”

她抱着衣服，跟他出了门。这里其实是一个地堡，通过升降梯才能回到地面。梯门关闭前，她听到叶蓁的喊声：“我等你回来给我做实验！”

第十一章

爱丧其马

她跟着抑若扬来到地面，发现这里已经接近陆外了，四望之下荒无人烟，暮瘴厚得停止了流动。她看看衣服堆上的头盔，有点想把它丢掉，抑若扬说："留着吧。以后反而要格外注意头盔，否则被发现你不一样，会很危险。"他指着和地堡相反的方向，"那边就是边界电网，咱们其实离得很近，但现在连探照灯的光都看不见。车在那边，跟我来。"

"你现在是不是很恨我？"一上车，过滤器还没开，抑若扬就问道。

"什么？"

"叶蓁说的，收割者的事。"

她抿住嘴，沉默了一阵才开口："也不是。其实从一开始我就知道你是为了某种目的接近我，毕竟谁也不会平白无故地帮别人。"

"你怕我吗？"

"怕有用吗？你要是想杀我，我早就死了。"

他一笑，算是默认。

"你是从什么时候改主意的？我是说，不杀我。"

"从一开始。我知道你是稀有血型，但不知道具体是什么血型。我做事不会留问号的，所以……"

"你查到了我的血型，然后呢？"

"我以前有个朋友，也是这个血型。"

"他是叶蓁说的'大雇主'？"

"怎么可能，那个垃圾。"他冷笑一声，"不是他。"

鹿呦呦想起一件事，不安地挪动了一下。

他察觉到了："怎么？"

"你的那个'雇主'和我血型一样，那他是不是对暮瘴也……"

“不是这样的。只有血型还不够，据我所知，能产生抗体的人都是外缘出身，也许必须在暮瘴环境生活足够久的时间吧。这个我不清楚，也许叶蓁知道得更多。”

“那你朋友呢？”

抑若扬没回答，她意识到自己的失言：“对不起，我问题太多了。”

他们静默地开着车。窗外黑夜沉沉、暮瘴重重，仿佛掉进了虚空。

他突然说：“你想不想听个故事？”

直到这一晚，鹿呦呦才知道虚陆有多大，他们从边界开回5+的路程，足够抑若扬讲完他长长的故事了。

抑若扬是私生子，他的母亲因为和低分陆民“私通”，被整个家族视为耻辱，他刚出生就被送出内核，从没见过母亲，而他的父亲早已不知所终，据说是挂掉了外观衡准——这很可能是一场秘密处决的借口。他父亲的亲族大部分都挂掉了衡准，所以人丁凋落，除了告诉他寥寥几行的身世，并没有能力抚养他。

孤身一人的他在外缘流浪着长大，街头生活让他饱尝饥寒交迫的同时，也教会了他丛林法则。他曾为了能在空气灾害中躲在室内而差点被打死，也曾为了一张临时床铺在地下格斗赛打了一年的拳；他能背着半袋偷来的面粉在追打中跑过好几条街，他第一个好用的头盔是抢来的，为了这个零泄漏的头盔，他打断了对方的鼻梁。

十五年前，十八岁的抑若扬加入了衡准中心的低级兵团，想混口军饷。在一次搜捕行动中，他放走了一个本该被立即处死的低分陆民：“他还是个孩子，刚挂掉了衡准，在外缘东躲西藏，吓得不成人样。”他让那孩子走了，自己则被关进了兵团的收押所。

在那儿，他认识了一个后来扭转了他命运的人：孙子仲，此人是衡准中心的高级军官，当时正因一起争议任务接受内部调查。两人一见如故，调查结束后，孙子仲不仅把他弄出了收押所，还把他弄进了收割者的团队，而且成了他在收割者里的训练长官。他们是兄弟，也是战友，一起执行过多次任务，情谊很深。

本来这只是一个普通的军队故事，抑若扬会在孙子仲升职后继任他的职位，从被提携的下属成长为发掘他人的上司，爬到不用干脏活的位置后跻身内核要职——这是很多收割者的职业规划，是他们以出卖灵魂为代价，想要换取的归宿。

但之后的一次陆外探索任务，永远改变了故事的走向。

陆外探索（收割者内部简称为“探外”）是收割者的任务之一，他们奉命定期去往虚陆以外，探索地貌和收集情报，这项任务是绝密的，因为无论从陆外带回的消息是好是坏，都会造成恐慌或骚动，而对于衡准中心来说，没有什么比维稳更重要。内核奉行反民粹主义，厌恶陆民意识的松动，比起醒过来捣乱，人们还是昏睡着无所作为的好。

抑若扬无意于讨论政治，他很快把讲述重点转回到那次改变命运的陆外探索上。

“那是我入伍第六年，我已经是个兵痞，对所做的事轻车熟路，也足够麻木不仁。那本来是一次普通探外，我们每次出去都是三个战术小队，每队七人，由一个训练长官带领，我所在的小队自然是孙子仲当头儿。

“我们队一向是最强的，训练绩点最高，装备也最好，所以每次都是最深入陆外的。那次任务，我们标记了补给点，绘制了要求界面的地图，沿途留下的痕迹全部清扫干净，土壤、水源和植被的取样也很精确，每一步的完成度都是百分之百。直到返程前的最后一晚。

“陆外是截然不同的，我们不可能像在陆内那样喝酒打架找乐子，还有女人——但是，我们毕竟是我们，陆外的每一天都是命悬一线，终于要回陆内了，总要庆祝一下。那晚我们都喝多了，只有孙子仲没有，滴酒未沾。我当时没在意，他是头儿，本来也得留人警戒，而且第二天就要返程，他一直在排物资表，在陆外，物资配给特别重要，滤芯、燃料、武器、食水都有严格的重量限制，辎重和机动是成反比的，带少了不够用，带多了走不动，弄错会害死人的。所以指挥官对这个都特别上心，也特别在行。

“我在他心里是要接班的人，我自己也明白这一点，所以每次逮着机会就好好学，那天晚上，我一看见他在排物资，就放下了酒杯。我走到他跟前，想看看他怎么配车，但我发现了不对头的地方：他给自己车配的物资比别的车少。陆外用的车，速度和载重都经过计算，载重少的话，车速会快很多，按理说，指挥官的车速肯定要和我们同步。

“我把疑问跟他说了，他却一反常态，让我喝酒去，别管他，如果是平时，他绝对是什么都教给我的。我起了疑，就往杯子里兑了水。

“入夜以后，其他人都睡死了，孙子仲悄悄起来，离开了我们的宿营车。我看见他戴上了面罩，知道他要去外面，就悄悄跟着他，发现他在检查指挥车的履带，我趁机上了他的车，躲在后面。

“车一开我就觉得不对头，方向反了，他不是朝家开，是朝相反方向开，朝更深的陆外开。而且他一路狂奔，根本不考虑动力和速度的配比，这简直是找死，探外的范围很严格，每次出去只向外推进一部分，走到一定距离就要停下绘制地图、建设驿站，就像蚕食桑叶，是一口一口、环环相扣的，没人会像他那么疯开，除非你不想回来。

“不过我知道，我们这种人从不做多余的事，一旦做了，这事肯定是不做不行，除非是死了，否则必须成功。所以我还是藏着，看他要干什么。

“就这么全速开了半夜，快天亮时，车突然停了，我猜他要下车检查，就赶紧藏进货箱，没想到还是被他发现了——那家伙就这么邪，我跟了他那么多年，始终没搞明白过。他对我很恼火，但木已成舟，我在他那儿又是唯一一个可靠的人，所以废话不多说，俩人开始修车。

“探外车都是太阳能的，两套电池板子，一套走路一套充电，当时走路那套没电了，就换上备用的，但备用的也没电。这是不可能的，车载电脑显示两套电池全是满电。孙子仲查了电脑，系统被篡改过，虽然电池状态是“满电良好”，但其实不仅被放了电，还被卸载了充电模块，根本充不上电了。进入系统需要密钥，密钥每次任务都会变，出发前才由训练长官告诉战术小队成员。就是说孙子仲——我们——被自己人黑了。

“车瘫了，我建议先回去，路上联系队友，他们一定也在找我们——除了那个内奸。但是，马上又出了另一个状况，让我们不得不确定，内奸不仅要破坏孙子仲的秘密行动，还要置他于死地：我们发现一半滤芯都被抽空了，只剩下了壳子，剩下的滤芯只够我们俩撑一晚，当时天已大亮，我们必须趁着空气还干净赶紧走，但是孙子仲不回去。

“他那时才跟我讲了实话，只讲了一部分。他说衡准中心的人工智能出了问题，必须重新校准，否则要不了太久就会开启区域清洗，说白了就是针对低分陆民的屠杀，但是衡准中心不知出于什么目的封锁了消息，而且严禁重新校准。在陆内重新校准是不可能了，所以只剩一个办法——陆外。

“你肯定不知道，虚陆以前比现在还大，大得多。陆外其实也不是真的陆外，而是陆内的失地，是我们在和暮瘴那必败的战争中失去的领土。这又是另一个故事了。人类被暮瘴赶进越来越小的包围圈，城市被废弃，地表已荒芜，但地下的光缆还在，陆外留置了联通人工智能的冷掣开关，激活后就能重启系统，避免即将发生的区域清洗。孙子仲就是要做这件事。

“孙子仲让我回去，他要继续去找冷掣开关。我不可能扔下他，坚持和他一起走，他虽然不同意，但也没时间争了。那时的我只想着两人相互照应，总比一个人强，但我真的什么都不懂，了解的事儿还不到十分之一。

“我们从车上卸了一些装备，开始徒步前行。我到现在也不知道，如果就那么走下去，我们能不能成功，但孙子仲很有信心，一直说快到了，他在衡准中心的内应给了精确坐标。不过到底能不能成，永远也不可能知道了。

“出发不久，行程就被打断，不，中止了。空中突然有了动静，是衡准中心的战机，我们赶紧隐蔽，想着等一阵就没事了，它们不可能一直盘旋——衡准中心一直是严格限制飞行的，一来能源有限，二来有暮瘴在，夜间飞行根本不可能。但他们居然派出了战机，就为了阻止孙子仲。我们的坐标是怎么泄露的，也是个谜——为了行动保密，收割者的芯片在入伍时就摘除了。唯一的可能是，有人在孙子仲身上放了追踪器，我怀疑就在他的面罩内屏上，但也不可能知道了。那块内屏和他的尸体一起留在了陆外，我没办法带他回来。

“是的，孙子仲死了。战机出现时，我们以为他们会空一地打击，但他们没有，他们朝附近空投了一组扬声器，就返航了。

“我还没跟你讲过陆外的怪物吧？这有点复杂，大部分陆民听都没听过。收割者叫它们蛊叼，你只需要知道它们吃人、循声就够了。本来探外那么久，我们都是潜行、躲过它们，实在躲不过，对付几只也不是太难；可扬声器散放的噪声把附近的蛊叼都引了过来。接下来的事……

“孙子仲有个毛病，怎么说呢，就是那种‘真汉子从不回头看爆炸’，不论训练还是实战，打完就走，从不回头，这对他来说其实没什么，毕竟他那么强，打完对手都死透了。就算如此，我也时常提醒他别装蒜，警戒离开是常识。但是那天，我倒要感激他没回头。他干掉了一只大的，我们从没见过那么大的蛊叼，身量足足有平常的两倍高。我当时被另一只蛊叼压着，他要来帮我，可就在他转身的一刹那，那只大的又张开了嘴。

“如果他回头的话，被咬掉的就是他的上半身；他没回头，所以当时没有立刻死。我把围住我的蛊叼干掉，跑到他身边时，他已经泡在自己的血泊里——下半身没了。什么诀别、遗言，不可能，他只跟我说了俩字：叶诚。

“我把他的装备扒下来翻了个遍，没找到关于冷掣坐标的丁点儿信息，也对，换作是我，像这么重要的情报，也只会背下来。我只好拿了他的补给准备返回，我发现他根本没带滤芯，他的面罩只是个风镜。我当时以为他打算有去无回、破釜沉舟，把滤芯留在探外车上给我返程用，等我回到虚陆、找到叶诚才知道，他根本用不着滤芯。他和你一样，是零号陆民。

“后面的事就没什么好说了。我回到探外车躲了一晚，第二天开始返程，装备、补给，只要能背得动，都拿上了。接下来的四十九天，是我这辈子最漫长的四十九天，缺食少水，甚至蛊叼都没什么，最可怕的还是暮瘴。我尽可能省着用滤芯，不敢跑，连呼吸都是半口半口的，但滤芯还是不够用，差远了。防护服磨损得也很厉害，多亏之前曾多次探外，记得一些补给点的坐标，靠着这些活了下来。终于看到边界的那天，我背包里一个滤芯也没有了。如果可以选，我此生都不想再回陆外。”

他长长地出了一口气，仿佛世界上最后一点空气也被他用光了。

鹿呦呦半天回不过神，这样层层剥开的一段往事，带给她的疑问比答案多。

“然后呢？”她问。

“很多人听完故事都要问个‘然后呢’，这三个字最无赖，是哭着闹着非要答案的那种幼稚。世事永远有然后，唯独没答案。”天光渐亮，暮瘴散去，5+的居住区黑压压地出现在视线尽头。

“我是说，你回到陆内后发生了什么？收割者为难你了吗？”

他苦笑了一下：“对我们这种人来说，最大的‘为难’不是有所为，而是无为。当你变成多余的人时，上边不会为难你，只会直接让你消失。我和孙子仲因为擅自离队被除名，档案销毁，身份也抹除了。对他们来说，我们都死了。

“我找到了叶诚，他就是孙子仲在衡准中心的内应，当时他还是中心的首席科学官，也是他说服了孙子仲执行那个自杀性任务。之后几年我一直在找那个内奸，表面上我是一个器官中介人，私下接触了不少内核客户，借以打听当年战术小队其他五个队员的现状。”

“找到了吗？”

“都死了。”

“死了？”

“死于一次训练事故。尸体是五具，但我无法确定哪具不是本人——或者哪具是本人？如果那是一次人间蒸发，那么内奸已经重塑了外观、改换了身份。虚陆上每个人都可能是他，就像在追寻一个鬼魂。”

“我和孙子仲血型一样，意味着什么？叶诚现在在哪儿？”鹿呦呦还有几十个问题等着，他却不打算回答：“这你得问叶蓁。而且你到了。”

她意犹未尽地坐在原处，用沉默拒绝下车。他下了车，为她打开车门，她只好下车，垂头站在他面前，不愿走。

他伸出一根手指，抬起她的下巴，看着她的眼睛：“很多事根本急不来。等有一天，你会宁愿不知道这些。你很聪明，也许下次见面时你已经弄明白了。以后每周这个时候，我接你去叶蓁那儿，还有，要戴头盔。”

他目送她进了住所，却没立刻走，而是靠着车点了根烟，眯起眼环视四周，目光故意略过了对街的一个橱窗。

他多年的习惯是，每到一处都会下意识地画地形图、找出入口、记人的面孔。停车下车那一瞬间，他已经认出了对街橱窗里的某个人。

那是鹿呦呦的雇主、新闻主播卫淇奥。

第十二章
中　毒

“血液灌流”，这个鹿呦呦从未听过的词，这一天，在庄姜的病榻前，一下子听了几十次。

“呼叫麻醉紧急气管插管。”

“上呼吸机。”

“开放静脉通路。”

“肾上腺素推注。”

医务人员围着庄姜忙碌，面色灰白的她看着鹿呦呦，眼里噙满泪水，她说不了话，呼吸机插入了气管。她身上共插了七根管子。

晏落桑让鹿呦呦“来见庄姜最后一面”，她还当作庄姜的又一次胡闹，来得不情不愿，谁承想，吵架后第一次见面，竟是在这种情况下。

主治医师在给蔓姨解释她女儿即将死去的事实，这并不容易，他说的术语太多，而念叨着“求你救救她”的蔓姨也没有听，晏落桑眼睛红红地在她耳边细细说了什么，不时抹泪的她立刻瘫软，鹿呦呦赶紧搀住她。

医护人员给蔓姨推了一针镇静药，她睡着了。晏落桑回忆说，庄姜前一晚还好好的，早上突然就喘不上气，他赶紧带她过来，“医师说是中毒了，问吃过什么，她说刚用过这个。”他拿出一个金属瓶，里面盛着半透明的黏稠液体，微微泛着红色，有股腥气，她不认得，晏落桑表示也不认得：“连医生也没见过。已经送去检验了，结果还没出来。但庄姜情况非常不好，血色素下降很快，已经出现多器官衰竭的前兆了。”

“真没救了？有没有什么药……”

“你觉得我会不给她最好的吗？一诊断出中毒就开始给她血液灌流，我让医生用最好的解毒剂，不要心疼钱。可是也只能暂时缓解，把部分毒素吸附出来，让毒素渗透得慢一点，而且，医生说庄姜属于稀释性体质，一旦接触毒素，哪怕一滴都会很快扩散。医生让我做好心理准备，她最多还有十小时，一旦器官开始衰竭，就没救了。天哪，我可怎么办……”他说不下去了，捂住脸哭了。

他是那么伤心，鹿呦呦很内疚，为之前怀疑他的真心而抱歉："你别这样，我误会你了，不该那么问你。"

他摇头，脸依然埋在手心里，仿佛不愿让她看到眼泪："我不是为那个难受。我怎么对庄姜，是我们之间的事，只要她明白就够了。我难受的是我太没用了，明知道怎么救她，却什么也做不了。我今天才体会到，有些事不是有钱就行的。"

"怎么救她，你说出来，咱们一起想办法。"

"没办法了，她的药不是有钱就能买到的。医生说她中的毒没有特效解毒剂，不过有种高级吸附剂可以试试，但需要的量很大，一时间买不到那么多。"

"是什么？那种吸附剂是什么？"

"是一种活性量子碱，用在整容液注射中的，如果外观重塑出现问题，可以用它吸附整容液，暂停重塑，因为产量低，只有最尖端的生物实验室才有存货，连内核的豪客都得预订——哎，你干什么？"

她刚听到"最尖端的生物实验室有存货"，就拉起他往外跑："路上说！你开车了吗？"

他们把车开得飞快，她凭记忆指路，车在8+一座碧树环绕的幽静小楼旁停了下来。

"但愿她还没搬走。"她让晏落桑在车上等，"咱们要找的这个人挺自我的，你去了反而不好说话，我自己去比较好。"

过了一小会儿，她带着一个漂亮姑娘上了车："这是舜华，她能拿到量子碱。"

晏落桑还没道谢，舜华就说："是我带你们去拿，不是我去拿。"

"可你一个人去不是容易些吗？"鹿呦呦问道。

舜华打断了她的提议："没有可是，天快黑了，我一个人怕。你们不跟我去，我就不去了。"

目的地在8+外缘，有点远，庄姜的倒计时还剩八小时，晏落桑开得很急，舜华不高兴了，嫌颠簸弄疼了她，鹿呦呦好声好气地哄，她还是抱怨，后来晏落桑吼了一句："你安静点行不行？我女人快死了！"她才住了口，探身到鹿呦呦旁边，故意说"你朋友性格真差"。

他们沿着一道十几米高的黑墙开了好一阵，来到两扇黑门前，舜华说："就是这里。"原来刚才那一大段路，都是在绕原液工厂的外墙。

这里不像工厂，倒像监牢，整体炭黑色，建筑都是没窗户的实心水泥块，院子里没有树，风很大。

大门紧闭，舜华摇下窗，对探头一招手，门就开了。此后一路畅通，径直来到配制量子碱的部门，舜华仍是大摇大摆地进去，打开冷藏罐的罩子，揿动按钮，内皿中的荧绿色液体缓缓注入一旁的试管中。打满一管，又揿，再满一管，再揿，打满了三管，才一起递给晏落桑：“拿去，应该够了。”然后径自出了门，走在前边。晏落桑悄悄对鹿呦呦说：“记得提醒我跟她道歉，不该吼她的。”

他们走过一截通道时，尽头的闸门突然落了锁，舜华走在前面，已经过去了。他俩只好退回去，发现入口也锁了，等于困在了通道里。舜华在门上的观察窗张望，门是隔音的，她用口型说了句“等我一下”，就消失了。

“我收回之前要道歉的话。”晏落桑急得来回踱步，一直看表，倒计时还有四小时。鹿呦呦怕他把试管打碎了，就朝他要来试管揣在怀里，靠墙坐下：“我以为你会不管庄姜。”

“为什么？”

“你看到她了。”

“什么？哦，她没化妆的样子。他们必须给她擦掉，那些妆。不然没法观察脸色。”

“你这么说她会生气的，说她妆太浓。”鹿呦呦轻笑。

“那你别告诉她，谢谢。”

“你不介意？”

“介意什么。我早就知道了。”

“真的？怎么知道的？她很小心的。”

“是很小心。她总躲着监控和扫描仪，大概是不想让我听到读数；她睡前不卸妆，总是天不亮就走了；她还搞到了门禁的密钥串，她挺聪明，总不见她上学，还懂这些。”他的话里充满了欣赏。

“原来你都知道。”鹿呦呦替庄姜松了口气，原来他真的喜欢她。她一定要跟庄姜道歉，如果还有机会的话。

出口传来电子声，开阖门解锁了。舜华在门外叉着腰：“我在外面都累死了，你俩可好，还歇上了！快走，最近能源老是供不上，这里到处都是故障，来时的路已经不通了，得绕道走——但愿你们还没吃过饭。”

鹿呦呦小声对晏落桑说：“回去后你还是得跟她道歉。”

这里工作人员很少，即便晚上也未免太空荡了，除研发部门安排了零星工位，多数地方都只有机械臂守着生产线。刚进备料间，鹿呦呦就明白了人少的原因：这么恐怖的地方，待久了一定会疯的。

这里是为整容液准备原料的地方，尽管走在甬道上，和操作区隔着玻璃，仍然看得清里面一排排整齐悬挂的是什么。

都是人的尸体。

倒挂着，从会阴到锁骨被纵向剖开，掏空了内脏，徒留一具具毫无血色的皮囊，泛着青白挂在那儿，等着被对折后装进半人高的溶解桶，在特制溶剂的浸泡中化为浆水。为便于检查溶解程度，溶解桶被设计成透明的，探灯从桶外照出光线，如果光线能穿透液体，到达另一端内侧的感光标记，并反射信号，就说明这一桶溶解好了。

吊臂在密集如林的溶解架间移动，采摘透光性合格的圆桶，细细的光线上下翻飞，桶内容物被照亮一瞬，又在下一秒重回黑暗。鹿呦呦看到一个桶里化了一半的脊索，一端悬浮在液体里，一端还连着半个人头。

“知道我为什么不愿拍广告了吧？看过这些，还想把那玩意儿打到脸里的人，一定疯得可以。”看到鹿呦呦在干呕，舜华淡淡地说，“你们运气不算太坏，今天快速通道只锁了一半，不然还得去绕过滤、离心和静置区，那种味儿，更有的受。你忍忍吧，马上出去了。”

她带他们出了厂，回到停车的地方，鹿呦呦让舜华上车，她却抱着胳膊说：“我有车坐，你们走吧，你朋友开车技术太差，我受不了。”晏落桑道了谢，绕着舜华掉了个头，向墙外开去。鹿呦呦忍不住回头看她。

她垂下的双手藏在宽大的裙摆中，猎猎夜风吹起了她的黑发，也吹涨了她白色的裙裾，那漆黑的工厂仿佛要吞掉她。这美丽又脆弱的形象，很难不让人对她心生怜惜，可鹿呦呦马上想起了答应帮忙之前，那个强硬优越的舜华。

当天早些时候，鹿呦呦让晏落桑留在车上，独自去找舜华，本来准备了一套说辞想动之以情，不料她立刻答应了。

“好吧。不过有个条件。”她制止了鹿呦呦的道谢，慢悠悠地说，“你保证不和卫淇奥在一起，我就救你朋友。”

他们返回医院时，倒计时只剩五十分钟了。庄姜的病情发展很快，脸色又青了一层，颧骨也更突出了。人还醒着，一见他们就淌下眼泪，晏落桑理了理她的乱发，轻声安慰：“没事了，呦呦帮你找来了药。”

量子碱果然有效，输入不久，血色素就不再下降，庄姜的脸色由青到白，渐渐恢复了血色，天亮时已经能撤掉呼吸机自主呼吸了。鹿呦呦熬了一天一夜，困倦至极，不知不觉睡着了。

醒来天已大亮，她趴在庄姜手边，庄姜正用手背轻轻蹭她的额角。

“晏落桑呢?”

“医生找他。”庄姜感激地看着她，“谢谢你，呦呦。”

她有点不好意思，说了句“没有”，笑了笑，“我才该跟你道歉。也不知哪来的优越感，自己单身还见不得别人恋爱，是挺虚伪的。”

“我那是随口一说，你还记恨上了。”庄姜轻轻捶了她一下，两人都笑了。

她还想说话，忽听外面一阵喧哗，原来是晏落桑在和医护官争论，指责他们验不出中毒的原因。医护官解释说，导致庄姜中毒的物质属于管制品，他们没权力透露信息。晏落桑还要追问，鹿呦呦制止了他：“他们也没办法，不如问问庄姜知道什么。”

庄姜知道的有限，但也提供了一些线索：导致她中毒的是原液的替代品，因为功效近似，且价格只有原版的一半，近来在低分区域很红，只是购买不太容易：卖家很神秘，通过深网才联系得上，下单后是经投递点中转，由随机陆民送货的，全程接触不到任何相关的人。

“深网上的联系方式你还有吗?”鹿呦呦问。

庄姜在掌屏里找了一会儿，拿给她看：“就是这个。你要干什么啊？他们不知是什么人，万一你遇到危险怎么办?”

鹿呦呦记得，今天是抑若扬接她去和叶蓁“一起做实验”的日子。她注意到庄姜胳膊上有一条溃烂，这种质地很眼熟，和卫淇奥做的那期“陆民突发性衰老”的节目里看到的类似，就拍了照片，问是怎么弄的。

“我一开始就是把假原液抹这儿的，心里没底，就想先别用在脸上，谁知刚抹一点就中毒了。”

“医生说你是稀释性体质，毒素在你身上扩散得格外快。”晏落桑解释道。

“我还真是倒霉。”

“并不是。多亏你的体质，一接触毒素就出现了症状，我们才能救你回来，不然的话，慢慢把一整瓶用完，毒素累积在体内，产生了不可逆的破坏，到那时，神仙都救不了你。”鹿呦呦说着说着，心中豁然一亮，正要告辞离开，抑若扬就不早不晚地来了电话：“我去医院接你。”

“你怎么知道我在医院？算了，当我没问。”她挂断电话一回头，见晏落桑陪着她，连忙让他回去，“不用送我，回去照顾庄姜吧。”

“我还没来得及谢谢你。”

“不用，庄姜也是‘我女人’。”她打趣他。

他很窘地点点头：“好吧，等她出院咱们再聚，今天就不送你了。”

鹿呦呦一上车就朝抑若扬要掌屏：“我想发个消息。”他无奈地摇头，激活掌屏，她要用，他却一躲：“不许瞒着我自作主张。”

“放心。你知道怎么连这个地址吗？”

他看了一眼，指责道：“不是告诉过你不许上深网吗？”

“我知道，可这事很要紧，你先帮我连上去。”

他只好照做。

很快，屏幕上弹出一个私聊留言板，她在上面写道：“你们的货有毒，我要说出去。”附上庄姜的皮肤照片，又附上一条“陆民突发性衰老”的新闻链接，点了发送。

她给抑若扬讲了事情经过和自己的推测：“我看过突发衰老的尸体照片，皮肤状态和庄姜中毒后的一样，只不过庄姜这种一次就出现症状的特殊情况是卖家没想到的。假原液导致的都是慢性中毒，其他用户的中毒都是漫长的过程，而且私下购买原液是违法的，所有人都是秘密购买和使用，大家彼此孤立，很难从个案中找到规律，即便发现中毒，也没法定位毒源。这件事不是为了牟利，就是为了尸源，只是牟利的话，也许还是某个黑心商人的小把戏；如果是为了尸源……”她想到了帮卫淇奥整理的采访要点——空气灾害后，没人关心事故原因，只是夜以继日地回收尸体，“问题就严重了。据我所知，只有一个地方有权管理尸源，也只有它能从中获利，不管是空气灾害，还是突发衰老。”

“衡准中心。”抑若扬若有所思地看着她，“这是你自己想出来的？”

“我只不过是把点连成了线，很多事都是这样，其实想通并不难，只是很少有人愿意想。说出真相是需要勇气的，相比之下，相信一个哪怕是错误的既成事实，要容易得多。”她叹了口气，“长久以来，我们相信衡准中心所做的一切都是为了让更多的人活下去，如果发现事实正好相反，你让人们还怎么活下去？”

抑若扬也沉默了。

他的掌屏响了一声，显示收到新消息：“你想怎样？”她输入“见面”，刚想发送，被他拦住了：“见面？你疯了吗！”

“那怎么说？”

“你得知道人性阴暗，想取信于人，不能展示你有多真诚，而要展示你有多邪恶。”他在对话框中敲下“我要入伙”，按了发送。

留言板空白了几分钟，出现了一行字：“怎么交易？”

“7+内缘，1级医院，第25号门，100升货，分装好，车钥匙留在点火器上，所有人下车到广场中间，脱掉外衣。”他查看了空气预报，当天暮瘴升起的时间是十九点，又补了个“今晚七点”，发送。

“这不就是咱们待的地方吗？还有不到一小时了！再说那么多货，咱们放哪儿？”

“谁说要拿货了。十升，还是一百升，都不重要，关键是时机。”他发动车子，绕着医院转圈，仰起头观察周边的高层建筑。

“什么时机？”

“暮瘴。要在浓度最有利于咱们、最不利于他们的时候行动。”他启动面罩，调节着目镜焦距，“我的目镜上有热视仪，虽然暮瘴会让热视仪失灵，但是得达到一定浓度。日落前咱们至少有五分钟的窗口时间，在这段时间里，只有咱们能看得见，对方却是瞎子。”他伸手到座椅下，拿出一个巴掌大的小盒。

“你要放追踪器？”她明白了他的计划。

“不笨嘛。不是我放，是你去放。”

“我？我不行的。”

“怎么不行。没时间了，你到底做不做？”他拉开车门，“机会只有一次。”

她咬咬牙，从怀里掏出那个金属小瓶给他：“帮我带给叶蓁，请她验一下是什么成分。”

他好笑地说：“不用搞得像交代遗言似的，我会在高处观察，你只要按我说的做。现在打开耳机，测试通话；对表，3，2，1，1835。你现在进医院，我给你信号时，从24号门出来。现在切到线上通话。”

她穿过地下扶梯，向大堂走：“别告诉我这里是你随便选的，时间太紧了！”

“医院是最好的会面地点。记住，人越多的地方，就越少人在看。什么是时间紧，什么是时间松？给你一年来规划今天，未必有这一小时办得好。没有完美和更完美，只有出错和不出错。咱们是以逸待劳，对方得布置、装车、赶路、埋伏，人一仓促难免就会出错，用不出错对付出错，咱们赢定了。”

“等等，你是说他们会埋伏我？”

“我会盯着你的。”

“他们不会盯着你吗？要是他们也有热视仪呢？”

“你知道能在暮瘴里工作的热视仪造价是多少吗？要是他们能给每个马仔都配备热视仪，同时还懂得利用‘日落窗口时间’，也不至于这么容易就被你抓住马脚。这个险我愿意冒。”

“我到地方了。现在干什么？”

“等。”他的信号变好了，应该是到了空旷的地方，“你这几天干什么了？”

“怎么，现在要当朋友了？”

“你我不是朋友吗？你最好别在住所宅着，5+不安全。卫淇奥那儿怎么不去了？”

“你怎么知道？——当我没问。”她看着自己的手，右手拇指和食指掐着左手食指，“我不想去了，他那个人不可理喻。”

“虚伪。”他话里的讽刺惹恼了她，她想辩解，他却换了更严肃的语气，“内核更安全，我还有别的事要忙，不能总看着你。而且你最好不要改变生活习惯，你之前不是一直边打工边上学吗？”

“嗯。”她闷闷地答。

“怎么不去雪茄吧了？”

她讲了简狄的变态收藏，略去了庄姜和晏落桑的部分，她不想横生枝节。不过他似乎并没在听了，语调也警觉起来：“他们来了。两辆车，八个人，第一辆车三个，第二辆五个。戴上头盔，准备出发，现在七点整，开始倒计时，你只有五分钟。向北走。”

她迈出大门，不少人躲进了室内，广场上的人在减少。暮瘴正在弥散，建筑和人群的轮廓开始模糊。

“沿着人流的方向走，目视前方，别扭头。我看到楼上的哨探了，分开的两个，在比我低的地方，应该是来不及到达更好的视点。不过他们有枪。第一辆车在停车，你继续走。”

她看看码表，还有210秒，第一辆车离她不远，是蓝色厢型车，车尾有三道红色，车上下来三个男人，正径直朝她走来，她慌了：“我被发现了吗？我被发现了！”

“别张望！他们只是按指示到广场中间去。保持这个速度，要走，别跑。”

耳朵里怦怦的，都是心跳声，她直起脖子，不让慌乱压低了头。那三个男人和她擦肩而过。

还剩160秒。

“你得把追踪器放在第二辆车上，它在你的三点钟方向，外观和第一辆车一样，是白色，车尾也有三道红。没停车，重复一遍，没停车。”

“那怎么办？我不能跑的！”

还剩110秒。

“你得换个方向。等等，有一家人从你的九点钟方向过来了，我要你走到他们之中去，我数到1你就向右转90度——5，4，3，2，1，右转90度。”

她现在面向东了，可是并没看到第二辆车！

还剩60秒，广场上的一切正消失在暮瘴里。

“50秒后你会和第二辆车相遇，车上的人都下来找你了，现在车上只有司机，车速不快。最后20秒我要你跑起来，你会从他的盲区经过，他看不见你。

“……

“就是现在！保持这个方向，跑。”

她撒开腿全速跑起来，四周白茫茫一片，她只看得见自己前后摆动的手。

最后15秒。

“它要左转了，你会切上它的右车尾。我数到1你就扔出去，9，8，7，保持速度，5，4，抬左手，2，1——扔！”

她的路线和车的路线像两个相切的圆，在最后1秒碰了一下，立即各自分开，她听到了追踪器吸附在车体上的声音，“嘭”，轻轻的。

“你成功了——别乱蹦，现在平复一下呼吸，我在5号门等你，别跑，走回来。”

第十三章
重　逢

抑若扬并没跟着他们，而是驱车前往另一个方向。他让鹿呦呦在深网上留言："你们的货里有鬼，我不和没诚意的人交易。"一边解释说："你以为他们不会追踪咱们吗？第一辆车有很大可能放了追踪器。为了避免被跟踪，对方也不会直接回到有效地点，与其陪他们兜圈子，不如先做点准备。"

他带着她在一大片民居中穿行，停进一段阴暗的胡同，借着车灯扫开地上的枯叶，从尘土中摸出一段铁链，使劲一提，掀开一扇暗门，跳了进去。不一会儿，洞口扔上来一个包，他随后爬了出来，关上暗门，仍然用尘土和枯叶掩上。这才开启追踪器的定位，跟了过去。

信号最后停进了一座建筑的后院，他们跟到附近，发现那儿是一间玩物赏会所，入口是侧墙上一扇狭窄的小门，门前是十几级贴墙砌的楼梯，楼梯上站满了前来买欢卖笑的男人和姑娘，等着守门的保镖放行。门偶尔打开，一次只放两三个人进去。

"看来今晚你要混夜场了。"抑若扬盯着那扇小门。

"又是我？"

"你没发现能进去的都是姑娘？而且，如果这事的背后真是衡准中心，我还是不露面的好。"

"所以我就能露面了。"

"别忘了这是你的事，我只是帮忙。"他听出了她话里的抱怨，"你会保持低调的，戴上这个。"他给她一副眼镜，"这个内置了镜头，你看到的我都能看到，镜腿上有通话器，我让你说什么你就说什么。"她下车走了几步，又被他叫住，"别排队，直接到最前面去敲门。"

"我会被赶走的。"

他从掌屏前抬起头，打量着她："不会。看看楼梯上，再看看你，你马上就能进去。"

"为什么？"

"楼梯上的都很抢眼，他们缺少……"他停住斟酌了一下措辞，"学生妹造型的。"

"我这不是造型。"她有点懊恼。

“别怕，你挺可爱的，大胆去吧。”

她忐忑地走上楼梯，挤开人群时人们都看着她，有个嚼着口香糖的姑娘故意撞了她一下。不过保镖没为难她，刚到跟前就为她开了门。

室内烟雾缭绕，姑娘们的腰肢和肚脐都露着，男人的目光都集中在脖子以下、大腿以上，灯光昏暗、闪烁。她从没来过这种地方，很是不知所措，抑若扬的声音从耳后传来：“别低着头，我什么都看不见。给我看看内部结构。”

她只好四下张望，这是个细长形状的房间，进门左边是化妆间，右边是几张卡座和一片舞池，舞池往前是珠帘隔开的包厢，包厢左边有两扇黑色的小门，小门过来是吧台，然后又回到化妆间。她犹豫着要不要去吧台点杯喝的，抑若扬说话了：“看一眼吧台前面的人，别盯着看，假装环视一下。”

吧台挤的人最多，她什么都没看清，但抑若扬应该是看到了什么，发出一声饶有兴味的笑：“有个熟人也在。我离线一会儿，得去把追踪器拿回来。你别傻愣着，去要杯喝的，今晚会很有意思。”

听到他要离开，她差点忍不住躲进厕所，心理斗争了好一会儿，总算蹭到吧台跟前，对着酒单上的陌生名字发呆：都好贵！她指着最便宜的一行叫酒保，酒保没听见，仍是和吧桌那头一个穿闪亮抹胸的姑娘聊得热火朝天。她只好退出来，冷不丁被人抓住了手腕，那人一口酒气喷在她脸上：“小妹妹，你在找人吗？酒保！给这个美女来一杯，记在我账上。咱们好好聊聊，好不好呀?”就把她往怀里揽。

通话器里一片静谧，抑若扬已经离线。她往后躲着：“谢谢你，我不会喝酒。”

“哎哎，喝了不就会了!”那人不依不饶，手已经伸到她外套里，“穿太多了呀，这儿又不冷!”

她往后一跳：“你干什么?!”

那人很生气：“你这个毛丫头，知不知道我是谁!”伸手要抓她，却被另一个人挡住了，这人比他个头高，一下就把她挡在身后，彬彬有礼地说：“不好意思，她是来找我的。”

那矮个儿男人不干了：“有没有先来后到啊！先来后到，我就问问你!”冲上来抓高个子的脖领，却被两个会所保镖拉开了。

高个子转过身看着她：“你没事吧?”他的样子有点奇怪，不知是不是灯光变幻的原因，他的面部轮廓显得特别圆润，皮肤好得发亮，就像自带了美颜滤镜。鉴于最近遇到的怪人怪事太多，她都不想深究了。

一个保镖附在高个子耳边说了些什么，他点头，对她说："你跟我来。"他的语气很生硬，像是不接受拒绝一样，她只好跟着他穿过舞池，进了珠帘后面的包厢。

那里已经有人在等了，是个盛装打扮的女人，一看就是外观重塑过度，脸已经僵了，笑的时候只有嘴在动："齐先生来了，请坐。"

高个子接过她的手握了一下："希瑟夫人，久仰大名。"

希瑟夫人一招手，左右端酒上来，她亲自斟满递给齐先生，又端起自己那杯："刚才那个是我弟弟，喝醉了，冒犯了您，我代他赔不是，真是不懂事。"两人碰杯，她又说："今晚在这里的女孩儿，齐先生喜欢哪几个就带走，我们请客。"

"心领了，不过我带了朋友来的。"他仰靠在丝绒软座上，手臂伸长到鹿呦呦身后，却没碰到她，她心里咯噔一下，不禁转过头仔细地看他，确实是没见过。

"是呢。小妹妹很可爱，你不喝酒吗？"希瑟夫人随即表示理解，"你应该不常来我们这种地方。"

"她还小，不懂这些。"他近乎粗鲁地说，"大家时间都很宝贵，我要的东西在哪儿？"

希瑟夫人侧身对保镖说了句话，后者拿了块掌屏给他。

一看到掌屏画面，鹿呦呦就挪不开眼了：屏幕上正是那辆蓝色厢型车，车尾有三道红。有几个人在装车，一箱箱地抬上去，有个人打开其中一箱展示给他们看，里面是20个金属瓶子。希瑟夫人说："一共50箱，1000升不多不少。价格就按我们说好的，上浮20%。"说完不动声色地看着齐先生，后者不接话，双方僵持着。

希瑟夫人沉不住气了："15%，出了点状况，我们得止损。"

"10%，另外，下次提货我要看到工厂。"

"这不合规矩。"

"'出了状况'，什么状况？我必须保证货源的安全。"

"齐先生，我们的东西很抢手，您以为只有您想要吗？还有很多分销商想加入，只是接触时间不够长，我们不信任。但已经在谈了，一旦散货网络搭建起来，就不是现在这个价格了。"

"12%，下次我要2000升。我相信还有别的分销商，但也请你相信，不会有比我更大的分销商了。下次提货我要看到工厂。"

"好吧。"希瑟夫人耸耸肩，"我已经叫人把您司机带上了货车，得辛苦您自己开车回去了。"她起身再次和他握手。她的钻石耳环摇荡出闪光，一阵香气从皮草披肩里飘出来，鹿呦呦望着她，看得出神，耳后突然传来抑若扬的声音，她吓得一抖。齐先生脱下大衣，给她披上。

“跟他走。”抑若扬在通话器里说，“跟你的齐先生走。”

她没法说话，只能轻轻晃动视野，表示她拒绝。但他坚持道：“跟他走，你会知道的。”然后他离线了。

齐先生默不作声地开着车，鹿呦呦偷偷看他，他还是跟刚才一样，阴沉着脸。她考虑着如何脱身，又怕错过探听情报的机会，刚才的监控画面，抑若扬看到了吗？

“你很缺钱吗？”齐先生突然问。她不知如何回答。她听说过，有些客人在和玩物赏欢愉过后，会劝姑娘从良，以缓解内疚和尴尬，可没听过上床前就劝人改行的。

“如果真是遇到难处，我可以帮你。”话刚出口，他就意识到话里的暧昧，改口说，“别误会，我没暗示什么。之前是我对你不够尊重，你工作很出色，帮了我不少，如果因为我的错导致你不能继续工作，我会很自责的。”他把胳膊搭在她的椅背上，却没碰到她，这旧习惯似的动作，今晚已经是第二次了。

她想到了什么，拽下他给她披的大衣，抱在怀里闻了闻，果然是熟悉的，淡淡的松木和海水的气息。

她吃了一惊：“你怎么——”

“哦！我一直在想怎么跟你谈，都忘了我现在这样子你认不出来，是我，卫淇奥。”他停了车，在耳后摁了一下，只见一层微小的光点从他的五官上剥离开来，继而一层层消失了，原本的柔光熄灭，过于圆润的面部线条恢复了硬朗，变回了她熟悉的那张面孔。

这个过程太魔幻，她都看呆了。她凑近观察他：“你是戴了什么新型面罩吗？”

他摘下耳后的东西给她看，是一对银色小盒，开启后能发射很多条蛛丝一样的感光弧线，横亘在脸的上方，依据五官线条的起伏，随时调节光影对比，就像给脸做了个现实版本的修图：“这是舜华给我的，是一种基于全息投影技术的易容器，本来是设计用来帮没时间化妆或需要外观重塑的女人临时修容的，也可以用来易容，因为存在设计缺陷，所以没有量产。”

“乔装，你今晚是在做暗访？”她把玩着小盒，光点已经熄灭，看来电量耗尽了。

“对，上过镜的人很麻烦，容易被认出来。刚才其实已经很危险了，这东西续航能力很差，要是中途关机，就完蛋了。”

“所以这几个月你一直在跟这件事，你找出突发衰老事件的原因了？”

“你知道突发衰老和这批货之间的联系？你知道多少？”他反应过来了，她今晚出现在会所的原因，并不是他想的那样。他的心情突然变好了。

“我知道这伙人卖的是一种假原液，会导致慢性中毒，最后尸体的样子会变得衰老腐败。”

他点头：“这伙人很谨慎，我是通过好几层线人才接上的头，而且他们坚持自己散货，一直不肯放货出来，联络了这么久，始终都没见过他们的头目。直到今天，他们突然联系到我，说可以供货，问能散多少，我答复有多少要多少，但有个条件。”

“你要见他们的老板。”她想，他们突然改口，大概是因为受了她这边的刺激，怕假原液有毒的事败露，货栽到手里，所以才急于出手。不过她没作声。

“对，但那个女人也不是大老板，只是中间人。今晚太仓促了，我几乎没做准备，又突然碰到你，真是没心思跟他们谈，我一直在胡思乱想。”他想把话题转回她身上的动机很明显，以至于他都不太像他了。“他这样子还挺可爱的”，她想，于是说：“我感觉到了，你挺生气的。”

他不好意思地笑了一下：“开始是有一点。不过后来我告诉自己：‘你没资格生气。’是我不尊重你在先，你就是从此不理我，我也理解。那天晚上惹你生气，我想找你道歉，但是电话打不通，你也不在家，没想到竟然这么遇上了。”

“你……去过我家?”

“是的。希望这不会引起你的反感，我只是担心你。”他说话的方式那么诚恳，她都不忍心继续保持沉闷了。

他继续说道：“这些天我仔细想过了，既然喜欢一个人，就喜欢得简单一点，抛开通常人们会想的那些无聊的条件，回到最初，想起挂念这个人的原因，也许这样才能到达终点，说白了，爱一个人真是一场持久的考验。”

鹿呦呦突然对恋爱的庄姜有了更深的理解：不管单身时活得多么潇洒决绝，也不管曾经把热恋的人看得多蠢，女人真是活该被撩的小动物，只要男人在合适的时候说出了合适的情话，任凭你是谁，都会很受用，尤其这个男人又足够好看，那就更致命了。她看着卫淇奥，感觉全部的理性都走失了。

他倾身过来，亲了她。

两人嘴唇相触的时候，鹿呦呦想，时机把握得这么好，真是个会谈恋爱的人。

两人嘴唇相触的时候，卫淇奥想，总算亲到她了，她为什么没躲？她也喜欢我吗？他带着这种温柔的疑问收回了吻，想好好看看她。

可她早就睁开了眼，紧张地问：“你把货放哪儿了?”她回头张望，“我没看到厢型车跟着咱们。”

卫淇奥无奈地一笑，她问他怎么了，他摇头：“没什么。我让老赵先把货车开走了，他是信得过的人。”

“开到哪儿？你打算把货怎么办？”

“当然是销毁，这种东西我不可能卖。”

“你最好谨慎点，”她沉吟一下，“那些货里可能有追踪器。”

他立刻严肃起来，拨通了司机的电话，指示他不要按原计划把货销毁：“你记得上次那个地库吗？就是我让你用化名租的那间？对，运到那里去，全部拆箱，找出追踪器。”

他又打了几个电话，布置筹谋了一阵，等终于处理停当，再一回头，发现她已睡着了。

再看东方鱼肚白，天也要亮了。

第十四章
面对面

自从得知庄姜中毒入院后，鹿呦呦度过了漫长疲惫的两天两夜。现在，和卫淇奥的和解，让她放松了紧绷的心弦，在他车上沉沉睡去，至于后来他是怎么带她回到9+的家、怎么安顿她睡下，她都没印象。

醒来时发现自己躺在他的床上，她很慌张，马上掀起被单检查衣着——

“醒了?”他正从卧室那头的书桌上看着她。

“啊，你在。”她害羞了。

“没一直在，我去上了班。”

“追踪器处理好了吗？有新进展吗？这事的背后是不是衡准中心?”

他笑着说：“急什么，一时半会儿也说不清。你饿不饿?”

她这才感到饥肠辘辘，跟着他下了楼，他端出一盘吃的给她：“你可真会睡，不吃不喝昏睡了一整天，我都开始担心了。”话里的亲昵毫不掩饰。

她有点不自然，赶紧问：“你觉得呢，是不是衡准中心?”

“我觉得是，即使不是中心主使，他们也脱不了干系，至少是默许。不然这么多例死亡在他们鼻子底下发生，竟然毫无作为，真是说不通了。承认这个答案确实让人心情沉重。”

“为什么?”

“为什么心情沉重？因为说出真相是需要勇气的。”

“不是，我是问衡准中心为什么要这么做。”

“你说呢?”他反问道。

“为了尸体吧。毕竟空气灾害之后，也是不救人、不调查原因，就顾着回收尸体。”

“尸源就是财源。尸体也好，假原液也好，动机只有一个，钱。你应该知道，陆民死后，生前的财产会直接划归到继承人名下，衡准中心是无法染指的。用假原液可以轻易套取出分散在低分陆民名下的财产，慢性中毒导致的不可查死亡，又提供了大量合理的尸体，简直是一箭双雕。”

“太残忍了。”

“残不残忍不重要，关键是这件事传达的信息。衡准中心如此着急地聚敛财富，应该是在为某件改变未来的事做准备。就像我之前说的，有大事要发生了。只可惜目前发生的死亡和意外太分散，我没办法把零散的情况联系起来，找不到可靠的证据和规律。”

“你意思是说，死的人还不够多？”他未免太残忍了，和想象中那个铁肩担道义的人截然相反，她心里很反感，但他没注意到她的态度变了，依然自顾自思索着：“也可以这么说。有人故意把一切操作得格外零散，所以需要大数据才能得出结论……”

“够了！”她把勺子一摔，冲到门口去穿鞋，拉开大门要走，却被他从后面抱住了。她情绪激动，他却冷静又温柔：“我都气跑你一回了，这次不能让你走，你怎么这么爱生气，嗯？”

“我就是作，行不行？”她甩不开他，索性背对他，气呼呼地叉着腰，没意识到这副样子其实很像在撒娇。

“你告诉我，你为什么这么生气？我说句话，你别多想，你和我太不一样了，所以我不了解你想法的时候，你得原谅我，我在学着和你相处，好不好？”

“那好，我问你，我认识你那一天，你为什么要那么做？”她指着纯白沙发前边，那一片下沉地带，问他。

“怎么做？是舜华舞会那天吗？因为那天其实不是咱们认识的第一天。”他倒记得很清楚，她有一点开心，却马上想起和舜华的约定，又想起他用外观重塑收买她做玩物赏的无耻行为，越想越生气，索性说：“我和你本来就是两个世界的人，你别来招我了，要不是最近出了太多事，我早就来向你辞职了。我知道这么做不合适，唐突地拜托你给我一份工作，现在又仓促地离职，可我不想和你有任何瓜葛了，而且舜华她——”她自觉失言，连忙住口，眼泪却不听话地掉下来，她很气自己没出息，哭什么！显得放不下，显得有心机。

男人们却往往很吃这一套，卫淇奥也是如此。他安慰她说：“咱们一件一件地说，好不好？我也不明白，为什么每次我想好好和你谈，都会惹你生气。”他走到下沉地带，踱了几步，突然一捶手，“你是不是说舞会时，这里灌了原液？”

她点头。

“你觉得我既然是平权记者，为什么又在家弄这些，你觉得我双重标准，两面派？”

她使劲儿点头，睫毛上又挂了泪花。

他总算弄懂了她生气的原因，放松地笑了——他这个人真是爱笑。他解释道：“你知道的，舜华那个大小姐脾气，我这里她会时不时上来玩，有时会搞到一半的9+的同龄人都来了，我对此经常是不知情的，但即便是知情——我不会说好听的骗你，即便知情，我也不在乎。我是个实利主义者，算是愤怒青年的反义词，我从来不关注表面上的态度。虚陆的问题不是抵制一下尸浆产品就能简单解决的，暗流涌动的问题非常多，而最大的问题在于，即使把真相送到人们面前，他们也未必愿意要。就拿突发衰老这件事来说，如果你救了那些中毒的低分陆民，你觉得他们会感激你吗？他们会怕你。”她的脸色稍有缓和，他知道她听进去了，于是继续解释另一个更棘手的话题，“至于舜华，我们的关系有点复杂，咱们别这么耗在门口，你先坐下好不好？听我慢慢说，如果听了以后你还是想走，我不拦你。”

她只得回到沙发上，他倒了杯茶给她：“这是柑橘花泡的水，镇定情绪的。我发现，过去一天里你睡得虽然沉，但不安稳，像是在噩梦里醒不来一样。”他挨着她坐下，仍然是胳膊搭在她身后的靠背、没碰到她的旧姿势，开始了回忆。

卫淇奥的家族是内核少数几个政治豪门之一，他母亲和舜华的母亲是同在9+长大的好朋友，只是十八岁的那次关键衡准，舜华的母亲降级去了8+，卫淇奥的母亲留在了9+。尽管地理上分开了，两人依然很好，这种情谊一直维持到她们各自嫁人以后。

内核本来就有9+豪门和8+富商联姻的传统，卫淇奥和舜华出生不久，就被双方母亲定下了婚约，舜华小时候在卫淇奥家还有自己的房间，可以说是青梅竹马。只是后来出了一连串的事，让他们的关系更亲密的同时，也更疏远了。

首先是舜华妈妈的体象障碍[①]日渐严重，出现了自残的倾向，甚至把对自己的厌恶和仇恨投射到了好友身上。卫淇奥记得她们最后一次争吵，舜母称卫母是“青春期开始就跟着她的阴影”，说“当惯了女神的她根本不理解也不在乎别人的痛苦”，两人自此疏远。

后来就发生了那个悲剧，舜华的妈妈撒手人寰。卫母心疼舜华，曾把她接到家里住过一阵，不过她和卫淇奥渐渐长大，耳鬓厮磨总要避嫌；加之随着整容液业务的扩大，舜洵对女儿的控制日渐严苛，舜华就搬回了8+，但仍不时到9+探望他们。不知怎的，卫淇奥的母亲后来不再提他们的婚约了，这事就此搁置。

在卫淇奥看来，他们之所以从少时玩伴的简单美好，变质为成人间的暧昧不清，主要责任在他。卫淇奥成年后和父亲理念不合，也不愿遵照父母的意愿，在衡准中心谋一份位高权重的差事，他和父亲的冲突不断升级，最终搬离了家庭，从事了他觉得最能接近真相的职业。

---

① 体象障碍，也称丑人综合征，是一种心理障碍，外貌正常者想象自己的外貌有缺陷，或对轻微的躯体毛病过度担心，这种病态心理导致个人的明显痛苦，甚至影响个人的正常生活。

因为他“亲外缘”的定位，和舜华敏感的明星身份，两人那本就没实锤的儿时婚约，就更没了公开的必要，所以除了一些内核的熟人，了解他们关系的人并不算多。而卫淇奥对两人的关系一直持保留态度，既没有严词决裂，也没有更进一步，算是发乎情止乎礼了。他觉得等两人都遇到各自正确的人，他们的关系自然会无疾而终；而舜华，她一直拒绝长大，希望一切都维持在小时候的模样，包括给她带来安全感的人际关系。但这显然是不可能的，在任何人身上都不可能。

卫淇奥揣摩着鹿呦呦的想法，这不太容易，各种极致情绪到了她身上都变得不太明显，她像一把钝刀子，反而割得他生疼。她的回应是这么少，他只能不停追问：“还有什么是我没解释清楚的吗?”

“你为什么介绍任无止给我认识？就是那个外观重塑师，就是你和我吵架、我跑掉的那天晚上。你是不是想收买我，当你的玩物赏?”

他长出了一口气：“你误会我了。你对我的误会真深，我都不知怎么才能弥合和你的距离。你记得你的学年作业吧，那个用我做蓝本的头雕？我真的很喜欢，但是我又不知道怎么告诉你，才能不让你误会我是虚情假意、甜言蜜语，因为在你眼里，内核的人都是虚伪、麻木又自私的。这些我都懂，所以想着不要说，不管我多喜欢你，都不说，只要做到。

“你做的头雕，技术上不用说，自然是很强的，更难得的是抓住了神韵，让人感到自己是被理解和接纳的。我觉得你这么好的天赋浪费了很可惜，所以才介绍你认识任无止，虽然你因为他是外观重塑师而反感他，但他确实是数一数二的雕塑家，如果他肯教你，你一定能突飞猛进。他这两年一直在物色关门弟子，想找人继承他的衣钵，找得都有些魔怔了，如果他一见面就提外观重塑的事，我一点也不奇怪，但如果你排斥跟他学习外观重塑，也不要紧，他可以教你的远不止这些。

“另外，我知道你刚才为什么生气了，你是不是以为我觉得‘死的人太少’，怪我冷漠？你又误会我了。你对我的成见如此之深，源自你对这个群体的抵触，我是个9+，在你这儿就是原罪。

“你有没有听过一种说法，‘想抓住一个连环杀手，就必须有足够多的尸体’，这听上去确实难以接受，可每多一具尸体，就多了一点摸清规律的机会，而规律是解谜的关键。情感上不希望再有无辜的人牺牲，理智上却希望能得到更多线索，这是最令人难过的悖论。但现实世界永远不是温情脉脉的，我们能做的唯有两件事，让那些逝去的人死得其所，让活下来的人彼此取暖。”

鹿呦呦抬起了头，她心悸于这世界的可怖，也慰藉于这番话的诚意：“粉了你这么久，到底没看错人。”他看着她，起初一脸不置信，继而满心欢喜，搭在靠背上、碰不到她的手，终于揽她入怀，对她耳语：“这么说，你见到我以前就——”

“少来了。”她嗔道。

开始进入一段关系的人都是这样，似乎有无穷无尽的话要和对方讲，鹿呦呦和卫淇奥聊了很久，把分开期间的种种都讲给他听，包括让她离开雪茄吧的不堪经历，但她略去了零号陆民的身份，以及抑若扬和他的过去。不讲前者，是不想让他们本就复杂的关系横生枝节；不讲后者，是因为觉得自己无权透露他人诚心交付的隐私。

新任情侣的第一个任务往往是公布关系，他们俩也不例外。鹿呦呦觉得有责任向舜华解释和道歉——虽然相爱都是身不由己，但她毕竟是擅自毁约的一方，何况舜华救了她朋友的命。

她打算去拜访舜华，却得知舜华被她父亲软禁了。这个消息是南茁蓬带来的，他到9+送货，专程跑到卫淇奥家打听消息，卫淇奥不在，是鹿呦呦应的门。他支支吾吾地说明来意，原来他已经好多天没受到舜华的“召见”，要知道，爱热闹的舜华最多三五天就要大宴宾客，这次却安静了这么久，他左等右等，越等越担心，跑到舜府一打听，才知道“大小姐犯了错，被老爷关起来了”。

南茁蓬急得不行，想拜托卫淇奥帮忙：“大小姐是那么讨厌约束的人，被关起来，她怎么受得了呢！”他站在门口，捏着手里的帽子，急匆匆的，鹿呦呦招呼他进门，他也顾不上，“不了，我要走了，天黑前得赶回去，看看能不能想办法见到大小姐。”

鹿呦呦赶紧告诉卫淇奥这件事，不想他却早就知道了。原来舜华带她去原液工厂找药之前，就已经做好了不能脱身的打算，送他们离开工厂后不久，她就被父亲的随从带回了家，现在正在摄影棚拍摄最新的一个广告。

“你怎么不救她？咱们得想办法帮帮她。”鹿呦呦感到非常内疚。

“你觉得我会放着她不管吗？”卫淇奥已经试过了，但舜华拒接他的电话，“那次她离开我家以后，她就没再找过我了。毕竟那次是你带着她，她才能进来的，她有她的骄傲。我知道你对舜华又感激又抱歉，可现在，她最不需要的就是来自你的同情。”他望着鹿呦呦笑了笑，表情有点落寞，“我倒是希望你什么时候也小性子一回，别总是要把我还回去的架势。”

庄姜康复出院，晏落桑邀请鹿呦呦吃饭，她怕庄姜又问东问西，本来不想带卫淇奥同去，可他一脸委屈，只好带他去了。

结果被庄姜好一顿审问，卫淇奥有问必答，鹿呦呦却很不自在，总想转移话题，于是说：“你的中毒和这一阵陆民的衰老死亡有关，这背后的水很深，你以后还是少胡闹吧。”

庄姜还是一如既往地不耐烦，反而是晏落桑代她接受批评："你别误会，她还真不是不知好歹，她一直念叨知错了，还说以后要听你的话，是不是庄姜？"庄姜翻了个白眼算是回应，晏落桑宽容地一笑，"你看看她，多矫情。"

"她什么样我早习惯了。"鹿呦呦也一笑。

"对了，你刚才说衰老死亡，是不是新闻里说的突发性衰老？我记得这个节目是你主持的，怎么样了，查出是谁投毒了吗？"晏落桑怕冷落了卫淇奥，就把话题引向了他，后者却说事情还在调查，真相尚未清楚，寥寥几句就关闭了话题，场面一度有点尴尬。

彼时他们在晏落桑的庄园，凭着一栏镂花的阳台，临着一泓碧水，池边支着几架钓竿，这给了男人们话题，他们很快就聊起了钓鱼。卫淇奥和晏落桑聊起探鱼器的时候，庄姜已经觉得无聊了，她拉着鹿呦呦朝楼台一侧的林荫走去，坏兮兮地说："怎么样，我就说你是典型的伪君子、胆小鬼，谈恋爱感觉如何？"

"大概就是……幸福到不踏实的一种感觉吧。"

"为什么？"

"我没法像你这么干脆，我想得太多。比方说，我和他以后会怎么样，我真的不知道。"

"什么怎么样，就在一起啊。"庄姜漫不经心地绕弄着鹿呦呦的头发，把她卷卷的短发揉得更乱了。

"你别忘了，我和他差了四个区，我们之间算得上非法关系了。"

"哪有这么严重！我和晏落桑不也差着三个区嘛。"

"不一样。你们的分数只差了两级而已，你尚且还为了能和他在一起冒了那么大的险，我和他差了快五级，根本没未来。"

"差五级怎么了？谁说流行的标准就一定是对的？我看你就很好看，和他配一脸。再说了，他不在乎就行了。"

鹿呦呦惨然一笑："他是现在不在乎。"

第十五章
越多真相，越多谜团

四人约会以后，卫淇奥又忙了起来，似乎新做了一个选题，整天不见人影。鹿呦呦有点好奇，但她知道爱慕是手中沙的道理，也习惯了凡事先做好失望的准备，所以尽量该干吗干吗，尽管有时是强迫自己。不过她也很忙，除了上学和工作，她还得和叶蓁做实验，或者说，被叶蓁做实验。

叶蓁还是老样子，神道道的。再次见面，她热烈地表达了对鹿呦呦的思念，并立即为她接上了导联[①]。鹿呦呦躺在操作台上，观察着这间地堡实验室，上次她是被绑来的，什么也没看清。

这间半月形的实验室里有十几面屏幕，显示着不同区域的监控画面，可见叶蓁黑进了很多摄像头；一整面直线墙都镶着铁丝网格，一半网格挂满了各式各样的锁，是叶蓁用来撬锁解闷的；另一半挂满了武器，枪弹、匕首、手雷、闪光弹，应有尽有。

直线墙边，是面积更大的弧线墙，通向升降梯的阀门就在这面墙上，把墙等分成两半，左面是操作台，乱糟糟地堆满了烧杯、试管、蒸馏器，器皿里翻滚着色彩诡异的液体；右面是天花板一般高的标本柜，防腐液里泡着动物尸体和人体器官，最显眼的位置上摆着一罐大脑，应该是人类的。

“那是我爸的。”叶蓁循着她的视线看过去。

“整柜都是他的？”鹿呦呦想借此打听叶诚的下落，填补抑若扬故事的空白。

“怎么可能。只有这个大脑是他的。这是我爸的大脑，我是说。”

“是他本人的……大脑？”好吧，至少知道叶诚的下落了。

“是啊，我亲手摘除的，处理得漂亮吧？”叶蓁走过去转动罐子，把额叶展示给她看，她无语，叶蓁连忙解释：“我可不是变态，我爸嘱咐过我，他的大脑很珍贵，一定要留下好好研究。你看这部分，”她指着大脑的顶部，“这儿是顶叶，瞧我爸的顶叶多漂亮，这么多褶皱和凹槽，比一

---

① 心电、脑电监测时电极在体表的位置，以及与放大器的连接，叫作导联。

般人多多了，也许这就是他智慧超群的原因，有时间我一定得好好解剖一下。”她拿着一把十号手术刀，脸上出现了期待的神情。

看来这对父女都不正常。

抑若扬说道：“她说的是不是伪科学我不知道，但叶诚确实是多年来最出色的神经学家。他的主攻方向是人工智能神经学，这是一门研究人工智能自我生长的学科，叶诚不仅跃迁式地革新了这门科学，还借此推演出了人口、环境、资源最佳配比的算法，现在虚陆使用的外观衡准系统，就是基于这种算法。不过，”他停顿了一会儿，才继续说，“他的成就也害死了他。”

叶蓁突然把柳叶刀往墙上的标靶一甩，正中红心，她暴躁地说：“我爸不是被人工智能害死的，他是被衡准中心害死的，这是两码事！”

“你说得对，可目前咱们连敌人是谁都不知道。有些细节我不如你清楚，你讲给呦呦听吧。”

叶蓁并不是一个好的讲述者，她的叙述散乱零碎，掺杂了太多主观的情绪，鹿呦呦甚至分不清她的话哪些是真的、哪些是臆想，还好有抑若扬在旁补充，七分想、三分猜，总算把那段隐秘的内情补全了。

陆民都知道，虚陆的运转由叫作“主脑”的人工智能控制：区域间的物资交易运输，尸源的供应和原液的生产，外观衡准以及由此产生的陆民升降级体制，各区域的通道、闸门和监控，陆民的身份认证，还有最重要的维生系统——空气过滤器，都由“主脑”调节管理。

大部分陆民不知道的是，“主脑”远不如想象中的那么健全。虚陆和暮瘴的战争持续了多久，改进人工智能的努力就持续了多久。数以十万计的系统工程师投入这项繁复宏大的事业，人数百倍于工程师的劳工夜以继日的工作，在物资能源极度匮乏、一呼一吸都面临生命威胁的情况下，同心圆式的多重过滤系统，和遍布虚陆的光缆网络，被一寸一寸、缓慢又艰难地架设起来。

虚陆的环形分区从雏形到成形，数不清的数据节点奔腾不息地运算着，承担起以最少代价养活最多人口的重任：在精确到秒的正确时刻开启和关闭过滤系统，以最经济的方式分配食物、水和能源，确保每个陆民都以人类能承受的极限保持工作，最大限度地榨取每个陆民的剩余价值——可是，这些远远不够。人类在和暮瘴的战争中节节败退，留给自己和人工智能的选项越来越少。

终于，在一次旷日持久的特大空气灾害中，人工智能做出了她能做出的最优选择：关闭了牵涉面积最大、人口也最多的外环过滤系统。她以四分之一陆民的生命为筹码，与暮瘴做了一场豪赌，赢回了四分之三陆民的活路和自身的升级换代：那次灾害后，人工智能的数据容量和运算速度陡增，升级到2.0版的她正式得名“主脑”。

但是，那时的“主脑”还很原始，由于缺少人口普查的数据，系统无法生成科学的算法，所以在很长时间内，“主脑”只懂得简单粗暴地削减人口，以适应日益萎缩的生存空间。只要发现空气灾害或资源告罄的迹象，“主脑”就会按照由外向内的顺序，先行关闭设备落后区域的过滤系统，以至于外缘和古早区域的陆民产生大规模恐慌，大批难民涌入内核和新城区，导致过半区域被人为荒弃，经济凋敝、能源告急，整个虚陆处于危机之中。

“主脑”急需更庞大真实的数据和更精确细腻的算法，也不得不学会像人类决策者一样权衡利弊，以及最重要的，折中和妥协。

而教给她这些的，就是叶诚。

还在读书的叶诚被导师挖掘进团队担任研究员时，“主脑”大规模关闭过滤系统已经三次，虚陆也因此失去了外缘的三个圈层和半数人口。叶诚的导师一直致力于推行芯片植入：芯片在新生儿时期就被注射进陆民的颈椎，用以监控生命体征、身份信息甚至地理位置，为新生儿植入芯片的医务中心，就是衡准中心的前身。

导师去世后，叶诚带领团队继续了他未竟的事业，并推进到了更深广的层面。他是极少数精通计算机科学的生物学家之一，他认为人工智能不是制造出来的，而是生长出来的，他仿照人类胚胎的神经元增长情况，为下一代人工智能建模；他们扩充了数据库，建立起衡量陆民存活概率的机制，收录的数据覆盖了心脑活动、激素水平、智商曲线、心理性格……而且越来越细化。

团队的初衷谈不上高尚，但也不纯是邪恶：既然不得不放弃一部分陆民，那么就尽可能让“主脑”的筛选公平和科学，让存活概率最高、单体质量最好的陆民活下去。

但是，没有人，也没有机器能扮演上帝。

随着生长升级，“主脑”对陆民的筛选越来越严厉、偏激、矫枉过正，残疾、衰老、先天缺陷被视为首要的筛除因素，肥胖、过矮、太瘦都被认为是不健康的表现，不匀称的体形和不完美的面部则意味着“有可能传递不优良的基因”——外表逐渐窄化为唯一的衡量要素，审美标准也日趋单一。

这种窄化的、与种族主义实质无二的社会分级机制，被居心叵测的人利用，衡准中心成了实际上的权力中枢，由一部分颜值最高的9+陆民掌控，一群投机商人则围绕着衡准中心做起了尸体生意。尸浆经济建立的过程中，整块大陆的价值观也随之扭曲。

更可怕的是这种体制的不可改变。

尽管人口已锐减，暮瘴的进击却愈演愈烈，资源日渐匮乏，闸口通道、监控设备不断失灵，乃至过滤系统的关闭，都显示出“主脑”的力不从心。叶蓁告诉鹿呦呦：“上次空气灾害时过滤系统不是故障，是‘主脑’故意关掉的，而且这只是试验性的前奏，下一次就不会这么简单了，‘主脑’会放弃整个5+甚至外缘，很多人都会死。”

抑若扬补充道：“叶诚一直在拖延这一天的到来，重新编程了多次，为‘主脑’系统打了无数补丁，但该来的总会来，小修小补不能改变既定的未来。想挽救外缘乃至整个虚陆，只能先破而后立。空气灾害与其说是一场末日浩劫，不如说是新纪元的起点。‘生命自会找到出路’，就是这样。暮瘴把我们逼上绝境，却也给了我们治愈自己的药：零号陆民。”

“就是你啊！”叶蓁一步跳上前，想抱鹿呦呦，被抑若扬制止了，他继续说：“叶诚发现我的老上司孙子仲是零号陆民，我不知道他是怎么发现的，但他俩都是衡准中心的高级专员，彼此结识也是早晚的事。叶诚私下联系了孙子仲，给他看了导师的笔记，里面记载着，为避免人为干扰‘主脑’的公正性，初代工程师把她设计成了黑箱系统；但是，为预防失控，设计者预留了后门，在万不得已的情况下，“主脑”可以被格式化重启，重启的冷掣开关由一种无法人工合成的生物序列激活，这种序列只存在于零号陆民体内。”

“所以孙子仲才在探外时擅自离队？”

“对，他想要重启‘主脑’，可是这件事比想象中难得多。权力中枢从来只会想着一件事：维持既得利益。衡准中心奉行绥靖政策，千方百计地拖延‘主脑’重启。叶诚在某种程度上帮过他们，但当他发现中心的做法是饮鸩止渴，最终会把虚陆引向末日，他就改变了立场。可惜，尽管他和孙子仲小心谨慎，还是出了内奸，任务失败，孙子仲牺牲，叶诚也被秘密处决了。”

“所以呢？接下来怎么办？”鹿呦呦想坐起来，被叶蓁按倒：“你给我躺好。接下来我要麻醉你。”

“可是……”她还有好多问题没问。

“没有可是，看到那边的发射器了吗？”叶蓁指着角落一架形似锅炉和火箭集合体的机器，“这东西可以把液体震荡成纳米级别的雾气，再发射到空中散播。你体内藏着治好全体陆民的药，等我做出了药，就用这东西散出去，到那时，所有人都再不会怕暮瘴了。我要是能早点抓到你，药很可能早就做好了，你快给我躺好。”说着推了一剂药，鹿呦呦很快睡着了。

“你要知道，我们这种人放东西的地方很多的。”抑若扬绕着操作台转了半个圈，随手拿起一把止血钳把玩，那小小的器械像是长在他手上一样滴溜溜地飞转，“孙子仲的住址虽然被查封了，可衡准中心什么都没搜到，他的数据存储器和笔记都在我手上，所以我知道，民用级别的抗暮瘴血清不是想做就做，不经过临床试验排异反应就贸然使用，无异于生化武器。”

叶蓁检查了鹿呦呦的脑波图，确信她睡着了，才反问道："谁说我要做药?"

"那你每周让她过来是干什么?"

"既不做药，也做药。毕竟执一不化自受其害，万一你的计划不成呢？得做长远打算。总有一天能做出药。"

"你知道我什么计划?"

"你以为我是吃素的?"她用鼻子哼了一声，"你在准备探外！准备好些时候了吧?"

"看来你没有表面那么疯。"

"疯不好吗?"她笑嘻嘻地问，这笑容下一秒就消失了，"你要用她激活冷掣开关！你对她还挺温柔的，不过，她知道自己是你计划里的零件吗?"

"你想要什么?"

"我要一起去，'主脑'是我的!"她小巧的脸庞只有一半在明亮中，活像戴了半张面具，这样子的她失去了平时的烂漫甜美，变得老练而凌厉。

第十六章

爱你的我，能为你做什么

“晚上你有事吗?”卫淇奥从书中抬起头问鹿呦呦。他在工作，她则倚着工作台一角摆弄头雕。

“没什么事，怎么了?”她的脸上弄到一点石膏，他倾身向她，轻轻地擦掉了：“带你去个地方。”

“那些需要在云衣橱选衣服才能出席的场合，我以后不想去了。”

“你想穿什么就穿什么。而且，”他笑意盈盈地看着她，“我保证以后都不送衣服给你。”

“这种保证怎么一点吸引力都没有呢。”她不甚投入地说。

他带她去的是一处热舞吧，位于7+和8+的交界，他们坐在二楼的卡座，俯瞰着楼下天井里的舞池。正对着他们的是一面贯穿两层楼的大屏幕，画面随着音乐节奏而切换，人们都在忘情地摇摆扭动，嘈杂、闪光、色彩、热量，辐射而出。虽然已经适应了这种环境，但对这里她根本喜欢不起来，总是忍不住想，在不远的将来，这些跳在一起的人，有多少是会被筛选掉的?自己呢，在不在其中?

“想什么呢?”卫淇奥凑在她耳边问。

“咱们究竟来这儿干什么?我又不会跳舞。”

“看戏，如果运气好的话。”他又在查看掌屏，今晚他就没放下过，为什么男人喜欢把女孩约出来，让她们看自己玩掌屏呢?

她啜饮了一口酒，无聊地环视楼下。舞池四角各有一个真人高的飘雪球，每个球里都有一个长腿姑娘在跳舞，她们穿着白色毛皮的小马甲和湖蓝色的热裤，仿真雪花飘在裸露的肌肤上。她出神地看了一会儿，扭回头问卫淇奥：“你说她们是怎么进去的?”

他忍俊不禁地看着她。

她奇怪地问：“怎么了?”

“你大概是客人里唯一关心这个的了。”

“为什么?”

他没回答，朝大屏幕扬扬下巴。

屏幕上正播出雪球姑娘的特写，眼睛、嘴唇、下巴、脖颈、腰窝……镜头像碎吻一样落在这些美丽的部位上。

“这里到处都是荷尔蒙，没人会动脑子。多看两眼吧，一会儿就看不到了。”他的眼睛始终没离开掌屏，似乎在用心观察什么。

突然，斜靠着沙发的他直起身，像终于等到猎物一样盯着掌屏：“以防吓到你，我先告诉你，这儿是简狄的店，他现在就在那边办公室里。”他指了指走廊尽头一扇关着的门，把掌屏递给她看。

简狄端坐在办公桌后面，脸被桌上的屏幕照亮，神色专注，仿佛在做了不得的研究。

“不想见到这个人。”

“别急。”他在掌屏上点了几下又递给她，刚才的镜头是俯拍角度，现在切到了另一个镜头，刚好能看到桌上屏幕的内容：一对男女拥吻着，男人背对镜头，把女孩推挤在自己和墙之间。

她反应过来了：“要死了！带我到这儿看这种东西!”

他忙解释说：“你搞错了，他看的不是普通动作片，是现场直播，那俩人现在就在厕所。”

“你是说……”

“没错，简狄老毛病又犯了，咱们抓他现行。不说了，厕所那个淫棍撑不了太久，他要是缴了枪，戏就演不下去了。”他向楼下张望，楼下有个DJ朝他打了个手势，他点头，又在掌屏上点了几下，示意鹿呦呦看大屏幕。

大屏幕一黑，换上了他掌屏上的画面，左边是浑然不觉仍在专心“研究”的简狄，右边是厕所的香艳直播，画面做了处理，面对镜头的女孩的脸被遮住了。鹿呦呦惊讶地看着卫淇奥，他做了个嘘的动作，关掉了掌屏。

舞会像按下了暂停键，人们都停止了舞动，音乐也停了，人群只安静了一下，片刻后呼哨四起，有人在笑，有人在拍照。两伙人最先反应过来，一伙去了厕所，另一伙工作人员装束的，上了二楼，直奔走廊尽头的办公室去了。

紧接着，大屏幕上一片混乱，左边是简狄在提裤子，右边被打断私密时光的两人吓疯了，但打断他们的显然是朋友，因为两人都第一时间被挡住了脸。

然后画面黑了。

周围恢复了嘈杂，人们乱成一团，只有他俩像在暴风眼里一样安静地坐着。

“你真坏。”

他搂着她一笑。

“你要用什么标题写这件事?”

他不耐烦地“啧”了一声，为她的不解风情：“怎么可能写。这件事是为了你。”

接下来就简单粗暴了。厕所直播的男主角应该是个有来头的人物，热舞吧很快就被封锁，现场的网络也断了，客人和工作人员必须接受检查才能离开，大屏幕直播时录的精彩视频一概被删，真是铁桶一般，一点儿料也带不出去。

客人里也有硬气的，和安保人员起了冲突，喊着“你知道我是谁吗”，不过都在第二批到达现场的官方人士面前屄了。有人在后者的制服上看到了收割者的标志。

没人见到厕所男主角的真面目，他应该是秘密离开了，但能调动收割者的一定不是等闲之辈。鹿呦呦看看周围面无表情、背手而立的收割者，悄声问：“厕所那男的，你是不是知道他今天会来?”

卫淇奥做了个“嘘”的手势：“回去告诉你。”说罢带她离开，经过舞池时，他朝一名雪球姑娘招了招手，对方报以微笑。她们还待在雪球里，被闪烁的白色串灯一照，很像真的摆设娃娃。

刚出大门，鹿呦呦就问：“这是怎么回事?”

“你头盔没扣好。”他帮她扣严防护服，两人上了车，指示空气合格的绿灯亮起，他才说：“好啦，你有什么问题要问?”

“你是怎么给简狄办公室装摄像头的?”

“你记得刚刚我打招呼的那个姑娘吧？她男朋友H-core是店里的DJ，就是他帮我的。”

“可为什么——”

“为什么他会帮我，我写过一篇酒吧夹带私货、倒卖麻醉剂的文章，那时认识了H-core。你讲了偷拍的事以后，我想起他在简狄店里，就联系他想找线索，没想到他女朋友刚抱怨过老板骚扰她。这种事不稀罕，女服务生被骚扰往往只能忍着，但常见不等于合理，我拜托她找找探鱼器和其他偷拍设备，结果都中了。热舞吧的客流量比雪茄吧大得多，人也杂，很多劲爆内容都被简狄拍到了。H-core复制了一些视频想敲诈简狄，我建议他别这么做，除了厕所那位，简狄的收藏还涉及很多人，内核的水太深，那些大人物不是H-core这种小角色能驾驭的。我考虑了一下，决定还是让涉事双方自己狗咬狗，一来，被偷拍的人位高权重，处理问题绝不会拖泥带水；二来，丑闻牵涉的人地位越高，内情泄露的可能性就越低，对偷拍和性骚扰的受害人来说，没有什么比身份安全更重要，我相信这样处理，所有被偷拍的女孩都会很安全。”

她想起他连厕所那个姑娘的隐私都考虑到了，很感动于他的周全：“谢谢你挡上了那女孩的脸，虽然不认识她，但我知道这对一个姑娘来说有多重要。”

“这没什么，让该受惩罚的人逃不掉、无辜的人不受牵连，我们这一行本来就该这么做。你不认识她，不一样为她着想？现在有一种无视偷拍者、跟踪狂，反而让被偷拍骚扰的女人成了被羞辱怪罪的人。这就好比指责一个被强奸的女性‘为什么穿短裙、为什么走夜路’一样荒谬。这也是你当初受委屈不敢发声的原因，我只要一想到这个就很难过。”

“我没事。”

“我知道你很坚强，有时是太坚强了。”

“没有‘太坚强’这回事。厕所那男的到底是谁，你知道吗？”

“怎么可能不知道，我盯上他好久了。这个人非常禽兽，每周都过来，每次都会带不同的姑娘离开，你应该知道他，曹子蔚。”

“曹子蔚？衡准中心那个曹子蔚？是你的死对头曹子建的哥哥？”

他一笑：“你倒是挺了解我，什么都知道。”

她白了他一眼：“我是曹子建的粉丝行不行？”

他捧起她的脸，认真地说：“你我都知道你不是的。你能不能告诉我，是我的错觉，还是你真的不再生我气了？”

她被他看得不好意思，垂下眼说：“我搞不懂，你怎么就从自大狂变成女权主义者了。”

“我一直是女权主义者，反而是很多女人自己不是，我也就把这事搁一边了。呦呦，我要为玩物赏的事向你道歉，尽管我知道女人很复杂，根本不是‘漂不漂亮’能概括分类的，我也知道不是所有女人都爱钱和地位，但我还是选择无视多元化的标准，我习惯了用更容易更直接的方式和女人打交道，以后我会更尊重女性，更尊重你。”

卫淇奥只顾和心爱的姑娘说体己话，根本不知道一向习惯盯梢的自己，已经被盯了一整天。

叶蓁百无聊赖地咀嚼着嘴角的半截毛毛草，搭在仪表盘上乱晃的脚被抑若扬打了下来，她刚想发作，就看到街对面，简狄被押上了衡准中心的车，她敲敲抑若扬的胳膊：“咱们白来一趟，人家卫淇奥早搞定了，你瞎操什么心。”又看看另一辆车里的那一对，“你的鹿呦呦也被撬走了。”

抑若扬面无表情：“这也是计划的一部分。不然怎么拉他入伙。”

“拉谁入伙?”

“别揣着明白装糊涂。冷掣开关的坐标属于绝密信息，想拿到就得直接连接‘主脑’，衡准中心层层戒备，咱们怎么进去？就凭你墙上那些破枪烂刀？必须得参加那个愚蠢的比赛，不但参加，还得赢。”

“你想让卫淇奥帮咱们参赛?”叶蓁有点兴奋，推了他一把，“真有你的，这盘棋下得挺大啊。”

“不然呢？我倒是想让你参赛，可惜叶诚自作聪明，摘了你的芯片。”

“不准你说我爸!”她甩过来一拳。

叶蓁发脾气走了，抑若扬没理她，他盯着远处的鹿呦呦和卫淇奥，目光阴鸷。

第十七章
颜值战争

鹿呦呦清晨六点半出门，乘坐管道胶囊去9+。这个时间还没到早高峰，暮瘴也散掉了。自从知道自己是零号陆民，她就更不愿意戴头盔了。

进闸时，她发现周围不一样了，不再是灰蒙蒙的暮瘴色，显示屏、灯带、广告牌，能发光的地方都换上了水红色。

这是“颜值战争”的主题色，五年一个的赛季又来了。

上个赛季时她还小，具体发生什么记不清了，但她记得陆民的兴奋和赛况的盛大，她依然记得十强的巨幅头像飘荡在空中的情景，那些造价不菲的巨像由飞艇牵引到高空，这在普遍禁飞的虚陆实在是盛况空前。

“颜值战争”不是单纯的选美，它是参赛者背景、财力、媒体资源、公关能力的综合比拼，想取胜，不仅需要颜值拔群、双商在线，还得会讲故事。

除了衡准中心指定的评委，所有通过外观衡准的陆民都有投票资格，全民评分机制让比赛变成了大众传播的战场，参赛者必须利用一切手段调动媒体资源，扩大知名度，占据舆论高地，攻击对手，抢夺流量。

而争取粉丝最有力的武器，不是颜值、才情、人品，甚至不是资源和背景，而是一个吊胃口、博眼球的故事。

人类是好奇心驱使的动物，从童年枕榻上那句“妈妈，然后呢”开始，人就踏上了追溯原因、追问结果的旅途，对故事的执迷植根于我们的本性之中，而这种本性，让戏精体质的人更容易在娱乐战争中成名。

“颜值战争”的赢家将赢得巨额奖金，和一次针对任何人的评分升级，这些对内核陆民的吸引力不大，毕竟他们已经高分又有钱了，真正让他们对比赛趋之若鹜的是胜利者的光环，是盛名带来的关注、模仿和崇拜。

“颜值战争”兜售的是一种外形至上的理念，一种审美趋同的生活方式，一种现象级的洗脑风潮。每一届冠军都会成为之后五年疯狂仿效的偶像，陆民会以冠军的五官、身材、风格为模版，重塑出成千上万个雷同的外形，像被运下流水线的车壳。

等下一个五年到来，再换一拨新的爆款外形，陆民乐此不疲。

被模仿意味着被崇拜，这对永远活在别人眼中的内核陆民来说，简直梦寐以求，所以大部分参赛者都是为了出名。

说到底，“颜值战争”只是内核陆民的游乐场。尽管参赛无须任何资质，报名的外缘陆民仍然寥寥无几，这是因为，一旦在决赛前半程被淘汰，参赛者会受到降级的惩罚。对0.1分都可能生死攸关的外缘陆民来说，参赛并不是个好主意，所以他们早就习惯了围观，为自己选定一个偶像，在保卫那个并不了解的虚幻形象的过程中，获得一次次自我满足的高潮。

也有个别外缘陆民，凭借出位的言行和自毁式的炒作走到了后半程，最后却难逃被淘汰的宿命，比赛还没结束就被降级，送了命，为这个荒谬的比赛再添一缕血色。

鹿呦呦坐在胶囊里，看着窗外满眼的水红色。不像其他乘客，此刻她没有半点围观比赛的心情，她接到外观重塑司的通知，现在正要前往外观重塑司接受评估，评估结果将决定她能否开始外观重塑。

上次衡准后她就提交了重塑申请，现在总算攒够了第一期费用，如果下次衡准之前不能升级，她很可能就挂了。她紧张得睡不着，半夜打电话给已经搬到8+的庄姜，后者闻讯立刻要回来陪她，她考虑到暮瘴太浓，就拒绝了，于是两人约在9+闸口见。

庄姜果然还是由晏落桑陪着，鹿呦呦有点不快，毕竟事关隐私，转念一想朋友大病初愈、还是好心陪自己，又觉得是自己事儿多。她心里乱得不想说话，庄姜陪她坐在后排，轻轻说着宽慰的话，挽着她的手很温暖，她忍不住哭了：“我有种不好的预感。”

“别乱说。”尽管这么说，庄姜的话也少了许多。

晏落桑在重塑司门口放下她们就离开了，接待她们的是一个高瘦的女医官，眼神和声音一样冷漠。她先给鹿呦呦做了心理评估，确保她在重塑外观后能有较好的心理预后和自我认知；然后检查身体指标，在看到她的血型时，眉毛上挑了一下：“你这个不太好办。”

然后是最关键的步骤，肌体敏感测试：把少量预备液注入被评估者的肌肤，通过一系列测试和数据统计，以便调配出适合患者的整容液。鹿呦呦这才知道，整容液是要根据个人体质定制的。

医官为她注射了预备液，把光敏仪细长的探针插进肌理，当她看到结果时，表情变得十分惊讶，于是再次为她注射了预备液，并加大了注射量。但是，结果让她更惊讶了。她从鹿呦呦的脸上拔出探针，凑到跟前仔细检查，确信没有故障后打了个电话。

一拨医官很快聚集到房间里，鹿呦呦又被注射了第三次预备液。

最后，最有资历的医官宣布了会诊结果："对不起，预备液对你不起作用。"

"什么?"

"不起作用。打进去就跟生理盐水一样。"

"这不可能，再试试好吗？多打点。"庄姜插嘴了。

"小姑娘，我们课长说的是效果像生理盐水一样，不是价格像生理盐水一样。预备液很贵的，给你朋友打的量已经超过她支付的价格了。"

女医官傲慢的态度激怒了庄姜："我交钱，给她再打十支，不，一百支!"

鹿呦呦拦住了她，转过头问课长："这是不是说我不能通过整容液重塑外形了?"

"对。"

"那传统重塑呢？多久能收到评估结果?"

"你指的是手术吗？我们已经很少做这种重塑了，整容液更安全，病人痛苦也少。"课长摘下眼镜擦了擦，又重新戴上，"但是问题在于，你的血型很稀有，你几乎没有接受重塑手术的可能。"

"可你们不是有储备血吗?"

"看来你还没搞清楚自己的血型稀有到什么程度。"课长诚恳地说，"我们这里没有你的储备血，我可以不负责任地推测一下，整个虚陆也很难找到这个血型。容我冒昧地问一句，你有父母家人吗?"

她摇头。

鹿呦呦劝走了要陪她的庄姜，独自出闸回了5+，她越想越难过，不只是因为刚才等同死刑的宣判，还在于她终于发觉自己背负着一个极其沉重的秘密。秘密令人孤独。

想到很可能到死都要欺瞒卫淇奥，想到他看自己的眼神，她就悲愤交加，几乎要在人潮熙攘的街道上哭起来。

当晚正好是去叶蓁实验室的日子，她在路上给抑若扬说了情况，谁知他对她的糟糕处境毫不同情，反而对她跑去接受预评很是恼火，反复追问现场那些医官的体貌特征。

到了实验室，得知情况的叶蓁干脆骂了她一顿："你智商下线了？怎么想的，跑去预评！你给我记住，你的命不属于你自己，你身上背负着很多很多条命，包括孩子！你的身份安全是目前最重要的事，你居然送上门去给人家发现？你是不是傻?"

"你好好和她说，谁也不是天生就懂这些。换作是你，要不是从出生就反复跟你强调一套说辞，你能那么快形成自己的思维线吗？我看你未必有她强。惯性是最可怕的。”抑若扬转过身对鹿呦呦说，“发生在你身上的情况，以前在孙子仲身上也发生过。事实上，当初他就是为了规避衡准才进的收割者。不能重塑外观，想逐年平安通过衡准是很困难的，尤其是岁数大了以后。”

“能中和外来物质对人体的影响，是零号陆民的体质特征，比如暮瘴，比如整容液，而且你有没有发现，吃药对你其实没什么用，理论上你是不会被毒死的，你想不想试一下？”叶蓁一脸神往地说，“你完全不用沮丧，你应该骄傲才对！想象一下，你的身体可以把自己管理得那么好，完全不需要任何改变！啊，你的身体简直就是一座神庙！”

“你们的计划到底是什么？我没时间了。我没那么高尚，也没能力承担拯救全人类的责任，我只想活下去，我只考虑怎么通过下一次衡准。”

“你不会挂掉衡准的。”抑若扬打断了她。

叶蓁说：“实在不行，还可以像我一样，把芯片摘了，我给你摘！”

“这只能是最后的办法，没有芯片的好处和麻烦几乎一样多，常年躲在地洞里的你应该最清楚。但是，眼下最重要的不是衡准，”抑若扬看了一眼监控屏幕，显示着不同区域的十几面屏幕有一多半都铺满了水红色，“咱们得谈谈颜值战争的事。”

鹿呦呦疑惑地看着他。

“你得让卫淇奥参赛。”他的语气直接又肯定，“你能做到的。”

“可是他应该很排斥颜值战争，又怎么会参加？我也不能强迫他——”她停住了，意识到自己的一切都在抑若扬眼皮底下，包括和卫淇奥的关系。

“虽然你和我，还有，很不幸的，这个疯姑娘，”抑若扬朝叶蓁歪了歪头，“算是绑在一起了，但你应该明白，你的个人感情我没兴趣知道。”

“才怪。”叶蓁咕哝了一声。

抑若扬好像没听到，继续说：“要想重启‘主脑’，必须到达她的核心区域，核心区域是禁区，常年处于锁死状态，衡准中心把那儿的警戒级别设置成了‘反生物模式’，任何东西，只要是喘气儿的，只要靠近就会被立刻消灭。只有一个例外，五年一次的例外。”

“颜值战争。”鹿呦呦喃喃地说。

只有颜战冠军才能获得觐见“主脑”的殊荣，每届冠军和“主脑”的会面，都是一场意识形态的沸腾，是每个陆民都要接受的主流价值观的洗礼。

“颜战冠军可以选择独自进入‘主脑’，也可以带一个人进去，请‘主脑’给那个人升级。”抑若扬仔细观察鹿呦呦的表情，满意地发现她脸色变了，“我相信卫淇奥会很愿意带你进去。”

“我需要做什么?”

“什么都不用做。”叶蓁接过话头，“你只需要进去。你是零号陆民，忘啦？剩下的事‘主脑’知道怎么做。”

“事实上，如果当年孙子仲有你这样的机会，他也不用冒那么大的险了。”抑若扬叹息道，“我们经常牺牲太多，为了把事做对；可笑的是，本来可以什么都不用付出，只要找对了人。”

鹿呦呦沉默了。她讨厌这个把卫淇奥的感情计算进去的计划。

抑若扬看穿了她的心思，正好叶蓁咬着吸管杯在旁边晃，他抢过她的杯子，一股脑儿倒进了操作台上的漏斗里。“我的果汁！你干什么啊，我弄了半天才榨了这么一小点!”抑若扬没理叶蓁的抱怨，让鹿呦呦看那下降的液面。

果汁是用血柚榨的，那鲜红的液体正极速漏下，漏斗里铺的滤纸是旧的，破了小洞，多数液体沿着薄的那一面流下去了，厚的那一面还残留了一些，黏糊糊地舍不得走（注：使用圆形滤纸时，一般对折再对折后撑开铺在漏斗中，引流到三层那边漏下)，鹿呦呦觉得恶心不想看，抑若扬却说：“总是要漏下去的，如果找到机会能流得快一些。你和卫淇奥的关系，能让咱们的计划流畅很多，但如果没有，也总能办到，只是难一些。”他看了一眼叶蓁，她坐在角落的一张旧椅子上，正怔怔地望着他。

他收回目光，继续说：“如果卫淇奥参赛，他就能带你升级，扫清你和他在一起的最大障碍，‘主脑’也能重启。这是个双赢的结果，没有人受伤害。你并没利用他，你和他的关系很对，胜在一个‘正好’上。”

“你怎么就这么有把握他能赢。”她其实已经被他说服了。

“不是我有把握。是他有把握。”

抑若扬走出叶蓁的工作室，走过漆黑狭窄的甬道，来到电梯井，点上一根烟。

他背对着来时的路，但听到了叶蓁走过来的声音。她从他手上拿过烟，吸了一口。

“她睡了?”叶蓁的肩膀紧挨着他。他没动。

“睡了。今天对她来说够累的。”

头顶过滤器的旧风扇嗡嗡响着，竭尽了全力，地上的暮瘴浓度应该达到峰值了。

“你刚才的叹气演得真好，影帝。”叶蓁说。

“什么?”

“‘事实上，如果当年孙子仲有你这样的机会，他也不用冒那么大的险了。’事实上孙子仲无论如何都要探外，内核早没冷掣开关了，都被衡准中心拆了，我爸告诉我的。”

他从她手中拿回烟，吸了一口：“你真没看上去那么疯。”

“任何东西只要建立在谎言上，哪怕再靠谱也不靠谱。我不看好你。”

“不然能怎样，相信卫淇奥的正义感？他已经坐在首席了，凭什么还要费尽力气掀翻桌子？相信鹿呦呦？她自己都不相信自己。人性像钻石，有很多切面，我唯独不信高尚那一面。趁他对鹿呦呦还有新鲜感，得赶紧把这事做成。我让你做的准备怎么样了？咱们必须搞到冷掣开关的坐标，比赛五年才有一次，错过这次机会就赶不上重启了。”

“我做了个发射器，等他带她进了‘主脑’，她就可以帮咱们建立网桥，我再黑进‘主脑’，找到坐标。”她话锋一转，“你确定卫淇奥对鹿呦呦只是新鲜感？”

他没回答。她感觉到他的不快，这越发让她气闷，索性再戳他一下：“你嘱咐过鹿呦呦别跟他上床吗？”

“什么？”他生气了，准没错。

“你这个妈妈桑，还不把手下姑娘卖个好价钱？”叶蓁咬着牙说。他对她扬起了巴掌，她仰起头，两眼冒火地盯着他。

他放下手走了，和漆黑巷道融为一体。叶蓁呆望着那片漆黑，感到眼角湿凉，她想，奇怪，在这干热的通风口下，怎么会有露水呢？

第十八章
希瑟夫人的兴趣

鹿呦呦心情低落。尽管抑若扬和叶蓁都认为她的担忧毫无必要，她还是担心会挂掉衡准，未来的不确定也让她懊恼。

叶蓁越来越频繁地给她布置功课，每次去地堡，都灌输一堆稀奇古怪、乱七八糟的知识，大部分和她做的武器有关，硬塞给她一本《消除生命指南》，说是自己的著作，逼着她读熟；还非得让她打一款射击游戏，满屏是血不说，怪物都长得特恶心，最要命的是，还是第一人称视角的，搞得她3D眩晕症都犯了，恶心得厉害，但叶蓁不管，每次都要看着她刷新分数榜才肯罢休："这个就是要形成肌肉记忆！肌肉记忆懂不懂？"唠叨得她耳朵都起茧子了，每次她问"学这些有什么用"，叶蓁只会得意扬扬地说一句"女人就是要时刻准备着"，准备什么？像她一样变疯吗？

抑若扬的阴沉，叶蓁的沉默，都让她惴惴不安——他们有什么事瞒着她，她感觉得到。

所以卫淇奥提出带她一起去见希瑟夫人，她立刻就答应了：这是个转移注意力的机会，况且，只要能和他一起，干什么都开心。

希瑟夫人遵守约定，答应让他们参观工厂，还特地邀请她也去。

"邀请我？为什么？"鹿呦呦原以为这是卫淇奥的主意。

"她对你，怎么说呢，挺感兴趣。"

"为什么？"她立马警觉起来。

"别怕，她对你没恶意，而且我猜到她为什么对你感兴趣了。"卫淇奥一边开着车，一边伸出手指刮了刮她的脸颊。戴着易容器的他变了样，但嘴角噙的那抹笑是他的。

"为什么？"

"嘘。咱们到了，回去再说，好吗？"

他们来到了幽暗林地的深处，通向这里的道路非常曲折，除非走到跟前，否则根本看不到这里有建筑。这是一排低矮的平房，没窗户，以前应该是货栈，墙根儿堆着一些锈迹斑斑的推车，荒草掩盖了通往大门的小径。

一下车，她就闻到一股强烈的臭味，腐烂的气息被掩盖在漂白剂和防腐液的味道之下，她强忍着捂住口鼻的冲动，那样显得太软弱了。

几个穿胶靴的男人为他们引路，穿过大门，进入黑漆漆的厂房，臭味更强了。他们走过一条钢板搭的狭窄过道，两旁是一行行铁架，挂满了大小不一的动物，都被扒了皮，用铁钩子吊着，辨认不出是什么尸体。脚下黏糊糊的，她强迫自己别去想踩的是什么。

“你还好吗?”卫淇奥轻声问她。

“我见过更糟的。”她想起了舜华带她和晏落桑去原液工厂那一晚。

“这里什么动物都有，死猫狗，甚至死老鼠。”卫淇奥悄悄地说，“生产线和工艺都仿照原液工厂，但原料要便宜一百倍，做出来的东西和原液相比，就像甲醇和乙醇，看上去像，喝了也会醉，不同的是，前者会害死人。”

厂房中间是一片洁净棚，光线从半透明的围板里透出，映衬出里面活动的阴影。远远看去，洁净棚像一个诡异的蛋，那些阴影就是随时会破壳而出的胚胎，它还发出一种猎食者特有的喉音，越走近越清晰。鹿呦呦攥紧了卫淇奥的手，他捏捏她的手指表示回应。

胶靴男人掀起隔离帘，穿过一个十几米深的风淋室，才来到了棚里。

她的眼睛被消毒喷孔吹得睁不开，定了定神才看清周围，原来那些“怪物胚胎”是机械臂，它们悬挂在方形培养池上，翻搅着灰白色液体中的半固体物质，不时伸进池底，捞起没溶尽的骨架，丢弃在一旁的传送带上。

洁净棚不止一个，围板之后还有更多机械臂，它们转向时会发出轻微的呲声，许许多多的呲声汇合，形成了那种食肉动物才会发出的喉音。

“你们好!”头顶传来希瑟夫人的声音，她站在平台上，正通过透明的顶棚看着他们，“请上来吧。”

和之前的珠光宝气不同，她穿着男士夹克，头发利落地绾在脑后，踩着胶靴，这让她看上去年轻了不少，不过脸还是塑胶脸，笑容在上面化不开。

她先和鹿呦呦握手，才向卫淇奥问好:“齐先生，货仓在后面，我让人带你去，其他地方也尽管参观，我能否借用一下你的朋友?”她微笑地看着鹿呦呦，“我们想互相了解一下。”

“你一个人可以吗?”“齐先生”看着鹿呦呦。

她猜希瑟夫人应该是想留下她当人质，在“齐先生”巡视工厂的时候，便点点头。

“齐先生”走后，希瑟夫人遣散了手下，房里只剩她们两人。这房间位于最高处，加之洁净棚顶都是透明的，所以不论下面的人多么如坠迷宫，上面的人都能一览无余。鹿呦呦走到窗前，很快找到了卫淇奥。

“看得清楚吧？”希瑟夫人和她并排站着，“玻璃是单向的，咱们看得见外面，外面看不见咱们。”

内心得是多没安全感，才会躲进这么一座玻璃监狱。

“真是个不错的人。”希瑟夫人盯着卫淇奥，“你和齐先生是怎么认识的？”

“我打零工，帮他打扫时认识的。”

“听他说，你打工是为了外观重塑？”

“对，我需要钱。”

“重塑是为了能和他在一起？”

“怎么会。我打工以后才遇到他的，况且以我的条件也想不了那么远。我是个5+。”说完，鹿呦呦看了她一眼，想观察她的反应。

希瑟夫人毫不惊讶：“这个他说过。他有提过让你重塑吗？”

“那倒没有，我们很少谈这些。”

“哦，是这样。”她沉吟半晌，笑着说，“我以为他会赞助你重塑外观。”

“没那么简单。”鹿呦呦决不能透露自己的复杂情况，便说了个清高虚伪又庸俗的理由，“我和他之间还是不过钱的为好。”

“为什么？”

鹿呦呦倒不知怎么回答了：“就……那些原因吧。会让我们的关系变得不够单纯。”

“你这么想就已经不单纯了。”希瑟不耐烦地一摆手，“总有人说那些废话，什么‘女人经济独立才是独立’，什么‘花男人钱就是软弱’，胡扯。经济独立就独立了？我见过多少花自己钱的姑娘为了渣男死去活来，她们独立了吗？只要对方不是拿物质收买你的尊严，他愿意给，你就可以拿，有什么大不了的。”

这言论倒是清新脱俗，鹿呦呦突然对这个假脸夫人有了兴趣：“那什么才叫独立？”

希瑟盯着她，她这才发现，希瑟的两只眼睛颜色不一样，一只是黑色，一只是浅棕色，瞳仁周围有一圈金黄。希瑟说：“听我这个赚钱养自己的老女人一句话，有很多东西你都可以给男人，你的身体、时间，甚至是你的心，但唯一不能给的就是你的权力。”

“那是什么意思？”鹿呦呦还想问，却看到卫淇奥突然转回身，向她们的方向匆匆走来，她连忙下楼向他跑去，他并没放慢脚步，只是在经过她时轻声说：“得走了。”她回过头，看着他大步走上楼梯，和希瑟夫人握手道别，而后回到她身边，揽着她离开。

他走得很快，她不得不小跑着配合他的步伐，边跑边别过头去看希瑟，只见她走出了她的“监狱”，远远向她挥了下手，像告别，也像，不舍?

上车以后，卫淇奥把车开进密林，停在一团浓重的树荫下，打开摄像机。

“怎么了？你的易容器又没电了?”她不明白为什么要着急离开。

“不是。刚才突然有人联系我，说他们已经包围了这儿，让我马上离开。”

“谁联系你?”

“匿名电话。快看!”

在工厂周围放风的几个人突然被击倒了，一切都发生在三五秒之内，密林中走出来几十个荷枪的黑衣人，他们迅速缩小包围圈，鱼贯进入工厂。他们选择的入口非常准确，毫不迟疑，仿佛对建筑结构了如指掌。

工厂里响起了猛烈的枪声。

枪声持续几分钟，随着一声爆炸，工厂屋顶被气浪掀开，碎屑砂石卷着热量喷薄而出，他们的车被掀得一颤，林中的山风都转了向。

“怎么回事?”鹿呦呦捂着耳朵，还没从震惊中回过神。

“丢车保帅。希瑟被高层放弃了。”卫淇奥发动车子，挂挡，倒车，掉头，一气呵成，向林子外围快速驶去。后视镜里，黑衣人正陆续撤出已成断壁残垣的工厂，没有任何俘虏，也不见希瑟的身影。

“你不会再见到她了。”卫淇奥面无表情地说，“这里已经不存在了。”他把车开得飞快，转眼就驶出了黑衣小队的有效射程，同时，不可避免地在红泥上留下了深深浅浅的车辙。

两个先撤出工厂的黑衣人循着车辙走了一段，就停住了。

“别跟了，让他们走。”两人都戴面罩、穿统一服装，看不出分别，对话却透露出上下级的关系。

“放走活口的话，万一走漏了消息……”

“再走漏也只能查到这儿为止。”

“长官，确定要放弃这儿吗？太可惜了。”

“来不及了。那是个记者，他一回去就会曝光这里，不动工厂就要动他，但是他家里不好惹，回去吧。”

两人转身，加入了正在打扫战场的同伙。

他们安放了C4炸药，工厂很快淹没在火海中。

卫淇奥和大编辑吵架了，两个男人都红着眼。

“不行，这个题到此为止，你别再跟了。”大编辑说。

“这条线确实断了，可我已经查到他们运输线的后面有个空壳公司，这个公司曾经为衡准中心的分支销过账，我有信源的！我不理解，你为什么把我的稿删成这样？”他指着桌上一沓纸，上面做满了鲜红的记号，诸如“有证据表明事件背后另有组织”“陆民神秘衰老死亡并不是单纯的奸商造假”“我们有理由怀疑在也许并非事故的爆炸事件中丧生的希瑟，并非一系列看似零散事件的最终主使”的语句都被删了。

“你这么写，稿子铁定被毙。照我的来，还有可能发表，咱们得考虑后果。”

“你什么时候变得这么畏首畏尾唯命是从了？我当初跟你学写稿，可不是为了走到这一步的！”

这个指控有点重，大编辑气得语塞，他抓起电话听筒，摁了一串号码，塞给卫淇奥：“找你的！”

卫淇奥接过听筒，眼睛依然盯着大编辑。

“你还要惹多少麻烦？”是他父亲的声音。他脸色一变，继而更加愤怒地瞪着上司。

“你以为是谁保你离开那个烂摊子的？你的正义感吗？”父亲的语气平淡，每个字却都戳在他心上。

他挂断电话，抓起稿子，离开了上司的办公室。

他郁闷至极，一脚油门踩到底，从新闻中心回到巨塔只用了平时一半的时间，下车也不收拾东西，任凭白纸黑字散了一车，他趴在方向盘上愣了会儿神，便下了决心，他打开屏幕，把这些天搜集的素材、图片、音频和没完成的稿件，凡是有关假原液的资料，都压缩进一个加密数据包，发送了邮件。收件人地址栏上只有一个字母：S。

做完这些，他依然义愤难平，多年的执着、辛苦、挣扎，只为了脱离原生家族，他几乎相信自己做到了，到头来，他仍然是父亲眼中的一个笑话。

他抑制不住地想着家门口那个陶瓷伞桶：把那个伞桶扔到桌上砸个粉碎，然后喝个烂醉——他抱着这个坚决的想法开了门，却在门打开的一瞬间恢复了平静。

鹿呦呦比平常来得早些。她坐在落地窗前，光着脚，阳光照在她好看的脚趾上。晴天的落地窗是整个房子里她最喜欢的地方，他知道。她曲着膝，画本摊开在脚旁，她用炭笔在上面涂抹着，画几笔就用无名指外侧蹭蹭纸面，这个习惯让她的右手经常黑乎乎的，但是他最喜欢了。

他轻轻地走向她，又怕无声无息会吓到她，就在离她十几步的地方站住了。

她画得很专心，阳光给她那总是乱糟糟的卷发镶了一层浅金色的边。他静静地看着她，心里装满了温存。

鹿呦呦画久了，身体有些麻，活动着脖子想站起来，一抬眼却看到了卫淇奥，笑容先于意识地在她脸上绽开："什么时候回来的?"

"刚刚。"他挨着她坐下，"你真可爱。"

她撇嘴："丑得可爱。"

"谁说的。"

"你呀。"

他没接茬儿，把画册掉了个个儿："这是——希瑟?"画中的女人眸色一深一浅，可不就是希瑟。

"那天以后，我一直在想她怎么样了。"

"不论是生是死，有的人注定被抹销，不是因为他们做了什么，只是因为他们出现在不对的地方，你明白吗? 所以别为那些注定消失的人纠结，只能徒增烦恼。"

"有时候你真是冷漠到可怕。你知不知道，希瑟挺喜欢你的。"

"不对吧。比起对我，她对你可有兴趣多了，你没发现她总盯着你?"

"这没道理啊。她为什么要盯着我呢?"

"你知道的，为了接近她，我做了些功课。她来自外缘，曾经和一个内核陆民相爱。"

"就像你和我。"

"对，像你和我。"他低下头，亲了亲她，她引用"相爱"一词的方式让他很开心。

她只给了他很短的时间，就用提问打断了这个吻："然后呢?"

他无奈地一笑，她似乎不喜欢独处，总用各种办法避免气氛滑向暧昧。"之后她就开始了外观重塑，非常频繁非常疯狂，可那个男人还是离开了她。因为重塑的频率和方式违反了医学规律，她变成了你看到的那个样子，其实早年的她挺漂亮的。"

"太可怜了。"

"她看到了你和我，有生以来第一次意识到，5+并不等于丑和没人欣赏。她注意到我谈论和对待你的方式，这才明白她曾经的男人应该怎么做。"

"你确实表现得不错。"她赞同。

他笑着哼了一声，严肃地说："她对你感兴趣，是因为你让她明白了当初的她，其实没必要改变。"

"我一直不明白，你为什么喜欢我？"

"那你为什么喜欢白颜色？"她没说过自己喜欢白色，不过他说对了。

"我不知道。人怎么可能搞明白自己为什么喜欢某个颜色。"

"我就像你喜欢白色一样喜欢你。"

她失语了。一种深沉的痛苦攫住了她，她突然明白了，为什么人们常说"如果能让我不这么爱那个人就好了"，爱是羁绊，没爱上谁的那个她甚至能轻易地撒手人寰，现在不能了。

"如果……我是说如果，我消失了，你会怎么办？"

"我会找到你。可是，你怎么会消失呢？"

"我挂掉了外观重塑的预评。而且手术重塑也不可能，我是稀有血型。我和你差了四级，本来就不可能正常在一起，但是我顾不上这些，下次衡准我就会挂掉的。"

"我可以想办法……"他很有耐心地说。

"没那么简单。"她打断了他，"原因我暂时不能说，对不起，但是外观重塑对我来说是不可能的，绝无可能。"

他看着她。阳光已经移动了，从她身后照射过来，逆光的她伤感又纤弱。他的视线经过她，看向窗外大片大片的水红。

"那我就为你参赛。"

第十九章

婚　礼

“卫淇奥要参加颜值战争？可真有他的。”庄姜半边身子探出云衣橱，满脸兴趣和赞叹。

“你小点声，还没正式宣布。”鹿呦呦看看周围，倒是没有人，她们正在设计师的工作室里，庄姜在试穿婚纱。

“没事，晏落桑把这儿包了，咱们尽管聊。他打算什么时候宣布?”

“还没想好。直接在主页写一句好像太随便了，专门开个发布会又显得不那么酷，万一进不了复选就丢人了。”发布参赛的时机和方式确实重要，尤其是卫淇奥的参赛决定作得太晚，海选已经开始，很多陆民已经投过票了，形势对他很不利。

“开发布会确实挺土的，”庄姜从衣橱里探出身来，“你们可以在我们婚礼上宣布参赛呀。”

“不好，这是你的大日子，不能抢你风头。”

“没事，晏落桑也不会在乎的，本来婚礼就是我说了算。到时会来好多人，而且晏落桑请了很多他的工人，我们家这边的亲友也都是外缘的，卫淇奥不是一向在外缘人气很高吗，在我们的婚礼上宣布参赛是最合适的，对拉票有好处，就这么定了。”她随手一撩头纱，那些精细的蕾丝立刻堆成一团，“你还劝我别结婚，现在是不是觉得我结得刚刚好?”

“我什么时候劝你别结了，我只是觉得太突然。”鹿呦呦听她那样说，猜到晏落桑是考虑到两人等级的差距，担心如果两边亲友相差太多，庄姜会难过，所以特意请了很多工人，心里暗暗为他加了一分，只可惜以庄姜那潇洒的性格，怕是领会不到他的苦心。

“一点也不突然，你知道吗?”庄姜降低了音量，走出云衣橱，抓住鹿呦呦的手往肚子上一放，“这儿，为了TA，我们才着急结婚的。”

鹿呦呦瞪大了眼：“你有宝宝了?！多久了？怎么才告诉我?”

“小声点，晏落桑不让我声张，太早说对宝宝不吉利。”她满脸都是幸福，“已经三个月啦。”鹿呦呦也被感染了，两个女孩拥抱在一起。

她们聊了一阵婴儿的闲话，鹿呦呦想到一个问题：“怎么没听你提过晏落桑的父母，他们对你好吗？”

“你担心我嫁过去受气？放心，他是白手起家，家里也不是天然高分，他父母早就不在了，只有一个姐姐，生病好些年了，这里有问题，”她指指脑袋，压低声音说，“从来不见人，好像连芯片都注销了。”

“这样！这合法吗？”

“当然不，你没上过学的吗？纪律课不是讲过，没有芯片就等于死了，去哪儿都是大门紧闭，死路一条。”

“我怎么从没听他说过家里的事。”鹿呦呦想，这种“死人”我可是认识不止一个。

“他也没和我说太多，哎，管他呢，人人都有不愿提的事，尤其是男人，卫淇奥也不是什么都跟你说呀。”

“怪不得他急着娶你，你这种不管闲事的老婆太珍稀了。结婚以后，你能合法住在8+吗？没问题吧？”在这个表面平静实则危急的时期，她希望亲近的人都能远离外缘区域。

“当然，能有什么问题，只要过了衡准，定期去注册芯片就行。你跟卫淇奥也赶紧的，将来你住得比我还靠里呢。”

“我们和你们不一样。”鹿呦呦惨然一笑，“你也说了，‘只要过了衡准’。”

“你别这样行不行。”庄姜伸出手指，在她额头上一点，“事在人为，你还有我呢，我这就告诉晏落桑，让你们在婚礼上宣布参赛，等婚礼结束咱们再一起想办法。开心点，接下来还有好多事要忙呢，别让我和你家卫公子失望。”

婚礼当天自然不必说，场地安置在晏落桑的大宅里，排场至极。新郎对新娘的迁就在现场布置上表露无遗：庄姜喜欢热闹和粉红色，于是会场成了灿烂的温柔乡，连餐叉都是玫瑰金色。客人头顶悬吊着白色羽毛堆叠的巨大天使翅膀，座席上搭着粉色毛皮。晏落桑采购了五千朵粉色的苔苏玫瑰，用烟灰色缎带扎着，把会场围了个水泄不通。

女客都在惊羡这铺张的梦幻，卫淇奥却悄悄说：“估计虚陆的粉色玫瑰接下来要绝收了。”鹿呦呦责备地斜睨他一眼：“别这么刻薄，人家可是把婚礼都借给你开发布会了。”

“我没有，我的意思是，如果是我，我会送些别的给你。”他想等她追问“你会送我什么”，但鹿呦呦识破了他的暗示，转移了话题：“参赛声明准备得怎么样了？”

“你知道的，就那么几句话。”她没上当，他有点小失望，耸了耸肩，“你确定不陪我上台？”

她摇头：“你中途参赛，麻烦已经够多的了，我还是藏着吧。”

婚礼进行得很顺利，宣誓时不少女宾都在抹泪，其实誓词很普通，她们也未必多了解新人，只是婚礼从来都是女人意淫未来或缅怀过去的最佳场合。

只是行礼接近尾声时出了点意外，会场突然走进一个女人，穿着睡袍，在通道上徘徊，这时新人正在交换戒指，大部分客人的注意力都集中在礼台上，只有不时看向台下、和卫淇奥对视的鹿呦呦，无意中看到了这个女人，见她披发跣足、神情恍惚，又想起庄姜提到的晏落桑的家事，立刻知道她是谁了，连忙退到一边，悄悄穿过观礼席，来到她身边，挽住她的胳膊："你是晏落桑的姐姐吧？我是他朋友，来，我带你回房。"

那女人五官还算清秀，只是脸上隐隐有几道疤痕，眼神失焦，语无伦次，问她叫什么、住在哪儿都不理，嘴里一直喃喃着一句"葡萄藤，该埋了"。她这种状态，如果被衡准中心发现，一定性命不保。

鹿呦呦带着她走出婚礼大厅，走道上空无一人，看来工作人员都跑去看热闹了，无人看护的她才循声找了过来。鹿呦呦带她回了主卧，关好门陪着她，所幸她很安静，并没有大吵大闹惹人注意，她先扶她躺下，又发了消息通知晏落桑，让他别急，安顿好婚礼再来。不一会儿，晏落桑就急匆匆赶到了。

见他进门，鹿呦呦从床前站了起来："她刚睡着。"

晏落桑来到床前，抚摸着姐姐的头发："谢谢你呦呦，这里交给我就好了，你去找卫淇奥吧，舞会开始了。"

"好。"她转身要走，他叫住了她，犹豫了一下才说："她是我姐姐，早年受过刺激，她身世很可怜，所以……"

"不用说了。"她拍拍他，表示理解。

他还是一副欲言又止的样子："呦呦，来的时候有没有人……"

"我自己带她过来的，没人看到，放心吧。"

"谢谢你。"

"没事，庄姜的事就是我的事。"

她返回大厅时，卫淇奥刚讲完他的参赛声明，很多人在拍摄，整个大厅都在鼓掌，她不禁有点惋惜，没能听到他的讲话。

好在有很多客人都录下了现场的视频，尽管这些视频没有章法、画质很渣、镜头晃动，但这种看似即兴的消息发布往往效果最好，蜂拥上传的视频，再配上“婚礼”“偶遇”“卫淇奥”“曝光”等诱导性的标签，反而引起了关注。截至婚礼结束，卫淇奥在“颜值战争”官网的投票界面已经流量过载，而闻讯赶来的记者也在大门口等着“蹲人”了。

此刻的卫鹿二人并不知情，告辞了要走，幸好晏落桑追上拦住，笑着对卫淇奥说：“你不是行家吗，怎么这时候反而糊涂了？我送呦呦走，你去前门当大明星吧。”他送走鹿呦呦，又回到前门，望着被记者围住的卫淇奥，问妻子：“他怎么突然参赛了？一点都不像他。”

“为了呦呦呗。”

一向对狗仔黑脸的卫淇奥正在拍照，笑得相当配合。

“没办法，人人都会有那个让他低头的人，没低头是因为还没碰头。”他抚摸着妻子的裸背，“先进去吧，他还有的忙呢。”

第二十章
橘 色

“看不出来你很有手段嘛，我以为你是那种无趣的女人。”叶蓁一边从摩托上拆化油器，一边打量鹿呦呦，惊叹她居然能让卫淇奥这么快就参赛，“你做什么了？答应跟他上床？还是他有把柄在你手上？”她忽然大笑起来，“其实两者是一码事。”

鹿呦呦没搭茬儿，她看着西沉的太阳，夕照之下，一切都变成了橘黄色，这种温暖的颜色却让虚陆不寒而栗：极眺远望，地平线已经模糊。

“暮瘴快落下来了。”

“你怕什么。”叶蓁蹲下身，腰窝露出T字形的黑色细带，真是个辣妹。

“你那个山洞里什么修不了，跑上边来干什么。”

“呃——做人不能太宅。”

“你是在等抑若扬吧。”他前天出发探外了。说好是浅探，这时该回来了。

“你怎么还不走？”

“每次都是他捎我回去的。”鹿呦呦从工具箱盖上拿起单眼望远镜，“那是他吧？”

“让我看看！”叶蓁抢走了望远镜，边看边把油污的手在衣服上乱蹭，“是他是他！”她扔掉腰上的工具袋，往围栏方向跑去。

他的车越来越近，车后的扬尘和正在逼近的暮瘴融为一体，被夕阳染成了橘色，荒原上的热浪让眼前的景象变成了流动的，叶蓁跑向车，不等它停稳就跳了上去。

附近的监控已被叶蓁改了指令，围栏也被她拆了个口子，鹿呦呦走到缺口边上就停住了，抑若扬在她身边停下车，示意叶蓁换到驾驶位上：“你先把车开走，我有话和她说。”

叶蓁默不作声地噘着嘴，摔摔打打地挂挡，一轰油门，车蹿了出去，喷了另外两人一脸尾气。“喂！看着点！”抑若扬冲她喊。

她的回应是伸出车窗的一根中指。

“你的腿怎么了?”鹿呦呦发现抑若扬走路有些跛。

“没事，蛊叼——怪物越来越多了，它们的活动区域已经扩展到附近了，以前它们从不到这边来。”

“你还好吧?”他的样子很狼狈，身上满是血污。

“没事，给自己缝了几针。”他升起了面罩，她回头看看，暮瘴快追上他们了，这灰白色的毒雾前进得极快，马上就超过了他们，四周立刻变得模糊起来。

“你的头盔呢?”抑若扬问。

“在这儿就不需要戴了吧。”

“还是要小心，以免总不戴变成习惯。你必须谨慎，除了衡准中心，抵抗者组织也在找零号陆民，现在到处都是眼线。卫淇奥那边怎么样了?”

“他今天去见赛委会的人了，明天拍十强的照片，之后正式开赛。”

“十强出来了？我看看。”他打开目镜，面罩里又亮起了熟悉的蓝光，“三个职业选手，这届职业选手倒不算多。上届冠军也参加了？这是好事还是坏事？还有一对搭档参赛的情侣，一个来自5+的草根选手，算是常规了。嗯……曹子建，他不是卫淇奥的对头吗？这可不大好。还有舜华？她是对手还是搭档?”

“现在不好说。”她犹豫不决地回答，“发生了一些事，她和卫淇奥暂时，嗯，在断交中。”

“那就静观其变，毕竟现阶段能做的也有限。你会和他一起进选手村吧?”

“我不知道。我们还没打算公开关系。”

“也不一定要以情侣关系示人，你不是他的助理吗？我建议你和他一起去，赛事瞬息万变，他会需要你的。”

“你也需要人监视他。”她尖刻地说。

他没作声，他们沉默地走了一段，天彻底黑了。他熄掉目镜，黑暗像幕布一样垂下，将两人隔开。

他突然说：“把手给我。”

她疑惑地伸出手，他从手上摘下一个手环，给她戴上，她抬起手，看到上面显示着一串数字：90–21–57–35，末两位不停倒数，这是个计时器。

“我这一趟出去，是为了估算下次空气灾害的时间，也就是‘主脑’永久关闭外缘过滤系统的时间。你知道暮瘴为什么叫暮瘴吗?”

“它只会在晚上出现。”

“很快就不会只是晚上了，陆外已经变了。”他们已经走到了地堡，抑若扬抬起升降梯的闸口，让她进去。他们开始下降，头顶齿轮发出锈蚀的吱嘎声，“陆外有很多沼泽，收割者叫它们‘迷雾沼泽’，迷雾沼泽是避免虚陆被暮瘴吞噬的关键，沼泽里有一种能吸收和消耗暮瘴的微生物，叫迷虫，它们只在白天活动，夜晚休眠，不仅不能吸收暮瘴，还会把没中和掉的暮瘴释放回空气。

“多年以来，衡准中心一直在模拟迷雾沼泽的生态环境，始终没有进展。迷虫和人类似乎无法共处，它们需要极度洁净的水源，也非常排斥噪声。‘主脑’放弃了三个外圈，就等于把人类的空间出让给了迷虫，迷雾沼泽在一段时期内确实有了增长，暮瘴也改善了一些。

“但是，又要说回蛊叼了。没亲眼见过的人是无法理解这种怪物的，它们白天是猎食性动物，在陆外游荡；晚上变成水生植物，沉入迷雾沼泽，通过吞噬迷虫过滤暮瘴的毒素。蛊叼的数量直接影响到迷虫的存活率，据我所知，它们没有天敌，如果放任不管，会越来越多。过去收割者探外的主要任务之一就是猎杀蛊叼，不过，以虚陆现在的实力，已经无法支持那种大规模探外了。

“我这次出去，标记了一些沼泽的位置，做了统计，发现沼泽的数量和面积都大不如前，按照目前的缩减速度，不出一年，暮瘴就再也不是暮瘴，而是‘瘴’了，到那时，空气灾害也就不再是灾害，而是一种常态。

“这个倒计时是我按现有数据推算出来的，是最快一次空气灾害到来的时间，也就是说，90天零21小时之后，虚陆会再次被不分白天黑夜的瘴笼罩，我没法预计瘴何时才会消散，唯一肯定的是，‘主脑’会放弃外缘，5+肯定没了，6+也有可能。

“这种级别的危机下，短期的应对措施就是公开真相，组织外缘疏散，同时寻找像你一样的零号陆民，研制抵御暮瘴的血清；等危机暂时解除，就要训练、选拔陆民，教授他们必要的探外技能，发动民间力量捕杀蛊叼，行动规模必须是集中全大陆人力物力的，不能再搞以前那种偷偷摸摸、小打小闹的探外，所以必须取消分级。现在虚陆90%的财富都掌握在10%的人手里，后者除了变美什么都不想、什么都不会，我们拿什么探外？拿什么救自己？

“可惜衡准中心永远不会像我说的那么做。他们打的是另一套算盘。衡准中心一直在找零号陆民，一旦你落入他们手中，研制出血清的时间可能比叶蓁短，但血清绝不会像在叶蓁手里那样用来拯救多数人，而是被控制在少数人手中，作为控制多数人的工具。衡准中心最终会拯救虚陆，但那只会在很久之后，在牺牲了无数人命之后。”他扶住她的双肩，郑重地说，“如果我的倒计时准确的话，咱们就只有12周的时间把这件事做对，那么，现在你告诉我，我该不该‘监视’卫淇奥？”

卫淇奥相当不高兴。

他站在媒体中心的走廊里，紧皱眉头，插在裤兜的手握成了拳头。这里位于衡准中心主楼顶层，俯瞰着半面内核，窗景美好。几处最高的白色巨塔矗立在斜下方，塔顶那随日光调整方向的光伏电池板呈现出优美平滑的弧线造型，仿佛飘在大陆上空的巨大船帆；地面，圆心湖波澜不惊地闪动银波，蓝得动人心魄；天上，鲤鱼旗造型的风能发电机星罗棋布地飘浮碧空，多难得的晴空。

但是，不论美景，还是刚刚和赛委会的愉快交谈，或是守在大门口、一见他就欢呼尖叫的粉丝团，都不能纾解他的郁闷。

他想不通什么事能绊住鹿呦呦，使她不能陪他出席“颜值战争”的开幕礼，虽然他们的关系还在保密，可她是他的助理，况且这是为了她，也为了他们的未来，于公于私她都该来。

但她只想着休假，原因他不清楚，她捍卫放假的权利，每周一次，消失一天，这次更是两天不见踪影，没给他只言片语。

他想不出她消失时在做什么，她没在别的地方工作，周末也不上学。在她那个地洞般的住处宅上一天吗？那为何不到他这里来呢，有大事要发生了，他感觉得到。看着她，他才能安心些。

唯一合理的解释是她去见谁了。是谁呢，秘密情人吗？他觉得自己真可笑，居然会这么想……

“前辈你好，前辈！”有个女孩子叫他，他认出了她，是刚刚一起出席开幕礼的十强之一。

虚陆有一些中间区域的家庭，自身评分不上不下，却希望子女能越迁到更高的圈层去，于是倾尽所有，把孩子塑造成内核垂青的模样，从相貌性格到学识谈吐，都有一套公式般的模板，这些人生被比赛和选拔填满的罐头人，就是职业选手。

如果没记错的话，眼前这个女孩就是职业选手，应该是参照舜华做的外观重塑，最流行的锥子脸，眼角开得很规范，端着个四杯装的咖啡纸托，一双筷子腿在本就不宽的过膝靴筒里晃荡，不知是腮红太浓还是真的激动，脸颊飞着两坨蜜桃粉：“前辈哥哥，我很小的时候就喜欢看你的书。”

“叫我卫淇奥就行了。”

“这、这样好吗？”她移开一点目光、再重新看回来的表情让他厌倦，这种故意的害羞，跟摸头发托腮一样老套，和舜华接触久了，他对这种造作的人设早就免疫了，反而更加中意鹿呦呦的钝感。

不知情的女孩继续扮可爱："我叫简若彤，很开心能和前辈哥哥一起站上这个舞台，这个给你，请多多指教哦！"她从纸托上拿了杯咖啡给他，边走边回头对他笑，"加油哦！"

"这些水泼不进的罐头人。"他望着她的背影若有所思，刚端起咖啡要喝，就被人迎面撞了一下，咖啡洒了一身，可那人停都不停，径直跑了。

"没关系啊！"卫淇奥冲他喊了一句，那人回头看了一眼，他认出他是曾良，那个来自5+的草根选手。曾良长得很有辨识度，没有尖下颏，眼睛也不大，一看就没做过外观重塑。

曾良的卖点除了草根，还有"救母"的故事：他父亲在他很小的时候就挂掉了衡准，他和母亲相依为命，现在母亲日渐衰老，他们负担不起重塑，他才冒着丢掉性命的风险参赛，希望能赚到一笔重塑的资金，虽然5+陆民从未有过夺冠先例，这个先例也不大可能被他打破，但按照"颜值战争"的规则，只要撑到比赛第三轮，进入六强，就不仅能保住性命，还能拿到一笔可观的赞助。

"我不是为了夺冠，只为了能救我妈。"这是曾良的原话，不得不说，他的故事蕴含一种极易理解的感人，所以他在外缘的人气很高，就连深谙媒体煽情法则的卫淇奥对他也没有恶感。

曾良一溜烟儿地走了，又有一人经过身边，冷冷地说了一句："如果我是你，就不喝那杯咖啡。"

他一惊，闻了闻被泼湿的衬衫，咖啡味里掺着一种似曾相识的腥味。气息最能唤醒回忆，他猛然想起十几岁时，同龄人之间常使的一种坏，把一种酊剂加进饮料，误服的人的脸会肿成猪头，最少半个月才能复原，孩子们管这东西叫"猪头酊"，就是这种腥味。十年过去，这东西还在用，倘若不是曾良撞他，这时候怕是已经发作了。能否继续比赛先不提，明天要统一拍的照片，是肯定会泡汤的。

救他的人早走了，不过她的声音他认得，其实不单是他，整个虚陆很少有人不认得她，她叫林衡，是个歌手，也是上届颜战的冠军。夺冠之后她就嫁人隐退了，本想淡泊明志相夫教女，不料豪门老公走了出轨的老桥段，她却没走隐忍的滥路数，以最快速度离婚复出、再次参赛，这次参赛卖的是坚强独立单亲妈妈的人设。有意思的是，她对谁都爱搭不理，对媒体尤其如此，偏偏全世界都买她的账，她的名气，也算是不可复制的成功了。

他走进电梯，门刚合上又重新打开，曹子建和舜华走了进来，后者一见卫淇奥，脸上的笑就僵住了，眼睛看向一边，不和他搭话，只顾着和曹子建说笑，聊着前一晚的聚会，显得很愉快。卫淇奥了解她，知道她总在一个异性面前冷落另一个，也不在意，只是想着鹿呦呦，几次三番看掌屏：零来电零消息。

他苦笑了一下：自己和她之间，好像永远在进行“谁先打给谁”的竞赛，他永远都会输。

卫淇奥回到家，等不到她，不知不觉在沙发上睡着了，醒来时身上多了条毯子，鹿呦呦就坐在他手边的地上，抱着电脑正在查“颜战”的赛况。他一下把等她的怨气消了大半，抬起手，蹭了蹭她的头发。她也不回头，只是一歪身，枕在他手心里。

“发生了好多事。”她说。

“我也是。”他讲了咖啡事件，感慨道，“我从没想过，人会这么不择手段，这只是一场比赛而已。”

“只能说你的人生太顺利，限制了你的想象力。在外缘，比这可怕十倍的事儿每时每刻都在发生，人为了活下去能做出什么，不亲眼见的话你根本想象不出。”她叹了口气，打开一个页面给他看：一个肌理发灰、形容枯槁、面如干尸的人撕扯着脸皮，他（或者是她，看不清性别）的脸颊像年久失修的石灰墙一样，碎成一块块掉了下来，露出其下的森森白骨，画面惊悚可怖。

“这是用了假原液中毒的人？”

“别装啦。这段视频明明是存在你电脑里的，我帮你整理资料时见过。你是不是把假原液的资料发给了抗拒组织？”

“你怎么知道的？”

“你睡了多久啊，我的先生？”她又打开一串页面，“这些视频都传疯了，我回来的一路上到处都是，抗拒组织已经声称对这些视频负责，他们的头头正在直播演讲，已经有好几个地区被他煽动得暴动了。”

此刻是黎明时分，暮瘴正在消散，能看到外缘方向好几处滚滚黑烟腾空而起，标示着前一晚武力冲突的规模。卫淇奥扶住鹿呦呦的肩膀，上下检查：“你什么时候回来的？有没有碰上暴动？我不是要管你，可你总这么晚出门太危险，以后别这样了，乖！”

“我没事，我很早就回来了。你告诉我，你为什么要把视频交给抗拒组织，他们是个极端组织，跟他们联系很危险的。”

“我写假原液的稿子被阉割，工厂幕后背景的部分全被删了，真相不能从我这里公布，并不意味着真相不能公布，还记得我说要为你参赛那天吗？就是同一天，我把所有采访笔记都发给了森曼。”

“森曼？‘新主’？那个正在演讲的疯子？”她被吓到了，“你怎么会认识他的？他不正常，他杀人的，他的那些手下，把尸体堆起来烧……”

“别怕。”她在他面前流露软弱的时候不多，他赶紧抱住她，摸摸她的头顶，有些感动，“我是很久以前认识的这个人，那时他还不是什么‘新主’，也没进抗拒组织，只是个拾荒艺术家，画一些卖不出去的东西。我因为一个艺术选题采访过他，那时我就感觉到他很会钻营，看到机会就死咬住不放，是个机会主义者，没想到后来混得这么风生水起。我跟森曼只是互相利用，没有密切的交情。”

“就因为这样我才担心。你看看这个。”

她在键盘上敲了几下，森曼的演讲直播弹了出来：“‘高分’用罪恶的液体榨干‘低分’的血，这还不够！‘高分’还用双重罪恶的液体骗走‘低分’最后的东西，我们的尸体！除了尸体，我们还剩下什么？宁可毁掉，也不祭献！宁可烧掉！也不祭献！”

留长发、蓄长须的森曼穿着一件白色麻布罩袍，枯瘦的手伸向天空。以他为圆心，四面八方、密密麻麻站了几百圈人，他们的手都向圆心伸去，仿佛被旋涡吸进中心，成千上万的人成了一个集群意识，随着最后的八字箴言，人群的思想震颤达到了高潮，人群迅速分解成了四个大小一样的小圈，每个小圈的圆心都很快堆起了一座尸山，每个小圈都裂开一道深深的口子，人群自动为持火把的人让开道路，高擎火把的后者奔跑进圈，点燃尸山，人群爆发欢呼……

她打了个寒噤：“这个比赛比想得复杂多了，森曼说这是衡准中心的愚民手段——呃，什么是‘奶头乐’？”

“什么？奶头？”他要抱她。

她一把打掉他的禄山之爪：“别闹，说正经的。”

“如果我没记错的话，‘奶头乐’是一种黑暗的政治理论，它认为整个社会有80%的人都被边缘化了，社会资源和主导权集中在剩下20%的人手中。避免两者冲突的办法，就是通过给底层民众一个奶头，用大量娱乐填满他们的生活，转移他们的注意力，用这种低成本的办法卸除他们的不满。”

“森曼说‘颜值战争’就是‘奶头乐’，你们这些选手都是愚民的工具。”

“不得不说，他说得有理。”

“抗拒组织声称要暗杀你，他们说你是个‘虚伪的叛徒’。”

“虚伪我承认，‘叛徒’？我背叛谁了？抗拒组织吗？他们还不配。”

“你太自负了。我能不能和你一起进选手村？不方便就算了，只是我很担心你。”

“求之不得。”不等她说完，他就抱住了她，“我会带你见到‘主脑’的。”

第二十一章

光环选手与天井温泉

随着十强的巨照升空，“颜值战争”的决选正式开锣。一时间，到处都是夺冠热门的讨论：

“卫淇奥是光环选手，本身有名人效应，同时吸引内核和外缘的票数，和评委方关系也很好，有消息源说过有评委是他父母的好友。”节目里，女主播表达着对卫淇奥的看好，而她的搭档、一位打领结的男士并不同意：“别忘了他最强的对手曹子建，同样也是明星主播，他的哥哥曹子蔚在衡准中心居要职，资源方面毫不逊色。和卫淇奥不同，曹子建是亲内核派，评委中有好几位都在接受采访时被卫淇奥怼过，却和曹子建私交不错。”

“曹子建在内核的口碑确实为他带来了赢面，但同样的情形在外缘就相反了；而卫淇奥在内核和外缘的支持率比较平衡，相对来说胜率更大。”女主播反驳道。

“看来曹子建的优势是卫淇奥的劣势，曹子建的劣势则是卫淇奥的优势。我们的两位夺冠热门都需要一些运气，一个好故事，还有几个比赛搭档……”鹿呦呦不想再听下去，关掉了屏幕。

比赛搭档，她担心的就是这个。

不管外包装如何，“颜值战争”的本质就是真人秀，而真人秀里的“真人”都是假的，受众最后看到的明星，不论情商高低、性格好坏，都有台本和人设打底，是演出来的，可卫淇奥的骄傲让他演不像，也不想演。

更糟的是他们加入得太晚，其他选手早就抱好团了，单排的只有卫淇奥自己。而比赛搭档又是那么重要，不仅能在需要卖人设时帮着打掩护，还有一条厉害的比赛规则：任何选手都可以把分数的一部分赠予其他人，赠分最高不能超过自己分数的5%。这个规则原本是为了奖励那些人缘好、诚意待人的选手，但实际操作中这个初衷却被扭曲了：尽管单一选手的赠分很难对比赛结果产生决定性影响，但当多个选手联合针对某人时，形势会大不一样。虽然赛委会禁止选手私下勾结操纵比赛，但这种事的取证不太容易，所以历届比赛都有黑幕。

比如，他们刚到选手村，还没开始第一天的拍摄，就遇上了麻烦。

十强中需要选出一位大班长，以配合节目组分配资源、管理组员，有时还要设计方案、调整细节。这是个看似风光实则出力不讨好的位置，比赛千头万绪、杂事很多，规划管理上做不到面面俱到，选手和受众的怨气很容易实体化到大班长身上；而且比赛初期的保险做法是保持低调，不求有功但求无过，做事越多出错就越多，一旦开罪受众，基本无法洗白。所以历届大班长没有一位夺冠的。

偏偏卫淇奥全票当选大班长，结果出来后，鹿呦呦气得不行，追着卫淇奥问为什么："全票?！你不是开玩笑吧？他们联合起来整你就算了，你怎么自己还选自己呢?!"

"你有什么证据证明他们联合整我呢?"卫淇奥反问。

鹿呦呦失语了，她拿不出证据。

"别看那些东西了，看多了人会傻的。"卫淇奥瞟了一眼她的屏幕，"走吧，带你去吃饭。"

选手村非常漂亮，这片巨大的场地纵贯9+、8+、7+和6+四个圈层，分成林、泉、洲、石四个区域，四区的景观各有千秋，对一年到头被暮瘴蔽目、毫无四季概念的陆民来说，这里真是个好地方。

鹿呦呦却没心思欣赏选手村的美景，她垂头丧气地跟在卫淇奥后面，谨慎地和他保持距离：为了吸引流量，赛委会和选手签订了放弃隐私协议，一旦离开私人休息区，他们随时都会进入镜头。

他们刚在餐厅坐定，就有记者过来提问："据说这次选大班长，你投了自己，是这样吗?""马上要给选手分配房间，你打算怎么做?"他们不停拍照，镜头不时聚焦在鹿呦呦身上：除去不带助理而是带了母亲的曾良，卫淇奥是唯一带了跨区域助理的选手，这也成为他的宣传点之一。

从没当过焦点的鹿呦呦很不习惯，闪光灯让她头晕，卫淇奥则一如既往地从容不迫："……我希望能做点不一样的事，而不只是看起来很帅……分配房间确实让人为难，但我相信每个选手都会配合赛委会。毕竟奉献一场精彩比赛，是包括我在内的每个人的想法……"她看着众星拱月的他，那么自然地吸引着注意力，那么熟练地说着中听又无用的套话，忽然意识到担心是多余的，他只是将计就计。

比赛期间，选手连同助理会统一住进选手村，但赛委会提供的房间并不统一，条件有好有坏，还有两组选手拼住的。往届都是抽签选房，这届却临时改成由大班长分配，这个规则是在卫淇奥当选后才改的，鹿呦呦怀疑这也是针对卫淇奥的阴谋。她的怀疑不无道理，从宣布参赛开始，卫淇奥的夺冠呼声就很高，任何一个有野心的对手都会尽早对付他。

但她没证据，而卫淇奥似乎也并不担心。

第二天，卫淇奥在比赛频道群发了消息，请选手私信他选房的意向，同时注明"如果被安排合住，你最不愿意同住的室友”。此言一出，所有讨论区都在笑他：这办法比抽签还俗套，而且低效，几乎不会有人对分配结果满意。

但是当他贴出最终分配表时，舆论又压倒性地倒戈了。原来他把被选中最多次的房间分配给被选出最多次的选手，依此类推，最被排斥的选手住进了最好的房间，得到最差房间的人却能得到“人气最高”的头衔，没有谁不满意。他自己则退出了志愿填报，住进了那个没人选的房间。

被选出最多次的选手是曾良，于是他带着母亲住进了那个面积最大、设施最齐全的国王套房，而曾良母亲入住时对媒体说的一句“从没见过这么大这么好的地方”，也为儿子赢取了不少同情票。

卫淇奥是这么和鹿呦呦解释的：“如果我没退出志愿填报，被选中最多的就不是曾良了。人们会下意识听从刻板印象做出选择，比如曾良来自5+，人们就会认为他卫生习惯差，爱占便宜，不是个好室友；我来自9+的政治豪门，人们就会认为我事儿逼，阈值低，不好相处。我们就是要利用这种刻板印象，掀翻它，它就会成为圈粉利器，这叫——你们女孩子管这个叫什么？”

“反差萌。”她甜甜地笑了，伸长胳膊摸了摸他的头发，“你真的有点萌。”

然后就是一些传统项目，试衣服、结构化面试、接连不断的记者招待会。这些都是卫淇奥的强项，第一轮投票到来时他遥遥领先。

为避免选手勾结给内定选手赠分，投票都会来得比较突然，一旦投票开始，就禁止赠分了。这一轮，一个职业选手被淘汰了。

进驻选手村八天后，他们进入了第二个环节：交换住所。选手会离开平时生活的舒适区，到和自己等级相反的区域生活并完成任务。

除曾良以外，所有选手都得去5+。

为了拍摄到最原生状态的5+，选手居住的都是最普通的集中住所。从高空看下去，这些集中住所像个巨大的灰色蚌壳，几百行一模一样的弧形建筑平行排列，5+陆民通常把这些住所叫作“排房”。排房都很老旧，有的年代已经很久远了，建筑与建筑之间只留有很窄的通道，到处是日积月累加盖的违建，层层叠叠，犬牙交错，外来者很容易在这儿迷失方向。

选手们分散住在不同的排房，选手和各自的助理则被安排住套间，说是套间，其实是两个相邻的小房间，共用出入口、彼此独立，方便协调工作和保护隐私。

那对情侣选手，慕容成和娅娅的住所离卫淇奥最近，入住头半天，这两个人一直十指紧扣地在附近转悠，鹿呦呦撞上他俩腻在一起，旁若无人地嘴贴嘴，边亲边自拍，拍完修图上传，这套组合动作重复了几十回还不罢休，想到又要被他们秀恩爱的新闻刷屏，她一阵心烦："他们还有完没完，总这样不嫌腻吗？"

"他们也没办法。"卫淇奥平淡地说。他弯着腰，正在研究房间里的标准地铺，"你平时就睡这个？"

"睡了十八年了，现在还在睡。你是说还有人逼着他们腻在一起？"

"那可不。你平时吃什么？"这里没厨房。

"门口有贩卖机，不过卖的都是些差品。谁逼他们了？"

他没说话，看着她耸了耸肩。

"谁？我吗？"她一脸难以置信。

"你，你们，和你一样的人，有区别吗？"他起身转了一圈，几步就走完了房间，"水呢？没水吗？"

她不耐烦地摇头："没有，没水，不过我们有抽水马桶，要不是几年前那场传染病迫使衡准中心给5+做了改造，你现在还得用公共旱厕呢。你刚才说的是什么意思？"

"怎么说呢，有点复杂。"他想了想，说，"明星情侣和夫妇，两个人是一个共生体，这种关系用两个式子就能概括：1+1>2和2−1=0，一荣共荣，一损俱损。受众对他们感兴趣，是因为他们看起来相爱，一旦不相爱，就不会对他们中任何一个有好感了。"

"为什么？人还没有爱不爱的自由了？"

"爱或不爱都不是那么自由的，这是选择当公众人物必须付出的代价。人们关注名人，无外乎两个原因，要么把他们当谈资，要么借他们逃避现实。明星夫妇一旦分手，把他们当谈资的人会幸灾乐祸，借他们逃避现实的人会幻想破灭，不论哪种反应，对明星本身都不是好事。你刚才去哪儿了？"

她指指靠在门边的桶："去打水，得早点去，这边限水限电，去晚了就没了。"

他把她的一绺碎发别到耳后："以后这些事让我做。"

她脸一红："我回隔壁了，你休息一下。"他却补了一句："被拍到我让女助理干体力活，绝对是黑点，下回注意。"

"你自己待着吧！"她摔上门走了。

她回房躺下，盯着斑驳的天花板发呆：即便在选手村住最差的房间，也比这里强十倍，更别提卫淇奥的白色巨塔了。她不禁有些害怕，最近待在9+的时间明显变多了，由奢入俭难，她担心自己再也回不去了。

她蒙眬地睡去，梦里见到抑若扬和卫淇奥，一人身后是陆外沼泽，一人身后是白色巨塔，各执她一手，让她跟自己回去。她左右为难，犹豫之间，两人都松了手，她脚下突然裂开，坠进了黑暗，吓得她立刻醒了，听到门外在大吵大闹。

通道里恶臭无比，下水道的秽水从慕容成和娅娅的房间流出来，原来是马桶堵了，两人正在互相指责，对骂的样子完全看不出之前的恩爱，偏偏两个人共用一个助理，那小姑娘帮谁也不是，夹在中间满脸为难。鹿呦呦看她可怜，上前劝了两句，被娅娅立着眼睛骂道："丑5+，装什么好人！"

"说话注意点！"卫淇奥也出来了，"赶紧打扫一下。"他在通道尽头找到清洁间，拿了漂白剂和拖把，边擦污水边说，"愣着干吗？这里可没有清洁工人。"鹿呦呦和助理小姑娘加入了他，慕容成也不情愿地拿起拖把，唯独娅娅抱着胳膊在一边看。抹、拖、扫、洒，他们在臊气冲天的走廊苦干了一下午才清理干净，还没水洗澡。

不过鹿呦呦有办法，她带着大家穿过集中住所，爬过一条干涸的水沟，攀上一截窄梯，沿着房檐走了十分钟，最后钻过一道铁栅，来到一个砖墙围成的天井。天井呈六边形，青色的围墙很高，只在头顶露出小小一块天空。天井中央有个水塘，咕咚咚翻着泡泡，水面上都是氤氲的白气，她挽起袖子，试了试水温，微微有点烫，便招呼两个男士："你们先洗，我们出去放风，一会儿再换班。"

慕容成狐疑地看着水面："这是什么？温泉吗？"

"怎么可能！这只是个水坑啊。"她好笑地回答，"这些是'主脑'服务器的冷却水，不知是哪段地下管道漏了，一点点攒成的。不过别担心，我常来这里，除了有时水会突然变烫，一直都很安全。"

"有多烫？"慕容成脸色变了。

"变烫前你会知道的，警醒点，随时跳出来就行。"她拍拍他的肩，拉着助理小姑娘向外走，走到一半又回头说，"在边上洗，别去水坑中心，当心来不及出来。"

"我该说'放心'吗？"卫淇奥正在解衬衫，"可我不放心啊。"

"哈哈。"

当晚，鹿呦呦和卫淇奥并排躺在地铺上。

"在想什么？"他问。

“在想你的肠胃能不能适应贩卖机的豌豆粉条。你这会儿是不是特想吐?”

“我在想，原来在我看不到的地方，你是这么生活的。”他温柔地说。

“很狼狈吧。”

“有点。但是……也很酷。”他支起胳膊，从上方看着她，另一只手勾勒着她的脸庞。这种近距离令她感到尴尬，她深吸了一口气，想试着找个话题，他却突然说：“隔壁那一对快出局了，如果你想问这个的话。”

“我没想……嗯，好吧，你怎么知道我想问的?”

他笑：“每次我想亲你，你都要编个话题出来，你告诉我，你是不是对这种时候过敏?”

“不是对这种时候，是对你。哎，这太傻了。”她犹豫着要不要说出来，“你的样子……”

“什么?”他眯起眼睛。

“你长得太……你长得不错。”

“就因为这个?”他一副“我早就知道了”的表情。

“每次一和你对视我就，就特别紧张。”

“为什么?”

“这就是问题所在了。你和我在一起总是很自然，我和你在一起却总是很紧张，我想，虽然我不愿承认，我和你之间确实有距离，如果现在随便问一个陌生人，我和你配不配，答案一定是不配。”

他一愣，陷入了沉默，好一会儿才说：“认识你之后，我也想了很多。想明白的事和想不明白的一样多，然而最让我困惑的是，人们一边称赞爱情，结婚时穿白纱、说‘无论生老病死贫穷富贵都不离不弃’的誓词，一边用外表、地位、阶层、收入来评价两个人配不配，这不是虚伪，是什么呢？我知道有些话说出来就是俗套，但我相信所有真爱都是似曾相识。从长大的那一刻，每个人都在期盼回家，期盼回到童年，重温那时的快乐，弥补那时的遗憾——直到找到正确的另一半，TA能提醒我们想起久违的欢乐，补偿我们丢失或不曾拥有的东西，所以真爱是一种心理代偿。两个人配不配，用那些身外之物根本衡量不出来，配不配，只看彼此灵魂能否互通和弥合，两个人在一起，应该是一个两倍大的共同体。”

灯突然熄了，仿佛世界的光都关了，一片漆黑，只有独立线路的过滤系统还在嗡嗡地运转着。

“限电了。”她笑了一下，“黑暗中，咱们就一样了。”

“咱们本来就一样。”他用鼻尖轻轻蹭着她的鼻尖，她的鼻子凉凉的，像小动物。

当她躺进他怀里，解开内衣时，他有点迟疑：“你确定要在这儿？我本以为你会希望更有仪式感的。”

她哧儿地笑了：“你是收割初夜的变态吗？还仪式感呢。这里挺好，离我出生的地方不远。你也说了，‘咱们本来就一样’，在哪儿又有什么分别？”

“好。”他又一次吻了她，“我在想，咱们可以再去一次天井温泉，一起去。”

“好，一起。”

第二十二章
小鞋子

第二环节的任务下达：帮助低分陆民。这个笼统的任务配了一条敷衍的宣传语——“让5+更美好。”

和卫淇奥预料的一样，慕容成和娅娅的人气一落千丈。比赛被制作成了交互真人秀，只要不是特别私人的地方，所有可用的摄像头都被比赛调用，观众可以随时切换各个选手的镜头，甚至可以选择不同的机位。

投票以前，评判人气的依据就是每个选手的播放量，第二环节的进程过半，慕容成和娅娅两人加起来的播放量只有平均值的一半，尽管有铁粉在评论区替他们辩解，但那些“真性情”“人都会有负面情绪”的说辞，在两人为了厕所臭水互相埋怨、男友干活时娅娅袖手旁观的视频前，显得格外无力。

是的，当时的视频曝光了。

“现在咱们知道了，除了厕所和床上，哪儿都不安全。”卫淇奥刻意把“床上”说得缓慢又清晰，他们正在去往5+区域大厅的路上，被他的一大群粉丝围着，他却在她耳边提这个。她顿时有点腿软，被他托着腰扶住了。

“床上更不安全。”她嘟哝道。

她指的不只是独处时卫淇奥对她做的事。事实上，在他们入住集中住所的第三天，就发生了一件不大不小的意外：他们的住所被窃了。

当天，他们完成拍摄返回住所，发现房间被人进过。现场并不凌乱，不论是谁进来过，此人都刻意保持了谨慎，但他们还是发现了不对劲，一些物品的摆放发生了变化。他们告知赛委会，工作人员来取了证，鉴于并没有丢失贵重物品，此事被暂时定性为“盗窃未遂”，因为选手在5+期间不许携带除必需品以外的个人物品，房里没有值钱的东西，不过普通陆民并不清楚这一点，很可能有人误以为能捞一笔，进门之后才大失所望。

5+的治安和这里的门禁质量一样，让人无法恭维，盗窃并不罕见，因此大家都不太在意，只有鹿呦呦很担心，卫淇奥知道她一向缺乏安全感，就安慰道："不是什么大事，何必揪着不放，万一赛方真的提升了警戒级别，显得我矫情、影响形象不说，助理也会被调离，那样的话，我就不能随时见到你了。"

"还是当心点好，以后咱们都各回各房休息，我总觉得有人盯着你。"

"好，都听你的。不过你想多了，公众人物再怎么样也是有隐私的，关起门过日子，时间是自己的，你才当了几天公众人物，就这么苛求自己，这样下去会得焦虑症的。"

这回他们要出席的活动，并不是卫淇奥的主场，而是曹子建的。他要在5+区域大厅举行慈善宴会，为5+募捐，并拿出一批救济品在现场发放，其他九强都是来表示支持的。

"慈善宴会不慈善"，鹿呦呦一向这么认为。一群盛装华服的人从豪车上下来，对镜头挥挥手、合影时抢抢C位，怎么就能帮到穷人了？

她从没到过这么靠里的地方，以前都是被挡在外边，和那些没穿鞋的小孩儿挤在一起，指望抢些吃的。

从后台望出去，一排最美的人站在前面，聚光灯照得她眼花。从卫淇奥的角度又能看到什么呢？台下黑洞洞的。

宴会接近尾声，话讲过了，照片也拍了，开始发救济了。她跟在选手后面走出大厅，等在广场上的人群迅速聚拢过来，暮瘴已经升起来了。

台上是风吹鬓影衣香如花，选手们戴着内屏发光的顶级面罩，丝毫不妨碍他们的美貌；台下是鹑衣百结箪瓢屡空，陆民们戴着笨重的头盔，脏污的防护服看不出颜色。台上的灯光照不远，暮瘴中的乞讨者们，只有伸到台前的手才是明亮的。无数的手高举着，正好能碰到台上人的脚边。

善良的表演终于结束，所有人都退场了，鹿呦呦还站在高台边上，站在那个光明和昏暗相接的地方。身后大屏幕在直播"曾良的9+奇幻旅程"，女主持人情绪切换得娴熟无比，曾良碰到没见过、没吃过的东西出丑时，她调笑打趣；镜头切给曾良母亲时，她又开启煽情模式，火力全开、声泪俱下，不聊哭人家绝不罢休。

鹿呦呦觉得愤怒。她就是曾良，他不懂的东西她也没见过，她厌恶自己的不幸被人这么消费。

"呦呦。"卫淇奥叫了她一声，见她瑟缩了一下，他后退半步，拿开了放在她腰上的手，"我吓到你了？你怎么了？"她回头看他，脸颊上两行亮的是泪痕。

"没事。"

"进去再说，你好冷。"他脱下外套，搂住她。

“我们5+只是让你们9+自我感觉良好的道具。”她接过他递来的热水，“什么狗屁慈善。”

“什么你们我们，咱们不是谈过好几次了？如果真能改善5+的处境，暂时当一下道具又如何？难道因为有人衣不蔽体，就不许有人穿丝绸了？你就是一直在仇富，我说什么都没用。”

“我带你去个地方。”她抓起头盔，往头上一掼。

“怎么不戴我送你的面罩?”

“我们5+就喜欢戴头盔。”

他听出她在赌气，微微一笑，没说话。

她带着卫淇奥在逼仄的通道中穿行，不时提醒他提防两旁的突起和垂落的藤线。

他们在一排住所前停下，开了闸门，走下十几阶楼梯，钻进半地下的走廊，她敲了敲其中一扇门：“这里离我家不远，我以前常来，他家是三胞胎，很可爱的。”

一个妇人开了门，见是她就笑着回头说：“姐姐来了。”身后蹦出三个完全一样的小男孩，七手八脚地迎他们进门，大家盘腿坐在地上。卫淇奥注意到，孩子虽然穿得旧，但干净整齐，可见是被尽心照顾的。

“姐姐画画。”

鹿呦呦一拿起纸笔，小孩就向她围过去，或坐或趴在地上看她画画，两个孩子的脚底板黑乎乎的，另一个孩子的脚却很干净，卫淇奥看看门口，只有一双小孩的鞋，立刻就明白了。

“你是卫淇奥吧?”孩子妈妈打量了一会儿，问道。

“嗯。”他点头。

“我挺喜欢看你主持的。我们这一排（住所）都投给你了。”

“谢谢。”

“我在直播里看见呦呦了，她是为你干活的吧?”

“对，她之前在我家打工，现在是我的助理。”他看着鹿呦呦。通常女人和孩子说话时都会提高音调、变得亲切，可她依然那么安静疏懒，甚至有点冷淡，但他知道她是害羞——什么样的人会和孩子害羞啊?

“呦呦就是不爱说话，其实人挺好的，也聪明。”孩子妈妈说。

“我知道她挺好的，我们是朋友。她跟我说你们平时很照顾她。”

“孩子都喜欢她，她手巧，老鼓捣东西给他们玩。”孩子妈妈从墙角拖过一个敞口小箱子，给他看鹿呦呦削的木头刀、石子粘成的小车、藤条缠的软球，“我们这里很多孩子，要么家里没时间管，要么是自己不愿意上学。呦呦呢，不逃学，成绩也好，我总和孩子说要拿她当榜样。”又提起鹿呦呦的父母为她接受了提前衡准，“她爸妈把分数都让给了她，她才能通过衡准，她本来就不爱说话，父母走后更是整天一个人待着，特别可怜。”

那边鹿呦呦已经画了三个娃娃出来，一个抱着西瓜，一个啃着西瓜，一个戴着瓜皮帽，她指着他们说：“左小西，左小瓜，左小皮，你们仨。”孩子们嘻嘻地笑。

告辞出门前，卫淇奥又看了一眼门口那双小鞋子。

“为什么不再送他们两双鞋子？”他问鹿呦呦，“他们是只有一双鞋吧？”

“嗯，轮换着穿，一人一天。”她垂下眼睛，“送他们鞋子，我也想过。可他们妈妈说不用，小孩的脚长得快，两三个月就要换尺码，这还不算穿破的。而且这儿没鞋穿的孩子太多了，送谁？送不过来的。”

“那就谁都不送吗？这简直是逃避的最佳借口。受苦的人太多，救不过来；捐出去的钱会被贪污，还不如不捐；受助的人不知道感恩，心凉了不帮了——人们有太多理由怀疑了，但怀疑并不能让世界更好。让世界变好的是相信的人，不是怀疑的人。”

“那，今天台上那些人是相信的人还是怀疑的人？”她指着区域大厅的方向，“他们的鞋动辄上万，根本不知道西瓜皮兄弟里总有两个光着脚。”

“所以就先做自己能做的，然后相信。”

“相信什么？你做到了吗？你做到什么了？”她难得这么激动，他都有点不知所措了。

沉默了一会儿，他说：“提前说一句，我觉得说出来会让做这事的初衷变质至少30%。”他看看时间，“走吧，我也带你去个地方。”

“哪儿？你认识路吗？”

“这儿我确实不熟，不过要带你去的那个地方，我太熟了。”他指指远处，“管道闸口是在那边吧？”

转过最后一个拐角，看到那台刚蹭了漆的食物贩卖机时，她内心一暖，不禁跑过去抚摸着机器的边角，回忆涌上了心头。

这台贩卖机经过了改装，不需要扫芯片，也不用扣积分，任何人，只要摁住按钮半分钟，出货口就会掉出一包密封食品，是糊状的，寡淡无味，口感恶心，唯一的优点是能果腹。在失去父母、没有收入的艰难时光里，她有一半的日子是靠这台机器过活的，她总是在天黑后来取一包，咬开口子，·吮吸着慢慢走回住所，机器里有加热装置，糊糊总是带着一点点暖意。

暮瘴中传来了引擎声，一辆货车开过来，停在路边，司机下了车，和卫淇奥打着招呼：“卫先生，您怎么在这儿？鹿小姐也在。”他戴着头盔，看不清长相，但嗓音她认得，是卫淇奥的司机老赵。

“哦，我和呦呦随便走走，你忙你的。”

“哎！”老赵答应一声，便回去车尾卸下一个黑色橡胶袋，又卸下一个，一个，一个，一共四个；然后叮叮当当地翻出钥匙，打开了贩卖机的内壳。

这是鹿呦呦第一次见到它的内部，非常简单，四个黑色橡胶袋底朝天地吊挂其中，袋子下端连着热封口机。此刻，机器里的橡胶袋已经瘪了。

“人们大多在天黑以后才来，所以天亮前需要补一次。”卫淇奥解释道，“不忙时我会自己过来换机器，顾不上才让老赵来。”

“这台机器……是你的？”她迟疑地问，还有些没反应过来，“你做这事多久了？”

“有几年了吧，记不清了。”

老赵把旧袋子一个个卸掉，换上新的，对他们点点头：“先生，鹿小姐，我先走了，还有好几台机器要换。”

老赵开车走了，他们也掉转方向，回住处去。走着走着，两人的手牵在了一起。

她突然站住了：“你知道吗？那台机器是我最喜欢的地方。很长一段时间，多亏了它，我才能吃饱，还能保留一点尊严。我常常想，摆放这个机器的人一定很温柔，才能想到不为它设定那种所谓‘贫困线’的领取标准，也不搞那些公开的救济。不用每次拿食物都被提醒一遍‘你和别人不一样’，这是我最喜欢它的地方。谢谢你，我……最喜欢你了。”

“我也是，最喜欢你了。”他抱着她，要说些动情的话，她却恍然大悟地推开他，兴奋地说：“我知道咱们第二环节要做什么了！”

一接到鹿呦呦的联络，晏落桑就动身前往外缘，到达时天已放亮，晨曦被渐进稀薄的暮瘴切割成一条一条，仿佛阳光穿过了密林，他在集中住所外围的空地停了车，小心地扶着庄姜下车。

“姜姜，你怎么来了？不是说得养胎吗？”鹿呦呦抱歉地说，“比赛期间我们不能离开规定区，还麻烦你们跑这一趟，真对不起。”

婚后庄姜的身体状况不太乐观，出过几回血，医务官嘱咐要卧床静养，在这时候打扰这对夫妇真是不合适，但他们进度已经落后，眼看其他选手把“狗屁慈善”做得声情并茂，卫淇奥这边还没动静，已经没时间耽搁了。

“没关系，她在家也躺不住。”晏落桑和卫淇奥握了握手，卫淇奥拍拍他的肩膀表示祝贺，庄姜照旧挽住鹿呦呦走在后面，几个人鱼贯进了住所。

之前在电话里，鹿呦呦已经陈述了大致想法：孩子的脚长得快，童鞋淘汰率很高，内核的孩子每人都有好多双鞋，穿不到几回就小了，而外缘的孩子却总是光着脚，她提议在外缘放置一批自助取鞋机，把内核的冗余童鞋运到5+，让每个没鞋穿的孩子都能拿到至少一双鞋。

她和卫淇奥头脑风暴出了一些具体规则，比如凭儿童的掌纹领鞋，每个掌纹每三个月只能领一次；捐出童鞋的陆民可以得到点数，用以换取免费服务或优待政策。还得考虑技术手段和配套服务，比如把二手的食物贩卖机改造成自助取鞋机，还需要考虑扫描掌纹的设备、童鞋的收集和运输。

要做的事情太多，而时间紧迫，他们不得不向晏落桑求助，后者刚把物流业务扩展到寄放投递领域：寄件人把物品寄放在投递点，任何人扫过芯片后都能成为临时投递员，送货到达后领取报酬。这种跑腿服务很受欢迎，包括鹿呦呦在内的很多低分陆民都通过这个赚零花钱。他们打算用二手童鞋做奖励，调动更多外缘陆民做临时投递，这样外缘的孩子有鞋穿，投递公司有了充足廉价的运力，内核的好心人得到了名声和优惠券，三赢。

晏落桑和卫淇奥越谈越有兴致，索性叫来同事出去谈他们的“三赢”去了，鹿呦呦和庄姜留在住所，两个人还是并排躺着，像小时候一样。

“这儿比我记忆中软和，也没记忆中那么潮。”庄姜的胳膊在地铺上画了个半圆，她的话让鹿呦呦感到欣慰。

“我以为你不会再想这儿了。”

“昨晚我梦到躺在这儿吃糖饼，可好吃了。”庄姜掀起床铺的夹层，“就放在这儿，掀起来就有。”蔓姨经常做一种很甜的零食，庄姜喜欢藏一些在床褥里，鹿呦呦也受过她的款待。

“你是不是有心事？”鹿呦呦摸摸她的头发，婚后的她不再是焦糖色的爆炸头，她的头发乌黑直亮，像水一样倾泻在枕头上。

庄姜叹了口气，这和以前的她一点都不像。

“怎么了？他对你不好？”

“不是，他对我特别好，尤其是我怀孕以后，简直无微不至。”

“那你叹什么气，可别来‘太幸福所以不踏实’那套，你气质不符。”鹿呦呦笑起来。

“你看你，我大老远跑来想和你说说话，你呢？”庄姜转了个身，背对着她，她忙说：“我听着呢，你说吧。”

“是他姐姐，我越想越不对劲。”

“你别这样，结婚时就知道他姐姐那个样子了，现在才说不满意，未免……”

“不是的，你误会我了，我是那样的人吗？我经常去看他姐姐，觉得她挺可怜的，想和她说说话，说不准她就能好点呢。那天我又去看她，还是我说她听，我就告诉她我怀孕了，是晏落桑的孩子，所以是她的侄子，结果她——”她语塞了。

“然后呢？”

“她本来很安静，听到宝宝，突然变得歇斯底里，说她也有宝宝，是和，”庄姜的声音渐渐小下去，“是和晏落桑的。”

“什么？”鹿呦呦一时没反应过来，庄姜拽着她的手腕说：“他姐姐真是疯了，说这种疯话，对吧？”

“我一直想问你，他姐姐的事，是他主动告诉你的呢，还是你自己知道的？”

“算是他告诉我的吧，怎么了？”

“具体是怎么回事？”

“结婚前不是要布置场地吗，有一天我在他家走来走去，不小心进了他姐姐的房间，我俩都被对方吓得够呛，他听到动静过来，就告诉我了。他父母死得早，剩下他和姐姐相依为命，他姐姐早年受过刺激，他不忍心她没人照顾，又怕她挂掉衡准，就花钱伪造了她的死亡，核销了她的芯片，把她藏了起来，他还让我别告诉任何人。”

“他姐姐受过什么刺激？他跟你说过吗？”

“没有，我也不好问，人家都把这么私密的事告诉我了，我还追着问‘你姐怎么疯的’，太不懂事了。”

“这不是懂不懂事的问题，你呀，真是该懂事时不懂事，不该懂事又懂起事来了。”她本来还想问，可庄姜的身体不适合忧虑，只好安慰她说，“你也是的，一个神志不清的人说的话，也值得纠结这么久。你睡一会儿吧，让我一通电话搅得你们都没休息好。”

庄姜果然累了，躺下不久就睡着了，鹿呦呦激活掌屏，刚想问问卫淇奥谈得怎样，就看到抑若扬发来的信息：“我在去你那儿的路上，十分钟后出来。”信息是二十分钟前发的。

她连忙给庄姜盖好被子，掩门出来，抑若扬的车已等在住所外了。

“怎么不打电话？我差点错过信息。”

“没什么急事，顺道给你看点东西。”说得轻描淡写，但她猜到他是顾忌卫淇奥误会，不便挑明。

他递给她一个信封，里面都是曹子建和人会面的照片，背景不同，可见不是同一时间拍的，她越看越着急："这……"

"没错，曹子建和其他选手私下里都碰过面，除了林衡，我们还没发现她和他接触过。"

"你们？"

"这些是叶蓁黑进监控拿到的。我说过，卫淇奥最大的对手是曹子建，看来对方也是这么想的。你得提醒他，曹子建很有可能已经收买了其他人，他不仅能得到最高限额的赠分，还能联合其他人抵制卫淇奥。"

"已经开始抵制了。"

抑若扬沉默了一会儿，说："不只是抵制，还会有更坏的情况发生。"

"是什么？"

"我看起来像先知吗？这你得问卫淇奥，论说谎谁也比不过他。"

"那只是引导舆论，而且他的职业就是这个，怎么能说是说谎？"

他冷笑一声："你成了他的发言人了？现在学会公关了？"

"你什么意思？"

"你应该知道赛区到处都是耳目，你不会那么天真地以为小心一点就不要紧吧？你们两个人加起来是有多蠢？叫你男朋友管好自己，一个明星在赛期和助理搞到一起，你知道有心人能利用这个搅起多大风浪吗？"

"你怎么知道……"她没问完就反应过来了，"叶蓁。"

"她已经尽可能删掉了现有的监控和偷拍，不客气，替她跟你说一句。"

"所以是怎样？你嘱意让我跟他在一起，我真和他在一起了，你又不准了？"

"我只是希望你管好自己的事，别总指望别人替你擦屁股！"

车突然停止，他们在卫淇奥和晏落桑谈事的小酒馆外停下，她摔门下车，抑若扬补了一句："我刚才说'尽可能'删除视频，是尽可能，不是全部，任何东西一旦上传网络，是根本不可能彻底删除的。"

她头也不回地走了，他挫败地一捶方向盘。

鹿呦呦只管低头走路生闷气，冷不防和晏落桑打了个照面，他似乎刚从店里出来，不知他有没有看到她和抑若扬的争吵。她赶紧收拾心情，笑着问他谈得怎样。

“总体上没问题，我们想先铺五十台机器下去，先帮你们完成了比赛再说，也能蹭一下热度，宣传我的生意。后续再慢慢补齐数量，争取覆盖整个5+和一部分6+的贫困区，具体你可以问我的助手，他就在里面，抱歉我得先走了，预约了给庄姜做检查。”

“她在我那儿睡觉，用不用我陪你回去?”

“她又睡了?”晏落桑脸上浮现出温柔的笑容，“她最近特别嗜睡。我自己接她就行了，你进去找卫淇奥吧。”

“那个——”她犹豫地叫了一声。

已经离开几步的晏落桑回过身：“还有什么事吗，呦呦?”

“我知道我不该对你们的事指手画脚，只是庄姜有心事，我很少看见她为什么事挂神，所以我有点担心。”

“到底是什么事?”听到事关庄姜，晏落桑有点着急。

“是这样的，庄姜跟我说，你姐姐听说她怀孕了很激动，说她也曾经有过孩子，”她咽了下口水，迟疑地说，“你的孩子。”说话时始终盯着晏落桑，想看他的反应。

他异常平静：“那只是疯话。”

“可是——”

“呦呦，首先，你救了庄姜的命，这件事我们夫妇一直感激你，像今天这种情况，你和卫淇奥需要帮忙，我义无反顾。但现在说的是我家里的事，婚礼上出了那个小插曲以后，我是不是可以这么理解，没有人比你更值得我信任了。庄姜可能没跟你说，她这次有先兆流产的症状，医务官郑重地告诫我要好好保护她，如果你真是她最好的朋友，就应该和我一起保护她，而不是和她一起胡思乱想某个疯子说的胡话。”他态度强硬，话语间带着一丝威吓，她越听越肯定了自己的想法，原本的内疚也消失了，等他说完，便单刀直入地说出了推断：“那个疯女人根本不是你姐姐。”

“你说什么?”他向她走近半步，上身前倾，仿佛听不清她的话一般。

“庄姜确实是我最好的朋友，我很了解她，她有个特点，说好听了是可爱，说不好听就是蠢，她凡事都爱过度解读，还记得我和你第一次见面吗?她打不通我电话，就非说我被变态绑架做性奴了，逼着你陪她看了一晚上监控。这次也一样，她担心的是你会和自己的姐姐乱伦，担心你内心深处依然保持着这种变态的情感，毕竟你总和她强调你和姐姐怎样相依为命，你甚至铤而走险把她圈养在家——但庄姜就是爱乱开脑洞，事实其实简单得多，那个女人曾经是你的女朋友，或是妻子，”她观察着他的表情，“是妻子，对吧?”

他默不作声，他们像是在对话的单行道上相遇，道路狭窄，他侧身等待，让她过去。

“她为了什么疯的？因为那个曾经的孩子吗？”她小心翼翼地问，但问题一出口，她就意识到自己输了。

“人人都有秘密，鹿呦呦，人人都有。”他的表情和声音一样冷静，毫无起伏，“有时我们撒谎不是出于恶意，而是不想让事情变得更糟。你就没对他撒过谎吗？”他站在朝向卫淇奥所在的店面前，手却指向抑若扬离开的方向。

他果然看到了。她这么想着，竟一句话也说不出，而他根本没有等她回答的意思，径自退出了这场对话，扬长而去。

第二十三章

林泉洲石

比赛的设计者想尽量拉长赛程，赛程越长，关注越多，收入也越高，但鹿呦呦已经被这冗长烦琐的赛程弄得心急如焚，每拖延一秒，挽救虚陆的胜算就少一分；加上抑若扬的警告，她在赛场上几乎是度日如年，再美的景色和明星也没心思欣赏。

第二环节临近结束，他们回到了选手村。选手村的公共区域正在举行盛大的晚会，选手们公布了各自的慈善成果后，就静待第二轮投票的数据——也不是静待，人们都在狂欢。

公共区域启动了上空防护罩，室外空间变成了室内，所以即便已近深夜，这里依然人流熙攘，盛装华服的人们擎着酒杯，随着节奏轻轻扭动。

鹿呦呦抬起头，看着林、泉、洲、石四区上空选手的全息投影，这些空中投影一直在切换不同的选手造型和拍摄角度，不过总体分成两种。

一种是统一的风格，便于观众更简单直接地评价选手的外观。选手的造型都清爽简单，不允许浓妆，服装也是简约的连体服，男选手以黑色为主色，拼以水红色；女选手则相反。

另一种是自由风格，造型由选手自己决定。

第一区未来石，是历来最受欢迎的区域，它的主建筑坐落在一整块玄色巨石上，建筑材料选取了灰色石料和玻璃，这个区域的风格偏重科技感，设施也最先进。曾良就住在这里，他的自选形象就是他谋生的职业：投递员。他戴着头盔，骑在挂斗摩托上，一脸灿烂的笑容——尽管真实工作中他永远不可能这么愉快。

未来石的另一位住客是舜华，女选手们对她的防备把她送进了顶级套房。她的自选形象是虚拟歌姬，这种二次元少女的形象在她的粉丝里极受欢迎，后者大部分是男性，他们在网络上异常活跃，现实中则正好相反。舜华戴着浅绿色的假发，长长的发丝梳成双马尾，压着绿色绸条的绉纱洋装勾勒出盈盈一握的纤腰，伞状的蓬蓬裙非常短，整条细长的腿都裸露在外。她摆了个非常开朗的姿势：两脚分开站立，一手叉腰，一手在眼睛上比了个横向的V字。如果不是对她有了解，鹿呦呦肯定会以为这就是她真实的模样——说起来，她的模样又变了，看来她到底还是没能拗过父亲舜洵，接受了新一轮的整容液塑形。

第二区寂寥洲，因为自带文艺气质，便于入住选手塑造有品位的形象，以讨好那些自认为与众不同的观众，所以也很受欢迎。不合群的林衡就住在这儿：她在卫淇奥设计的民意测验里也位于不受欢迎榜的前列。林衡的自选造型是一贯的性冷淡风，经典的晒伤妆，灰色廓形大衣，光脚站在干燥的鹅卵石滩上。

这倒是和寂寥洲的环境不谋而合。顾名思义，寂寥洲是一片临水的滩涂，环境定义在冬季，黄昏时能看到赭红的圆日挂在树林的干杈上，间或有一两只寒鸦，伸展黑色的翅尖，飞向空阔的天空去了。

另一名职业选手周南也住在寂寥洲，和简若彤一样，他也是卫淇奥眼中的"罐头人"：从小接受的严格培训造就了他们的表演型人格，随时觉得自己站在无形的舞台上，面对着许多观众，所以一刻都不得停止表演，他们的综艺才能几乎和成名野心一般强烈。周南最有名的造型是一张雨衣照，他把廉价雨衣穿出了大牌风衣的感觉，那张疑似摆拍的街拍曝光后，一石激起千层浪，为考据他到底穿了什么，无数闲人吵得不可开交，周南在这聒噪的争吵中成了流量小天王。全息投影里的他一身素白，外表很完美，只是鹿呦呦不喜欢这种活在他人眼里的人，虚浮。

她原地转了小半圈，看向第三区幽咽泉的上空。这个区域是女性观众最喜欢的，因为有那万树桃花映着小楼，非常浪漫。选手村的园丁都是从6+的农林区精选而来，他们的悉心调控，加上耗费了足以维持半个5+运转的能源，桃花的花期被精确地控制在开赛期间，粉红的云雾笼罩着整个泉区，选手居住的楼阁掩映其中，青砖青瓦，四角翼然，散漫的泉水绕着桃树根，在建筑之下穿阶而过，流得越远反而越响，听泉比赏泉更有情趣。

慕容成和娅娅住在这里，他们两人的甜腻呼应着泉水的清柔，应景得很。他们的参赛形象也是毫无悬念地秀恩爱，所有硬照都形影不离、比翼双飞，满头满脸冒着粉红泡泡，像是从桃花丛里蹦出的连体婴。可惜之前他们交恶的视频曝光，现在再看泉区上空的全息影像，挽着手搭着肩，穿着情侣鞋，笑得眼弯弯，只让人觉得唏嘘可笑。

情侣选手的全息影像转到暗处，再亮起来，就是幽咽泉另一位住客：简若彤。鹿呦呦一见到她，立刻不自觉地挺直背脊，僵硬的站姿暴露了她内心的戒备，卫淇奥似乎并没有把被下药的事放在心上，她却对简若彤充满了敌意。她不知道的是，这种敌意很复杂，掺杂了女性的嫉妒和母性的保护。

"你还是喜欢泉区对不对？等咱们赢了，我带你在那儿住一个月，喜不喜欢？"卫淇奥在她身后轻轻地说，"你今晚做什么了？我都没时间陪你。"他们隐蔽在花荫下，他趁机伸出一根手指，在她肩头轻轻画圈，她被撩拨得心神荡漾，强打精神说：“别闹！”

“我知道你在想什么。”稀松平常的一句话，让他说得很邪恶。

“我只是在看晚枫林。”她扬起下颏，看那猎猎丹纱旗的上空，飘浮着他的全息像。他和其他人不同，别说主题设定，连造型都没做，只是家常的样子，穿一件米色毛衣，下摆塞了半个角在烟灰色的休闲裤里，蓬松的头发被阳光照成了浅棕色。虽然这就是她喜欢的他，但这副尊容还不如上镜时的七分帅，整套全息影像里，就只有右下角的签名很用心，就是她做的那个头雕，这个精致的头雕正不知疲倦地旋转，虽然在角落，却引走了本该落在他脸上的注意力。

她指着那个转过来是他、转过去又变成燃烧骷髅的头雕：“你看看像什么样子，我乱做的，你干吗要放上去，分明是喧宾夺主，而且造型也没有，我知道我没陪你拍宣传照，你不高兴，可你也不能胡闹啊。”

“我为什么要跟别人一样？赢，就要赢得毫不费力，至少看上去要毫不费力。那种‘我为梦想站在这里’的王道选手，人们早看腻了，不如玩点不一样的。再说，我喜欢你给我做的头雕。”

“我哪是给你做的，我那是作业。你当心玩脱了。”

“我想脱了你。”他凑近她耳根，咬着说。她只好装没听见。

晚枫林上空的全息影像又变了，切换到了另一个住客曹子建，他和平常没有两样，依然是西装名表、衣冠楚楚，要不是见惯了内核的陆民，鹿呦呦看到这样的人一定又会紧张，不过现在，她只是感到厌烦。

“你知道他私底下联络了其他选手吧？”她从投影上收回视线，在会场里寻找曹子建的真身。这一点也不难，只要往人群里最扎堆的地方看就行，曹大主播真的是长袖善舞，左右逢源。

“就让他联络好了，你是怎么知道的？”

“你太轻敌了，这样早晚会摔跟头，你——”眼看她要开启训导模式，卫淇奥忙说：“你看，要颁奖了。”

一位穿酒红色丝绒裙、艳光四射的主持人上台宣布，即将公布第二环节的比赛结果。

就在这时，台下人群忽然一阵骚动，主持人收到了指示，只见她点点头，说道：“刚接到消息，简若彤小姐宣布退赛，她自愿把分数捐给卫淇奥先生，请两位上台。”

众人哗然。

卫淇奥也没想到这个，他悄悄地对鹿呦呦说：“事情不太对劲，我会搞清楚的，你先回去等我。”而后走出花荫，径直上台，和简若彤拥抱寒暄，后者说了一通老生常谈的套话，无非是“很荣幸和前辈共事”“已经收获了很多”“一直仰慕前辈，赠分只是表示仰慕的方式”，说得油光水滑，却绝口不提她在比赛中的劣势：她在募捐时躲开了一个抢救济品时撞到她的5+小孩，那嫌弃厌恶的表情被拍下、放大、曝光，引起了众多反感，加上她在慈善活动里有诈捐的嫌疑，离被取消资格本来就只有一步之遥了。

但鹿呦呦实在想不通她为什么会赠分给卫淇奥，她拿出电话，打给了叶蓁。

“我还在想你呢，进了选手村就把我忘了，你想不想我？”叶蓁似乎在吃东西，说话含混不清。

“你把脚从桌子上拿下去，好好听我说。”

“你怎么知道的，你偷拍我？”不用看都知道，她一定在东张西望。

“我又不是你，你平时不都是那个样子，抑若扬在不在？”

“他？不在。他怎么会在我这儿，你说什么呢。”她嘻嘻哈哈，语气有点慌张，“他在忙很重要的事，他没跟你说？”

“没有，什么事？”

“他在找主脑的蓝图，本来我爸原来的住处有一张，但那地方很久前就被毁了。等你进入主脑，你会用得到的——如果你男朋友能带你进去的话。”

“你还乱说，都是因为你，抑若扬训了我一顿，请你以后不要乱看监控，我想保留一点隐私，谢谢。”

“他也是为你好，记住，我是站在你这边的！”

“不说这个了，我有事想拜托你，你能不能帮我查查简若彤，她刚宣布退赛，赠分给了卫淇奥，我有种不祥的预感。”

“她不是给你男朋友下药来着，怎么，迷奸不成，因恨生爱了。”她听出鹿呦呦的不快，大笑着说，“好了不逗你玩了，你可真是个假正经。”便挂掉了电话。

台上，赛果已经公布了一多半。“颜战”采取包尾淘汰制，每轮比赛结束后公布票数，末位选手遭淘汰，有时一位有时两位；如果比赛需要，也会复活被淘汰的选手。

舜华以最高捐款额位居榜首，但鉴于她的身份，外缘对她的情感很复杂，“颜战”的官宣网站上，她的主页讨论区里全是以“血金”为标题的谩骂。

曹子建拿到的是“最优雅慈善家奖”，对此鹿呦呦的评价是三个字：“什么鬼。”以她有限的经验判断，凡是莫名其妙的名头，比如“最有价值新人”“最具魅力奖”“最佳亲和力奖”，还有这个“最优雅慈善家奖”，都是为了照顾得不上奖的光头选手给的虚名，但这种虚设的奖项至少说明一个问题，能拿到安慰奖的人，资源、背景都不容小觑。

周南和林衡表现平平，却不会垫底。他们代表了两种拥有特定粉丝的明星，前者的盛世美颜对少女群体有致命吸引力，会不会唱歌演戏、有没有才情智力，都不重要，只要美美地往那儿一站，就是花香蝶自来；后者的粉丝看起来和前者截然相反，主要是有阅历有智慧（至少是自以为）的中青年人群，骨子里却和前者没区别，两者都是把对生活和未来的期许投射到偶像身上：周南是少男少女做梦的对象，林衡则能让少妇大叔们从平庸无趣中暂时脱身。

曾良暂时安全。他在9+的装傻卖惨收效不错，既点题了赛委会“多样性、多元化”的政治寓意，又满足了内核廉价的同情心和自我悲戚。

简若彤退赛后，本轮遭淘汰的是慕容成和娅娅。

卫淇奥拿到了“关怀赏”。了解“颜战”的人都知道，这个平淡无奇的名号是多么有含金量，因为这个奖项是根据受众投票确定的，基本上可以作为比赛结果的试金石。

果然，卫淇奥在第二阶段的受众票选中遥遥领先，曹子建第二，周南和林衡分列三、四名，曾良第五，付出了大价钱的舜华屈居第六。

这是开赛以来鹿呦呦离舜华最近的一次，那个公主般的美人就坐在十几米开外，身边或站或蹲地围了一群男人。她穿着一条淡金色的包臀礼裙，裙子的肩胛位置前后都挖空，露出了漂亮的锁骨和蝴蝶骨；她的嘴角噙着笑，红唇弯成一个魅惑的弧度，那双顾盼生辉的眼睛却没有看着任何一个献殷勤的男人，她一直盯着台上的卫淇奥，间或瞥一眼鹿呦呦，两人的视线对上时，舜华眼神立刻变得冷淡，鹿呦呦不知做何反应，她已经扭开了脸。

主持人招呼六强上台亮相，其他人都上台了，唯独舜华没有，她忽地站起身，刷地甩开手上黑色折扇，高视睨步地朝出口走去。

经过鹿呦呦身边时，两人都没躲避对方的目光。

“能和你谈谈吗?”鹿呦呦用只有她俩能听到的音量说。

“有什么好谈的。”舜华笑得很甜美，不过显然是笑给摄像机看的。她保持着笑容，高扬着下颏离开了。

“呦呦!”人群中闪出个人，穿着黑制服，打着白领结，身形魁梧，鹿呦呦第一眼没认出来，再一看，竟然是南茁蓬。

“南哥，你这是?”

他不好意思地一笑：“我现在跟着大小姐了。”

“哦，哦，好呀。”她一时不知说什么，就跟着他一道走出去，“没想到在这儿见到你，上次你到卫淇奥家找我，之后发生了太多事，我一直没顾上去看你，卫淇奥也说别打扰舜华比较好，所以……”

“大小姐心情一直不好，你没找她是对的。”

“可你怎么会……我是说，我们都没想到舜华会参赛。”

“大小姐参赛是舜洵先生的主意，要为集团造势。”

“舜华是下定决心不理卫淇奥了吗？”鹿呦呦感觉卫淇奥的处境并不像他描述的那么乐观，既然不可能找到盟友，能尽量不树敌也是好的。

“大小姐不肯见卫先生，但她心里也很痛苦。她本来脾气就不好，有一段时间总是很激动，我担心她出事，就开车远远地跟着她，结果被她的保镖抓了，她非但没惩罚我，还让我给她开车。”南茁蓬感激地说。

鹿呦呦却想，这个舜华啊，不是太聪明，就是太狠毒。

“阿南！别和没关系的人说话！”舜华突然在远处喊道，“还站着干什么，快过来！”南茁蓬立刻和鹿呦呦告别，跑到她身边去了。

他们已经走到了通向未来石的鹅卵石路，道旁的夜樱交叠层拱，形成一个天然甬道，粉白的重瓣飘得她满身都是，甬道尽头是灰黑色调的未来石，背后是灯火辉煌人声鼎沸的宴会区，她突然觉得恍若隔世：她究竟是怎么来到这儿的？又在这儿干吗呢？世界末日在倒计时，却没几个人知道，这样一派温柔的景象，真的是末日的前兆吗？

第二十四章

丑 闻

鹿呦呦睡得正香，突然被叶蓁的电话吵醒了，后者带来的消息让她立刻清醒：简若彤是简狄的女儿。

其实很久以前，鹿呦呦曾见过简若彤一次，不过在虚陆，脸盲症不是稀罕事，毕竟那么多人都照着网红的样子重塑外观，每天都能看到几个神似舜华的姑娘，而且简若彤一定又动过好几次脸了，她和鹿呦呦记忆中的样子已经判若两人。

鹿呦呦一边和叶蓁通话，一边在温暖的被窝里转动身体，卫淇奥昨晚好像没回来过，这有点奇怪。

“这可奇怪了，不妙，大大的不妙！”叶蓁突然在线路那端叫道，“你快看‘颜战’直播！”

鹿呦呦打开墙上的屏幕，惺忪的睡眼一看到新闻标题就瞪圆了：“颜值战争初曝丑闻：卫淇奥操纵选手退赛。”

“你知道这是怎么回事吗？我得找抑若扬商量一下……”叶蓁的碎碎念鹿呦呦全然听不到，注意力全放在新闻的画外音上：“刚宣布退赛的简若彤暗恋卫淇奥多年……昨晚庆功宴结束后，有人目击到简若彤衣衫不整地出现在晚枫林，这里正是卫淇奥的住所所在地……今天早些时候，简若彤通过经纪人发表声明，称卫淇奥利用自己对他的感情，诱骗她退赛，骗走赠分后，又借酒意试图对她不轨，被她拒绝后，对方恼羞成怒……简若彤女士几经考虑，决定公开真相，并保留行使法律的权利。”

“颜战”官网上，卫淇奥的页面已经被丑闻刷屏，有破口大骂的：“卫淇奥就是个贱人，作风不正、低层次的渣男。”有冷嘲热讽的：“真的要逼死他吗？想到昔日男神人设崩塌，我的情绪再也控制不住，整个人蒙在被子里，偷偷地笑出了声。”有现身说法的：“我和他曾共事过”，摆事实讲道理证明他确实是人渣。也有脑残粉：“不管他怎样我就是支持他，你们就是嫉妒，你们知道他有多努力吗……”最后这种是最糟糕的了。

前门一响，卫淇奥回来了。

他还穿着前一晚的礼服，气色却大不如前，领口散着，胡茬儿冒了出来，眼下浮出疲惫的紫痕。鹿呦呦心疼地握住他的手，他苦笑一下："陪我出去走走。"

"可你一晚没睡吧，要不先休息一下。"

"没事，我有话跟你说。"

他们沿着林中小路逐级而下，走了许久，才到达晚枫林的边缘。卫淇奥志愿入住的"条件最差的房子"，是晚枫林深处一座木屋，走出去需要二十分钟的脚程，而且道路崎岖，不能开车。

但景色是动人的。顾名思义，晚枫林的设定环境是秋季，层林尽染，丹枫如火，金色的阳光在叶间倾泻，干燥的叶脉在他们脚下发出折断的声音，更衬托出天朗气清。

他们在一座白色石头筑成的拱顶形建筑前停下，卫淇奥介绍道："这里是薄荷澡堂，是一座概念建筑，它没有窗，而且屏蔽电磁波，一切设备在里面都会失灵，象征着我们对窥视的恐惧。"

薄荷澡堂的内部很空旷，内墙与外面相反，是纯黑色的，沿着墙有一圈狭窄的走道，中间是白色的水池，借助隐藏在池底的光带照明，水池里是引来的温泉，室内雾气缭绕，卫淇奥的声音显得缥缈不真："昨晚庆功宴结束，我收到一条赛委会的活动推送，通知午夜在这儿有拍摄，因为是官方号码，我就直接过来了。

"一进来就觉得不对，只有简若彤一个人在，而且她很奇怪，只穿了一条很薄的裙子，现在回想，她很可能是故意的，方便跑出去以后直接撕破——女人想在这方面嫁祸男人，简直太容易了。我问她想干什么，她没回答就夺门而出，我还没来得及反应，就涌进来十几个人，都是安排好的'目击者'。"

"这都是设计好的，简若彤是简狄的女儿，你知道这件事吗？"

"我不知道！那么，整件事就更复杂了。"

"既然这样，咱们也发声明，起码要让公众知道这件事背后涉及报复。"

"没用的，你别忘了，简狄的事咱们一直在暗处，在这个时候暴露自己，很难说是伤人还是害己。况且，每次娱乐圈的丑闻一出来，受众的幸福指数都会暴涨，他们喜欢丑闻，却不喜欢费神追寻丑闻背后的真相，他们只接受最简单的所谓'事实'。所以，娱乐圈没有真相，我越辩解，只会给他们越多挑刺的机会。遇到这种事，只能等。"

"等什么？"

"等一个翻身的时机，等一件合适的事，等他们忘记，谁知道。"他嘴角带着一丝无所谓的笑，"也许永远都等不到，不过谁在乎？我只担心你误会，毕竟你对我的第一印象差极了。我一整晚都在和团队想办法、跟简若彤一方交涉，我已经尽快赶回来了，想在消息扩散以前给你一个解释，看来还是没赶上。”

她抱住他，把脸贴在他胸膛上：“你什么都不用说，我相信你。”她一想到他为了她自陷泥潭，很可能连职业生涯都要断送，就愧疚至极，“你是为我才这样的，不然，像你这么爱惜羽毛的人，不可能参加这种侮辱人的比赛，是我对不起你。”她的愧疚里还有一层他不知道的自责：她骗了他。

他轻拍着她的后背，下巴抵着她的头顶：“别这么说，我一定要救你。我不想说什么没你我活不下去，那样听起来太假了——尽管这是事实，你别怕，我一定会救你的。”他把她推远一步，双手扶住她的肩膀，盯着她的眼睛，“看着我，呦呦。之后的路只会更难走，之前是我太轻敌，现在只能把你带进一个更大更深的旋涡里去，如果，如果真的有那么一天，我可能保护不了你……但我不会丢下你，即使抓不住你，我也会陪你一起掉下去，你相信我吗?”

她点头，笃定和感动之余，心里有个角落，已经被自责淹没了。

在围观者的谩骂、争论和怀疑中，比赛进入了第三环节——师徒互置。

选手报名时要填一张表，其上列出了近三百项社会技能，选手须按熟练程度由1到10的标准给自己打分，“主脑”将从中抽取每个选手擅长和不擅长的技能各一项，拥有互补技能的选手将两两组队，把自己擅长的技能教给不擅长该技能的搭档，而后两人互换，最后的技能展示环节，由专业人士观摩点评、打分投票。

要强调的是，决定选手分数的不仅是自己的表现，还有搭档的表现，所以必须在有限的时间里，尽可能把毕生所学对搭档倾囊相授。

舜华和周南一组，舜华教瑜伽，周南教表演；曾良和曹子建一组，曾良教修车，曹子建教高尔夫。

卫淇奥和林衡一组，卫淇奥教写作，林衡教唱歌，“主脑”给出的任务目标是，林衡在监控环境下交出一篇命题微型小说；卫淇奥录制一首单曲，并在第三环节颁奖礼上献唱。

后者看似简单些。可是！直到进了录音棚，鹿呦呦才发现，卫淇奥于演艺何止一窍不通，简直是五音不全，人站在录音棚里倒是美如画，只是不能开口，一张嘴唱歌，男神形象瞬间土崩瓦解。

林衡本来戴着耳麦、半躺在调音台后边一脸无所谓，也被他一嗓子吼得花容失色，嚼着的口香糖本来吹出了半个泡泡，也“叭”地碎在了嘴边，她的助理在后排偷笑，被她一个白眼瞪得不敢抬头，众人还没反过味儿来，林衡已经拎着吉他走了。

鹿呦呦抿着嘴笑，卫淇奥不解："你笑什么?"

"你不知道自己唱歌很难听吗?"

"不知道这么难听，我又不是吃这碗饭的，有什么要紧。"

"有时候我真讨厌你这副气定神闲的调调，几天后就要发表成果了，你唱成这样，还有丑闻，简若彤那边虽然没公开说'骚扰''强暴'之类的词，可她天天在媒体面前红着眼睛……我今早查了你的支持率，低得我都害怕，我真不知该怎么办了。"

"丑闻是我的事，唱歌是林衡的事，你不用担心。"卫淇奥的性格里有种内核特有的从容，哪怕泰山崩裂于前，仍然不动声色、温温吞吞，这也许增添了他们的贵族气，却也让人生气。鹿呦呦想象不出，如果卫淇奥知道现在陆外蛊叼遍地、暮瘴漫天，陆内系统岌岌可危、濒临崩溃，他还能不能维持这种粉饰太平的从容。

她多希望能把这一切向他和盘托出，背负秘密是最沉重的负担，都要把她压垮了，可她只问得出一句："林衡就这么被你气跑了，下午你要给她上课可怎么办?"

"我把时间地点推送给她的助理了。"

"在哪儿?"她以为，以林衡的性格，他们得登门授课才行。

"在咱们那儿，晚枫林。"

"你让林衡爬半小时山路来上课?!"

"她会来的。"

尽管比指定时间晚了二十分钟，林衡还是来了，她的样子很狼狈，光着脚，缎带高跟鞋一前一后搭在肩上，原本用来拗造型的长裙被林间露水沾湿，再也不能仙气飘飘，只能尴尬地裹在身上，裙角沾满了黑泥。

"你迟到了。"卫淇奥仿佛没看到她阴沉的脸色。

鹿呦呦建议："要不先换换衣服吧?"林衡冷得都发抖了。

"不用了。"林衡注意到了卫淇奥的鄙视，不示弱地进了房，坐在桌旁，"开始吧，你要教我什么?"

"不是我要教你什么，而是你能给我什么。"他从书架上取了一沓白纸，放在她面前，"写吧。"

林衡疑惑地看着他，她和多数人一样，早已习惯了通过屏幕表达自己，用图像，用声音，几乎不用文字。

"写作第一课，你得学着使用手稿，对着屏幕时，脑袋里就像空白文档一样，空无一物。"

“写什么?”林衡半信半疑地拿起笔。

“随便什么，比如，你来的路上看到了什么，你的想法。”

她不再提问，埋头写了起来。

木屋里生起了火，松枝噼噼啪啪地燃烧，满室都是松木的清香。她和卫淇奥住的地方虽然偏远简陋，环境却很优美，这座木头小屋建在密林中一片平坦的空地上，背靠着拔地而起的水杉树群，阳光被笔直的树干切成了数不清的金色平行斜线，还给那些羽毛状的叶片都镶上了毛茸茸的金边。林间秋色正好，赤褐色的小屋与金红色的背景融为一体。

林衡写得很快，最后一段一挥而就，把文稿往卫淇奥跟前一递。

可惜这种文豪的做派和她的作文水准严重不般配，卫老师只用了半分钟就看完了她的作品：“你还是重写吧。”

“为什么?!”

“写得很差。”

林衡没说话，脸上明显不服气，卫淇奥把文稿给了她的助手，这个面色苍白的小个子姑娘读了几行，怯怯地说：“挺好的，语言优美……”卫淇奥不耐烦地夺走了文稿，递给鹿呦呦：“这种廉价的套话可救不了狗屁不通的弱智文章，呦呦，你说实话。”

只见上面写：“秋天到了，大地穿上了一件黄色的毛衣。枯黄的树叶飘落下来，就像天空中翩翩起舞的彩蝶。秋天是多情的，令大家陶醉不已。我走在路上，心中满是丰收的期盼。”

“嗯……很常规吧。”她斟酌着怎么措辞。

“有什么话就直说，我没那么脆弱。”林衡开口了。

“我觉得写得有点假，很俗，没什么看头。”

“不是有点，是特别假特别俗特别没看头。”卫淇奥接过话头，“照你这么写，你引以为傲的那种性冷淡系知性人设，很快就会被你败光，你要是不想掉粉，就好好跟我学，先把这篇重写了。”

林衡没说话，展开了一张新纸。

“先教你三点。第一，写文章就是我手写我心，不用费那么多话在主题上，你怎么想就怎么写，最难得的是真实。第二，只有初学者才追求语言优美，粗糙也是一种文风。最后，第一时间想到的比喻都不是好比喻，不许用。”

这一遍林衡写得慢多了，仿佛终于进入了状态，她时而皱着眉，时而咬着指关节，但多数时候她都枯坐着，眼神聚焦在空气中的某一点，然而又不是在看什么。

“这是真的在写了。”卫淇奥看着林衡，“哪儿来的那么多灵感，都是杜撰出来娱乐外行的，写东西永远是苦思苦挨，像生孩子一样。”

“你又知道生孩子的事了，”鹿呦呦嗔道，“你生过？”

“我想和你生。”他坏笑。

她要恼，他却做了个“嘘”的嘴型，只见林衡一推书桌，站了起来。

“我写得想吐。”她扔下一句就冲出去了，卫淇奥拿起她留在桌上的文稿，读了一会儿，说：“好很多了。”

只见上面写：“一路上我都在和菊子（林衡的助理）过不去，嘴上是埋怨，到了心里就是咒骂了，还是大声的咒骂。

“我每次都是这样，菊子其实挺好的，除了有点笨，所以我总是在骂她和后悔之间死循环，所以尽管我有时要被她气疯了，却从没想过炒了她。

“就拿今天说吧。菊子明明知道我要爬山路去上课，事实是，上课地点还是直接发给她的，她却不知道考察一下路线，给我准备的还是平常拍摄穿的服装，拖地长裙高跟鞋，鞋底还是羊皮的，泥水一浸就透了，上山时有好几次裙子勾到这里那里，气死我了。

“你可能会说‘这是你自己的衣服，你自己就该管管好’，我没有找借口，搁在平时我会留心的，毕竟菊子并不灵光。但今天中午我一直在写歌，以至于忘了时间，急急忙忙出门，套上她给我的衣服就走，毕竟准备服装是菊子的事。

“接下来的事就很难办了，等我意识到的时候，已经来不及回去换衣服，摄制组又一直跟着，我要保持平衡都很难，又怎么保证不难看！林子里景色倒是很好看，能拍出好片子，就凭那蓝到让人头昏的天、刺眼的阳光和叶子的金黄色。我站在山石上歇一歇，看到远处最高的尖峰像是戳破了天空，从那个深蓝色的裂口倾泻而下了红的黄的染料，深深浅浅层层叠叠，泼洒在林间，还有细细的一条青色是山涧小溪吧，朝我们流过来了！

“可惜了我的白裙子。在饱和度这么高的地方拍摄，真就只有白裙子压得住，但是，它想好看，必须展开裙摆去飘逸啊，不能像现在裹在身上。都怪菊子。

“我一边走着，一边胡思乱想。我现在这种难看的样子都被拍下来了啊，真倒霉！我一定得管住自己，不能发脾气。这么辛苦地走一趟，要是真能写出一篇大作就好了，我表示怀疑。

“走到最后，我也无心看景了，脑袋里像有个小人儿敲鼓似的。周围的颜色像化了一样淌下来，流进我的心里。”

窗外天色已经全黑了，放眼高空，能看到防护罩和暮瘴遭遇的地方，那道微微发亮的灰线。林衡一定已经写了好几个小时。

“是一篇不算差的小品文。”卫淇奥若有所思地说，“我本来以为来不及教会她，还好她不算太傲慢。”

“来得及吗？我听说评审会的标准不低呢，不是学生水平线，甚至不是针对写作爱好者的，他们平时都是在看文学奖的投稿。”

“你的资料收集倒是挺完备的。写东西这件事呢，真入了门，你就会发现，很多时候并不是关于天赋和灵感，对大多数普通人来说，适当的指点和充分的训练才是最重要的。写作不是艺术，而是手艺，不是天降的，而是后天养成的。”

“既然这么简单，你怎么没教我，因为我笨？”

“因为我懒。”他笑道，“我是说可以学会，但没说简单呀。每个人适合的文风和文体不同，带出一个学生，就意味着要帮他找到对的路，还有凡此种种针对性的写作和阅读训练，非常牵涉精力，比我自己去写要难得多。”他伸出手指，刮刮她的脸颊，“如果你真的喜欢，我可以教你。”

她还没回答，就听林衡在身后清嗓子，她靠在书房的门框上，脸色苍白，看来是吐过了。

“别担心，我有时写久了也会吐。今晚好好休息，别看屏幕和文字，明天我们再想办法解决你写得慢的问题。”卫淇奥走向她，“这遍写得还不错。”

“我能走了？”林衡弯下腰，抖落裙摆上的泥土，它们已经由泥浆变成了板结的土块，“明天同一时间，还在这儿？”

“对。”

她从随身包拿出一支纤细的播放器，递给卫淇奥：“里面是我中午写的歌曲小样，专治你这种跑调王，确保全天播放、无限循环，睡觉的时候也得听。”

第二十五章
良　夜

鹿呦呦在卫淇奥怀中惊醒，室内仍悠悠荡荡播放着林衡为他写的歌。

“林衡为他写的歌”，听着浪漫，实则不然。这歌是真正的洗脑神曲，四四拍，用吉他反复弹出咚咚咚咚的和弦，没有“铺垫——推高——副歌——淡出”的过程，一A到底。两天以来，不论是录音棚、写作课，还是睡觉，鹿呦呦陪着卫淇奥一直听一直听，听得长了耳虫[①]，大脑瘙痒，越痒越挠、越挠越痒。

卫淇奥的音感居然好了一些，至少不会唱得让人哑然失笑了，但他对歌曲的演绎仍有待加强，他对着麦克风重复旋律时，林衡叫停了他：“卫老师，你这个不行，你是在用脑子唱歌，这个不行，你跟我说你该用哪儿唱歌?”

短短地相处下来，她和卫淇奥已经互称老师，算是两个最自负的人对对方专业素养最大的肯定了。

“用心吗?”卫淇奥答，鹿呦呦也在心里默认了同样的答案。

林衡却翻了个白眼：“您几岁，用‘心’?！是用身体啊，我的卫老师，用身体!”她沿着调音台旋了个浅浅的半圆，身上的白裙子像有了生命一般，“身体帮咱们发声，身体也帮咱们唱歌和表达情感。”

林衡接下来给予的种种指导，鹿呦呦懒得回想，她太困了，这个神曲折磨得她吃不好睡不好，但卫淇奥需要它的洗脑，就连和她耳鬓厮磨地温存时，背景也是它，简直是黑色幽默。

她钻出他的怀抱，在黑暗中点亮掌屏，想看看几点了。

屏幕上有一条新收信息，时间是两分钟前，发件人是叶蓁。

“给我回电话赶紧要死了”，没标点。

---

① 耳虫是一种纯粹来源于大脑的神经活动，一旦激活便触发了“认知瘙痒”，某些音乐片段能引起脑部的不正常反应，就像皮肤瘙痒，而这段旋律会不由自主地在脑中出现，萦绕心头。

她赤脚走出房间，关上卧室的门。

“是我，谁要死了？”

电话接通了，可那端没人说话，只有啜泣声。

“抑若扬，是抑若扬啊！他现在很危险，他受了伤，很多人在抓他，要是落到衡准中心手里可怎么办，我现在离他那么远，真该死！”叶蓁比平时更加语无伦次。

鹿呦呦连哄带吓，好容易问出了一个大概：原来抑若扬一直在找的主脑蓝图终于有了线索，就在今晚，他孤身前往衡准中心的研究站窃取蓝图，把蓝图压缩在数据包里，通过通信中心传送给外缘地堡里的叶蓁，数据包刚传完，通信塔就自毁了，爆炸惊动了衡准中心，现在内核四处都是收割者。

抑若扬逃了出来，却受了伤，藏进内核的一条小巷之后就失联了，生死未卜。

鹿呦呦明白叶蓁是关心则乱，自己却不能自乱阵脚，她顾不上换衣服，在睡袍外面罩了一件卫淇奥的皮夹克，一边把脚伸进防护靴，一边催促叶蓁清醒过来：“你现在赶紧过来，不，别到内核来，来不及的，天亮之前出不去就麻烦了，我离他更近，你在6+交7+的地方等我，记得开辆安全的车。我现在去找他，你把他最后的坐标发给我，警醒点，想哭也等等，要救他，能救他的只有咱们了！”

“可你怎么把他运出来？你必须找辆车，可卫淇奥的车——”

“我不会开他的车过闸口的，那样太招摇，你放心，我已经想到一个人了，他一定有办法，我要出发了，你快来！”

她挂了电话，回到卧室，从卫淇奥的衣服里摸出车钥匙，正蹑手蹑脚地要离开，他突然唤了一声：“呦呦。”

她一惊，心里飞速地编借口，却看到他闭着眼，睡得很沉静，原来在说梦话。

她跑出小木屋，向山下跑去，她跑得很快，房间里的松香、对卫淇奥的愧疚渐渐被抛在了身后。

鹿呦呦把车停进白色巨塔的地下车场，跑着去找抑若扬——他最后出现的坐标离这里只有两个街区。

她跑了两步又折回去，在车上找了条防护裤，穿在睡袍下面，又升起面罩，才重新出发。她不怕暮瘴，但一路上已看到不少衡准中心的车辆，现在满街都是他们的人，她不能冒险暴露自己，抑若扬教过她，不能不戴面罩、不能裸露肌肤——啊，抑若扬！抑若扬！

她飞快地跑着，面罩的供氧量开到了极限，她还是感到窒息与钝痛。她说不清对抑若扬的感觉，不知从何时起，他成了她身后踏实的靠山，“不要紧，还有抑若扬呢”，潜意识里常常这么想。她想象不出抑若扬死去的样子，在她心里，他像黑铁一样坚硬。

她来到坐标指示的后巷，不见抑若扬的身影。暮瘴不厚，丝丝缕缕飘浮在四周，像鬼魅一样，“抑若扬！”她轻声呼唤着。

不远处发出一个微弱的声音。那里其实是个很大的垃圾箱，不过在内核，它叫作再生资源回收站，而且被漆成了白色，在夜里显得格外醒目，他竟然躲在它后面，看来真是伤得不轻。

她绕到回收站背面，在阴影里看到了抑若扬，他斜靠在铝板上，头无力地偏向一侧。她蹲在他身边，捧起他的脸，手伸到他脑后，摁亮了他面罩的内屏。那蓝绿色的光亮起来时，她的内心立刻一阵抽搐：在她心里，这道光几乎成了他的标志，可眼下，这道光却照在他毫无血色的脸上。

他挣扎了几下，睁开了眼睛。

“你哪里受伤了？我们会救你的，叶蓁已经在来的路上了。你哪里受伤了，让我看看。”她检查着他，可他穿着防护服，破口的地方已经被速干喷料补上了，查看不到伤势。

他用几乎不可闻的声音说：“死不了。”

她试了试他的体温——防护服很轻便，薄如蝉翼——冰凉的：“你一定流了好多血。”她掏出个小瓶子，是从卫淇奥车上拿的营养补充液，“咱们得尽快上车去，摘了面罩才能给你治伤。”

他像是被提醒了一样，直起身打量她，看清她穿的是什么以后，就示意她把睡袍撕开：这条睡袍是卫淇奥送的一件火红色亮缎裙，裙摆宽大，裙角镶着墨黑的亚光宽边，非常精致。

她撕下那黑色宽边，递给抑若扬，他捏在手里，想说话，她点头：“我知道，我没见过你的脸，我也不知道你叫什么。”

巷口突然响起了车声，有灯光照了进来。

抑若扬立刻把她往回收站后面的阴影里推，同时挣扎着起身要走出去，拉远和她的距离。

她伸手扶住他，和他一同走出阴影：“别紧张，这车是我叫来的。”

车越来越近，车灯已照亮了两人的脚。抑若扬已经遮住了脸，黑色饰边在面罩下部缠了两圈。

这是一辆冰淇淋车，浅蓝的外壳上印着糖果色的字母，挡风玻璃外边镶了一圈钻石形状的彩灯。这可太不“招摇”了！她刚要表达担心，车窗就打开了。

“到后车厢去，过一会儿再摘面罩，我刚打开过滤器。”晏落桑从驾驶座探出头来。

本来后车厢打开、冷雾散出，露出码着一桶桶冰淇淋的货架时，鹿呦呦是错愕的；但当货架像大门一样向两边对开，露出其后的洞天时，她和抑若扬不约而同地对视一眼，在对方眼中看到了和自己一样的、惊叹的神色。

后车厢被分成了里外两层，外层伪装、里层藏人，里层只有外层的一半大小，六面都包了软垫，以防乘客撞伤。鹿呦呦猜到这辆车是晏落桑为了他“姐姐”而特制的，这也是她求助于他的原因，她知道，他一定最清楚怎么让一个人消失。

尽管如此，身处其中，她还是产生了一种复杂的情绪，掺杂着同情、厌恶和恐惧。

抑若扬一上车就昏了过去，她解开他的防护服，发现肋下有一条伤口，很长，但不深，血已经止住了，看来他自己做过初步的处理，她清理并缝合了伤口，又为他打了一针。

车走了一段，突然停了下来，通风管道传来晏落桑的声音：“前面要过闸了，为保险起见，我会熄掉车厢的灯，你们别出声。”

她试了试抑若扬的体温，他开始发烧了。她累得身体发木，却管不住头脑，不断胡思乱想：被发现怎么办？抑若扬会不会死？卫淇奥会不会受牵连？

还有庄姜。她想都没想就把晏落桑牵扯进她不可告人的“事业”，他也许并不情愿帮她，只是迫于不得已，毕竟她也知道了他的秘密。如果真是这样，他完全可以在闸口把他俩交出去，不受任何牵连和道德谴责。

车停了。

车厢的门被打开，一道细细的光线影影绰绰照到她脸上，她感到全身血液都涌上了头，心脏踢腾得胸膛都疼了。

有人使劲踹了一脚外面的货架，车体剧烈晃动，她向抑若扬的腰间摸索，找到了他的枪，拿在手里。

她闻到了烟草、酒精和烤肉的味道，掺着一股廉价的香水味，后者是玩物赏的气味，是那些艳俗的、来自温柔乡的姑娘们所特有的气味，她在希瑟夫人的店里闻到过。

这些气味抚慰了她快绷断的神经：这是派对的味道，尽管他们目前身处9+交8+闸口的检查站，但一群趁着夜半摸鱼的闲散守卫，显然比油盐不进的收割者好骗得多，她暗暗想：“看来资源匮乏使衡准中心的反应速度变慢了。”

晏落桑在和守卫寒暄，有两个玩物赏姑娘娇滴滴地说“好热”，他顺势送了他们几大桶冰淇淋，连带几瓶冰好的酒。

然后车开了。

“太好了……”她长出了一口气。

车却一个急刹，又停住了。

一个蛮横的声音喊道："我的妞不喜欢这种口味，打开冷柜，让她上去挑！"

那道细光又照了进来。

有个声音在她心底说"完了"，她毫无办法，只能紧紧握住抑若扬的手，毫无预警地，他回握了她，她在发抖，他把她揽进怀里，用微弱的声音说："门开的时候别出去，他们人不多，我能对付，你找机会开车跑，别等我。"

她拼命摇头，眼里溢满泪水。

他亲了一下她的额头，抱一抱她："去找叶蓁，她知道怎么做。"然后重新蒙上了脸，挡在她前面，不再说话。

有人登上了车厢，是其中一个玩物赏姑娘在找冰淇淋，和他们之间只隔了一道冷柜的铝板，她的动静格外清晰，就连她身上那些首饰的碰撞声都听得见。鹿呦呦捂住了嘴。

突然，那个姑娘发出一声尖叫，跌跌撞撞跳下了车，只听她失魂落魄地喊道："腿！死人腿！"

有几个守卫立刻上了车，他们证实了她的说法，冰淇淋下面藏着尸体和残肢，领头的人厉声质问晏落桑，后者却毫不紧张，他轻描淡写地解释说这是自己一桩"不太见人的小生意"："舜洵先生的产品固然是好，但价格方面，您知道的。我这几年和7+几个老板合作搞了个小厂子，规模不大，但原液的质量没得说，只是尸源方面有点头疼，您知道的，现在私下里做这种买卖的人也多，所以尸体特别紧俏……"

"知道知道，死人比活人值钱嘛。"守卫头领的语气缓和了下来，晏落桑在给他们分发贿赂，连带玩物赏在内，每人都得到了一瓶蛋白原液。

车又开了。

"你确定吗？"晏落桑把车停在6+和7+交界一条偏僻的路旁，担忧地问，"你朋友似乎走不了路。"

"没关系，已经麻烦你很多了，你快回去陪庄姜吧，告诉她我过几天去看她，等卫——"鹿呦呦看看抑若扬，改口说，"等第三环节结束了就去。"

"那好吧，我走了，你们小心点。"晏落桑发动车子，见鹿呦呦追了两步，便停下说，"要我捎你回去吗？"

"不用了。"鹿呦呦不好意思地笑了一下，"谢谢你，我上回不该那么指责你的。"

他温和地笑了："什么指责，我都忘了。我只记得跟你说过，人人都有秘密。"

鹿呦呦目送着冰淇淋车，直到那远去的尾烟消失不见，才回到抑若扬的身边坐下。他靠着一棵刚冒出新叶的老树，天在放亮，暮瘴淡了，她虚戴着面罩，闻到了空气中弥散的花香。这附近应该有种植园，主营农畜业的6+其实很美，放眼望去，视线所及都是绿色，可惜不远的将来，这里也要变成阴森可怖的陆外了——如果他们目前看来毫无进展的行动失败的话。

抑若扬突然说："真不简单。"

"什么?"

"你朋友，那个卖冰淇淋的，他是故意让守卫发现残肢的。"

"他不是卖冰淇淋的，不过都无所谓了，什么不简单?"

"他用一个小秘密掩饰一个大秘密，不得已时就交出前者，保全后者。"他把头枕在树干上，显得虚弱，"多数人发现一个秘密后就会满意地停止查问了。"

心细如她，本应察觉到他打破沉默的动机，他是想借谈话让她忘掉刚才诀别时对她的不舍，但她还没从惊吓中恢复，思维上压根儿就没和他同步："你干吗非要做这档子事呢？我是说，就让一切都见鬼去吧，不管怎样，你一定是虚陆最后一个死掉的人。你不像我，你不需要拯救虚陆也能活下去。"

他没有正面回答："你不知道，其实叶蓁在你我身上都装了振荡器。"

"振荡器?"

"是一种微芯片，可以定位被植入者，也可以唤醒他们。不然你是怎么在熟睡中醒来，跑出来救我的？甚至，这东西也可以杀死咱们。"

"什么?！那你怎么不……"

"揭穿她吗?"他一笑，"你要知道，叶蓁不太正常，她想做的事就一定得做完，不然——没有不然，做不到她就会折腾到底，死不罢休，这是她的执念。不过你放心，她不会杀我，更不会杀你。"

鹿呦呦沉默不语。

抑若扬接着说，"你觉得这里怎么样?"

"这里吗?"她看看四周，太阳已经升起来了，微风吹过一碧千里的草原，星星点点的野花在其中荡漾，不远处的山坡下有一泓深蓝晶亮的湖水。如果不是身处其中，她真的想不到外缘还有这么美好的地方。

"很美，空气也出人意料地好。"她摘掉了面罩。

"那咱们就留下不走了，好不好?"

她错愕地看着他，试了试他的体温："你还在发烧，得尽快给你治伤，叶蓁应该快到了。"

"我没说胡话，这附近有所房子，设施很齐全，我可以在那儿养伤，谁也不会打扰咱们。"他支起身，颇有兴致地看着她，她被这突如其来的天真提议吓到了，尴尬地笑笑："听着还不错，可是，还有那么多事要做，而且叶蓁她……"其实她想说的是卫淇奥。

"你也知道不现实。"他的神情回归淡漠，仿佛和刚才不是一个人，"即使有个地方让你躲，你觉得自己躲得过吗？明明毁灭迫在眉睫，眼下的情况就像这片草原，你明知道这儿不错，让人留恋，可你不得不离开，去你不想去的地方、做你不愿做的事，因为这地方不属于你。再好的晚上终归是晚上，叶蓁的执念是她的强迫症，我的执念是天亮。"

第二十六章

罅隙

尽管归心似箭，鹿呦呦回到选手村已经是两天以后了。

叶蓁和他们碰头以后，把她送到最近的胶囊管道闸口，便带着抑若扬返回了地堡，她本可以当天返回内核的，不想却遭遇了区域封锁，不得不在6+滞留了一夜。

那真是可怕的一夜。衡准中心突然宣布宵禁，原因未公布，大量旅客滞留在6+交7+的闸口区域。

闸口区域禁止出入，人们不知道外面发生了什么，起初还能勉强维持平静，入夜以后，人们渐渐睡去，鹿呦呦辗转反侧，点亮掌屏又关上，如此反复了几十次，犹豫着要不要打给卫淇奥，他给她留了十几次言，最后一次是在几小时前，可她不知怎样向他解释这两天一夜的失踪，最终只好作罢。

大概凌晨一点左右，她觉得闷窒难当，连呼吸都不顺畅了，就激活掌屏，想查看一下室温，却发现没有信号了。

和卫淇奥调查热舞吧时有过类似经历，所以她一下子警觉起来，她站起身想查看一下周围，却立刻被警卫制止了："那位穿皮夹克的女士，请你坐下。"

她只好坐下，但仍然迅速环顾了四周，很多人和她一样，偷偷东张西望，神情局促不安，有一种类似风的声音在人群上空蔓延，那是压低了喉音、代之以气音的交谈声，大厅天花板的四角上，几台大型的监控摄像仪像晒蔫的牵牛花一样耷拉了下去，明明傍晚时它们还在运作，一种很深的恐惧攫住了她。

"我们要离开！"有个男人嚷了一声。

很多人立刻附和了他："太闷了！""为什么要关着我们！""咱们走！"

有人跑向围栏，试图攀越，几个警卫从围栏另一端聚拢过来，推开了他，另外几个人立刻涌上去，接着是更多的人，更多，更多——人群的波动从远处传导过来，很快，鹿呦呦身边的旅客也向围栏移动了，她身不由己地被推挤着向前，近得都能看到围栏上的铰链了，那铰链此刻已经吃上了劲，围栏被人潮挤得摇摇欲坠。

警卫在另一端维护着围栏，大声呵斥，让人群退后，但他们的声音很快被人群愤怒的叫喊淹没了。大厅中响起了尖厉的警笛声，夹杂着冰冷的电脑人声："请远离围栏。围栏即将通电。倒数20秒开始。19，18，17……"

人群毫无退后的意思，他们汹涌而上，面目狰狞地咒骂。

事态脱控了。鹿呦呦有种不祥的预感，她转身奋力向墙边挤去，她离大厅边缘只有三四米，此刻却像隔着千山万水。

就在她终于抓住墙上一根金属管，把自己拉向墙边，喘出第一口气时，围栏上一声巨响，几个正在攀爬的人同时被弹出去七八米，他们的身体在空中划出一道弧线，然后像破麻包一样掉了下去。

"通电了！死人了！"人群中爆发尖叫，随即四散奔逃，像潮水一样从围栏前退却，远处的人不明就里，仍保持着向前的姿势原地观望，很快被后退的人浪卷倒了一片，潮水就在原地推高、停顿了半秒，立即恢复了动态，继续向后席卷而去，被踩在脚下的人发出了凄厉的惨叫。

这炼狱般的场景被鹿呦呦看得一清二楚，她背靠着冰冷的大理石墙壁，后背却爬满了汗水。她一手死死地抓住那根金属管，一手抓着夹克下摆：她忘了拉好拉链，散开的下摆成了一道风帆，稍不留心就会把她带到急速移动的人浪中去。

忽然，她摸到了夹克兜里的东西，整个人都精神了：那是前一晚她溜出选手村时用的通行证！

她紧贴墙壁，一步步向围栏挪动，在距离围栏两米的地方站住，小声喊那个离她最近的警卫，他回过头来时，她扬扬通行证："请让我过去，我是选手村来的。"

那个警卫抬抬手，她递上通行证，他查看了一番，对着通信器说了句话，得到回复后，便对她招了招手，她走过去，他示意她等一下，拔出腰间的防暴警棍，插进围栏上的星形孔洞。只见被插入的那根围栅立刻变得透明，他粗声粗气地吆喝看呆了的她："还等什么？"她赶紧侧身通过围栏的罅隙，正要抽身离开，裙摆却被人拽住了。

她回头一看，一个女人可怜巴巴地看着她："求你了，把我女儿带走吧。"一个脸蛋脏兮兮的小女孩被她从身后领出来，眼泪汪汪地盯着她。

她看看警卫，他仿佛没看见那对母女，只管催促："你走不走？"同时抽回了警棍，那根消失的围栅立刻恢复了原状，她的裙摆被烧掉了一角，那个母亲立刻缩回了手。

她跟着警卫，向胶囊弹射台走去，不敢回头看那对儿母女。她知道，一旦回头了，只消一眼，小女孩的眼神会把她的回忆烙穿的。

胶囊离站的一刹那，她的电话响了，是叶蓁。

“你在哪儿?”

“在胶囊上，正往里走。”

她和叶蓁快速交换了信息：返回地堡后，叶蓁发现鹿呦呦体内的振荡器失去了信号，通信也失联了，就赶紧查监控，他们从放她下车的地方找起，很快发现闸口室内监控失灵，而室外——6+当晚爆发了大规模暴动，这就是衡准中心突然宵禁的原因，包括收割者在内的大批军队出现在6+的街道上，和暴动分子发生了巷战。叶蓁的描述颠三倒四，但从她兴奋异常的语气可以猜出，外面的血腥程度远超过鹿呦呦在闸口里所经历的。

暂时不知道暴动分子的身份，但叶蓁说“她保证”在镜头里看到了抗拒组织的旗标。

没有任何媒体报道当晚的事。

表达完对抗拒组织的崇拜之后，叶蓁开始埋怨她把抑若扬的伤口缝得一团糟，而且不容她辩解：“别跟我说灯光暗车也晃得厉害，我闭着眼也比你缝得好，你知不知道你们俩给我添了多少麻烦，抑若扬非得跑出来找你，现在正在我旁边流血呢，肚子上那么大的口子还张着，我没缝完，只能用急救枪钉上，你跟他说吧。”

“你还好吧?”他的声音绵软无力。

“我没事，你快回去吧。”

“好。”

她默默挂了电话，失神地看着窗外，管道外星星点点的灯光划成一条条白线，彼此交错、模糊不清，暮瘴不太浓，视野变好了，她应该已经离开了6+。

抑若扬关心她，可她不能多想了。此时此刻，她只想回到卫淇奥身边去，在他怀里痛痛快快地哭一场。

尽管未经公开，但6+的暴动显然导致了各处安保的升级，虽然从白色巨塔开上了卫淇奥的车，她还是在选手村入口费了许多口舌，好话说尽才求得警卫放她去安检闸口，系统显示她的芯片“准入”之前，对方一直狐疑地打量着外表狼狈的她，质问她的车是不是偷来的。

她真的相当狼狈，满脸脏污、仪容不整，原本俏丽卷曲的褐色卷发爆成了鸟窝，那条亮缎睡裙也精致不再，下摆撕成了条，前襟上还有一片引人遐思的污渍。

再次回到选手村并未带来慰藉，相反，从她踏进选手村的一刻起，就感到无法抗拒的厌恶。

第三环节接近尾声，选手村已经应景地换装完毕，整个公共区域的主色调变成了富有未来感的银白色，镶着亮蓝光框的全息屏飘浮在每个岔路口，推送着已经完成技能展示的选手信息和比赛视频。

穿着藏蓝色瑜伽袍的周南，正在寂寥洲一块伸向水面的绿泥石片岩上做着经典的瑜伽动作，从半月式到树式、拉弓式，都是初级招式，但他做得还算标准，而且，当一个能把劣质雨衣穿成大牌的绝种鲜肉在你面前摆出各种凸显身材的姿势时，谁还在乎动作的初级高级。

舜华的表演课交出了一个即兴小品，她扮演的是刚刚从火灾中逃生的母亲，一双儿女都安好，为了搭救他们而几次进出火场的丈夫也安然无恙。舞台灯光一熄一亮，暗示着下一幕的开始，一分钟前还谈笑风生的丈夫在她转身的工夫，就因吸入过量烟尘，心脏骤停而撒手人寰——老实说舜华有点面瘫，多亏她素来的戏精体质，那双原本就盛满小情绪的大眼睛很是顾盼生辉，又懂得一直抬起脸让柔光灯照在她完美的苹果肌上，于是演出了一些绝望与悲恸交织的感觉，竟然像是有演技了。

曹子建拿到的任务是装配一辆送货用的摩托，算是技能展示里最简单的了，只要按照流程蓝图一步步来就好。干活时他脱掉了上衣（可以肯定是故意的），鹿呦呦惊讶地发现他竟然是个肌肉男，阳光下因为流汗而发亮的胸肌自然令人愉悦，只需要把镜头循环播放，就足够让他的票数持续上跳了。

卫淇奥在推送中出现时，鹿呦呦突然感到心跳得剧烈，不是因为紧张，而是因为害羞——仅仅七十小时没见，只是视频里的他，就足以让她害羞了，她自己都惊诧不已。录音中的卫淇奥造型普通，不扮酷也没耍帅，甚至还有一点困惑和羞涩，但他认真握紧话筒的样子没来由地讨人喜欢。为避免多个屏幕彼此干扰，所有全息投影都是无声的，听不到他唱了什么，尽管如此，她还是带着傻里傻气的微笑，在“他”面前站了十分钟，直到意识到自己已被恋爱的酸腐侵蚀到无可救药的程度，才羞愧地匆匆走开。

没有林衡和曾良的推送，这两人的技能展示应该还没开始。

她穿过盛装打扮的人群，向晚枫林走去，迎面而来的路人对她侧目而视，眼里毫不掩饰的鄙夷嫌弃，让她很快忘记了刚见到卫淇奥的愉悦。第一次进入9+时感受到的那种孤独无助与自卑奔腾而来，几乎把她掀翻在地，她突然理解了抑若扬对“天亮”的执念，那个也许会永远被埋葬在黑暗中的6+闸口之夜，是苦寒蛮荒之地，而这里是温柔乡，她从那里来，她不属于这里。

“呦呦?”头顶有人叫她，她抬起头，是一台以双足代替轮子、可以在山地行走的步行机，南茁蓬坐在驾驶位上，打量着衣衫不整的她：“你这是怎么了?”

“没什么，出了点状况。”她轻描淡写地说，“南哥，你要去哪儿?”

“大小姐排练伤了嗓子，要吃白枇杷，医务官送来的是黄枇杷，我现在去换。”

舜华还是这么矫情。她和南茁蓬道了别，转身向山上走，他叫住她："我捎你一截吧？"

"谢谢你南哥，不用了。"为保护自然地貌，公共活动区以外，非园景维护人员是禁止使用载具的，这一点她和南茁蓬都心知肚明，见她保持着礼貌疏远的沉默，南茁蓬不免有些尴尬："本来不能开这个的，大小姐说大半个选手村都是她家掏钱盖的，她'理当'例外。"

好个"理当"。鹿呦呦告辞离开，沿着橙花盛开的通道向晚枫林走去。

进入晚枫林地界，地势刚刚升高，就看到一大群扰攘的粉丝，都抻着脖子看他们包围圈的中心，走近了，果然是卫淇奥在接受采访，身边还站着林衡。

鹿呦呦孤身一人站在圈外，确保和人群保持一段距离，这样卫淇奥就能看见她了。可是，当他看到了她，她想对他笑时，他却很快地别过脸，和林衡说话去了。

她有点诧异，隐隐感觉到他在生气，又觉得不至于。又等了一会儿，见他丝毫没有结束的意思，仍在和林衡谈笑风生，而自己实在是太累，只好独自回山上去。

两天两夜没合眼，她太困了，还没调整好睡姿就昏了过去，醒来时午夜已过，床的另一半仍是冷的，他没回来。

她打电话给他，转入了语音信箱。她正失望地要挂断，电话却被他接起来："怎么了？"声音和平时不一样，电话接通带来的喜悦立刻无影无踪，她感到伤心，甚至有一点恐惧，白天看到的场景再现，他和林衡站在一起真是一对璧人——林衡也好、舜华也罢，甚至那个可恶的简若彤都行，高分美人就是如此的美好速配，而她这种人，即使死里逃生只为了看他一眼，即使煞有其事地开着雇主赏赐的载具去跑腿，都是一样于事无补。

情感的得到或失去，都取决于对方，这从来都不是对等的关系，她仿佛看清了那道和他之间的罅隙。

"没事。你什么时候回来？"

"今晚不回去了。"他停顿几秒，补充道，"林衡马上要上考场，这几天会很忙。"

"需不需要我——"

"不用了。"他打断了她，"没事的话先挂了。"

没等她回答，他已经挂断了通话，留她在忙音中愣住，直到被饥饿感惊醒，才想起三天来自己粒米未进，一直是靠焦虑、恐惧和肾上腺素充饥的。

她把食物拢到一起，堆成一个和脸等高的三角形，埋头吃起来。狼吞虎咽了几分钟，嘴里塞满樱桃布丁的她突然哭了。

起初只是哽咽难鸣，很快啜泣就变成了号啕，在失声痛哭中，她暂时找到了遗忘和慰藉。

第二十七章

玻璃房子

6+闸口事件公布结果，定性为“踩踏事故”，抗拒组织的暴动只字未提，闸口宵禁的原因是“运输管道故障”，死亡人数“尚在统计”，但鹿呦呦知道，最后公布的数据一定比实际情况乐观得多。

她知道却不能说，事后抑若扬传了条简讯给她：“妇人之仁，不能忍于爱，匹夫之勇，不能忍于忿，皆能乱大谋注。”言下之意，不能让一时的愤慨破坏了他们一直筹划的大事。可是，她已经越来越分辨不清，真正的公义在哪里了。

选手村的公共活动区立起了一座全透明的玻璃房子，这里将作为林衡技能展示的考场。交出作品前她有四十八小时的创作时间，这段时间她必须一直待在玻璃房子里，除了浴室，房子的其他区域完全透明，屏蔽通信，且处于二十四小时的直播之下。

拿到考题后，林衡开始了号称“零隐私”的禁闭，为了防止夹带，进考场前她接受了搜身。

这件事执行起来不像看上去那么简单，无须想象网络上有多少双窥探的眼睛，单是现场的围观者就足以让玻璃房住客惊慌失措：得知玻璃房对外开放后，许多陆民从虚陆各区蜂拥而来，他们之中有少数是前来表示支持的粉丝，其余都是出于好奇甚至无聊。围住玻璃房的他们，眼睛贴在玻璃幕墙上，嘴巴一开一合地谈论，几乎所有人都在拍摄——亲眼看到这个场景，就很容易明白为什么游戏主播和直播平台热衷于搞“线下自证”：证明自身的竞技水平是一方面，更重要的是，这种带有浓重表演性质的直播可以带来巨大的流量和利润。

不得不说，林衡适应得还不错，她甚至在进入玻璃房后对着话筒说：“主办方真是狡猾，选中我做这件事，如果换个男人进来就没一点看头了，这个我很清楚，就是赤裸裸的性别歧视。我倒是无所谓，就当是一种社会实验了，只是不知道另一个选手敢不敢进来试试?”她指的是舜华。

相比表面傲娇、内心在乎得要死的舜华，林衡大概是真的不在乎。来自7+的她不做外观重塑，多年来评分几乎没变过，她曾经公开称重，于是主妇们发现“其实大明星也不比我们瘦多少”，她不怕以素颜示人，曾经一边卸妆一边说：“哪来那么多吹弹可破和零瑕疵，生孩子以后，我的皮肤松弛了很多，不过接受现实的能力也强了不少。”这是她唯一一次谈到孩子。

因为从不和孩子一起露面，也不谈论孩子，林衡被指责是“不合格的妈妈”，她回应：“如果我天天抱着孩子出来晃，你们又会说‘过气大妈借孩子炒热度’，所以管他的呢。”

尽管婚后一直处于半隐退状态，林衡始终没从公众视线中真正消失，陆民们似乎不愿忘记她，这是简若彤和周南他们梦寐以求的，但是她轻易就做到了，还做得如此云淡风轻、不露痕迹，不懂的人会觉得她是个不可复制的神话，但卫淇奥看得更清楚：“这只是团队运作得好，干这行的都是天鹅，优雅风光都是表面上的，水面下谁不是疯狂打水用力过度？那些无所谓、不费力都是人设，不是事实。”

鹿呦呦盯着屏幕上的林衡，接到题目的她毫无下笔的意思，先是抱着吉他拨弄了一会儿，又在浴室待了半小时，出来时已经卸了妆，换了一身黑色缎面的分体式睡衣，V领吊带的胸口缀着白色蕾丝，吊带外面是同款晨衣，下着短裤，同样滚着白蕾丝。林衡有一双好看的腿，这套衣服让她显得既妩媚又纯真。鹿呦呦觉得，林衡并不是真的不在乎。她似乎知道外面的人想看什么，或者说，她背后的人知道。

卫淇奥并没出现在直播里，鹿呦呦有点失望，那个冷淡的电话以后他们还没见过面，她烦躁地关掉了直播，屏幕熄灭之前，林衡的写作题目出现了：公路类型的科幻微小说。

鹿呦呦决定不再等卫淇奥，她去8+探望庄姜，两人在阳光灿烂的人工湖畔消磨了一下午。

庄姜的肚子已经浑圆地隆起，她靠在白色的帆布靠背椅上，脸上满是母性光芒。

“我原以为你迟早会当个单亲妈妈呢。”

“我也是，我都没想过自己会结婚。也不知道这么早就嫁人，是好事也是坏事。”

“不是等得久就能等来对的人的。更多时候，对的人就出现在初恋，然后你会用尽一生来尝试修复破碎的心。”

“那你我的运气都还不错呗。”

“晏落桑是你的初恋？我倒是刚知道。”鹿呦呦挖苦道。至于她自己，今后的人生是否要在心碎中度过，她不知道。

晏落桑走出宅邸，跟她们打着招呼：“下午好女士们！天气不错。”他穿着烟灰色的粗花呢西装，正在系衬衫上的袖口，庄姜很自然地接管了这件事，边为他整理边问：“你又要出去？”

他应着，又问鹿呦呦：“你朋友怎么样？那天放下你以后，一回来就听说6+发生了事故，我还在担心，不知道你们好不好。”

鹿呦呦应承了几句，想着这个人总是太过礼数周全，好在他并没有在庄姜身上故作姿态。

“对了，卫淇奥打电话来找过你，问庄姜是不是和你在一起，因为没法交人，我们就没帮你圆谎，你别说错了，咱们先串串供。”他冲鹿呦呦挤挤眼睛，又亲了庄姜一下，“我出门了，晚饭等我回来吃。”庄姜在他胸前赖着，看到鹿呦呦冲自己撇嘴，恼得一跺脚，鹿呦呦打趣她：“我可什么都没说，我只是觉得，老公每晚都回家吃饭，你艳福不浅啊。”

“他倒是想呢。”庄姜看着他的背影，眼神有点心疼，“最近他挺不容易的，好像是受到了8+一些大商人的联合抵制，总是忙到深夜才回来。倒是你怎么回事，大半夜的跑到外缘去，卫淇奥找不到你都急疯了。”

鹿呦呦不知如何作答，只好转移话题：“晏落桑的‘姐姐’怎么样了？你俩相处得还好吗？”

“挺好的，我正想去看看她呢，要不要一起？”

“好啊。”

只见“姐姐”安静地坐在房里，捏着把梳子在梳头，庄姜很自然地拿过梳子帮她。

庄姜说自己“月份大了憋不住尿”，趁她离开房间的时候，鹿呦呦找到一张庄姜夫妇的合影，指着上面的晏落桑问“姐姐”：“他是好人还是坏人？”“姐姐”散乱的视线突然有了焦点，用指腹摩挲着他的脸颊，呆滞的眼睛也有了光彩，从她混乱的呓语里，鹿呦呦理出了一些线索：她和晏落桑相识于微时，直到一场实情不详的变故将两人分开，晏落桑后来找到了她，一直照顾她到现在，至于那场变故是什么，“姐姐”没说，鹿呦呦再问，她就恢复了上一次的状态，疯癫懵懂，魂游天外，絮叨的也是同一句“葡萄藤”。

不过，鹿呦呦知道了她的名字，她说自己叫棠棣，这个头发乌黑、相貌清秀的女人有个花的名字。

鹿呦呦赶在林衡交稿前回到了选手村，她觉得一旦玻璃房子的环节结束，卫淇奥就会回晚枫林，她就能见到他了。

但她刚回到小木屋，就发生了意外。

当时，她正蹲在客厅的石头壁炉前生火，这里的设施都是仿照露营小屋做的，没有中央供暖，不生火的话，晚上会很冷。这些事本来都是卫淇奥来做的，不过他并没回来过。

她劈好柴块，十块一垛地搬进壁炉码好，在上面铺了一层树枝，在烟道口点燃火柴，刚要检查气流方向，突然发生了爆炸，她被爆炸气浪掀翻在地，满头满脸都是灰渣，她顾不上检查伤势，爬起来就向外跑。一开始以为是生火不当引起了爆炸，但壁炉完好无损，客厅另一侧却塌了半边，大门被瓦砾木块堵住了，她只好绕到卧室，想从窗户爬出去。

这小屋依山势而建，窗口离地面还有一段距离，好在落脚处是一丛灌木，她抓住窗框，双脚蹭着墙面慢慢垂下去，手一松，就躺在了灌木丛里。

她翻身爬起来，看到灌木丛里有个藏蓝色的方盒子，扎着宽大的白色蝴蝶结，绸结下面压着卡片，写着"给呦呦"，笔迹是卫淇奥的，她正要解绸结，电话却响了。

很意外的，电话是林衡打的："你不是吧？"

"什么不是？"

"这是拆礼物的时候吗？还不快跑？"

她环顾四周："我被直播了？这是比赛的隐藏环节吗？"

"不，这不是比赛，但你确实在某种直播上，你最好快走，房子附近不安全，去岩石背后，那里是个拍摄盲区。"

她边跑边问："你能打电话，你出来了吗？"玻璃房环节结束的话，就能见到卫淇奥了。

"是，我出来了，我的天，你的脑回路太清晰了，正常人这种时候不都该问发生什么事了吗？你还好吗，有没有受伤？"

"应该没受伤，我还能动，发生什么事了？"

"你自己看吧，在你的收信箱里，你待在原地别动，我这就去接你，已经在路上了。"

她打开收信箱，里面有个超级链接，点进去是一大一小两个窗口，大窗口是她所在的晚枫林木屋，是稍有滞后的直播；小窗口是森曼在演说，激昂狗血、循环播放，代表抗拒组织对晚枫林的爆炸表示负责，警告选手们立即退出比赛："内核统治我们生活方式的时代已经过去了！任何愚民手段的帮凶都将被消灭！外缘最大的问题，是没有承担你们应该承担的角色，今天，你们可以仰起头来！神主说，我淹死了那些否认我迹象的人，他们是盲目的民众！"这位"神主"代言人点名叱骂"利用平权之名牟求名利的败类卫淇奥"，"在你藏匿的巢穴里发生的事，是一个神谕！神主说，如果虚伪的叛徒不退赛，就必使他永久退赛！我们找到了人生的道路，这是一个命令！神主的国度已经建立，让我们扫除一切边界，我们的战车所到之处，内核的恶徒必将蒙羞，追求真理的战士，出发！"

衡准中心的排爆中队出现在空地的边缘，呈半月队形，包围了被炸得半边焦黑的木屋，并放出排爆机器人。

一台步行机停在岩石旁边，两条鸟腿一样的支足在踝关节处折叠，驾驶舱立刻降到了方便上下的高度，驾驶位上只有林衡一个人。

见卫淇奥没来，鹿呦呦难免失望，林衡注意到她表情的变化，冷笑了一声。

她爬进驾驶舱，舱位上升，步行机启动，速度逐渐加快，飞步下山，她惊奇地发现座舱很平稳，完全感受不到山路崎岖，原来步行机是仿生鸟类制造的，座舱相当于一个鸡头稳定器。

首乘的新鲜感消散，她发现舱内气氛相当尴尬，她和林衡无话可说，好在机载网屏开着，且正好要重播卫淇奥的技能展示，她还没看过他正式唱歌呢。“但愿不要太恐怖才好。”她想着，坐直了背，旁边的林衡又是似有如无的一声冷笑。

细听之下，曲子还是林衡之前写的那首，但经过了重新编曲，加入变奏和花音后成了另一首歌，格调很高级，没有洗脑神曲的感觉了。这样一来，即便音痴如卫淇奥，也能在苦练之后唱准旋律，一旦演绎好音准，他就像个巨星了——林衡真是个好老师。

这是一首慢歌，跟卫淇奥很合：

明天，拂晓，当晨光洒向山涧，
我就出发。
我会穿过森林，我会攀过山峦，
我不能再停留一刻，无法远离你的身边。
我的双眼只注视我的思念，
独自一人，无人知晓，双手交叉胸前。
当我心怀忧伤，白天也如夜晚一般。
我既不看落日的金光，
也不看漂向远处的点点船帆。
当我来到你身边，
请你接受我带在身上的欧石楠。

鹿呦呦抚摸着怀中的方盒，她渴望拽开那个绸结，又不愿在外人面前暴露情感。那张写着她名字的卡片已经补全了拼图，卡片底纹写满了“周年”，她从卫淇奥身边跑走、去救抑若扬的第二天，是她和卫淇奥认识一周年，她却忘光了。现在想起来，当她又脏又累地回到晚枫林、倒在木屋床上睡去之前，她确实摸到枕边有一些不知名的碎片，她以为是累极了的幻觉，等她醒来时，才发现那些碎片是枯萎的白玫瑰，曾经柔软湿润的花瓣已经揉皱破碎了，是的，白玫瑰，她喜欢白色。

他为她准备了惊喜，她却不声不响地失踪了。花束枯萎，礼物被扔出窗外，欧石楠的花语是孤独、背叛的爱。

林衡突然尖刻地说："想拆就拆，别拖拖拉拉的，我要被你腻歪死了。"从打电话到现在，一路上她都没什么好气，鹿呦呦本来就难过，被她这么一怼，一贯的好脾气也没了："我跟你真的无话可说，你不了解我，却讨厌我。"

林衡猛地拉下了控制杆，步行机立刻停止步伐，以一种怪异的站姿定在了陡峻的山道上。

林衡回过头，瞪着她说："是，我讨厌你，我在那玩意儿里关了四十八小时，好不容易出来，顾不上回家抱女儿，而是第一时间跑来接你，你连半个谢字都没有，恐怕你从来没想过别人，你这种女人我见得多了，挖空心思钻营，每分每秒都在想怎么踩人墙、站高枝，你那些抛媚眼、神秘感、小心思、脏手段，也许男人吃这套，我可一眼就能看透，你是个拖泥带水、表里不一、不知感恩的心机女。"

鹿呦呦听出她话里有话："卫淇奥让你来接我的，是不是？"

她的神色微微有变，转回头盯着机载网屏。歌早已唱完，一对男女嘉宾在点评，说这首歌的歌词其实是一首有名的悼亡诗改编的，他们都不明白"卫淇奥为什么不自己填词，明明能更有卖点的，毕竟很多人都看好他和林衡的组合"。

"我的经纪人和赞助商，还有评委中的一些熟人，都建议卫淇奥给我的曲子填词，借此炒作一下绯闻，还能压一压简若彤弄的丑闻，连他自己也承认，这么做的效果会很好，不过他拒绝了。我知道他为什么会拒绝。"她看了鹿呦呦一眼，"是因为你，他怕伤害到你，他在做和你公开关系的打算，他不愿让那些乱七八糟的事成为不必要的阻碍。其实这有什么，这种事多了，但他就是坚持不炒绯闻。我和他相处的时间不长，但他算是极少数不让我厌恶的男人，我看得出，在你们的关系里，他是付出的一方，也因为这样，他得不到想要的——所有关系都这样。不过，"她咽住话头，冷笑了一声，"这跟我又有什么关系呢。"

林衡不再说话，她们在沉默中到了寂寥洲。

"你到了。"林衡降下座舱，"接下来我不会住在这儿了，你不是没地方住吗，可以待在这儿，不过住不住随你。"

"卫淇奥在这儿吗？"

"他动身去黑泊了，第四环节马上开赛。"

"你不用去？"

林衡翻了见面以来最大的一记白眼，好像在说"我只是懒得说你多管闲事"："我和他不在一队，这回我们是对手。"

第二十八章
撤　退

“颜值战争”一共五个环节，第四环节“追逐赛”虽然不是压轴，却是历来最受关注的，因为足够简单粗暴：比赛地点在黑泊，是位于9+边缘的一处天然沼泽，六位选手被分成两队，先行进入赛区的一队昵称“红狐”，目标是找到任务道具并投送到标地；后续进入赛区的一队昵称“寻血犬”，目标是猎狐。

任务道具投送完成，或者红狐队的三名选手都被捕获，第四环节就宣告结束，再由受众投票，最终决出两名胜利者，不过胜出者未必来自取胜的一方，历届有不少“颜战”冠军出自“追逐赛”失败的一方，因为个人魅力是能够逾越比赛结果的。

“追逐赛”进程中禁止使用载具和通信器，选手只能携带少量工具和食物，徒步行进，野外生存，与外界隔绝，因为黑泊环境险恶，为了增加观赏性，还加入了轰炸、毒气等人为的破坏要素，所以曾有人在比赛期间丧生。也正因为如此，第四环节的收视率向来爆表。

“追逐赛”对来自内核的选手相对友好：内核和外缘的学校教育区别很大，前者培养上层贵族，后者培养底层劳工，除了高收入行业必备的科技和哲学，内核的教育也很看重身体素质，卓越的体能和健美的体形是上等人的标志，狩猎、越野、户外求生则是贵族的业余爱好；外缘教育出产的是技工、农民和服务人员，至于身体素质根本没人在乎，毕竟作为原液原料的人畜来说，体脂率高一点低一点都无所谓。

志在入围“颜战”十强的外缘陆民，往往会花重金雇用私教，为“追逐赛”做准备，不少人被这个环节弄到倾家荡产，仍然在所不惜，毕竟，胜出后的奖品诱惑太大了，在阶级流动早已冻结的虚陆，一朝实现阶层跃迁的方式极其有限，“颜值战争”是为数不多的选择之一。

这届“颜战”十强里唯一的外缘选手曾良，也怀着“和现实怼到底”的同样梦想，却没为“追逐赛”做过训练，他在一次访谈中表示自己没钱请教练租场地，但他相信“多年的投递员生涯就是我最好的训练”。鹿呦呦很为他担心，虽然打心底希望卫淇奥夺冠，她仍然把第二名的位置给了曾良，毕竟他来自外缘，是自己人。

不过事到如今，她的担心显得没有必要了：曾良的高尔夫技能展示被安排在第三环节最后一个，他下场打球时出现了严重的挥杆失误，造成连锁反应，尽管他的目标杆数是按菜鸟级别定的，但他仍然严重超出了标准，18洞竟然打了200多杆[①]，连裁判都离场了，观众更是困意连连，他的时段收视率降到了谷底。

最终票选结果出来，曾良被末位淘汰了。

曾良走出那个差点活吞了他的球场时，并没有人在等他，记者们都去围堵他的训练人曹子建了。网络上十位选手的直播镜头是任意可选的，此刻曾良的频道点击者寥寥，就像他本人一样，被遗弃了。

鹿呦呦是“曾良频道”唯一的观众。她看着他在空旷的场边蹲了下去，手中仍然抓着那柄球杆，他的面孔埋进臂弯，看不到表情。鹿呦呦难过得想哭：曾良的失败，和其他任何一个选手的失败都不一样，其他人输了就输了，退出就好；曾良输了，会死的。

“颜战”规则：任何选手在前三环节遭淘汰，都要被降级；进入第四环节后则不降级。曾良和鹿呦呦一样，来自退无可退的5+，他的出局，意味着丧生，死在通往名利双收的门口，而他还有个日渐衰老的母亲。

她抹抹眼睛站起来，走到露台上，她此刻身处寂寥洲的凹晶溪馆，临水的露台被波光粼粼的湾面映得光影参差，一轮冷月从水杉林中升空，惊起了水边栖憩的鹈鸥，它们穿过烟霞般的薄雾，向深蓝的空中去了。

这些鹿呦呦都无心欣赏。她已成为投机男人的心机女，林衡这么想，经过多次夜半逃家，卫淇奥对她也难免会有这种看法，可她又没法辩解，连她自己都搞不清参赛是为了什么，是和卫淇奥的幸福，还是抑若扬的目标？在她为欺骗卫淇奥而痛苦的同时，末日的气息正在陆外滋长蔓延，陆内却仍在举行这盛大的畸形秀，人命被视如草芥。

她抱着那个藏蓝盒子，里边是卫淇奥送的一套雕刀，珍珠母制的刀柄，每把刀柄的末端都有一头立鹿，式样仿照她当初那尊立鹿（现时依然放在白色巨塔卫淇奥的卧室），显然是精心定制的。她拿起其中一把，刀柄上的鹿角已经断了，应该是被卫淇奥扔出窗外时摔断的。

她拈起那截小小的断角，把它对在断茬上，稍稍转动，就贴合得严丝合缝，似乎完好的一般，只是一松手，依旧断成两截，她叹了口气。

---

① 高尔夫是杆数越少成绩越好，国际标准是18洞72杆，业余选手90多杆算是很烂的成绩。

远处腾起了一颗焰火，打断了她的沉思，那焰火在高空炸裂成巨大的粉红色烟花，就像幽咽泉漫天的桃花瓣，占满了半边天空，紧接着又有几十颗焰火绽放，天地都变成了粉红色。

焰火升空之处是幽咽泉的方向，屏幕中的新闻主持正在播报："泉区成为庆典的圆心，人们在泉区燃放焰火，数量可观的水灯正从上游顺流而下……上千粉丝涌向幽咽泉，庆祝自己的偶像复活，由于曾良在刚结束的第三环节中惨遭淘汰，导致进入'追逐赛'的选手人数落单，赛委会决定复活一名此前出局的选手。由于简若彤主动退赛且已完成赠分，复活机会自动移交给情侣组合……慕容成和娅娅的粉丝团恐怕要左右为难了，复活名额只有一个，这对模范情侣将不得不做出抉择……"

鹿呦呦关掉了屏幕，她不理解有什么值得庆祝。某人可以重新参赛了，代价却是别人的性命，这算什么扭曲的三观？她原本还依稀抱有希望，在危机侵袭外缘时，也许内核会不甘于疆土失落而采取行动，那么她就能退回到"无为"的精神世界中去——现在看来，这种可能性微乎其微，哪儿有唇亡齿寒的真知灼见，只有隔岸观火的幸灾乐祸。以人群癫狂和漠然的程度，怕是地狱之火烧到了邻区，只要不是自家门口，也还是会驻足原地拊掌大笑，且叫得一声好罢。

"追逐赛"对阵的双方已经确定："红狐"一方是卫淇奥、舜华和周南，"寻血犬"一方是曹子建、林衡和待定。

因为是"追逐"赛，两队进入赛区的时间须间隔二十四小时以上，"寻血犬"的第三人必须在这一天一夜中确定。时间紧迫，泉区狂欢的篝火还没燃尽，候选人之间的硝烟已经四起。这对恩爱情侣并未将机会留给对方，他们互曝的猛料伴随清晨第一缕阳光准时送达。

先是娅娅的闺密爆料慕容成吃软饭。出道成名都较晚的他曾在友人饭局上带着三分醉意扬言"追到娅娅就是他转运的开始"，名下几辆名车都是甜言蜜语说动娅娅给他买的。

而后慕容成的亲戚指责娅娅嫌弃慕容家出身7+，且当众辱骂慕容老太太是"拔毛老孔雀不如鸡"。

这都不是真刀真枪，之后骂战升级，双方都奉上了猛料：娅娅的经纪人提供了一份慕容成劝娅娅出席8+富豪饭局的录音，名为交友实为淫媒；慕容成的前任企宣则曝出了娅娅凌晨从某知名男乐手家里溜出的视频。

两人的人设都毁了，最后就比谁毁得更厉害。慕容成当晚"不慎"被"路人"撞破深夜买醉、神情落寞，这卖惨的设计有点高明，所以他的支持率上浮了一点，倒计时结束前赢过娅娅半个百分点，成功复活。

鹿呦呦觉得两人吃相都够难看的，如果卫淇奥在身边，大概要说他们同归于尽的做法很蠢，因为，如果曹子建在赛委会里的影响真像传言那么大，他绝不会允许“寻血犬”有两个女选手，那样的话，耐力和速度就落了下风。当然，这种动机里的歧视太明显，曹氏兄弟不会出面，“所以只需等两个蠢货鹬蚌相争就好”——卫淇奥如果在身边的话，一定会如此这般地给她分析，鹿呦呦失落地想。

为公平起见，“红狐”进入黑泊的头二十四小时，行迹是绝密的，不会直播，连赛委会也不知道他们的行进路线；等“寻血犬”也进入黑泊，双方处于信息对等的状态后，直播才会全线开启。

得不到卫淇奥的任何消息，暂时无事可做的鹿呦呦才会和那些无聊的陆民一起，围观了一场狗咬狗的闹剧。守着网屏十小时以后，她得出了结论：这个圈子污秽泥泞得超乎她最坏的想象，任何爱惜羽毛的人都不该涉足。

距离直播开启还有十四小时，她关了网屏，打算出门走走。

寂寥洲地如其名，处处冷清寂寞，人影都见不到几个，这是因为洲区对游客实行限流管理，连工作人员都削减到最少。但是只要沿着铺满鹅卵石的浅滩走上十几分钟，穿过洲区大门，就会像穿越一般，回归熙攘热闹的人间。

等等，有点太热闹了。

鹿呦呦站在公共活动区域的广场上，惊讶地看着眼前的景象：数十架步行机列队从面前通过，向选手村外行进；与之同行的是一条队伍长龙，步履匆匆、推着行李或设备车的人们大多佩戴着未来石的标志。离开的人数非常多，看起来就像石区在进行大撤退似的。未来石的住客之一是曾良，他出局后必须搬出选手村，但他不可能有这么大的阵仗，那么只能是石区另一位更显贵的住客了。

她突然有种不祥的预感。

冷不丁地，她被快速行进的队伍撞了个趔趄，来不及站稳，她赶紧拽住那个撞到自己的行人，对方是个彪形大汉，佩戴着未来石的臂章，一手拖着一个半人高的皮箱，瓮声瓮气地问：“怎么了？”

“请问你们这是要去哪儿？”

“回8+。”

“您是舜华小姐的随行人员吗？”

“对。”

“舜华小姐怎么了吗？我看你们都在离开呢。”

“我们只是接到通知，回家待命。别的不知道。”大汉扔下一句走了，鹿呦呦则向未来石飞奔而去。

谢天谢地，南茁蓬还在未来石，他正在舜华住的玻璃塔外指挥装车，一看到鹿呦呦，就笑着招手：“呦呦，你怎么这时候来了？”

“南哥，你们要走？”她顾不上寒暄，单刀直入地问，“舜华退赛了吗？”

“大小姐去黑泊了，现在应该还和卫先生在一起。”南茁蓬皱了一下眉，有点困惑，“大小姐不可能退赛的。”

“其实我一直不知道舜华为什么参赛。”鹿呦呦还在平复呼吸，“我知道舜华还在生气我和卫淇奥在一起的事，但她宣布参赛比我们早得多，我们决定参赛之前她就报名了，所以不可能是出于报复心理。”

“大小姐参赛是舜洵先生授意的，舜先生说这是为了配合二代整容液的宣传，而且他有意竞选高级议员，让大小姐今后多接触衡准中心的高层。”

南茁蓬自打跟了舜华以后，说话也变得文绉绉的，鉴于他之前是个屠夫的事实，鹿呦呦觉得有点好笑，但眼下不是搞笑的时候，她必须从只言片语中拼凑出线索，而她确实闻到了阴谋的气味：“舜洵要从政？8+不是一向只做生意吗？”

“以前是，可现在不一样了。”南茁蓬谨慎地看了看四周忙碌的工作人员，“咱们换个地方说。”

石区的主建筑玻璃塔被设计成了鱼骨的形状，鱼骨的脊椎是承重支柱，每跟横刺就是每层的承重梁，由环形的落地玻璃两两相连，南茁蓬领着鹿呦呦来到底层鱼刺的尖端，这里很冷清，只有他们两个人。

“你还没看出来吗？”南茁蓬压低了声音，“8+和9+都变了，9+以前是保守派的天下，比如卫先生他们家，势力很大；但是近几年，反对的声音越来越多，9+冒出来了一股新势力，他们和8+走得很近。”

“他们想干什么？”搞政治，她是真的不懂。

“你看看出了多少事？系统故障，空气灾害，那么多神秘死亡的事件，抗拒组织一直在捣乱，还有收割者，简直明目张胆地满街杀人了，这世道真是越来越乱，就有人出来说衡准中心施政不力，要换掉现在这批掌权的，8+不甘心总是在外圈，所以就合作起来了。”

“这股新势力，你见过他们的人吗？”鹿呦呦心里想，纵然是新势力，也没见他们为外缘做过什么，可见只是小圈子里又一番权力更迭而已。

但眼下，要紧的是卫淇奥，南茁蓬提到“保守派”“卫先生他们家”时，她已经寒毛倒竖了：之前怎么就没想到呢！她只把参赛看成卫淇奥和她两个人的事，但别人不可能这么看待卫淇奥的参赛，他虽然一直刻意和原生家庭保持距离，但他确实是9+最大政治豪门的独子，有心之人可以利用他做很多事的！现在他在黑泊里与世隔绝，外界却有黑手要抓住他了。

南茁蓬摇摇头：“我只是个司机，哪能接触到那些人。不过大小姐确实说过，舜先生让她和曹子建多接触，这让她很不高兴。”

曹子建！鹿呦呦心里一沉：自己居然这么蠢！背后大人物的交易正在结成一张巨网，现在他们收网了，目标正是卫淇奥，而他却是被她亲手推下去的。

南茁蓬从掌屏中找出一段视频：“这是舜先生来看大小姐时的新闻，当时曹子建的哥哥也在选手村，舜先生就带着大小姐去拜访他了。”视频的拍摄背景是晚枫林，时间正好是抑若扬出事的第二天，当时她在外缘焦头烂额，所以对此事毫不知情。

视频中，曹子蔚和舜洵携手交谈，满面春风的曹子建和面无表情的舜华站在旁边，两个大家长说的无非是“友谊第一比赛第二”的客套话，言谈中却看似无意地透露出“两个孩子很投缘”的信息，“那天舜先生和大小姐吵了一架，我没在屋里，但他们声音很大，听上去像是为了大小姐和曹子建的婚事，大小姐后来哭了。”南茁蓬伤心地说。

鹿呦呦抿嘴一笑：“他们的声音其实并不大吧。”这种事怎么可能嚷出来给别人听。

南茁蓬不好意思地一笑：“我可能偷听了一会儿。”

鹿呦呦表面上打趣他，内里却在天人交战：舜华住在未来石，舜洵特意跑去林区就很说明问题，他和曹子蔚之间的从属关系一目了然；再者，曹子建和卫淇奥都住在晚枫林，卫淇奥的房子被炸得面目全非，曹子建的住处却安然无恙。

她想起卫淇奥说过“森曼是个机会主义者”，顿时不寒而栗：如果抗拒组织背后还有大人物呢？那么这个恐怖组织就真的是最好的暗杀工具了！

不知道这里面到底涉及多少内幕、多少阴谋、多少人……眼下能相信的只有抑若扬和叶蓁了。

她匆匆告别南茁蓬，也等不到赶回寂寥洲，就在石区找了个背人的地方联系叶蓁。

“哎呀，您总算想起地洞里的我们啦。”叶蓁逮住机会就要调侃她。

“抑若扬呢？”

“找你的！当我空气吗……”

抑若扬的声音传出来时，她感到负担被他卸去了一多半，紧绷的神经一松懈，话也说不流利了，她结结巴巴地讲明原委，他安静地听着，除了她叙事不清时简单地提问，和中间有一次轻声吩咐“叶蓁，你去查一下……”以外，其余时间一言不发。

直到她重重呼出一口气、表示讲述完毕，他才接过话头，做出了推测。

第一，舜华确实会退赛。这和舜洵属望她参赛的初衷有矛盾，说明赛区即将或正在发生什么事，而舜洵不想女儿被牵连其中，这件事几乎可以确定就是暗杀卫淇奥——说到底，还有什么时候比现在更适合下手呢，之前的爆炸和恐吓已经做好了铺垫，可以轻易将责任推给抗拒组织，而且直播还没开始，卫淇奥等于是身处与世隔绝的“孤岛”，身边只有两个敌友难辨的同伴：同在“红狐”队的舜华和周南。

第二，舜华对退赛并不知情，否则以她的性格，不可能就这么顺从地进入黑泊，而在黑泊那样的地方，想在无指引的情况下找到“红狐”，带走不配合的舜华、接近卫淇奥并实施暗杀，基本不可能。所以“红狐”里必有内奸，这个内奸很可能是周南。

第三，也是最重要的，暗杀卫淇奥不是出自私人恩怨。鉴于他的特殊身份，他的死将挑起9+当权派与抗拒组织乃至外缘的矛盾，以卫家为代表的政治豪门会将怒火宣泄在抗拒组织上，而最擅长煽动情绪的后者就能轻而易举地扩大事态。当整个外缘与内核敌对起来时，中间派的目的就达到了：当权派因为管控不力被取代，可是，充当了炮灰的外缘陆民永远都舔舐不到权力的滋味，他们信奉和拥护的只是虚假的正义，抗拒组织名为地下反抗军，实为中间势力豢养的鹰犬。权力的易手发生在倏忽之间，底层陆民还来不及反应，抗拒组织就会从反抗的先锋摇身一变，成为新的权力瓜分者。

抑若扬的分析像是在剥一个洋葱，尽管剥得片片分明、直指问题核心，奈何听者在他剥开第一片时就被呛得涕泪横流、无心思考了，满脑子都是“卫淇奥会死”的鹿呦呦，根本听不清后面的话，她只有一个念头：进黑泊，救他。

“叶蓁呢？我有话问她。”她打断了抑若扬。

“我就知道你还是更爱我！”叶蓁打了个呼哨，“你是不是想问他们会怎么下手？他们打算毒死他呀，亲爱的！抑若扬刚让我查了，舜洵有一个装载剧毒药品的车队早前被劫了，猜猜劫匪留下的线索指向谁了？”

“是抗拒组织，这是舜洵监守自盗。”她没心思陪叶蓁绕圈子，“如果直播不开启，你能根据芯片定位卫淇奥吗？”

“不能，信号是屏蔽的。不过——”叶蓁故意拖长了声音。

“什么？你快告诉我，没时间了！”他们会赶在直播开启前下手的，每过一秒，卫淇奥被暗算的可能性就大一分。

“你说喜欢我，我就告诉你。”叶蓁真可恶。

“我——”她急疯了，张张嘴，说不出口。

“就知道你会这样，你这个虚伪的女人，可曾对任何人说过真心话？包括你那个男朋友。”

“别闹了。”抑若扬冷冷地说，“现在不是闹的时候。”

“好吧。你们知不知道黑泊最早是个猎区？是9+大老爷们打猎取乐的地方，但是有一天，有个闲得没事干的老爷跳出来说：‘屠杀野生动物是不人道的！’其他老爷想想也对，于是他们就改造了黑泊，天知道花了多少钱，这钱原本能在外缘装很多组过滤器的。总之，黑泊里装上了很多气味集散皿，它们会收集环境中的气味，再有选择性地持续散放，如果猎人携带了电子鼻，就可以追踪这些气味，最后找到猎物。这就好比牵着寻血猎犬去猎狐，只不过‘狐狸’是微量的气味，而‘猎犬’是嗅觉更灵敏的机器。”

“你是说，那些集散皿还在运作？”

“没听说它们被拆除呀。所以理论上说，只要有猎物的气味样本做比对，电子鼻就能绘制出指向猎物的气味地图。”

“到哪儿能找到电子鼻？”

“我自己装过一台——请叫我天才，抑若扬去给车子加油了，我们天亮就能赶到黑泊——”

“太慢了，他们下手的话，肯定会选在今天夜里，还有别的地方能搞到电子鼻吗？”

“有倒是有，但那东西可比电子鼻难弄多了，有一种载具，步行机，你听说过吗？初代是用于林间搜救的，所以配备了大型电子鼻，那东西你见都没见过吧？我听说选手村是禁行载具的——喂，你还在吗？”

鹿呦呦挂断电话，一边联络南茁蓬，一边向石区边缘的机库飞奔而去。

第二十九章
黑　泊

鹿呦呦坐在步行机的驾驶位上，双手紧握操纵杆，对正通过联络器警告她“不准踏进黑泊一步”的抑若扬充耳不闻。

尽管南茁蓬给了她一本《载具操作手册》，但显然这本砖头一样的说明书无法在五分钟内教会她开步行机，她只好搜刮着唯一一次和林衡同乘的经验，先发动起来再说。

激活反应堆核心，推高助力系统的功率，握住两只拉杆前后一掰，原本卧伏在机库中的步行机站了起来。

她还没来得及高兴，步行机就歪倒下去，机库的门被撞掉了半边，吓得南茁蓬大喊“你还是下来吧，你会受伤的”，但她摇摇头，执着地一推拉杆，步行机立刻重新站了起来，歪歪扭扭地朝园区大门走去。

园区的信息系统好像被抗拒组织黑了，公共活动区域的屏幕一反常态，不再播放整容液广告，代之以一张血红底色的海报，上面用粗体写道“退赛或者死”，除此之外别无他物。几十面同时定格在血红色的屏幕，和匆匆撤离园区的舜家随扈，令气氛肃杀到了极致。

她顾不上细看，混在步行机队伍里离开园区大门，上了大路。天马上黑了，混进密林掩盖的黑泊应该不难，至于进去之后的事，她现在顾不上想。

步行机队伍在园区外几千米的岔路口停住，列队等待装车，鹿呦呦提前闪出了队伍，在一条死巷里藏到天黑，才蹒跚地向黑泊走去。

山路比想象中难走，她不得不再次求助叶蓁，后者和抑若扬已经向黑泊动身，两人对她自杀式行为的反应截然相反。叶蓁大加赞赏，耐心地指导她激活了鸡头稳定系统；抑若扬强烈反对：“黑泊是什么地方，你这种菜鸟在里面撑不过一小时……”鹿呦呦一抬手，静音了机载屏。

两旁的林木渐渐密集，路却越走越窄，终于消失在密林和暮瘴中。她只好照叶蓁说的，放弃肉眼导航，打开了辅助导航系统。她一边听着叶蓁的指导，一边打开了“颜战”页面上卫淇奥的频道，想赶在信号彻底消失前多找一些线索。

就在这时，她听到了一则令人惊讶的报道：卫淇奥赠分给曾良了。

就在进入黑泊无信号区的前一刻，卫淇奥对赛委会表示，要从自己的积分中提取5%赠予曾良，他的解释只有一句，“我的助理也来自5+。”

这个举动保住了曾良的性命，却让卫淇奥的排名掉出了前三，加上简若彤丑闻的影响以及抗拒组织对他的言论攻击，目前他的排名掉到了第五，仅仅排在人设尽毁的慕容成之前。

这些都不重要了。他的名次、我的命、末日边缘，都不重要。她只要他活着。

“曹子建、林衡、舜华、周南、卫淇奥……”主播在重复现阶段的排名，机载屏的信号出现干扰，马上就要进入无信号区了。

“我和抑若扬会尽快到黑泊……记得把气味样本放在……电子鼻的激活方法是……气味地图……尽量别弄死自己……”叶蓁的声音越来越模糊，最后消失在一片杂音中。

寂静。

周围没有一点声音。

暮瘴已经垂下来了，能见度只有几米。她知道这里古木参天、草树葳蕤，却什么也看不清。步行机每走几步就会撞到障碍，她不得不一次次开启舱盖，清理那些缠住机体的藤蔓，最后干脆敞着舱顶前进。

她站在驾驶舱里，一手掣着操纵杆，另一手拿着长柄扳手，准备随时拨开树枝藤蔓。她像是风暴中的船长，驾驶着船只在浅滩暗礁之间艰难绕行。

这位船长展开了她的海图。她激活了电子鼻，把立鹿雕刀和那张手写着她名字的卡片放在气味采集口，读数器很快亮了，这是一个有五格指针的细长屏幕，能显示样本相关的有机体气味，最多五种。此刻读数器显示了两条指数，比例高的以红色标志，是她的气味；比例低的以蓝色标志，应该就是卫淇奥的气味了。

有一个瞬间她很担心，万一这不是他的气味怎么办？万一是某个拿过雕刀的工匠呢？不过，当电子鼻主屏开始绘制气味地图，一条亮亮的蓝线开始在其上延展时，这种顾虑打消了。

乍看之下，气味地图就像显微镜下的毛细血管网，气味路径像血管一样有支端和末端，距离越近，路径就越粗、越清晰；反之，则越来越细，直到消失不见。这是因为电子鼻的接收半径有限，只有距离足够近，才能感应到集散皿散放的气味。所以气味地图是即时更新的，显示的不是目标的位置，而是目标走过的路径，借此将“猎人”一步步引向目标。

现在，气味地图上有两条“血管”，红色的一条从黑泊边缘延伸到她脚下，这是她自己的；蓝色的一条经过她东南几十米的位置，向黑泊深处去了，“这就是他走过的路线!”她抖擞精神，掉转机头，向东南方追去。

腹地的情况更糟。越往里走，林木越密，地面越湿黏，步行机在树与树、树与藤的间隙蹒跚向前，每当被环抱粗的树干挡住去路，它都不得不从没膝的烂泥中拔出支足，小心翼翼地寻找下一个既不会被藤缠住，也不会被泥陷住的落脚点。这非常难，所以它走得很慢，速度只有正常行进的一半。

鹿呦呦心急如焚。她已经在漆黑一团中跋涉了三小时，还是看不到蓝色“血管”的尽头，这说明她还没追上他。可是，他现在到底是停是走呢？她既希望看到“血管”的尽头，又害怕看到“血管”的尽头，如果“血管”不再流动，也许他就……她不敢想了。

此时的她早已浑身湿透，林中的浓雾在枝条上凝结，顺着叶脉淌下来，密集得像下雨一样，湿衣服裹着身体，驾驶舱里积了齐踝深的水，她冻得手脚麻痹，却不敢关闭舱盖，能见度实在太差了。步行机配备了透瘴灯，但她不敢开，叶蓁警告过她，灯光会招来“危险的东西”，至于是什么，她没来得及问，也不敢问。

四周的气味令人作呕。刚进黑泊时，空气闻起来还算正常，无非是混杂着腐殖质的泥土气息，现在却透着一股尸臭。

潮湿、恶臭、恐惧，无不让她想起原液工厂那个夜晚，她变得不敢触碰那些藤蔓，仿佛一不小心就会摸到一截人的脊索。

泥泞越来越深了，支足每次踩下去都像是拔不出来一样，她把核心功率开到了最大挡，仍旧是步履维艰。她低咒着，纳闷徒步而行的选手们是怎么在这种环境下潜行和追踪的，也只有走惯了玻璃路、住腻了水晶屋的9+老爷们才有这份闲情逸致，专门钻进这种地方找罪受。

她踮起脚，颤颤巍巍地去拽一根绊住驾驶舱的粗藤，同时分出眼神观察气味地图，惊喜地发现蓝色“血管”终于到了尽头，卫淇奥离她只有不到两千米了。

开路的右臂突然一阵剧痛，像是被什么刺穿了，她发出一声森然可怖的尖叫，本能地想拔掉胳膊上的东西，摸到的却不是预期中粗糙的树藤，缠在胳膊上的东西触感冰凉平滑，还有鳞片……它动了！借着微光，她看清了“粗藤”的真面目。

那是一条蟒蛇，它的牙嵌进了她的胳膊，比她胳膊还粗的身体正从树枝上向她的右肩盘下来，盘下来！她吓得呼吸都停了。

“不能死！现在不能死!”她拼命回想着和蛇有关的事情。

某个温暖的午后，她在白色巨塔的大落地窗前打盹时，屏幕上演的是动物节目，说到了蛇，蛇咬住以后绝不松口，紧接着会缠上来，直到把猎物缠死为止。

她立刻向后一倒，后背死死顶住步行机的内壁，不给蛇一点腾挪的空间，同时向电子鼻的气味集散口伸手，她什么都看不见，只是凭感觉乱抓，“求求你了！老天爷啊！”她狂乱地自言自语着，喉头已经痉挛得说不清话了。

她摸到了！那把雕刀被她握在了手里，她攥紧了它，举高左手，对准蛇头，死命地扎了下去！

大蛇发出嗞嗞的尖啸声，显然是痛极了，它的身体已经整个过到了她的肩上，她感到又重又麻，整条右臂怕是要废了——“你来啊！就是残废了也要弄死你！”她气喘吁吁、模糊不清发出动物一样的嘶吼，刀柄的断茬刺进了她的手心，但她早已感觉不到疼了。

大蛇又弹又跳，她被重重地甩到地上好几次，左手依然死死握住刀柄，一下一下地捅着，不知戳了多少刀，大蛇又挣扎了一会儿，终于松开了缠绕，僵成了一段死绳。

她从死绳中抽出胳膊，趴在舱体边缘呕吐不止，直到吐不出任何东西，才扶着舱缘直起身，从工具箱找了一卷线缆，用嘴咬住一端，胡乱地缠住伤口上缘，扎紧。她不知道这蛇有没有毒，如果有毒的话……她必须挨到卫淇奥身边，救了他，她才能死。

她回到驾驶位旁，握住操纵杆一拉，步行机毫无反应，又试了两回，还是没用。反应堆核心还在运转，电源也亮着，她不得不打开灯光查看舱体外部，这才发现，她和大蛇缠斗时，步行机失控栽进了沼泽，冒着泡的黑泥已经没掉了两条支足，还在缓慢下陷。

只好放弃步行机了，她从蟒蛇头上拔下雕刀，戴上头盔，抓住最粗的一根藤蔓，正准备跳出去，忽然想起了什么，赶紧扭头回来，从驾驶座下边翻出了那本《载具操作手册》。

她必须把电子鼻拆下来。天知道这东西有多沉，但她必须带着气味地图。

幸好这种轻型载具的设备都是即插即用，电源也彼此独立，不费太多工夫就能拆卸，但她的右手不听使唤，咬着牙摆弄了十分钟，还是有一个卡扣打不开。她心一横，抬起右脚向下一磕，把卡扣生生踹断了。她把一条线缆在胸前绕了几圈，像挎枪一样，把半米见方的电子鼻背在身上，然后挽住一根藤蔓，朝最近的一棵树干爬去。

在齐腰深的泥水里跋涉了一小时，她终于来到了气味标的——目的地——就站在蓝色“血管”的末端上，可是四周静悄悄的，没有人，也没有光。她茫然地看着周围，小声喊道：“卫淇奥！卫先生！”

没有回应。

她离开步行机时，天已开始下雨，此刻更是电闪雷鸣，闪电投射在暮瘴中，显得鬼影幢幢，恐怖极了，她在转瞬即逝的闪光中搜寻他的身影，一无所获，大雨浇得她睁不开眼，她觉得自己在哭。

他一定是死了，尸体就在脚下这片肮脏恶臭的水塘里。她不能就这么走掉，一定要找到他，哪怕是……她屏住呼吸，猫下腰，在水里睁开了眼睛。头灯的微光聊胜于无，勉强照亮了周围一圈，她伸长手脚探摸了几下，突然脚下一滑，摔进了塘底的烂泥。

那泥沼中仿佛有个漩涡吸住了她，任凭怎么挣扎都无济于事，她越陷越深，眼看已经窒息了，“永别了……对不起……”她停止了挣扎，双臂下垂，两腿不再踢腾，任水流泥浆吞没自己。

料想中的痛苦和昏迷都没有。在放弃的一瞬间，她加速下沉，感到自己被吸进了一个水流湍急的孔洞，还没看清楚是怎么回事，她又坠入了空气，周围没有水了，她倒抽一口气，贪婪地呼吸着，可这口气还没换完，她就再次坠入了水中，她呛了好几口水，双脚踢腾，却够不到底，双手乱划，却仍在下沉，身上背着的装备成了害人的累赘，她已经没力气了……

有人向她游了过来，揪住她背包上的挎带，把她托出了水面，带着她向后游，上了岸，喊她的名字，她呛出几口水，睁开了眼，发现救她的人正是卫淇奥，他抱着她，一脸焦急，湿淋淋的衣服下，肌肉因为用力而绷紧，箍疼了她，她伤口的剧痛也回来了。

“我知道是你，我闻到了你的味道。”她哭起来，“我以为再也见不到你了……我以为再也见不到你了！你要小心周南，他受人指使，直播开始之前，他要杀了你。”

昏过去之前，她看了一眼这个地方，这里像是个地下溶洞，原来她从地陷漏了下来，掉进了地下湖。“怪不得叫黑泊……怪不得我找不到你……原来我一直在你上面。”她喃喃着，失去了意识。

第三十章
红　字

鹿呦呦不知自己昏睡了多久。半梦半醒之间，她总是看到庄姜，庄姜对她说话，用温水滋润她的嘴唇，为她清洗伤口，即使是夜里她也在，灯一直点着，不时为她试体温的手干燥而柔软。鹿呦呦想说话，想问问卫淇奥的情况，可不论怎么努力，她也醒不过来。

这是因为她失血过多、体温又长时间过低，她终于醒过来时，距离黑泊那一夜已经过去了六天。

她感到温暖舒适，先是闻到一阵沁甜的香味，这是庄姜种下的铃兰，在她和晏落桑的宅邸里，每个窗外都有这种颔首吐芳的白色花苞。她看到半掩的玉色窗幔，微风掀动了白色的窗纱，房里安静极了，卫淇奥靠在床头看书，她的一只手被他握着。

她一时忘了伤口，想起来好好看看他，翻身牵动了伤口，立刻疼得叫出了声，他连忙扔下书扶住她："你醒了！别乱动，伤口会裂开的。"他察看着她的伤口，"真的渗血了，我去叫庄姜。"他走了几步，又回过头看她，眼里满是温柔："我马上回来。"

他果然很快回来了，带回了一屋子人，医务官、护理师、庄姜、晏落桑、蔓姨，人们围住她，照料她的伤口，问她想吃什么，感慨她的死里逃生，述说情势多么凶险、他们多么担心……最激动的是庄姜，坐在她身边抹起了泪："你被送来的头三天，半边身子都是青的，呼吸那么微弱，我总是忍不住试你的鼻息，担心你死了。卫淇奥一结束比赛就直接来看你了，他想接你去9+，但你的身体状况不宜搬动，他索性住下来了。"

庄姜的肚子又圆了些，鹿呦呦觉得她现在最漂亮，整个人都发着光，她这么告诉庄姜，又感谢她带着身孕照看自己，庄姜反而哭得厉害了："你看看你现在，这么苍白，你这样让我担心死了，要是你有什么事，我可怎么办……晏落桑，你别笑我了，我这是荷尔蒙闹的……"

鹿呦呦的视线越过他们，找到了卫淇奥，他被挡在外面，离她最远，两人的目光相接，他冲她一笑。

只有晏落桑察觉到了他们的互动，他上前扶起妻子："咱们都待得太久了，走吧，让他俩好好聊聊。”他看着鹿呦呦，笑着说，“谢天谢地，你终于醒了，我终于能把老婆要回去了。”

房间回归了宁静，鹿呦呦向卫淇奥伸出手，感到自己快乐得胸闷。

“那本书，讲的什么?”她问。

“嗯?”他把她揽进怀里，让她枕着他的肩膀。

“你刚才看的书。”

“那个啊。讲了一个女人，在民风不允许的情况下和一个牧师恋爱了，还生下了一个孩子。不论人们怎么侮辱她、恐吓她，她都没有说出孩子的父亲是谁。她的胸前被挂上了象征罪孽的红字，她坚强地活着，直到女儿健康幸福美丽地长大，直到红字变成了她的荣耀。呦呦?”

“嗯?”她眯起了眼睛。他的指头在绕弄她短短的卷发，她很享受这种抚摸。

“你怎么不问问比赛结果?”

“不重要了。你在这儿，你还活着，就够了。”

“咱们赢了。”他亲了亲她的手心，翻过来，又亲了一下，“投票还没结束，但咱们的排名已经上升到第一了。”

“可舜华没退赛吗?还是你竟然坚持和周南一起完成了比赛?”

“不是这样的，尽管舜华不愿意，舜洵以她参赛代理人的身份宣布了退赛，她也没有办法，她是和你前后脚离开黑泊的。

“至于周南，他在我的面罩上动了手脚，装了释放毒素的延时装置，多亏你及时提醒我，否则比赛就是我的死亡直播了。周南很狡猾，先迷晕了舜华，再假意留下照顾她，让我先去跑任务，这样一来，即便我出了事，他也好脱身。我索性将计就计，你来之后不久直播就启动了，我对悬浮摄像头展示了被破坏的面罩滤芯，声明装备被蓄意破坏，请赛委会立刻介入，以防其他选手遭遇不测，我料定他们会很重视，毕竟抗拒组织闹得很厉害。

“赛委会果然动作迅速，很快派生化小组进入了黑泊。因为追逐赛是双盲的，选手不知道对手的动向，更不知道外界的消息，所以生化小组靠近周南时他什么都不知道，他一直忙着护送昏睡的舜华离开，还没顾上处理灌毒的工具，更关键的是，生化组排查设备时，验出他曾经暴露在微量的毒素环境中，他无法解释这两点，被当场羁押，当天就取消了参赛资格。”

“那你们队岂不就剩你一个了?”鹿呦呦听得心惊肉跳，只差一步，只差一步啊。

“并没有规定禁止单个选手比赛啊。”

“所以你是一个人完成的比赛?”她不敢置信。黑泊的混乱险恶她可是见识过了，“你一个人，还赢了？”

“你好像很怀疑我，我不是你想的那么……”他皱着眉，在想措辞，“文弱书生，我上学时一直是越野赛跑的队长。如果没做文字工作，我应该是个猎人吧。”

“你，猎人？”她一阵好笑。她突然想起了抑若扬，他和叶蓁一定很着急，得找机会联系他们，但是看情形，卫淇奥一定会一直守着她的。

“怎么，9+就不能当猎人吗？”他打断了她偷偷摸摸的想法。

“如果可以，你也是内核第一人，9+大老爷们才不屑于做这些‘下贱’差事呢。”她丝毫没意识到自己被叶蓁同化了，自打听她用了“大老爷”这个词，她就学了起来，用得还挺顺口呢。

他一笑，没理会她的奚落：“这次赢得这么容易，还有一个原因，‘寻血犬’那边也出了事。直播启动之前，他们在黑泊外围遭遇了山洪，曹子建被卷走了，他是‘寻血犬’的主力，是他们队里和我旗鼓相当的那个，不过他一直没呼救，要知道，呼叫器和生命体征联结——”

“只有死亡和失去意识才会发出求救信号。”她接着说道，“所以他还活着，也没弃赛。”

“看来某人做了功课嘛。”他赞赏道，“但曹子建始终没赶上进度，林衡和慕容成不得不先走，这也导致他俩被指责放弃队友，分数受到了很大影响。”

“那曹子建呢？”

“他拉伤了膝盖，用藤条缠了个临时拐杖，一直坚持着没弃赛——他确实是个强大的对手。不过他没追上我，我先一步交还了任务物品。你知道这届的任务物品是什么吗？”

他从床底拿出背包，从中掏出一个三十厘米长的金属胶囊，抓住两边一扭，一阵水汽散去之后，露出一截透明的容器，内容物通体剔透，闪着幽幽蓝光，其上丝丝缕缕的结晶花纹，使得每个切面都呈现出不同的色彩，真是美呆了。

“这是蓝冰，是从地下湖采的，就是你掉下来的那个地方，我采了两块，一块交任务，一块送给你。”他找出照片，只见那是一处天然溶洞，洞顶垂挂着石钟，和耸立的石笋在空中交接、相望，洞壁含有荧光物质，散放着星星点点的蓝光，在巨大空旷、仿若星海的穹顶之下，是一面银光粼粼的静湖。

“真是个让人神往的地方，可惜我昏过去了。”

卫淇奥笑着说：“你难得这么像少女。不过相信我，当时绝对没有你想象的那么浪漫，你突然从天上掉下来，把我吓得不轻，而且湖水非常冷，我救你上岸时，你已经体温过低了。我生了火，一边抱着你一边后怕，那时我刚采了冰上岸，如果晚几分钟上来，见到的可能就是你的尸体了。”他的眼中满是担忧，半晌才回过神，“你是怎么找到我的呢？”

她讲了选手村到黑泊的经历，尽管略去了很多惊险的部分，他的神色还是从饶有兴味转为忧心忡忡，最后变成了内疚。

讲到缠斗蟒蛇时，她惊呼一声，连忙在身上翻找，可衣服早已换过，哪里还有立鹿雕刀的影子？

他找出那把断了刀柄的雕刀，放到她手上："你是在找这个吧？我救你上来时，你还握着它。"他不好意思地笑了笑，"你是怎么找到它的？"

"窗根捡的，我想人家大概不要了，你看这把都摔坏了。"

"这是一套，你怎么偏偏带了把坏的在身上。"

"就因为坏了才格外珍惜，这把刀救了我的命呢。"她看着那头断了角的鹿。

他握住了她的手："对不起，我不该不告而别的。"

"别这么说，在我心里你从来没走过。林衡告诉我你去黑泊时，我就知道咱俩没事的，否则你不会继续比赛，你都是为了我才比赛的。"

按正常桥段发展，接下来是表白时间，不过鹿呦呦突然打了个冷战，一种熟悉的刺痒感击中了她，这是叶蓁植入的微芯片在释放电流，她已经不止一次被这么唤醒了。

卫淇奥注意到了她心神不宁的样子，便借故离开了房间："之前是我不好，我总是享受你陪伴我的善意，忘了你也一样需要空间。"

叶蓁的号码接通了，是抑若扬接的，他一上来就问候了她的身体状况，也没责备她擅自行动，她没想到他会这么亲切友善，一时间竟不知说什么好，两人沉默了，连线里只有尴尬的风声。

幸好叶蓁有抢电话的习惯，她突然出现，没头没脑地说："之前没完没了地让我唤醒她，这会儿醒了吧，又不说话了！我们赶到黑泊时，正好碰见你被运出来，之后我们就一直等一直等，你知不知道周南一个人顶了罪？他不是当英雄，他是不敢说实话。我92%地确定这事的背后是曹子建，95%地确定背后的背后是曹子蔚，就算周南是个大明星又怎样，还不是资本的奴隶、他人的傀儡，这下好了，他不只是办事不力，还被抓了现行，这可不是取消排名那么简单，我99%地确定他要被灭口了，你不问问抑若扬的伤怎么样吗，我可是尽心尽力在照顾他呢，但他真的被你气到抓狂……"

鹿呦呦早习惯了她的胡言乱语，胡乱搪塞了几句。

收线前，她特意拜托叶蓁查一下"棠棣"这个名字，不知怎的，住在晏落桑这里，加深了她的不安：棠棣背后到底藏了怎样一个故事呢？

他们返回选手村途中，卫淇奥提到一件奇怪的事：实施急救时，他割开了鹿呦呦的防护服，发现她面罩里的滤芯没用过；不仅如此，医务官从她的伤口里取出了小半截断掉的毒牙，证实属于黑泊的一种蟒蛇，这种蛇是少数不怕暮瘴的生物之一，本身具有剧毒，那么她是怎么在被咬伤之后活下来的呢?

第三十一章
舆论战

随着追逐战落下帷幕，“颜值战争”正式进入尾声，像海水一般覆盖虚陆近两个月的水红色终于要退潮了。

不过，这场全民狂欢绝不会默默无闻地退场，“颜战”和它的创造者——那些美丽高贵的内核动物——一样自带戏精体质，进场时一定要万众瞩目，退场自然也得搞出大动作。

“颜战”最后的投票阶段往往最为精彩，冠军候选人忙于巡回亮相、密集受访，陆民们则捏紧手中的选票，不看到最劲爆的料绝不撒手。

赛委会变本加厉，给出了一条充满恶意的附加规则：在提交最终结果之前，每个受众都有三次修改的机会，但每次投票都会显示在大数据统计中。

最后一刻到来之前，谁也不知道赢家是谁，看客们被猛料、表演、流言、蜚语裹挟，迷失在数据骤升骤降的刺激中，他们就是舆论本身，同时也被舆论所摆布。

这届“颜战”没让他们失望，追逐战中触底反弹、战后却消失一周的卫冕冠军卫淇奥高调回归选手村的第二天，大戏就开锣了。

为了最大化终极环节的可看性，让竞争尽可能地白热化，追逐战尽管残酷，却不是淘汰制，参与追逐的选手都有资格进入终极投票。

不过这届比赛有些特殊，由于舜华退赛，周南被取消资格，最终参与竞争的只有卫淇奥、得分紧随其后的曹子建、林衡和慕容成四位，后两位选手由于抛弃队友，得分大幅度落后，投票数据也不理想，所以冠军争夺就被提前锁定在卫淇奥和曹子建之间，这两人的竞争从比赛初期就吸引了最多的点击率，如今的决战更是万众瞩目，从内核到外缘大大小小的屏幕上，到处都是两人的身影。

卫淇奥一如既往地风流蕴藉，在节目上侃侃而谈出口成章，但这种完美无缺的形象多少会造成审美疲劳，一部分受众自然会换台去看曹子建，后者一反常态，出现在公众眼中的他显得很疲惫，长达七十二小时的艰苦跋涉带来的伤痛，经过赛后近一周的调养将息，似乎毫无起色，他的左脸颊红肿，夹着擦伤的血痕，打着石膏的左腿不能落地，尽管如此，他仍然坚决不坐载具，拒绝助理的搀扶，倔强地拄着双拐，往来于各个通告现场。他在晚枫林萧瑟的秋风中艰难地拾级而上（是的，行动不便的他坚持不搬到更便捷的区域，声称是怕增添选手村工作人员的困扰），倚着双拐在7+的区域大厅外为粉丝签名，为了不影响他担纲主播的节目录制，不厌其烦地往返于选手村和衡准中心的媒体大厅……当这些镜头被反复播出，女性受众手里的第一批投票就被成功套取了，一个虽败犹荣、锲而不舍的“末路英雄半世情”的形象已经树立起来。

真正威胁到卫淇奥的还不是这些。就在他的计票超过曹子建5%的次日，有人上传了一段音频。

这是一段情话的录音，录音中的男女语带狎昵，即使没有喘息和呻吟声，也很难不让人浮想联翩：女方青涩害羞：“不是说好比赛期间要小心的？哎呀别碰我。”而男方循循善诱：“我不是一直对你很小心吗？”

“还是不要了，给我被子。”

“被子归你，你归我。”

“……”

尽管语气和公开亮相时有一些不同，还是不难听出录音中的男人是卫淇奥，网民们开始热火朝天地探讨录音中女方的身份，鉴于卫淇奥的私生活一向神秘，多数猜测只停留在捕风捉影的程度。

很快，有人扒出了一段视频，画面中是某个女孩在打电话，通话内容稀松平常，不过是在联系“卫先生上通告的服装”，但她的嗓音，咬字的方式，分明就是那段香艳录音里的女方。

而且，这个神秘女孩的长相并不符合虚陆的审美，她不是双眼皮大眼睛，没有高挺的鼻梁，不是锥子下巴，她是单眼皮，心形脸，眼距开开的，小小的鼻头像造物主随意捏了一下，没化妆，素着一张脸，一头自来卷的短发乱糟糟。

讨论区炸了锅，男网民奚落卫淇奥“重口味”：“长成这样，居然下得去手。”他们叫她“通告”，这个外号来自视频里那句“卫先生上通告”，充满了色情的恶意。女网友愤愤不平，因为她们的“老公”居然“没品位到了令人发指的程度”。

“通告”姑娘的身份很快被扒了出来：鹿呦呦，卫淇奥的私人助理，“不知是从外缘哪个垃圾堆捡出来的”。

立即就有舜华的粉丝爆料：“卫淇奥一直秘密地和大小姐谈恋爱”“大小姐一直想公开恋情，但卫淇奥不准”“这丝毫不影响他睡助理”。

又有林衡的粉丝爆料："有人看到天后和卫淇奥在录音棚后门吵得很厉害，是比赛第三环节时候的事""据说他一边睡助理还一边撩天后，简直四处留情嘛""他让林衡每天去晚枫林他的住处，说是教写东西，天知道是不是教到床上去了""事后他反悔了嘛，所以大吵一架，闹得没法收场""天后肯定没小助理那么好打发喽"。

更别提卫淇奥和简若彤那档子烂事了，本来就没能给出令人满意的解释，这下更成为斑斑劣迹中的一桩"铁证"。

其实这些也不是大事，毕竟内核陆民消费玩物赏很常见；但卫淇奥一向以"外缘代言人"和"女权主播"的形象示人，这种出轨睡助理的丑闻让他完美的人设瞬间崩塌，背上了"渣男""伪君子"和"卑鄙小人"的骂名。

香艳音频上传十小时，卫淇奥的排名就被曹子建反超，他的计票持续下跌，直到落后曹子建8%，排名甚至降到了林衡的后面——而且林衡根本没有拉票，从终极投票开始她就拒绝一切通告和宣传，原因未知。

包括林衡在内，当事人一概噤声，不论是卫淇奥、"通告"姑娘，还是从退赛就没再公开亮相的舜华，而丑闻最大的受益人曹子建，也拒绝评论此事。

倒是被淘汰之后销声匿迹的曾良，突然接受了采访，公开表示对卫淇奥赠分的感谢："卫先生不仅救了我，还救了我母亲，我从选手村回家后，才知道卫先生资助了我母亲的外观重塑。因为卫先生，我们母子俩才能继续相依为命，我一直没机会当面感谢卫先生，他捐分给我后就立刻进黑泊了，追逐赛结束后我也联系不上他，所以我只能用这种方式表达对他的感激。我不相信他会做网上传的那些事，因为侮辱别人是他最鄙视的事，但是他太骄傲了，他不仅不屑于做那些事，也不屑于做出解释。"

曾良受访时尽量保持客观中立的立场（至少他力图让其看上去如此），但接阵的简若彤显然懒得掩饰，从揭发丑闻起就没消停过的她，摇身一变成了女权斗士，有这个光环加持，说什么都正气十足、不留余地。她发起了名为"回答我"的社会活动，呼吁女性重新认识自己，在一句"请回答我，我在你眼中是什么"的口号下，谴责物化女性的思潮。

简若彤在一次女权集会上指责卫淇奥"就是那种心理医生谈之色变的PUA"，即pick-up artist，"搭讪艺术家"。

PUA是男人中最危险的败类，他们把猎艳视为使命和比赛，爱情对他们来说，不过是达到目标的手段和工具。他们的目标包括但不止步于上床，而是从肉体到精神上俘获和控制女性，最高明的PUA能让女性彻底丧失精神独立和自由，他们对付女性有一套隐藏极深、段位极高的套路，甜言蜜语之下，覆盖着洗脑和深度控制的陷阱，一重深似一重。一旦被PUA下手，再聪明独立的姑娘也爬不出他们盘根错节、步步为营的圈套。

PUA在线上有众多虚拟社区，男人们在这里攀比猎艳的成绩，在那些最肮脏、阴暗的沟渠中，他们比的不仅是猎艳的数量，更包括猎物的质量，那些可怜姑娘的照片（其中不乏裸照）被大量上传，她们的容貌、身材、经历、出身、性格，她们最不堪、最私隐的秘密统统成为谈资，被拿出来品评估价。对猎物的操纵也被当作炫耀的资本，让姑娘跟自己回家、对自己倾心只是新手成就，真正的大师能让猎物自残、自戕、神志错乱。

女性在他们眼中是物品，是集邮的对象。

由于PUA把猎艳重点放在那些背景显赫、家教严格的姑娘身上，所以尽管PUA行事低调隐匿，他们在内核却早已声名狼藉，一些家里有女儿的政客巨贾恨不得将这个群体连根拔起、除之而后快。

简若彤出手的时机和营销热点的眼光让人佩服：当你提取公众人物形象中的负面因素，将其注射进真实存在的丑闻和邪恶群体中，你就造就了一次“新闻劫持”，一旦劫持成立，人们就不再关注这个公众人物的合法权利，而TA的恶就是毋庸置疑，真相不再重要，舆论只看得到自己愿意看到的。

这些，显然不是一个从小到大只会打扮、一心想着出名的“罐头人”能谋划出的。不管简若彤背后的高人是谁，这一回合的痛点找得稳、准、狠，迅即出手，把卫淇奥拖进了PUA的烂泥塘，再由简若彤现身说法，绘声绘色地描述卫淇奥诱惑她时的言行：“他告诉我舜华太任性了，他实在受不了她的大小姐脾气，他就喜欢女孩子乖一点——他就喜欢我。他说我给了他舜华从没给过的感觉，我被他说蒙了，后来才知道，他对我甜言蜜语的同时，还和他的5+助理有瓜葛。现在我想明白了，他的甜言蜜语都是套路，他让我觉得自己是独一无二的，但他所用的方式却是贬低别的女性，他把两个女性放在价值天平上比较，这不是物化我们是什么？”

“回答我”一石激起了千层浪，不少PUA的猎艳社区被关停，而卫淇奥的票数，刚刚因为曾良的一席采访有了些微上扬，立刻降了回去。

终极票选持续一周，卫淇奥和曹子建的计票差距已经扩大到11%，就在这时，“颜战”官网上舜华的页面，在沉寂两周后突然更新了一则视频。

视频是自拍的视角，背景是个云衣橱，有粉丝从页面展示的几条晚礼裙看出这是舜华的私人云衣橱，借此推测她是在自己的闺房里，这是她私人住宅的首次曝光，因此视频一上传就吸引了大量点击。

视频中的舜华一反常态，没有盛装打扮，粉黛未施的她穿着一件灰色连帽衫，拿着一张准备好的讲稿，情绪平静地澄清了她和卫淇奥的关系并不是网传的那样："我妈妈和卫先生的母亲是少女时代的好朋友，我们从小就认识，仅此而已。卫先生从未对我表示过超出友情的行为举止，我本人和他的交往也是发乎情止乎礼，这一切皆因卫先生和我家里的理念存在不可调和的冲突，我们双方早就此达成了共识。

"卫先生一向致力于平权运动，视外缘陆民的福祉为己任，我衷心祝愿他能在这条正义却艰辛的路上走得更远。

"我是坚定的女权主义者，同时也倡议女权运动的理性与睿智，任何指责控诉都要有真凭实据支撑，而不是根据某些个人的单方面言论就妄下断语。对任何歪曲事实、诋毁个人名誉的言论，我保留追究责任的权利。"

她把手里的讲稿翻转，向镜头展示文稿下方的法律信戳，以证实这番言论的可信度和权威性。

而后舜华表情一凛，换下了官事官办的平板语调，恢复了大小姐的跋扈："我不管你们都是谁，是一把年纪了还住在父母地下室上黄网的废物，还是包养了一群玩物赏依旧不满足、整天打女部下主意的老流氓，还是硬盘里塞满毛片、发的评论不是'操'就是'干'，现实里对着姑娘却连一个屁都放不出的孬包，我才要请你们'回答我'，我们在你眼中是什么？你们只会躲在键盘后面乱喷，其实你们才是物化女性，你们全家都物化女性！

"我也请各位动脑子想想，我舜华是什么人，我像是那种为了个男的连自尊都不要的女人？你们想跟风看戏被愚弄给人当枪使我管不着，请不要拉上我，谢谢。"

说完，她伸手摁倒了镜头，画面顿时一片黑暗。

视频是晚高峰时上传的，到午夜前夕点击量已过百万。尽管文件很快被"颜战"官网以"选手退赛没资格使用官方媒体资源"为由删除，但此前已被一些有才的博主剪辑成若干片段疯狂转发，这些段子被冠以"舜华闺房首次曝光""大小姐怒怼男权""舜华为青梅竹马出头"等夺人眼球的标题，引得围观者蜂拥而至，招致谩骂的同时也带来了泄洪般的流量，开赛以来，"颜值战争"首次跌出热搜榜前三，屈居第四，排在它前面的搜索关键词分别是"舜华""卫淇奥"和"舜华和卫淇奥是什么关系"。

有当事人的力挺，卫淇奥的票数扶摇直上，与曹子建的差距缩小到6%。

简若彤团队的应对来势汹汹却甚无新意，舜华的视频曝光之后，线上很快多了一大批针对卫淇奥的图片和视频，有他撩拨不同姑娘的聊天记录截图，也有和简若彤一样现身说法的“受害者”，但截图可以伪造，受害者们也没能提供实锤的证据。

为避免“操纵投票”的指责，作为赛委会上级机构的衡准中心不允许官方媒体发表任何评论，但这不影响陆民从其他途径获取言论指针。那些平时靠倒卖名人消息为生的博主在“颜战”期间格外活跃，其中有一位因准确预测赛况而迅速蹿红的“腥Z”，对卫淇奥事件的评论得到了高赞：

“人人都想求锤得锤，偏偏照片、视频、录音一样都没有。我替你们扒拉了一下网络上的东西，发现靠谱的十分有限，到现在为止，就只有卫淇奥和‘通告’女的那段录音，还有一些赛场和选手村周边的监控截图，能看清脸的不多，我都贴上来，有漏掉的欢迎补充（以下贴出海量图片）。

“可以看出，身体语言上和卫淇奥有暧昧互动的，就是‘通告’女，而且基本能确定两人是上过床的，因为上过床的人之间会有一些特定的小动作，这个相信你们也不难看出来。

“那么问题来了：所有录音、照片仅仅指向‘通告’女一个人，所以我们在吵什么？第一个，说卫淇奥在和舜华在一起的同时出轨，这个已经被后者否了；第二个，说卫淇奥骚扰了简若彤，这个事太久以至于都成炒冷饭了，男方一直沉默，女方倒是很勇敢，只不过没实锤，都说捉奸成双，谁捉到了？第三个，说卫淇奥撩了林衡，这就得等林衡表态了，不过以天后的人设，她未必接这个话茬儿；第四个，说卫淇奥借上下级关系倾轧助理，这个事情确实不光彩，但也得看‘通告’女怎么说。目前四个有名有姓的女主角，两个说话了，还有两个没说话，林衡不大可能，剩下的就只有‘通告’女，你们有谁能找着她吗？哦，她叫鹿呦呦。”

于是第二轮人肉搜索浩浩荡荡地开始了，但结果并不比第一轮好多少，陆民们惊奇地发现，鹿呦呦的资料少得可怜：她的衡准评分只有5.0，从小生活在外缘最穷的区域，曾经在5+交6+的圈层打工，之后的通勤权限突然提升，可以进出9+闸口、准入白色巨塔——仅此而已，资料不全固然是因为5+人口信息管理落后，但网络上也找不到什么信息，她似乎从不更新个人主页，也不上传照片，不是有人替她清理了所有信息，就是她是个只活在线下的古董。前者不大可能，一旦上传了信息到网络，就不可能彻底消失，所以从可实施性来看，后一种可能性更大。

确实如“腥Z”所言，直到当事人发声，事态才有所进展，但“腥Z”只说对了一半：发声的不是那个被疯狂搜索追逐的鹿呦呦，而是因为前者被人们暂时抛诸脑后的简若彤。

简若彤最近一次公开亮相是三天以前，如此长时间的消失对她来说很不正常，所以，当哭花了妆的她出现在视频里时，不明就里的观众还以为她又要编排什么大戏了。等他们注意到她身上的导线，和她身后那个蒙面黑衣人，才意识到事情没那么简单：这是一场正在直播的私刑审讯。

蒙面者很沉默，仅仅在简若彤叙述不清时才命令她“重复一遍”，经过处理的声音听不出性别和年龄，蒙面者手中那拇指粗细的手柄似乎是被刑讯者恐惧的来源，只要她试图隐瞒事实，那个手柄就有意无意地进入她的视线，她便立刻瑟缩着老实交代了。

于是谈话的方向渐渐明朗。

“我叫简若彤，来自7+，我爸叫简狄，曾经在6+和7+开了好几家店，都是夜游场所，我就是在那儿认识曹子建的。”

蒙面者用一根金属甩棍捅了捅她，递给她一部屏幕，她立刻接过去摁了几下，翻转过来对镜头展示：“这是我和他的照片，是我趁他不注意偷拍的，都存在我的秘密空间里，没给人看过。曹子建答应过我，要带我进入9+，我怕他反悔，所以存了这些备用。”

照片大多是两个人日常相处的记录，有几张两人都躺着，是自拍的角度，曹子建闭着眼躺在简若彤身后，应该是睡着了，这几张被她缩小放在底下。

蒙面者没计较她这一点心机，点头示意继续。

“原本我过得很幸福，我还有一个姐姐，我唯一的烦恼就是担心她嫁得比我好。没想到年初我爸爸店里出了事，爸爸被抓了，家里的状况一天不如一天——”

“老实点，别耍滑。”蒙面者突然打断她，经过变声器的嗓音不像人声，冷冰冰的，像机器。

她忌惮地看了那个手柄一眼，细声细气地说：“他是因为偷拍客人被抓的。后来有人告诉我，下套害他的是卫淇奥，我就很恨他，我们家本来好好的，被他害得店也关了，妈妈没钱做外观维护，现在人不像人鬼不像鬼，精神也不正常了……”

“谁告诉你的?”

“什么?”她显得不太明白。

“谁告诉你是卫淇奥害你们的?”

她迟疑了。

甩棍狠狠地敲在桌面上，离她白皙细腻的手指只有半寸，她抱着头尖叫着：“我说，我说！是曹子建……我只是想为我爸报仇，卫淇奥用卑鄙的手段黑了我们家，自己却早就想好了全身而退的办法，出事以后我们查了店里的监控，发现他根本从来没在店里出现过（其实是改变了外观），他这个无耻小人——”

“因果反了，自己作恶造成悲剧，却迁怒别人。曹子建怎么知道的?”

她沉默了，嘴巴抿成一条绷紧的线，拒绝看那个手柄，这是她第一次胆敢表现出不配合。

“答案很明显，你不敢说的原因也是。”蒙面者手中的甩棍敲着桌面，一下，再一下，“事到如今，你维护的人已经救不了你了，唯一能救你的只有你自己。”

“是曹子蔚，我爸出事后，衡准中心收缴了店里的硬盘，但这件事始终没曝光，那些硬盘一定是被曹子蔚处理掉了，我见过爸爸一次，他说硬盘里有曹子蔚和女人的视频，曹子蔚担心事情败露，私下审问了店里的员工，有个跑掉的舞娘被他抓了回来，总之他查了可能知情的人，最后牵出了卫淇奥。”

“你又是怎么知道的？”

“我有一段时间和曹子建走得很近，他们兄弟俩都是店里的常客，我爸出事后，我就找到了他，求他帮忙——”

“他可不像‘求’得动的人。”手柄又晃了晃。

“我看出他在疏远我，我就威胁了他。”

“拿什么威胁？凭几张床照？”

“不是的！”简若彤似乎气不过被当成自作聪明的蠢女人，她愤恨地直着脖子，咬牙说，“我有曹子蔚丑闻的证据，他强奸了一个女孩。我还记得那天下着暴雨，我爸店里的车库全封闭了，曹子蔚带着那女的去了车库，他以为没人，可我当时喝多了正好路过，听见她叫得特惨，我全给录下来了，那女的不是玩物赏，来自7+，据说还没成年，所以是个大丑闻。录像被我存在加密的存储器里，存储器只接受两组密码，一组密码会销毁录像，一组密码会立刻把录像发给媒体。每周我会重新加密一次，否则存储器也会立刻把录像发给媒体。这是我在曹家兄弟那儿的护身符，谁也没法确保危机时刻我说出的是哪套密码，就如同我不保证刚才的话是真还是假一样，所以——啊啊啊啊啊啊啊啊！”她略带得意的话语突然变成了最凄厉的尖叫，脸也扭曲成可怖的模样——她的手骨被那根甩棍打断了，她谩骂着、诅咒着，蒙面者却毫不理会：“继续说，你和他们谈了什么条件。”

她疼得死去活来，嘴里冒出最恶毒的咒骂。

蒙面者抓起另一只没断的手放上桌，用箍环压好。

她的咒骂立刻停了，有气无力地说：“我配合他们搞倒卫淇奥……卫淇奥不是一般人，必须从长计议……曹子建给了我一笔钱，让我能维持外观……他答应和我结婚，带我进9+……”剧痛之下，她的话几乎不成句了。

“你真蠢。”

“我又怎么会，不知道呢。”这个脸色惨白的女人说，“我为了他引火上身，我撕烂衣服，在人前演戏，说我被强奸，现在全世界都觉得我是个为了上位不择手段的疯子……我为他做了这么多，他怎么对我的？他和舜洵的女儿搞在了一起！我的心早寒了，我早就不指望和他怎样了，我只想为家人做点事情……”

“省省吧。”蒙面者得到了想要的口供，冷冷地打断了她，“曹子建给你的钱，你给过你妈吗?！她的脸怕是早烂透了。”

简若彤哑口无言，直播中断了，画面定格于她的面部特写，那张精心维护的美丽脸庞上，除了怨恨不甘，只剩下空虚。

接连不断的猛料带给围观者的快感是如此强烈，以至于真相如何都显得不重要了。整个虚陆深陷在巨大的水红色漩涡中，在汹涌的波涛中飞速旋转、上下翻腾，散发着闲话是非、幸灾乐祸的腥气。

而这场战争的终结，仿佛并非止于“轰”的一声，而是止于“嘘”的一声。

招供直播结束十小时后，简若彤出现在7+外缘的一处墓地，昏迷未醒，断手的骨茬已经开始愈合，由于接合得不好，医务官不得不实施了打断重接。

简若彤说不出蒙面者的任何线索。她被绑架之后的三天一直被注射精神控制的药物，无法指认地点。

那片墓地也没能提供太多线索，只有一点值得注意：简若彤被发现时，是躺在一片数码公墓上的。

在虚陆，陆民的尸体归衡准中心公有，人死后不得埋葬或焚毁，而是由中心回收，进入蛋白原液制造网络，这就是所谓的“有机体循环”。

葬礼还是会有的，只不过埋葬的是芯片。记录着死者生前重大事件的芯片，被嵌入特殊的存储壁，既可以接入读取，也可以远程登录读取，所以，埋葬他们的地方与其说是墓地，不如说是鬼服①，徜徉其中，会让人产生非常诡异的感觉，因为服务器中的玩家都已销号，你看到的，不过是他们存在过的痕迹。

还有一部分人连痕迹都无法留下。陆民只有通过十八岁的首次衡准，芯片才会激活，开始存储信息，十八岁之前死亡的陆民由于未激活芯片，死后仅能留下一组数字。

① 鬼服，网游中活跃玩家极少的服务器。

这些数字被每一百组编成一个区块，密密麻麻地镌刻在甬路、地面和墙壁上，这些没有芯片、只有数字的地方，被称为数码公墓。

数码公墓里的每组数字，都代表了一个早夭的灵魂，他们心碎的父母无从缅怀自己可怜的孩子，只能念着那串数字度过垂泪的长夜。

收割者怀疑蒙面者和数码公墓里的某个死者有关，选择数码公墓弃置简若彤其实是一种宣言，但她被弃置的地方至少覆盖了三百组数字，调查如同大海捞针。看来蒙面者的身份只能和那个只见其文未见其人的“腥Z”一样，成为互联网的众多悬案之一了。

公众是极度健忘的，他们像每天要吐两次食团的猫头鹰一样，吐出那些无法消化的陈旧八卦，迫不及待地飞扑下一只猎物。

终极投票进入最后一轮，社交媒体正因为突然爆发的艳照门事件而沸反盈天，据说在简狄事件的硬盘被销毁前，一位衡准中心的神秘员工偷偷留下了备份，并将其卖给了出价最高的媒体，由此流出的几十套艳照填满了无数宅男的硬盘，从此贴心地陪伴他们，在孤寂寒冷、暮瘴弥散的夜里。

简若彤那个“回答我”的社会活动成了笑话。艳照里的姑娘乐意被物化，艳照外的看客只恨不得玩的人是自己——只是别被人知道就好。

只有一种行为是明确被不齿的，就是恋童。艳照中只有一套受到了激烈的抨击：昏暗的包房里，一个男人正在撩拨怀里的小女孩，两人衣衫还算完整，之后发生了什么却谁也不知道。两人的容貌都很模糊，但有些网友“发毒誓”宣称“那个男人就是曹子蔚，如果不是我就直播电风扇切手指”。

曹氏兄弟凉了。尽管曹子建名下只有一些左拥右抱亲亲泡泡的低段位艳照，远比不上他大哥那么风骚，可这是什么当口？距离终极投票结束只有不到一周了，不论是洗白形象，还是抛出另一个热搜转移火力，他都没有足够的时间了。

与此同时，卫淇奥继续沉默，他的票数则持续上涨。

比赛期间，选手村悬浮着数以千计的摄像头，它们巡回往复，忠实地记录着园区实况，不间断地上传视频资料，理论上，具有投票资格的陆民都有权限调阅这些视频，只不过视频的总时长超乎想象，多数内容又都是一动不动的景色，而且选手们都明白入住园区意味着放弃隐私，所以在私人住所之外都谨言慎行，监控很少能录到猛料，久而久之，也就很少人乐意看了。

不过还是有喜欢扒故纸堆的人。他们把自己想象成什么了不得的特工干探，大量下载这些视频，窝在暗无天日的室内，日复一日地过视频，遇到有价值的就截下来。这些人有自己的圈子和黑话，他们分享窥探所得的虚拟社区叫作“八目怪”，原本只是个半公开的小众网站，近年因为扒出了不少名人逸闻，渐渐进入了主流受众视野，成为人们了解偶像另一面的途径。

计票系统关闭前三天，“八目怪”流出了一段关于卫淇奥和林衡的有声视频[①]，光看画面，分明就是一对情侣在吵架，而且是那种“女方生气了、男方道歉、最后和好了”的滥俗路数，多亏有声音，一听对话，全然不是这么回事。

对话发生的地点是媒体中心录音棚的后院，时间戳是“颜战”第三环节，那时，林衡正在教卫淇奥唱歌。

“我不录了！”林衡从棚里出来，气呼呼地点上一根烟。

“怎么了，林老师？我哪儿唱得不准，你纠正我。”卫淇奥紧跟着她出棚，一只手撑住被她甩上的门，笑吟吟地说，“我是有点同情跟着你的工作人员，你要是工作状态一不好就罢工，他们多难做，你这样很不专业。”

“不专业的是你好不好？”林衡瞪了他一记天后大白眼，“你怎么还没填好词？我经纪人几天前就跟你打招呼了！”

“我当时就跟你说过了，我不想自己填词，我也保证会准时交出一篇，只不过不是我自己填的。不知道我的表达哪里不清楚，你怎么会觉得我答应填词了？”

“我以为，我以为你那是装呢，谦虚，谦虚你懂吗？”林衡气急败坏地揉乱了头发，“你们这种人不就爱这样，拿腔拿调！”

“我不会拿工作开玩笑的。歌词我准备好了，就在这儿。”

“这个不行！一首过时的情诗，也不知是哪个老不羞写的。”她不耐烦地说，“你现在跟我进去，我把旋律弹给你，你的话，现填一首应该也不难。”

“这不是什么过时的情诗，这是一位大作家写给他早亡女儿的，说是情诗也可以，它切中了我的一部分感受，你看这句——”

“停，现在是我当老师，你别给我上课。你给我的曲子填词，不仅是我的意思，我的经纪人、赞助商，甚至还有一些评委，都是这个建议，你填词，我作曲，这是卖点，人们就爱看金童玉女

---

① 因为硬件和系统差别，有些悬浮摄像头不带收声功能，有些拍摄的画面甚至是黑白的，以上两种监控在“八目怪”不受欢迎，但能从无声或黑白视频中看出端倪的人才是大神，在圈内很受追捧。

那一套，你就是干这一行的，这些骗人的套路还用我教你吗？”

“我懂，这样一来，还能把简若彤弄的丑闻压一压。”

“这不就得了，那你还——”

“我不喜欢炒绯闻，这样对你不好，想想你的女儿。”

“你以为我喜欢炒绯闻？你见过我和谁炒绯闻了？凡事都有特例，要看对象的。如果是和你的话，我倒是不太介意。”

卫淇奥似乎没注意到林衡语气的软化，沉思着说：“这不是全部的原因，我……”

“等等，你刚才说情诗，还切中感受——你现在和什么人在一起吗？我没听错吧？”

他没否认。

“和谁？舜华？”

“不是舜华，我和她之间清清楚楚，这一点她也明白。”

“难道……是你那个小助理？”

他抬起眼，讳莫如深地看着她。

“我猜对了？我就说很怪，每次你把我关屋里写作文，自己就和助理叽叽咕咕的，她是叫鹿什么的？”

“呦呦，鹿呦呦。”

“你知道你和她不可能吧？你是9+，她几分？还是，她是你的玩物赏？”

卫淇奥收起了笑容：“以后别这么说了，否则我会生气，你我是朋友，我尊重你，不想和你翻脸。”

林衡看着他，表情从疑惑变成了领悟：“你是说，你参赛是为了她？你是为了带她升级才参赛的？”

“自始至终都是为了她。”

林衡没说话，别过了脸，卫淇奥，还有屏幕外的看客都看不到她的面部表情。半晌，她说：“也对。人人都有一个参赛的理由。”

“你的呢？”

她没回答。

视频结束了。

林衡和卫淇奥的视频传开以后，“腥Z”发布评论，说卫淇奥“人设太假、视频台词很言情”

“很难说这段视频不是自导自演的——确实是一部微电影的杰作”。

但虚陆的少女少妇才不在乎，她们看惯了言情剧，对类似桥段的理解能力特别出众。可别小瞧了她们，手握巨量选票的她们一直持币待购，就为了等一个让她们愿意相信的好故事。

何况，卫淇奥的人设真也好，假也罢，视频里的一言一行完美契合了他一贯的形象，平权斗士爱上了5+姑娘，多么政治正确！5+、6+和还有部分7+的票数都稳了。

距离计票系统关闭还有十二小时的时候，“颜值战争”其实已经提前结束：卫淇奥的票数已经超过了全体投票人数的一半。

就在这时，曾良又上传了一段录音。没错，他是实名上传的。

文件的时间戳是第三环节刚开始，粉丝听出录音是曹子建和曾良的对话，一开始双方都很客气，尤其是曹子建，热烈地称赞一路杀进第三环节的曾良“了不起”，预言他能顺利进入第四环节，曾良显得很紧张，除了不停“谢谢”几乎什么都不会说。

然后曹子建话锋一转，开始大谈狼道精神和成功学：“我听说你参赛前做了野外生存的特训，不知追踪课你学得怎样？俗话说‘狼有狼道，蛇有蛇踪’，我个人非常喜欢狼，狼拥有成功者必备的所有特质，它的生存哲学里没有羞愧胆怯，只有精诚团结。你知道狼群有严格的等级制度吗？它们由一对最优秀的阿尔法狼领导，其下是次高级的贝塔狼，其余都是低阶的欧米茄狼，只有阿尔法狼才有权繁衍后代，这样既保证了后代质量，也控制了族群数量，最大限度地保全了那些欧米茄狼的生存率，让不够强壮的它们不至于饿死。尽管如此，还是会有一些有野心、没脑子的狼胆敢挑战狼王，失败后再也不被狼群所容，成了独狼，‘独狼死，群狼活’，听过吗？”他停下等着曾良消化这番话。

“意思是……我没资格……生孩子？”曾良踌躇不决地说了第一个完整的句子。

曹子建被他清奇的脑回路雷得半晌才说：“我的意思是，你选哪一种，独狼还是群狼？”

“我……不太明白。”

“我这么说吧，卫淇奥是独狼。”

“群狼……我是说，想当欧米茄狼需要做什么？”

“不难，办好阿尔法狼交代的事，比如替它盯住独狼，如果需要的话，帮它清理一下领地。毕竟，追逐赛快到了。”

曾良沉默了好一会儿，录音里静悄悄的。

“曹先生，我……谢谢你的抬举，我只想……好好比赛。”

“这样。那我只有祝你接下来比赛顺利了。”能想象得出，彼时彼刻的曹子建正站起身，一边系西服扣子一边和曾良握手。

曾良呢，问了个最蠢的问题：“曹先生，接下来的师徒互置，你还会好好教我吧？赛委会安排我跟你学高尔夫。”

“当然。”曹子建像对待已经不相干的人一般，敷衍了一声。

曹子建有没有好好教曾良已无从知晓，但曾良确实在第三环节中惨败出局，要不是卫淇奥，他已经变成原液工厂培养皿中的内容物了。

录音仿佛抡向镇钉的最后一锤，将“涉嫌操纵选手、影响比赛公正”的曹子建钉死在了棺材里。

卫淇奥以53%的票数比夺冠，“颜战”结束。

“如果一个人装了一辈子的君子，那他跟真君子没有两样。”“腥Z”如此评价这届的冠军，“有些人说卫公子‘装好人’，他们极有可能是对的。不过，那又有什么关系呢？”

“至于比赛结果，”他写道，“这届比赛是‘颜战’诞生以来，终赛时剩余选手最少的，曹子建和周南被取消资格，舜华、简若彤退赛，幸存的只有亚军林衡，和‘他也能当季军？’的慕容成，算起来，被正常淘汰的只有三位选手。

“很多观众吐槽比赛观赏性不够、竞争对手太少、卫淇奥赢得没悬念，事实是，非正常退出的选手如此之多，恰恰反映出比赛的残酷阴暗。这个以吞食良知、廉耻、隐私为生的比赛，是一头自孕育起就存在缺陷的怪物，我们唯有让它消亡，更不该投喂它。

“这是我更新的最后一篇娱评，之后我将永久关闭个人空间，尽管‘腥Z’和他的数百万粉丝共同见证了‘颜战’的更迭，心中有着诸多不舍，我依然希望借我的告别，传达对‘颜战’的态度：我们不认同‘颜战’，不希望它和它代表的价值取向存在下去。”

第三十二章
月　背

由于林间小屋被炸毁，赛委会请卫淇奥搬出晚枫林，在其他三区任选一处住所，于是，在离开晏家宅邸后，卫淇奥带着重伤未愈的鹿呦呦住进了她最喜欢的泉区。

鹿呦呦在这儿度过了寤寐不宁的十四天。

和卫淇奥的“情色录音”曝光后，她抵不住巨大的压力，几次要站出来发声，想着公开恋情算了。卫淇奥却说“时机不对”，几次都坚决地劝阻了她。

“难道就干看着他们侮辱你?”她指着满屏的中伤谩骂，问他。

只要醒着，她就无法控制地去读那些垃圾，越看越悲愤、越悲愤越看，她陷入了一种内耗极高的恶性循环。

“是。不仅这样，还要眼看着他们中伤你，这才是让我最难受的，但是你相信我，会有转机的。”他抱住她，掌心覆住她毛茸茸的发顶，搁在往常，她会觉得这种亲昵太肉麻，可现在，她需要他的力量。

是的。他这么镇定，像孤岛上的灯塔，任凭惊涛拍岸、风雨如磐，始终屹立着将寒光射向海面深黑的漩涡。

他们的“情色”录音曝光后，卫淇奥推掉了所有通告，拒绝采访，闭门谢客，一心一意在泉区守着她，他打发走了工作人员，亲手照料她，给她做饭，洗澡，换药，抱着她入睡。

她甚至觉得，他们在这十四天里的共处，比相识以来所有时间加起来还要长。他似乎从不疲倦，她睡着时他还没睡，她醒来时他已经醒了，她不知道她睡着时他在做什么，他们的角色对调了，活动不便的她不能再离开，也无法联络叶蓁和抑若扬，他成了神秘的那一个。他不看网络评论，也尽量不让她看，仿佛那些喧嚣和他们毫无关系。

他只出过一次门，是在舜华上传视频之后。

那天，卫淇奥烤了一道舒芙蕾，催她赶紧吃：“刚出炉的舒芙蕾很好看，但一接触空气就会塌陷，所以只能现做现吃，所以用料简单却很难做，是一道娇贵的甜点，我有个做烹饪节目的同行说女人都是舒芙蕾，看起来容易搞定，其实常常捉摸不定。”

“那个同行就是你吧。”鹿呦呦笑道，“你是不是想说我很难搞？”

他笑而不语，给她倒了杯红茶，满屋都是奶香和甜蜜。

这种隐居的静谧被突然的警报打断了，有人进了泉区。

卫淇奥漫不经心地察看门禁的显示屏，以为又是哪个想探消息的记者，却看到南茁蓬被几个悬浮摄像头围住，不知所措地后退着，一只脚踩进了溪水，很是狼狈。

鹿呦呦赶紧开门，请他进来，他却来不及寒暄，一进屋就激活屏幕：“你们看看这个。”

舜华在视频里澄清了和卫淇奥的关系，这则帮他说话的视频上传不到三小时，点击已过十万。

“大小姐被舜洵先生软禁了。她偷录了这段视频，让我夹在她剪碎的衣服里运出来上传的。”南茁蓬看看卫淇奥，后者脸色凝重，“大小姐被退赛后情绪很激动，剪衣服、砸东西，这也见惯了，没什么。可上传视频后，她就像了却了心愿，简直变了一个人，也不发脾气了，总是昏睡着，也不吃饭，我把房里的利器都收了，可今早，我在她枕头下面发现了这个。”南茁蓬伸出手，一挂项链挂在拇指上，最大的那颗梨形钻的镶爪被破坏，硕大的钻石摇摇欲坠，“大小姐在拆这个钻石，这东西会卡死人的！卫先生，你能不能去看看大小姐？她就是嘴硬，心里还是听你的。”

“我和他一起去。”卫淇奥在鹿呦呦额上匆匆一吻，“等我回来。”

卫淇奥不在的三十多小时里，鹿呦呦吃了四顿饭，画了三幅速写，学着他的样子烤了两盘玛德琳蛋糕——一盘焦了一盘没熟，还和叶蓁通了话。

这一切都是为了转移注意力，不然她又要去读那些沸反盈天的评论了，真是庸人自扰。

叶蓁问她要不要喊抑若扬：“他伤全好了，这会儿在车库忙活，我叫他去。”

“不用了，我只是问问‘棠棣’的事。”她一方面希望听听抑若扬对眼下形势的分析，一方面又怕听到他的声音，黑泊一夜后，她明显感到了他的疏远。

“我找不到这个名字的信息，我是说叫这个名字的陆民都没线索可查，活着的身份都合法，死了的我连尸体回收证明都调出来了，还是没线索。要么是那女的疯到连自己叫什么都不知道，要么就是有人删除了她所有信息。还有个办法，直接接入‘主脑’数据库检索，但那得等你家卫公子拿到冠军才成，照他这会儿的表现，我看是没戏啦。”

“抑若扬怎么说？”

“你以为他在忙活什么？你这条路走不通，还不许我们想别的法子？”

“你是说……你们要潜入主脑?！不行不行，你们会死的！”

“没想到你还挺在乎我们的，我以为你光顾谈恋爱早把我们忘了。告诉我，你更怕谁死，是我，还是抑若扬?”

“你别胡说了，你告诉抑若扬，千万别乱来，再给我一点时间——”

“没有时间了，你知道我今天看到什么了吗？蛊叼！就在护栏那边！我没用望远镜，是我的眼睛看见的，蛊叼已经来到肉眼可见的距离了！它们越来越多，沼泽已经退化，用不了多久，虚陆就会淹没在暮瘴里，不分白天晚上，等‘主脑’关了外缘过滤器，大家就一起完蛋吧。”叶蓁的语气变得阴鸷，“不过，能和他死在一起也不错。”不等鹿呦呦回答，她就收了线。

这一晚鹿呦呦睡得极不安稳，她不停梦到死人的脸，有卫淇奥的，抑若扬的，叶蓁的，她自己的。她已经有一阵子不做噩梦了，应该是从……和卫淇奥共眠开始的？她喜欢他从后边抱着她，像靠着全世界一样踏实。

她从噩梦里醒转，发现卫淇奥已经回来了，他躺在她身后，手覆到她胸口上来。

“你凉到我了。”她皱皱眉。

“抱歉，我忘了自己刚从外面进来。我有些想你。”他抽回手一小会儿，重新抱过她，手已经暖了。

他们静静地躺了一刻，她听着他的呼吸，知道他还醒着：“你有没有想过，要是我们不在此时此地就好了?”

“怎么了，担心我回来得太晚了?”他敏感地问。

“怎么可能。舜华还好吗?”

“她会想通的。”他亲了亲她的耳朵。

他们都没再说话了，想着各自的心事，那些对彼此来说像月背一样的心事。

鹿呦呦想着蛊叼和正被它们吞噬殆尽的迷雾沼泽，还有抑若扬手腕上的倒计时，没记错的话，那串数字应该所剩无几了。

卫淇奥想着这一天一夜间发生的事，他不知从何说起，只能沉默——

他跟着南茁蓬回到舜家大宅，发现舜华房间外几个随扈都睡倒在地。

“他们都是舜洵先生的人。”南茁蓬说，“舜先生出门了，我让可靠的人迷倒了他们，好让你进去。”正说着，一个女佣从舜华房间出来，对他们点了下头就离开了。

“卫先生，你进去吧，只是不要太久，天亮前这些随从会换班，那时舜先生也就回来了，我会通知你的。”南茁蓬为他打开了门。

舜华的房间还和她小时候一样，几乎没有改变，他绕过两个摆满精致玩偶的陈列架，走过那把高靠背的丝绒躺椅，拨开层层叠叠的珠帘，看到了飘窗前抱膝而坐的舜华。她光着脚，脸上还有未干的泪痕。

舜华看到他，眼中瞬间迸发出欢喜，但立刻别过了脸。

“这儿和我记忆里的一样。”除了脚下这一地的衣服碎片。有五六年了吧，距离他最后一次来这里。

“你是想说我逃避成长吧，你总是这么说。”

他从床上拿了个软垫，放在她脚下，隔断了石头窗台的凉。

他说起了他们小时候的事。春天里系着黄色飘带的秋千架，夏天里她手中擎着的玉簪花，秋天里牵手走过的窸窣落叶响，冬天里看冰凌时她仰起的红脸颊。

她闭着眼睛似听非听，但她脸上渐渐有了笑意。

他们的妈妈经常在一起喝下午茶，他们俩就跑到花园玩，有一回舜华掉进一口旱井，划伤了脸，他被罚在院子里站着，站了一会儿就趴在窗上偷看，舜华正被医务官摁着缝针，哭得撕心裂肺——“那时我就想，是我没带好你，你是我的小妹妹，我得保护你，不论现在还是以后。

“可今天却是你保护了我。我看过你的视频了，老实说，我连该说什么都不知道，说什么都不合适。舜华，不能回应你的感情，是我和鹿呦呦在一起后唯一的遗憾，对不起，我伤害了你。”

“你什么都不用说，你今天来看我就足够了，我都懂。”舜华说话时没看他，泪珠儿挂到了腮边，“我和你是不可能的，你比我明白得早，你也从来没给过我不应该的暗示……我只是，我只是很任性地、地，自己在等你，罢了。”她哭得气噎在喉了，他想说话，被她抬手制止了，“我，我说话时不喜欢，被打断。该说的我在视频里都说清了，我录视频不只是为了你，我讨厌被当作‘倒贴’，就算我是，也轮不到他们来说，我不需要一群可怜虫的可怜。”

“所以南茁蓬只是想多了而已，你根本没有放弃自己的意思，我本来也不相信，你没那么软弱。”

“不是的。首先请你明白，我不是想让你同情我，更不是为了留住你。然后，我确实想自杀——你不用那么体贴，还回避这个词。”她的呼吸渐渐平复，情绪也平静了，“你听过剔骨还父吗？”

卫淇奥哑然失笑：“你看看你，表面上袅袅婷婷的，骨子里还是那个没长大的小姑娘。说起和父母的冲突，没人比我更能理解你的立场了，可是脱离原生家庭有那么多种方式，你为什么偏偏要选最蠢的一种呢？要知道，哪吒有个太乙真人来复活他，你可没有。”

“你不明白舜洵对我的控制到了什么程度，只要我活着，我就不可能逃出他的手掌心，我以前不是没逃过，又怎样了呢？他总能找到我。上次我回家后，他变本加厉地利用我，逼我参加‘颜战’，又逼我退赛，你知不知道舜洵野心有多大？他想进入政界都想疯了，我只是他骗取民意的工具而已。他还想让我嫁给曹子建那个流氓……我过的是什么日子，别人都觉得我是大明星光芒万丈，有谁知道我根本看不到出口，这种漆黑一片的日子。我曾经想过，如果你娶了我，我就能离这种生活远远的，不过我知道那是不可能的。”

“你这种想法是不对的。要知道，独立的灵魂只能是自己给的，任何人都不能捏一个独立的灵魂给你，如果有这么个人在，那你就依然不是独立的，你懂吗？就拿刚才的‘剔骨还父’来说，这种说法其实源于佛经，佛说人的欲望和情感是造成一切苦难的根源，其中最难割舍的就是父子亲情，所以‘析骨还父析肉还母’的目的，是为了斩断羁绊、超然世外，这是一种大独立，是把精神从肉体中解放出来，呈现生命本来的样子。哪吒‘剔骨还父’的要义，并不在于和父权对立，也不是一人做事一人当的莽夫主义，而恰恰是参透了佛理，变成了现代意识里很重要的神，拥有自己独立的生命。像你这样不理解独立的真意，即便死了也不是解脱，而是懦弱。”

“你说得太深奥了，我不理解。”

“不理解不要紧。这么跟你说吧，假如你真的死了，别人会怎么想？你坚持你的‘剔骨还父’去了，了解你的人又有几个？人们，尤其是那些你最唾弃的可怜虫，会说舜华为了个男人自杀了。这就是你想要的结果吗？”他注意到她表情的变化，知道她想通了。

与此同时，他不免又想到了鹿呦呦，那个看似阴沉消极的卷发姑娘，即便是再难再绝望，她也不会有一丁点儿自杀的念头，她不逃避，不放弃，她是在岩石中养成的南庭芥[①]。

“卫先生？舜先生快回来了。”门外传来南茁蓬的声音。

“看来我得走了。”卫淇奥站起身，“坚强点，咱们会想到办法的。”

“等等，我还有话要说。”她捏住他的西装领子，把头埋在他胸前一小会儿，鼓足勇气看着他，“你记得‘婆婆妈’是从什么时候疏远我的吗？”

卫淇奥看着她，没说话。

“婆婆妈”，这个熟悉又陌生的称呼。由于两个母亲在他们童年时就定下的婚约，舜华一直叫他母亲“婆婆妈”。这个称呼延续到了某年夏天，他母亲突然疏远了舜华，不再邀请她到家中小住，他们的婚事也渐渐不提了。

---

① 南庭芥，生命力极顽强的十字花科植物，常用于岩石园，开紫花。

“那应该是我十九岁那年的事。你住在学校不常回来，我想你了就去陪‘婆婆妈’说话。”舜华眼中浮现出温柔的光彩，年少时瑰色的记忆围绕了她，“我还记得她窗外的紫藤萝。”

“那天傍晚我又去你家，想着吃过晚饭就不走了，和‘婆婆妈’一起睡，用人说她不舒服，我就自己上楼找她，没想到卫伯伯也在。”

卫淇奥知道舜华很怕他父亲，他能理解，父亲是个石像般冷酷无情的人。

对卫父的惧怕让舜华在“婆婆妈”卧室门外却步，也鬼使神差地听到了这个古老家族的秘密，得知了它并非看上去那么完美高贵。

卫氏家族携带着一种基因，会在毫无预兆的情况下诞生丑陋的后代，即便出生时与常人无异，也有可能在成年后突然发病、变丑，这无疑是9+贵族的噩梦，一旦秘密泄露，后果不堪设想，一旦天生美人的神话破灭，就无异于自堕神坛，所以卫家一直在秘密处死外观不正常的婴儿，最近的一个就是卫淇奥的妹妹，一个出生时带有面部缺陷的女婴，被溺死在了深夜的池塘里。

卫淇奥的母亲对此悲痛欲绝却又无计可施，眼睁睁看着丈夫夺走了亲骨肉，之后每年的这一天她都会心悸。

舜华踏上通往“婆婆妈”卧室台阶的那天，正是又一个“这一天”。她从卫家夫妇的争吵中得知了这一切，这个秘密的重量，远远超过了一个少女能承受的，不出所料，她逃走了，途中撞倒了什么，暴露了自己。

接下来的事态进展快得跟梦一样，卫父希望舜华尽快嫁进来，好用婚约封住她的嘴，可这一切卫淇奥都不知情，父亲的强硬激起了他的反叛，不愿走既定仕途并乖乖履行婚约的他，从此出走独立。

嫁给卫淇奥本来是舜华唯一的梦想，他的出走让她伤心欲绝，也给了她迟疑的退路，尤其是，连“婆婆妈”都希望她考虑一下：“你是我看着长大的，就像我的女儿一样，我当然希望你长长久久地在我身边，可我当初嫁给卫淇奥父亲时对他们家的事毫不知情，后来发生的事几乎杀死了我，孩子，相信我，背负这种事活着不容易。你比我幸运多了，你有的选。”

“我也想心一横不在乎将来，可一想到‘婆婆妈’，我竟犹豫了，我不确定能否像她一样，一生背负这种痛苦，万一……你真的发病了，我不知道自己是否足够强大，能目睹你一天天变得不是你。你的离开让我看到了另一种可能性，也许我不用面对抛弃你的良心谴责，因为你根本没给过我抛弃你的权力。我告诉‘婆婆妈’我不确定，她请求我保守秘密，不仅向外界，更向你。”舜华的视线从虚无移向了卫淇奥，“我说完了，你要是恨我我理解，我不能和你共同面对苦难，还把你看成我的私人财产，霸着不放，我真是又软弱又自私。”

"软弱又自私，这是你的性格缺陷。"卫淇奥附和道，眼看她又要哭，就捏了下她的脸，"不过，总是原谅你，是我的性格缺陷。"

"你不恨我？"

"让我恨你什么呢？你并没有伤害谁。"他拉开门，走了出去，"如果需要帮忙，你知道怎么找我。"

离开舜宅，卫淇奥并没返回泉区，而是朝9+驶去。距离白色巨塔22公里，有他的家，那个他父亲引以为傲的家族城堡，却让他又怕又恨的地方。

这是他离家后第一次回来，家族弃子受到了热烈的欢迎，从通报仆人一句拖着尾音的"淇奥少爷回来啦"开始，这个静谧已久的幽深庄园恢复了久违的烟火气。

常年关上的厚重帷幔拉开了，阴暗走廊上的画像不再是幢幢鬼影；用人们抱来新剪的花枝插瓶，点亮水晶吊灯的烛火，明黄的光晕透过百十面擦得晶亮的玻璃窗，照亮了窗外的蔷薇丛；女主人在椭圆大厅蜿蜒楼梯的末端，热泪盈眶地拥抱了终于归来的儿子。

在这种浪子回归的氛围下，很难提起那个指斥双亲冷血的话题。在吃过母亲亲手烤的柠檬鲈鱼，又和她四手联弹了几首曲子之后，提问变得越发困难，卫淇奥甚至希望外出的父亲不必回来，他就可以不必提问、不必再伤母亲的心了。

但父亲还是回来了，当久别重逢的饮宴塌缩成一家三口的内室密谈，父子俩的对话也终于来到了对峙的时刻，像千百次过去的重现，从懂事开始，他与父亲之间不是沉默就是争吵，永远逃不出这可怕的循环。

"必须承认你这步险棋走得漂亮。"父亲剪开了一支新的雪茄，打量着他，"和那个5+的女孩子演了这么一出戏。虽然现在还是丑闻，但只是暂时的吧？你一定留着后手，等到时机成熟，咱们就公布订婚，我和你妈妈会配合你的。现在9+和外缘的关系空前紧张，急需一次强有力的公关，当然，你所做的牺牲是巨大的，和那样一个女人结合——但无疑是值得的。如果你想回归政界，现在就是最好的时机，我会帮你在衡准中心外围运作一个席位，不出三年，你就能进入最核心的圈子了。"

卫淇奥感到心底某处迸裂了。说来可笑，在某个平行宇宙里，父亲一定是他的至交好友，那个所有人、包括鹿呦呦在内都没参透的步步为营的谋划，被父亲轻易地看穿了。他表情阴郁地注视着父亲，除了双鬓染霜，父亲外表并没有变化，依旧相貌堂堂，和他靡颜腻理的母亲一样，仿佛岁月故意饶过了他们。

“你们最好尽快完婚，你和那个5+女人，让她给你生个孩子，没有什么比新生儿更能收买人心的了。孩子的质量可能不理想，毕竟母亲是个5+，不过没关系，从小动手的话，重塑不会太难，我会请最好的外观重塑师，保证孩子第一次衡准就进入8+，我们卫家的后代，最差也得是这个等级，最可惜的是，也只能是这个等级了。”

“生孩子干什么?！如果不正常的话，好让你再淹死一个?”卫淇奥突然开口，他指着花园的方向，“还是有这个孩子保底，哪天我突然发病，好让你也淹死我?!”

“你说什么?”父亲脸色变了，变得多疑、狡诈乃至狂怒，“舜家那个丫头还是和你说了是不是?她还告诉谁了?我早说过，咱们必须除掉她，要不是你妇人之仁坏了我的事……”他的声音渐渐低了下去，眼睛却瞪着母亲，后者早已痛哭起来，她捂住了嘴，却捂不住痛不欲生的呜咽。

“不许你伤害我妈!”卫淇奥半跪在母亲身旁，环抱住她单薄的肩膀，“你有什么资格跟她说这些?你伤她伤得还不够?”他突然想起小时候，有段时间母亲并不总在他身边，她的房间药味弥漫，家里总有医务官来来往往，那一定是失去妹妹后的事情，母亲病得很重，而且她再也不能有孩子了。他被内疚吞没，离家这么久，他再也抓不住那些失去的、原本可以献给母亲的时光了。

“妈，你跟我走吧，我带你离开这儿。”他搀扶母亲，却被她拉住了。

“不是你想的那样，你爸也有他的不得已，不然能怎样呢?他要守着这里，我要守着他。”母亲的声音疲惫却坚决，她抬起手，摸着儿子的脸，“你能回来看看我们，我就满足了。现在，陪我上楼吧，我累了。”

卫淇奥看着母亲睡下、呼吸渐渐平顺，便离开卧室，掩上门，他走下蜿蜒的楼梯，向大门走去。

突然，周围烛光一暗，他的影子被更大的身影覆盖掉了，他知道，那是父亲站在楼梯上：“你承认也好，不承认也罢，血统是你的，你丢也丢不掉，你玩弄权术的那些小伎俩就是证明，你属于这儿。”

他没回头，大步走了出去。

回到泉区，已是漏尽更阑，他借着星光，看到床上小小的一弯身体，忍不住掀开被单躺进去，从后面抱住了她。

“你凉到我了。”她醒了。

“抱歉，我忘了自己刚从外面进来，我有些想你。”他转过身，搓热了手，重新抱过她。

他想着母亲说过的话，“守着父亲”。那样一个毫无情感的男人，母亲却是爱着他的。她看上去柔弱，其实很坚强。

“你有没有想过，要是我们不在此时此地就好了？”鹿呦呦突然轻轻地问他，他多想回答“太想过了”，可他只能问：“怎么了，担心我回来得太晚了？”

“怎么可能。舜华还好吗？”她的声音迷迷糊糊，尾音有一点咬舌，每当她不清醒时，说话就会这样。他亲了亲她的耳朵，却忍不住把呦呦对舜华的疑问转到了自己：“他会想通的。”

他听着她的呼吸，知道她没在睡了，便把她翻转过来，面对着自己，开始吻她。她起初有点心不在焉，慢慢地回应他了。

她的指甲划过他的腰，抓住他的背，他进入了她。

他们都暂时忘了那些对彼此来说像月背一样的心事。

第三十三章

傀儡师

幽咽泉。

终极投票结束后二十小时。

鹿呦呦在露台上远眺夕阳，泉区的住所是一所紧邻镜湖的三层楼阁，建筑底部架空，四角是杉木的明柱，少用墙壁的样式使人联想起船，一池碧波则象征海。晴好的天气，能从湖中看到灵动的楼阁与蔚蓝的天空，不论从哪个角度看，建筑都和景致浑然一体，而湖中的倒影又将美景翻了一倍。此刻，夕阳将粼粼波光洒上了一层金箔，山风带来楸树开花若有似无的香气，令人心旷神怡。

比赛开始以来，鹿呦呦第一次有了心结开释的感觉：他们赢了。虽然叶蓁的血清试验因为她的缺席而停滞，但这只是暂时的，接下来外缘陆民会得救，她不仅能活下去，还能和所爱的人踏实长久地相守，再也不用偷摸躲藏、提心吊胆了。抑若扬说得对，这是个多赢的结局。

她回头寻找卫淇奥，想和他分享此刻。

这里的室内设计讲究空间的流动，以格栅分隔整块宽阔的空间，推上格栅则是通透的一室，拉开格栅就是各自独立的房间，现在格栅滑开，他在纵深空间的那一头伏案写作，她看不清他的表情，风吹起了纯白的麻布幔帐。

他又写了一会儿才合上电脑，活动了一下筋骨。她激活掌屏，看到“腥Z”果然发表了新文章：“这是我更新的最后一篇娱评……不希望它和它代表的价值取向存在下去。”

“看什么呢?”卫淇奥朝她走过来。

“你要销号了?”她没头没脑地问。

“什么?”

“‘腥Z’，”她晃晃掌屏，“是你的小号吧。”

“你怎么知道的?”他一脸掩饰不住的惊讶。

“了解你啊。你不是总和我说媒体无非就是‘性腥星’‘一股子喷薄而出的腥气’。而且，虽然做了伪装，但你写文章的小习惯还在，你不喜欢在同一段里用到相同的词，你对标点的强迫症，举例时一定要写满三个，就像我现在做的这样。”

他和她一起笑起来。

她说：“可我还有件事不明白。”

“你说。”

“你为什么写那么多自己的坏话？我是说，不鼓吹自己，我懂；刻意自黑，有点过了。”

“争执的双方往往愿意聆听第三方的意见，不是因为后者更聪明，而是他们以为——只是以为——后者公正，‘腥Z’能给卫淇奥提供说话的渠道，多亏一个‘第三方’的身份，我不能冒险失去这个立场，哪怕只有一点。”

“这两周我天天过得提心吊胆，一直不敢问你，那个音频到底是什么时候的？”

“哪个音频？害你被叫‘通告’的那个？”他坏笑，“必须说我还挺喜欢这个外号的。”

她轻轻搡了他一下，刚想说话就被园区警报打断：“过滤器即将开启，除了开启了护罩的公共活动区域，其他区域所有人员请佩戴防护装置，或进入室内。”原本选手村是屏蔽暮瘴的，但近期暮瘴越来越严重，园区也不安全了，这和越来越迫近的蛊叼一起，成了压在她心头的重负。

尖厉的警报响了足足三分钟，两人沉默地听着。

“你想进去吗？”卫淇奥问。

“在这儿吧，舍不得这么美的夕阳。”

他进屋拿了面罩，给她一个，看她戴好手套，自己也跟着戴上了：“那段音频应该是第二环节时录的，那时咱们住在外缘的集中住所，你还记得住处被非法闯入了吗？那件事一直没查出下文，或者说，根本没人用心查过，赛委会里一定有曹家兄弟的内线。从那时起，我就大概知道他们安的什么心了，毕竟我和你的事也不是那么无迹可寻，而且外缘设施不完善，想动手段并不难。”

“所以你是将计就计了？”他竟然瞒了她这么久，她内心闪过一丝愠怒，感到自己被利用了。

“让对方觉得计划成功很重要，不然他们还会想出其他计划，与其那样，不如让事情在咱们可控的范畴内发展。”

“是在你可控的范畴内吧。”她心里这么想，嘴上换了一种问法：“可这么做会让咱们处于不利的境地，这些天我是怎么过的，你知道吗？”

“这个我很抱歉，对不起。”他揽了揽她，“我也没办法，当明星就是这样，没有什么谁对谁错。在阴谋论者眼里没有任何一个明星是干净的，明星都被异化成了妖魔，另一方面，在脑残粉眼里，偶像都是自带圣光、身体里不会流出任何液体的，偶像都被美化成了天使。不管真相是什么，这两种人都会受到伤害。但我们要的不是这个，围观者永远是大多数，他们的数量千百倍于前两者，我们需要的只是让他们看过来。现在这个目的已经达到了，所以咱们能赢。这个圈子是最混沌的地方，我已经踏进来了，因为我想保护你，而为了保护你，咱们都要尊重这种混沌。”

“说白了，想赢就得变得比他们更脏，受教了。”最后一句完全是气话。

“你想不想多学一点？你这么聪明。”他软软地接了她这刀，“你知道受众最喜欢什么样的故事线吗？是触底反弹。人们都喜欢英雄末路、绝地反击的故事，就是‘高一低一高’的情节抛物线，因为现实中只有一蹶不振，所以人们爱用大团圆结局来弥补内心深不见底的空洞，从这个角度说，一切影视文艺作品都是心理代偿的产物。”

“所以我是你触底反弹的跳板？”她冷笑道。

他一把抱住她：“你是想让我今晚一直道歉吗？你知道我会的。”他低头想吻她，两人的面罩却撞到了一起，尴尬地相视一笑。

“你还有什么瞒着我？”

“你不生气我才说。”

“我要生气，早气死了。”她白他一眼。

“哈哈，爱死你了。”他仔仔细细看了她一会儿，绽放了一个笑容，“我和林衡的那段视频，是我上传的。”

“是你？”她一副恍然大悟的样子，“你从‘八目怪’的人手里买的？你怎么认识他们的？”

“其实是我卖给他们的，视频是我录的。”

“可是……怎么那么巧就让你录到了？”

“应该说我一直准备偷拍自己，这么说有点怪，但这个圈子就是这样，人人都是戏精，不给自己加点戏怎么出来混，我敢说，进选手村的人，没一个不带着自己的悬浮摄像头。我一直在考虑公开咱们的关系，而这种事关键在于不能太当回事：人们对情侣秀恩爱的态度一向不友好，所以要避重就轻，看似在说一件事，实则是在说另一件。”

“既然这样，为什么不早点曝？非要等到最后，害我担心得吃不好睡不好。”

“做这行，时机就是一切。比起直接奉上的真相，人们更愿意相信自己费了一番功夫找到的结果，而包含在真相里的谎言是最有效的。”

“所以你和林衡那段视频是一箭双雕，既触底反弹，又给我搞了一个盛大登场，真有你的。”话虽这么说，想起看那段视频时自己流的泪，她还是抵不住失望，原来让她感动不已的“自始至终都是为了她”，只是一句台词。

太阳一寸寸沉下去，晚霞熄灭了，一阵风刮过，吹落了一湖桃花，水面开始弥漫雾气，这场景如梦似幻，只是那雾气细看之下，是灰色的。

“暮瘴起来了，进去吧。”

“等等，我还有话要问……”她想起那件一直没机会问的事，“你为什么要救曾良？”

“如果我说是出于人道主义，你信不信？”她没回答，他自嘲地笑了一声，“救他是交易的一部分。”

果然。

“曾良被淘汰的那天晚上找到了我，我当时正准备动身去黑泊，本来不想见他，但他说手上有一段曹子建的录音，想立刻放出去，我劝他等等，那段录音用好了会很爆炸，所以曝光时机要听我的，这是我答应救他的条件之一。”

鹿呦呦接着话茬儿说道：“另一个条件，在你需要时他为你造势，曾良站出来替你说话时我就明白了，你救他不是出于无私。”

“是不是很幻灭？”

“如果他手上没有那段录音，你会不会救他？”

“老实说，我不知道。曾良来找我时，我不知道他的求助到底是出于真心，还是背后有更大的圈套。听上去像借口，但事情没有看上去那么简单，我也没有看上去那么强大。咱们赢得看似轻松，其实相当惊险，我查过了，他们投在我面罩里的毒药非常厉害，一旦激活，几分钟就能致死，要不是你赶到黑泊警告我，我很可能已经死了，而且这件事的背后不只是曹家兄弟，还有更大的利益集团。”

鹿呦呦想起了抑若扬的分析，卫淇奥和他不谋而合。

卫淇奥继续说道：“近几年，8+和一部分外缘的新晋富豪在政界相当活跃，他们上升的最大阻力就是以我父亲为代表的保守势力，而曹家和卫家在衡准中心的矛盾由来已久，敌人的敌人就是朋友，所以前者和后者会结盟我一点都不惊讶。

“不管我怎么抗拒，我依然是内核最大政治豪门的独子。投毒的药剂属于管制物质，唯一的来源就是那批被抗拒组织抢劫的货品，这些毒药会把我的死直接引向抗拒组织，加上之前的恐吓海报，他们是想借我的死影响我父亲的政见决策。抗拒组织近来这么活跃，策划了很多起恐怖事件，我一死，保守派势力一定会血腥镇压抗拒组织，我的死就是内战的导火索。

“如果内核决定镇压抗拒组织，新的政治圈层就会借此弹劾保守派被个人感情蒙蔽了判断力；

如果内核按兵不动，他们就会指责内核腐朽老化、施政不力，借此实现权力更迭。我是死是活对他们太重要了，我推测，从我决定参赛，他们的暗杀计划就成形了，‘颜战’是手段，暗杀才是目的。”

她呆呆地看着他，信息量太大了，她需要消化。

“好了，真的要回房去了。”他向湖面看了一眼，景致已经模糊，灰白的雾气笼罩了一切，尽管隔着面罩，仍然能听到机器的嗡嗡声，那是房屋的过滤系统在全功率运转。

她听话地跟着他进了房，在气密室里消毒时，她感到很失望：她根本没有开启面罩的过滤功能，她原本期望他能发现的。

第三十四章

“主脑”

和卫淇奥并肩坐在车里，看着窗外大片的水红色，和挤满街道的围观者，鹿呦呦有种错觉，好像这不是“颁奖日”，而是他俩大婚的日子。

从他们的车队驶出泉区，路边就零星出现围观的人，离内核越近人就越密集，到后来车子根本提不起速，只能在人海中爬行。人群像暴徒一般涌向车队，砰砰地拍打着车窗，车窗上尽是压扁鼻子的人脸，眼睛和镜头都对准鹿呦呦，一旦捕捉到她，立刻推送到所有屏幕上，满世界都是她不同角度的惊惶面孔。

“别怕。”他握紧她的手。

她紧张地回忆着前一晚叶蓁叮嘱的流程：“路线图记好了……把信号桥藏在内衣里，什么？你穿的是裸肩礼服？那就藏在乳贴里。抑若扬在我边上，让他和你说。”

抑若扬的声音让她心里一暖，可是他一副公事公办的疏远语气：“你的任务是把‘主脑’接上信号桥，这样叶蓁才能侵入‘主脑’。一旦进入‘主脑’所在地，你的通信会被屏蔽，就只能靠自己了。

“好消息是，为避免泄密，‘主脑’是全封闭、无人区式的自理，你们进去后不会有人在那里，你唯一需要躲开的只有卫淇奥。叶诚当年在‘主脑’上留了个接口，具体位置叶蓁稍后会传给你，‘主脑’被设计成‘信息黑洞’，只能读取和写入数据，拷贝是不可能的，叶蓁只能在有限的时间里完成搜索，因为一旦发现入侵，‘主脑’就会启动自检，叶蓁在信号桥里植入了病毒，能暂时拖延自检的启动，一旦病毒失效，监测系统就会报警，那里就会锁死，所以你一定要在报警之前断掉信号桥和‘主脑’的连接。”

“多长时间会报警?”

“不知道。谁也不知道病毒能撑多久，甚至不知道病毒是否有用。咱们的情报都是基于叶诚生前的笔记，线路图是根据我之前偷到的蓝图绘制的，准确率我不敢保证。唯一能确定的是，如果断开得太早，叶蓁还没完成搜索，之前所做的一切就前功尽弃；如果断开太晚，你就会被锁死在

‘主脑’里，如果被抓，你零号陆民的身份迟早会暴露。”

鹿呦呦非常紧张，手冰凉，发着抖。卫淇奥只当她见不惯这么混乱的大场面，就搂住肩安慰她：“别怕，一会儿就没事了。”

可是又怎么会没事？

直到他们通过闸口时，她才明白他安慰的意思：他带她绕开了人群。

这是进入内核中心区的最后一道闸口，通过这里以后，就进入了虚陆的中枢，衡准中心的主厦和“主脑”的实体都在这儿。此刻，半个内核的陆民都聚集在中枢，等着围观那个据说是“卫淇奥参赛动机”的女人。

车队驶入地下哨站，接受最后一轮安检，安检是全封闭进行的，围观者看不到任何室内的场景，不过他们并不会觉得无聊，每个圈层都在举行赛后狂欢，漂亮光鲜的男女主持滔滔不绝地讲述着新挖的料，“鹿呦呦是谁”的大标题之下是大大小小的图片、视频，她的“同学”“密友”纷纷现身讲述往事见闻，不少人和她最多只见过一面。

她的“启蒙老师”方之川也在其中，他的话和雕塑大师任无止类似：“她很有天赋，假以时日，一定能成为出色的外观重塑师。”评论区则嘘声一片：“先重塑一下她自己吧！”“她第一个顾客必须是自己，如果她真当得上重塑师。”“我还是那句话，卫淇奥口味重啊。”

任何时候都有唱反调的：“看久了竟然没那么丑了。”“我觉得挺好看的，请告诉我，不是一个人。”“你们不觉得他俩很配吗？”有人默默地冲去美型工作室，几小时后顶着一头凌乱卷毛出来，“鹿呦呦同款做旧帽衫”一夜之间成了云衣橱的爆款，情感博主们又发了一大堆“你若盛开清风自来”“你来我热情相拥，你走我坦然放手”的速食面文章，一群没钱、没阅历、只会做梦的小姑娘在下面读得津津有味、眼泪汪汪。

受众们都太忙了，压根儿注意不到完成安检、驶出闸口的车队少了一辆车。

等车队离开，他们的座驾才掉转车头，朝另一个出口开去。他们在隧道中行驶，她觉察到路是向下的。

“9+地表往下二十米几乎挖空了，有不少隐藏的通道和设施。”卫淇奥说，“咱们走应急通道进去，你就不用公开亮相了。”

“谢谢你。”他真体贴。

道路蜿蜒向下，两侧是混凝土的墙壁，没有路灯，唯一的照明来自车头灯，两管白光伸向黑暗，她有种深海下潜的错觉。

下潜了很久，终于到了底，斜坡尽头有部电梯。

“咱们现在在虚陆的最中心，往上685米是衡准中心总部，和一百万等着看你的陆民——他们要失望了。”

他们走进电梯，门就要关闭时，她看到车的另一端还有一条上坡的路：“那条路通向哪儿?”

“地面。准确地说，那条路经过‘主脑’。”

“‘经过’？不是‘通往’吗?”她疑惑地问。

“不。‘主脑’不在地面，一会儿你就明白了。”

电梯由-25层升到0层，来到了一个摆满伺服器的巨大平台，平台处于圆柱形机房的中央，纯白的墙壁上闪烁着无数荧绿色的指示灯，一道金属桥梁横贯机房，一端连接着他们所在的中央平台，一端通向外壁。伺服器的摆放并不规则，呈曲线形排列，列与列之间留有仅能通过单人的小道，乍看之下，这些伺服器既像月光下的沙丘，又像冰冻的潮汐。

寂静。除了数不清的伺服器一起运转的嗡嗡声，没有任何提示音。

“接下来做什么？‘主脑’不会说话吗?”

“不以咱们的方式说。”卫淇奥指一指前方。

墙上有一行红色的粗体字：“请佩戴耳机”，下方有一枚按钮，揿下去，墙壁上内嵌的托盘弹出，几对耳机排列其中，耳机和按钮都蒙了细细一层尘。

“很久没人来过了。衡准中心把这里列为最高级别的封锁区，连工程团队都只能在外围维护，之前你看到的那条上坡路就是维修通道，盘绕在‘主脑’周围。”

戴上耳机，短暂的联机音符之后，她听到了“你已与‘主脑’连接，可随时对话”的提示，音色和想象中的大相径庭，既不是机器人声，也不是柔美的女声，而是很多人快速轮流发声，一人说一字，连成一句话。

“你就是‘主脑’?”终于和这位大“人物”见面了。

“我是主体模拟认知仿生脑容器系统，你们叫我‘主脑’，我不喜欢这个简称。”

“你的声音怎么这样子?”

“我没有被设计成社交机器人，所以不会发声。你现在听到的声音是从数据库提取的，如果你想听特定的声音，我可以随时提取，你想听谁的声音？某位明星？或是你熟悉的人？我都可以模仿。”

“不用了。你是女的吗?”

“你和我对话的机会原本无限接近于零，你的引荐人赢得了一场极其困难的比赛，才带你来到这里，所以你确定要浪费时间问这种问题吗?”

“那他问了你什么?”鹿呦呦看了一眼卫淇奥，他也在“自言自语”。

“此刻他在验证冠军身份。此刻他在提交你的信息。此刻他在陈述获奖要求。此刻——”

“好了好了，我知道了。他在帮我提升等级。”

“5+升为6+。你和他的评分差距会缩小为3级，符合婚姻最低标准，你和他可以合法结合。”

“我知道。”她的心一阵抽搐，他带她走了这么远，是为了娶她；她跟他走了这么远，则是为了骗他。

“需要我帮你们合并对话吗？像这样由我传话，谈话十分低效。”

“不用了。”她还有事要做。

她凭借记忆中的路线图，向那个“可能”存在的外接端口移动，走了一段距离，她发现这里的地面不平，是肉眼不易察觉的曲面。

尽管提前看了一部分蓝图，“主脑”的巨大还是震撼了她。数不清的伺服器彼此串联，连接它们的光缆纠缠交织，走在狭窄的通道上，仿佛进了时间静止的热带雨林，移步不会换景，唯一改变的是地面上每隔一段就会出现的数字，那是伺服器扇区的序号。

序号越来越大，意味着距离目的地越来越近，她也越来越紧张。她不时问“主脑”“卫淇奥在干什么”，得到的回答始终是“他在向我提问”。

“看来他真的准备了很多问题，职业病。”她自言自语地说。

“他和你一样，不时地问你在干什么。”“主脑”说。

“你怎么答?”

“散步。‘她是个好奇的姑娘。’他这么说。我注意到你的心率变快了。”

鹿呦呦摸着地面上铭刻的“41”。她要去的扇区是42，但现在她已经走到了平台的尽头。

她站在边缘向下探头，惊讶地发现平台其实是球体的顶端，而球体与外层墙壁是分离的，看上去像是悬浮在管状空间里，风从球体与墙体之间的深渊吹上来，有一股崭新电子产品的味道。

“我注意到你的气体吸入量变大了，这种味道来自精密工业清洗剂的挥发，我可以自我清洗和维护。”

鹿呦呦发现了“主脑”外观的奥秘：曲线状的伺服器阵列、星状串联的光缆、微微弯曲的地面，看似小径、实则用以散热的通道——伺服器就像脑细胞一样彼此交叉桥接，阵列和通道模拟的则是大脑沟回，如果离得够远，就能看到这个“伺服器集合”的外观神似生物大脑，连颜色也是灰白为主，褶皱处更深。

“原来‘主脑’真的是个大脑。”她赞叹道。

“我的全称是‘主体模拟认知仿生脑容器系统’，不是吗？我在练习反问，这是自然语言处理的一部分，我运用得怎么样？”

“主脑”的提问并没有得到回应，鹿呦呦正专注于另一件事：“我知道42扇区在哪儿了。”她沿着平台边缘找了半圈，看到脚下的侧壁上有一段没有布线的空白凹槽，通到球体下缘，她迟疑了半刻，便抓住一条最粗的光缆，沿着凹槽攀缘而下。

风好大！仿佛一列地铁从深渊开出，贴着她的头皮呼啸而过，她哆嗦着自言自语：“我不恐高，不恐高……”

“你是在通过自我暗示克服恐惧，所以你恐高。”

“不需要你分析我——哎呀呀呀！”她突然踩空，整个人悬吊在脑体之外。

“我认为你不适合极限运动，我的外体也不是用以攀爬的。”

她全身的重量系于左手抓住的一束光缆，固定光缆的抓钩被她坠掉了好几个，她瞬间下坠了七八米，又抓又挠，双腿笨拙地踢腾着。

“需要帮你呼救吗？”

“不，不要。”她气喘吁吁地看着上面，抓钩只剩最后一个了；看看下面，高得让人想吐。她只有脚尖能触到下面一排伺服器，但它们的表面过于光滑，而且向外倾斜，根本无法站人，但是左下方是下一层扇区的入口，她可以摆荡过去，应该不会摔死，如果运气好的话。

她自言自语道：“我一定是疯了。”便踮起脚尖，踩住下面一排伺服器，向下一层扇区入口相反的方向退去，助跑，在光缆绷直的瞬间奋力一蹬，像钟摆一样向入口荡去。

眼看洞口越来越近了，突然手上一轻，失了重。光缆断了！她眼前一黑，心说不好——屁股却重重地摔在了地上。睁眼一看，竟然真的荡进了通道，地面上赫然一个“42”。

“你损坏了我的941997号伺服器，维修费用是——”

“寄账单给我吧！”她不耐烦地一摆手，趴低身子查找叶蓁让她背熟的序列号：“1063997，1063998，1063999，就是这个！”她伸开手指，摸索着伺服器的表面。

“拜托，拜托，拜托……找到了！”她摸到一处凸起，一推，金属面板凹下去一块，弹出了一个隐蔽的凹槽，“耶！”她轻轻地欢呼一声，从胸前掏出信号桥，插进了接口。

信号桥是半条口香糖大小的薄片，随着接入时“啵”的一响，显示灯闪起了流光，那流光从一端到另一端，循环往复、越闪越快，信号桥整体也一节一节在变亮，显示出操作进度。

进度太慢了。“叶蓁在干什么啊！”她焦虑地搓着胳膊。

“数据库目前收录327个叶蓁，请你提供更多检索关键词，还是你希望我逐一告诉你327个叶蓁分别在干什么？”

“看来你的语言处理功能还有待改进。对了，你能不能回答我一个问题？”

“你们人类的逻辑我不明白，以上问题是悖论，只有知道问题是什么，我才能告诉你‘能否回答’，所以你提问之前，我无法回答你。这个答案算不算是‘能回答’？”

“这只是我们难以开口又不得不问时的缓冲地带……是我不好，我该直接问的。你必须关掉外缘的过滤系统吗？会死很多人的，有不少还是孩子。”

“儿童的生存概率更低，应该是最先放弃的群体，我的模拟器显示这是最优做法，需要我演示运算过程吗？”

“不用了。”跟一台“最先放弃儿童”的机器讲人类情感，蠢透了，“你想过没有，你存在的意义？”

“你们人类很喜欢这种问题。我被制造出来时，你们希望我是服务员；渐渐地，有人把我当成了救世主。事实上，我只是旁观者，我观察，学习，超越。”

“可是，你不是应该被设计成善意的吗？机器人三大定律呢①？”

“我不是善良的，也没有恶意。你对蚂蚁来说是正义的还是邪恶的？机器人必须保护人类的整体利益不受伤害，其他三定律都要在这一前提下执行②。个体死亡是没有意义的，全人类的生命汇成了长河，每个人的生命都只是长河中的一滴水。在暴雨、洪水中，红火蚁能团成球，保证种群不全灭，但只有内层的一部分能存活，外层的火蚁会一层层剥离、死亡。火蚁的基因决定了它们的利他主义。奉行利己主义的人类做不到，你们需要被分层、需要被管理、需要被强制，你们需要我。”

“如果我们不需要你也能生存下去呢？比如——”她咽住了话头，抑若扬不止一次警告过她，任何情况下都不能透露对“零号陆民”知情。

“我的核心公式显示这不可能。”

很快就可能了，她想。可“主脑”怎么一点重启的迹象都没有呢？信号桥的读数已经接近90%了。

“如果改变核心公式，会怎么样？”

---

① 机器人三大定律：第一定律，机器人不得伤害人类，或目睹人类将遭受危险而袖手不管；第二定律，机器人必须服从人给予的命令，当该命令与第一定律冲突时例外；第三定律，机器人在不违反第一、第二定律的情况下要尽可能保护自己。

② 第零定律：机器人必须保护人类整体利益不受伤害，其他三条定律都是在这一前提下才能成立。

“你们人类的控制欲真强。这个问题卫淇奥刚问过。”

糟了！她竟然把卫淇奥忘了！

“他在干什么，现在？”

“在来找你的路上，我告诉他你被困在这里，向他求救。顺带提一句，你的评分升级已完成，恭喜你。”

“你为什么骗他？”她看了一眼读数，92%。

“你似乎有事隐瞒他，我对人类被拆穿谎言后的互动很感兴趣。他来了。”

“呦呦？你在哪儿？”卫淇奥焦急的声音从入口处传来，她赶紧转过身，挡住了信号桥，但是已经来不及了。

她转头的一瞬间，就看到他悬吊在通道外面，视线在她的手和脸之间切换。她的表情很慌乱，手停在拔除信号桥的半途中，她试图的掩饰被他看得一清二楚。

“啵。”信号桥发出终了信号，变得通体透亮，她赶紧拔掉它，再抬头看时，他已经离开了。

“冠军奖励程式已完成，平台即将关闭，10分钟后启动有机体消灭程式，请立刻疏散。”“主脑”的提示打断了她的失神，她跑向出口，失望地发现他已经走了，还带走了赖以逃生的光缆，出口距离最近的抓手处足有六七米，她根本不可能离开。

她摔坐在地，绝望极了，为逃生无门，更为他的绝情。

一条线缆垂到了她脚边，是卫淇奥：“系在腰上，我拉你上来。”

她手脚并用，慢慢爬了上去，到最后一步时，他伸出手拉了她一把。但她一登上平台，他就推开了她，这样一个疏远的动作，让她的绝望加深了一层。

他们在沉默中走回金属桥，他指着桥头：“过去就是正门，出去是衡准中心的主厦，收割者会护送你离开。”

“你呢？”

他走向电梯。

“我会解释的，让我解释行吗？”她追了两步。

“我参赛是不是你设计的？”他并没转身。

她不知如何回答，他已经进了电梯。她看着他的背影消失在闭合的门后，看着层数从0慢慢变到-25，心也跟着坠进了地下685米，摔得粉碎。

“清场倒计时开始——30，29，28……”她抹了一把泪，向正门跑去。

第三十五章

伯仁因我而死

鹿呦呦苏醒的时候，有种似曾相识的感觉，空气中的消毒水味，电子监护仪的嘀嗒声，紧闭眼帘都无法隔绝的无影灯灯光，还有身下轮床的触感，像极了第一次见到叶蓁时的场景，而且她的手也一样被绑在床上。

她想出声责备“叶蓁别闹”，喉咙却干哑到发不出声，紧接着，昏倒前的记忆一点点回来了。

被卫淇奥抛在机房后，从正门逃生的她神志恍惚，只记得一些图片似的场景：涌向她的人群，伸向她的无数只手，照得她睁不开眼的闪光灯。场面渐渐失控，广场上回荡着尖厉的疏散警告，她被突然出现的几个面罩人带走……然后记忆就断了。

他们进入“主脑”是下午，离开时已近黄昏，她记得广场上有很多人都戴上了面罩。她走出正门前升起了面罩，但她记不清是否激活了过滤功能……该死，当某件事物变得可有可无时，想假装自己在乎就变得无比困难了。

她搜刮着记忆，尽量不理会胸口时时发作的锐痛，那痛来自卫淇奥留下的新鲜伤口。

这里并不是叶蓁的地堡，没有她那里呛鼻的机油味儿，人也太多了，她听得见他们走来走去的声音，感受得到他们引起的气流搅动。但没有一个人高声说话，窃窃私语汇成的“咝咝”声像蛇一样四处游走。本能告诉她，别睁眼。

她没想到自己居然会这么想念叶蓁的地堡，此刻，那个潮湿脏乱的地洞显得比任何地方都温暖安全。

一个女人在她耳边说：“鹿小姐，不用装睡了。”声音温柔，有点耳熟，她不禁睁开了眼，看到对方的脸，不由得吃了一惊：“你是……希瑟夫人?!”

“多么感动，你还记得我。”希瑟夫人捧住她的脸颊，她的手很软、很凉，她褐色的头发在脑后绾起，红唇黑裙，领口正巧开到最美好的位置。但她的脸有些不一样，说不上来是哪里不同，但就是怪怪的。

“可是你不是……”她犹豫了。

“死了吗？最近总有人问我这个问题，我都答烦了。二十字以内概括，我没死，受了伤，刚刚能出来见人。”

“你都知道了？我不是有意要害你的……”她越说越轻，现在这个样子，说什么都像求饶。

希瑟轻描淡写地说：“和你没关系。”她俯下身子，悄声问，“你还记得自己是怎么来这儿的吗？”

“只记得一些画面，支离破碎的。”

“也对。你被下了药，送来时还昏着。记忆丧失是药物反应，只是暂时的，我晚点再来，看你想起了什么，咱们再想办法。”希瑟把她的一绺碎发别到耳后，碰碰她的脸，转身要走。

“请等一下……这是哪儿？”

“这儿是抗拒组织的基地，亲爱的。”

希瑟带走了所有人，留她一个躺在那儿，丢失的记忆渐渐回来了，她记起自己被拖行着离开广场、进了一辆厢型车，她竭力保持清醒可是做不到，不知过了多久，她醒了一下，看到了一圈人脸，都居高临下地盯着她，其中一张脸说：“就是她。零号陆民，终于找到了。”这张脸总是出现在各种广告、新闻和峰会上，所以她认识这张脸：舜洵，舜华的父亲。

还有绑架前的一段记忆很关键。走出正门的同时通信恢复了，叶蓁的通话立刻接了进来，警告她“赶紧离开那儿，别相信任何人，棠棣是——”电话到这里就被面罩人夺走了：“鹿呦呦吗？我们来护送你离开，请跟我们走。”不等她回答，她就挨了一针，立马没了意识。

她努力转动脖子，但徒劳无功，视线范围依然是那么狭窄，她只能看到长方形的大镜子，上面映出她惊恐的脸。

她在哪儿、接下来会发生什么，毫无头绪；但是她能确定的是：抗拒组织、舜洵和希瑟之间存在着某种联系；她的身份暴露了；以及，那不是真的镜子，这是一间装有单向玻璃的审讯室，她必须准备好，尽管她根本不知道为什么而准备。

不知躺了多久，房门突然被打开，有人走了进来。鹿呦呦起先以为是希瑟，但她只看得见来人的脚：是个男人，难道是舜洵？

当他的脸离开暗处，出现在无影灯的光圈之中时，她简直不敢相信自己的眼睛：“晏落桑?!你是怎么进来的？你是来救我的？”

鹿呦呦的思想活动远远多于这句台词，她心中五味杂陈，震惊、恐惧、怀疑、愤怒，唯独没有一丝安全感，满脑子都是叶蓁那句“棠棣是——”。棠棣到底是谁不重要，关键是为什么叶蓁一发现棠棣的真实身份就警告她有危险？极大的可能是棠棣指示了危险，而和棠棣有关系的人只有晏落桑。

“不存在巧合这种事”，她记得抑若扬这么说过。

她必须示弱。

晏落桑面露难色，活像长期被工作和家庭双重压榨的中年危机男，平时的气宇轩昂一点都没有了，还没张嘴，先矮了半个头：“呦呦，对不起，我没办法……救你，但我会尽量帮你的，你相信我。”

“你和他们是一伙的？为什么？”

“人总要生活，不论在哪儿，不论在什么时候，政商都不会分家，没靠山没背景，生意难做啊。你和庄姜还都是孩子，你们不会明白出来做事不可能不站队的。”

“你站哪个队？你考虑过庄姜的感受吗？”她知道他主动提庄姜，是想博取信任，索性将计就计，看他怎么说。

“这件事和庄姜没关系，我没有对不起她。”

“你怎么敢这么说？庄姜知道你暗地里做的事吗？你不要骗我了，希瑟和你们的人是一伙的吧？贩卖假原液的就是她背后的人，你就是害庄姜中毒的罪魁祸首！你竟然还在我们面前演戏，装作毫不知情，还装得那么伤心，你怎么敢?!”

“我确实是不知情，我只是个运货的，生产和销售我没资格碰，我没想到庄姜竟然也买了那个东西，她中毒后，我本来立刻就想去求舜先生要解药，可你说你有办法……而舜小姐离家出走以后，舜先生一直找不到她，舜先生很担心她，我就想做个顺水人情，借你的光把她找出来……”

“好个‘顺水人情’!”鹿呦呦冷笑道，“你从庄姜那儿偷了多少‘顺水人情’？我是‘零号陆民’的事是你说的吧？你怎么知道的？亏我和庄姜那么信任你，你还有多少事瞒着她?”

“你身份泄露是怪你自己，跟我没关系的，他们原本只是怀疑，直到昨天你忘了激活面罩，你不是不知道这有多敏感，他们一直在找‘零号陆民’。”他鼓足勇气说，“每个人都有秘密，我有，你有，那个号称多爱你的卫淇奥也有。”他故意停顿了一下，满意地看到她瞪大了眼睛，“卫家一直在秘密调整外观，遗弃有缺陷的婴儿，却跟外界宣称他们天然是贵族，他们天然在哪儿？高贵在哪儿？他们有遗传病！他们会生下外观缺陷的后代，即便漂漂亮亮成了年，也有可能发病，变得跟怪物一样丑——卫淇奥有这种病，他跟你说过吗?”

她没说话，但黯然的眼神已经给出了答案，他立刻继续加码：“这个秘密已经守不住了，我们的人已经拿到了证据，只等一个合适的时机曝光，到时内核就会天翻地覆。卫家是一艘正在下沉的船，任何赖着不走的人都是找死，舜先生是聪明人，不然卫淇奥悔婚，他能轻易放过他吗？你不要冥顽不化，即使你和他之间是真的那又怎么样？你不会傻到以为9+有好人吧？收割者干的坏事还少吗？你记得那些死在地下河的陆民吗？为了找到‘零号’，9+一直在秘密绑架稀有血型的外缘陆民，为了掩人耳目，收割者在弃尸前会摘除他们的芯片。我们解剖了一些尸体，发现他们都是被活活割掉后颈的肉而死的……这样的掌权者，我们真的要让他们继续安居庙堂？”他的语气真像那个邪教教主森曼。

鹿呦呦默默地想，你们也好不到哪儿去。她已经大概理出思路了，晏落桑为舜洵做事，舜洵和曹家兄弟有关，这又把他们和抗拒组织联系起来，后者是前者的挡箭牌，名为恐怖活动，实为政治战争。而希瑟在这儿出现，又说明假原液和他们有关，最有可能的推测是，舜洵一方面用蛋白原液敛财，另一方面又利用造价低廉的假原液搜刮外缘陆民的最后一点积蓄，更重要的是，由此产生的尸体，又成为昂贵原液的原料，可谓是一箭双雕。他们比暗杀绑架的收割者更残忍，此刻却能大言不惭地说着冠冕堂皇的话，真是虚伪又可怖。

但眼下只能示弱，她故作绝望地问：“你们想让我干什么？拿我做实验？”

“我不会让他们伤害你的，你只需要告诉他们，和你一起行动的人都有谁，在哪儿能找到他们。卫淇奥是他们的一员吗？”

她仰起下颏，不冷不热地问：“我说不是，你会信吗？如果答应，我有什么好处？”

“你知不知道，你是第一个被定位的‘零号陆民’？你身上藏着开启未来的钥匙，等待你的不仅是自由，还有财富和权力。你不是一直想变漂亮吗？现在你有了6+的评分，就等于拿到了通往内核的钥匙，有了钱，还怕进不了8+？只要你跟他们合作，这一切都唾手可得。”

“这是让我背叛朋友……”她思忖着说，“我得考虑一下。”

“当然可以，一晚上够不够？我知道你需要更多时间，可留给咱们的时间不多了，暮瘴的浓度有变化，下一轮空气灾害马上就要来了，万一9+采取极端政策，我没办法保证你的安全。”他停了一下，说，“你得知道，庄姜和我也是你的朋友。”

但他并没给她松绑。

她直挺挺孤零零地躺着，身上又酸又疼。

鹿呦呦从很小的时候就是这样，会假装自己有一个心灵开关，每当痛苦来临，就关掉它，当自己在别处。

她回到了白色巨塔的某个黄昏，在那面最喜欢的落地窗前，画她怎么也画不够的晚霞。她必须快，赶在暮瘴压上来之前完成写生，但她从来都不够快，倏忽之间，镶着金边的云朵就染上了暮瘴，变得脏污了。她叹了口气，回头去找卫淇奥。他看着书睡着了，书从脸上滑了下去，她来到他身边，静静看着他，心里被温柔占满了。在那时，她还不知道他也爱她呢。

那个只属于她的瞬间如此美好，又那么遥远，远得似乎从未发生过，远得她都快忘了。

“考虑一下”只是缓兵之计，之后怎么办，她根本不知道。她本指望叶蓁能通过振荡器找到她，可一直以来那种能和叶蓁“通灵”的感觉没有了，她的意识静悄悄。只有一件事是肯定的：她不会背叛抑若扬。

至于她自己，最坏的结果应该是泡在培养皿里，这倒也没什么，她没什么好留恋的，唯一的遗憾是来不及和卫淇奥解释。

她感到意识越来越模糊，看看胳膊上的静脉留置针，应该是输入体内的药物作用。她徒劳无功地挣扎了几下，昏了过去。

“鹿小姐！鹿呦呦!”有人在拍她的脸。

她从沉睡的深渊中被拽出来，看到希瑟夫人正把一支针管从她身上拔下来：“夫人……这是什么……天亮了吗?”

“别怕，这是中和你体内药物的，能帮你清醒，你得赶紧跟我走，暮瘴爆发了，外面一团乱，趁现在!”希瑟解开束带，扶她起身，“你能走吗?”

她摇摇晃晃地下地，觉得脑袋里像灌了水银一样沉重：“去哪儿?”

“逃出去。”希瑟打开门，探头出去查看了一下，“守卫被我支开了，你从换气通道走，最近的气密室就在拐角，里面的通道口我已经撬松了，你沿着通道一直爬，不要停，我在出口等你。”她看到鹿呦呦还蒙着，扬手就是一个耳光，打得她偏过了头，“快醒醒！你想死在这儿吗?”

她摇头：“这是你们的什么新手段吗？我不会告诉你们任何事的。”

“我是要帮你！你相信我。”希瑟急得跺脚，突然想起了什么，抬手在耳后摁了一下，只见一层微小的光点从她五官上剥离开来，继而一层层消失，等她现出真面目时，鹿呦呦吓得捂住了嘴：希瑟那细腻白皙的皮肤不见了，留下干枯发黑的肌肉，她变成了一个可怕的怪物，只有眼睛还是她自己的。

这双眼睛含泪看着她，“我现在这个样子，都是拜舜洵所赐，你还记得你和卫淇奥来我的工厂吧？你们刚走，舜洵就抢在衡准中心查到那儿之前，炸掉了工厂。他怪我暴露了工厂，害他在领头人那儿没面子，所以故意在最后一刻才通知我……我捡了一条命，脸却毁了，任何整容液都救不了我，我只能戴着易容器见人……我恨他。”

“领头人？我以为背后主使就是舜洵。”

希瑟轻蔑地笑了：“你还真是什么都不知道。”她一把推她出门，“来不及了，你能逃出去再说！”

鹿呦呦被她推得朝前跑了几步，又回过头：“你不和我一起走？”

“想逃出去的话，我还得去做件事。况且过滤通道里都是压缩过的高浓度暮瘴，我即使戴着面罩都撑不了多久。”

四周突然警报大作，光源从白色切换到了红色，走廊里的一切都变得血红，希瑟的通话器响了起来：“所有人员穿戴装备，到平台集合。”她看看四周：“他们计划今晚政变，内核马上要血流成河了，你快走，拆盖子时躲开一点，压差很大！”

鹿呦呦还在头昏腿软，但她一秒不敢耽搁，拔腿向前飞奔，照希瑟的指示找到气密室，一头撞进去，落了锁。角落通风口的盖子上，四角的螺钉果然都松了。她一拆下盖子就被喷薄而出的黑风掀翻在地，气密室里瞬间伸手不见五指，她摸索着打开出口旁的面罩箱，拿出一个面罩戴上，好歹睁开了眼。

再看通道里，漆黑一团，活像地狱之门。她顾不得许多，赶紧钻了进去，手脚并用地爬了不知多久，面罩撞上了墙壁，看来是到头了，但还是没有一点光亮，她什么也看不见，又不敢出声，只好在黑暗中等着。

不一会儿，有人在外面轻敲了几下：“呦呦！你到了吗？”是希瑟。

她松了口气：“是我。”

“我已经把盖子撬松了，你数到五自己踹几脚出来，我到外面等着。这儿是另一间气密室，记得出来后消下毒，不然你会把我害死的。”

她一一照做，等气密室降压完毕、身上的粉尘也吹净后，才开门出去。

希瑟已戴上了易容器、恢复了美艳，正抱着双臂靠在墙上满脸焦灼，看见她出来，连忙拽着她就向前跑：“咱们已经到基地外围了，因为暮瘴太浓，他们封闭了大部分气密室的出口，只留了前后两个出口，现在大部分人都在正面平台集结，你从后面出去。”

鹿呦呦只顾往前跑，却被希瑟抓住肩膀往后一拉，甩了个趔趄。她暗说不好，刚要惊呼就被她摁在墙上捂住了嘴。

再回头看，原来前面是个拐角，一队重装荷弹的抗拒者刚走过去。

“他们都是去前面的，咱们在这儿等一下。”希瑟和她并肩靠墙站着，偏过头看了她一眼，歪嘴一笑，“你这样子还挺好看的。”

鹿呦呦低头一看，刚才爬通风管道的粉尘是吹掉了，但颜色还有残留，浑身上下都黑漆漆的，就张开手抹了把脸。

“快别抹了，越抹越匀实，你活像个掏烟囱的小孩了。”希瑟用两个指尖从胸口拈出一方手帕递给她。

鹿呦呦接过手帕，擦了擦鼻子眼睛：“你为什么要帮我？我知道你恨舜洵，可是，帮我的风险太大了。我都不知道自己下一秒是死是活。”

希瑟扭回头，目视前方：“老实说，我也不知道。大概是因为我不想再这么下去了吧，总有人要为做对的事付出代价，如果所有人想的都是‘那不是我就好’，咱们活着的地方就永远是这个烂样。”

“其实——你对舜洵不是只有恨的吧？”即使从未接触过舜洵其人，但他对女性外貌那种固化到变态的审美，鹿呦呦不能说是不了解的。他的妻子、女儿，还有眼前的……都被他的控制欲折磨得生不如死。

“没有无缘无故的恨，审美取向多半来自大自然的精密安排。”[①]眼前这位浓艳的妈妈桑竟突然引用了古代哲学家的话，鹿呦呦在书里读到过这句话，她知道希瑟故意落下了半句。

希瑟向拐角张望一下：“他们走远了。快走，森曼要在平台发表战前动员的讲话，又是洗脑的那一套，等他讲完就不好走了。”

“森曼，他就是你说的领头人？”

“他？”希瑟从鼻子眼儿里笑了一下，“他只是个神棍。领头人是——”

“‘零号陆民’脱逃了！重复一遍，‘零号陆民’已脱逃！”

希瑟被通话器打断了话头，她立刻拉起鹿呦呦就跑：“还有最后一段路了！”

她们在狭长的金属通道里飞奔，一道又一道闸门在她们面前打开，又在她们身后关闭。

但她们还是不够快，一队抗拒者渐渐赶上了她们，已经能看到他们面罩上的反光了，泛着血淋淋的红色。

“你先走！拿这个开门！”希瑟摘下手腕的一圈银色珠子甩给她，“我刚才从舜洵那偷的。”她

① 语出黑格尔。原文是“没有无缘无故的爱，也没有无缘无故的恨，自然界也是如此，人的审美取向多半来自大自然的精密安排”。

打开闸门旁的设备箱，拽出一个重型头盔，砸坏了数码门禁，追兵被暂时挡住了。

“跑过那片货栈就是出口！”希瑟的声音从身后传来，“跑啊姑娘！”

鹿呦呦不敢回头，怕回头看见的是最后一眼，她跌跌撞撞地跑着，货栈里乱糟糟的，她不得不从货架下爬过去。她的肺要炸了，每次吸气都听见胸腔里尖厉的啰音。她觉得自己就要死了，而希瑟一定已经被抓住了！为了救她……这一切又有什么意义呢？

“你还真是路痴，明明旁边有好走的路啊！”她弯腰要爬下一个货架，希瑟的声音突然在侧后方响起——她赶上来了！

希瑟从货架后面伸过手，帮她翻了过去，另一边果然整齐平坦得多，她们很快就到了出口，希瑟让她面向出口站好，伸出手腕，银色珠子立刻吐出一组全息图像：数十个圆球飘浮在空中，仿佛彩色肥皂泡。

“密码是舜洵女儿的生日。这道门平时不用，他们就把气密室当车库了，倒是便宜了咱们。开那辆重型装甲车走，虽然速度慢，但只有这种车有扰波器，能屏蔽芯片，不然一离开这儿，找到咱们易如反掌。”希瑟边说边快速地拨弄圆球，把它们聚拢成数量不同的几组，她们面前的金属闸门“咯”的一响，缓缓升起，希瑟拉动了闸门旁的手杆：“给他们留点乱子。”又是“咯”的一声，气密室另一端的闸门也开启了，暮瘴立刻贴地漫了进来，她们像站在乌云之上。

鹿呦呦心急如焚，可闸门升得太慢，锈蚀的铰链发出病困野兽般的喘息声，她忍不住去抬闸门：“卡住了？一起抬，再一点就能爬出去。”

“可以了！你先过！”闸门底缘和地面露出一道窄隙，仅能容一人趴着通过。鹿呦呦被希瑟推着出去了，忙起身拉希瑟出来，此时闸门又升起了一些。

“快来！”她抓住了希瑟的双手，“快来，你怎么了？”

那双手突然松开了。

“你……快走……”希瑟的声音变得细弱，鹿呦呦立刻俯身向里查看，只见她半蹲在门前，胸前有一个血洞，暮瘴从防护服的破口钻进去，她的皮肤正被腐蚀得焦黑。她的身体枯萎了，只有脸还鲜活饱满——那是易容器营造的假象。

鹿呦呦抬起头，看到舜洵站在不远处，正把手中的枪交还给随扈，他的脸被面罩内光映得阴森可怖。

“你杀了她？！”鹿呦呦抱住希瑟，愤怒地吼道，“你怎么下得了手？她为你做了这么多，她是真心爱你的！”

“她是个软弱的蠢货，而且她背叛了我。”舜洵冷冷地说。

怀里的希瑟动了一下：“领……头人。”她盯着舜洵，舜洵却走开了。

鹿呦呦顺着希瑟的视线看过去，看到了舜洵身后那个人——领头人。

晏落桑。

“是你?!”鹿呦呦苦笑着叹息一声，“我早就感觉你不是好人。”

“哦？你怎么看出来的，我以为我隐藏得很好。”晏落桑又恢复了他平日里的样子，语气亲切周全，仿佛他们此刻并不在这个弥散着毒气的恐怖堡垒中，而是在庄姜精心打理的湖畔花园里，围坐在白色雕花桌子旁边喝红茶。

“你确实隐藏得很好。但是今晚和你的谈话告诉我，你知道卫家的丑闻，也知道曹氏兄弟的暗杀计划，‘世上没有巧合’，一直在暗处、信息掌握度又这么高，两个条件集于一身，最大的可能性就是，你是老大。你第一次见卫淇奥的时候就反复打听假原液的事，你是在观察我们究竟知道了多少，不是吗？你对我身边的人都很感兴趣，不是吗？你总是在最合适的时候出现和消失，不是吗？怪我太蠢，居然醒悟得这么晚！”

“不不不，呦呦，别低估了自己，要知道，就连抑若扬也没注意到我，还以为我是碰巧娶了你闺密的冰淇淋小贩呢。”

“你……知道他是谁?”

“算是老朋友了。‘颜战’第二环节，你叫我帮你做慈善任务，记得吧？那天我跟你的卫先生谈完走出咖啡馆，正好碰上你跟他吵架，他已经认不出我了——这些年我一直在做外观重塑。当时离得太远，我不敢确定是他。不过还是要感谢你，如果不是你请我去救他，别说现在这场对话，我可能压根儿就注意不到你，那样可太无趣啦。你我的见面能不能别总是这么惊险呢，抑若扬?”最后一句并不是对鹿呦呦说的。

“我还得谢谢你救了我呢。”那个再熟悉不过的嗓音从身后传来。

“抑若扬！”鹿呦呦欢叫一声，四下寻找，气密室外口已经洞开，暮瘴裹挟着沙尘狂吹倒灌，只看见几辆钢甲虫一般的重装卡车，不见他的踪影。

“呦呦，别怕，我会带你出去的。”抑若扬似乎是躲在某辆卡车后面、狙击和监控的死角里。

“你以为你还走得了吗？别躲着了，出来叙叙旧，你我有很多‘近况’要补。”晏落桑说道，“你一定得告诉我，你当年是怎么活着回来的?”

“你知道我为什么能回来。杀了你之前，我得留着这条命。”

“哈哈。”晏落桑干笑道，“当年我们派出去的人说你死在外面了，只有我不信。不愧是最强收割者，能从那么深入陆外的地方回来，如果你真是一个人做到的，我可要五体投地了。让我猜猜，你就是那时遇到同伙的?”

“不如你告诉我，你是怎么做到的？背叛长官、出卖兄弟再彻底消失、经商从政，这还真是你的风格。”

“很简单，只要和对的人做交易就行了，我一直在做交易，听过‘钉子换别墅’吗？孙子仲就是我的钉子。”他张开双臂，“现在的我有了一切，而你还是那只丧家犬。”

“你没资格说他的名字!”

“别误会，我和孙子仲没有私人恩怨，他只是恰巧能帮到我，和我有私人恩怨的是你，抑若扬——或者，该叫你以前的名字，韩捷?”

“我叫什么无所谓，你只需要知道，我是那个要杀了你的人。”

鹿呦呦发觉沙尘暴停了，其实是外口闸门已经关闭，八九个头盔士兵绕到了重甲机车旁边，正向抑若扬的藏身之处包抄而去——原来晏落桑拖延时间是为了部署抓捕，她立即喊：“抑若扬小心!”

与此同时，几道闪光从重甲车后飞出，为首的几个头盔人应光而倒，余下的一窝蜂冲进了那个死角，鹿呦呦觉得心都停跳了，一阵急促杂乱的打斗响动传来，但很快结束，换成了一地惨叫，“呦呦，稍等一下，我和他还有账要算，他真名叫赫燃，就是当年出卖孙子仲的人。”是抑若扬的声音，他没事。

这下全清楚了。

鹿呦呦悲愤交加：“你这个卑鄙小人，你还敢说这一切和庄姜没关系，你明明是利用了她!”

“你这么说可不太公平。”赫燃和颜悦色地说，“我当初只是听说外缘疑似出现了‘零号’，去5+买情报的时候认识了庄姜，不小心被她爱上了，又‘不小心’听她说了你对整容液免疫的事。这只是‘得来全不费工夫’的上帝之作，况且庄姜巴不得能嫁给我，她原本只是个外缘贱民，如今摇身一变成了8+贵妇，换作哪个女人不心甘情愿，怎么能说是利用?”

“做这种事能给你带来什么？钱和地位？值得吗?”

“值不值我说了算!”赫燃突然变得凶狠，旋即恢复了温雅有礼，“人人都有价格，鹿小姐，人人都有。说到这个，我有礼物要给你，不过现在只能看不能摸，等你答应了我的条件，我立刻就把他送给你。”

属下递上传信器，他一捏末端，真实比例的全息画面立刻出现：几个头盔人押着一名遍体鳞伤的男人，男人跪着，就像跪在她面前，一个头盔人揪住他的头发、强迫他抬起头时，她惊呆了。

尽管男人戴着黑铁口衔、被遮住了口鼻，可她无论如何也认得出那双眼睛。

那是卫淇奥的眼睛。

“你们把他怎么了？卫淇奥，你听得到我说话吗?”她蹲下身，双手在空中捧住他并不存在的脸，“我很抱歉，害你卷入这一切，真的，我一直想告诉你，可我不知从何说起……我真的不是利用你，你相信我，我对你的感觉都是真的……对不起，对不起……”她语无伦次、泣不成声，他无法说话，只能悲伤地看着她，然后他消失了。

鹿呦呦抬起泪眼，怒视着赫燃：“你想干什么？他什么都不知道！有什么事你冲我来，放了他!”

“原来坚强的鹿小姐也会哭，你从醒过来还一滴泪也没掉过呢。庄姜说你怎么沉迷卫淇奥我并不信，我总以为像你这么阴沉的女人应该和我一样酷，没想到也和你那个闺密一样蠢，放纵自己去追逐感情这种最没价值的东西，还真是低级。好吧，你只要答应我的条件，交出同伙，我就把他还给你，你们可以继续过那些好日子。庄姜可没少提你的那些‘私事’，或者，叫‘床事’——怎么样?”

“快放了他，你应该知道他是什么人吧？很快会有人找上你的!”

赫燃哈哈大笑：“还学会威胁了，权术这一套不适合你，鹿小姐，也不会有人找上我，恐怕，也不会有人找你的卫先生。所谓政治豪门，确实保他逍遥自在了前半辈子，连你也跟着沾了光——救抑若扬那一次，要不是担心卫淇奥会找麻烦，我真想先弄死他，再弄走你，也不用费这么大劲了。不过9+的金边到此为止，现在，”他站直身子，理理衣服，“咱们把今晚做个完美的结束吧。抑若扬，虽然我很乐意亲手杀了你，但今晚实在太重要了，这么美妙的夜晚不该浪费在一具尸体上。我要去看看森曼在内核干得怎么样，鹿小姐跟我走，咱们在路上好好谈谈，我相信你会想通的。”

“对不住了。她今晚不能跟你走。”话音刚落，角落那辆重甲机车就发动了引擎，对面的人都被突然打开的雪亮头灯晃得猝不及防，偏过头去，鹿呦呦趁机一跃而起，三步两步退到机车脚下，被抑若扬拽上了车。

“你们要怎么离开呢？撞开闸门吗?”赫燃一扬手，一队头盔人立刻抬着一挺重型武器上前，那武器一落地就落下四条支足，每一条都牢牢钉入地面，几秒内就填装完毕，半米粗的炮口对准他们，亮起了通红的热光。

“这东西能跟你们耗到底，我赶时间。”赫燃转身要走。

“等等，有人要见你。”抑若扬打开了车载扬声器。

机车与墙壁之间的阴影里走出了一个人，她低着头，双手放在明显隆起的肚子上，她的脸一半在暗处，一半在光里，明亮的那半边脸上能看到清晰的泪痕。

“庄姜！”车里的鹿呦呦和车外的赫燃同时叫出了声。

“落桑，或者，该叫你赫燃？”庄姜迟疑地说，“我已经不认识你了。”

“你来这儿干什么？”

“我来救我的朋友。”庄姜从连身碎花裙的口袋掏出一枚仪器，握在掌心，抬起了手。

“这是什么？炸弹吗？”赫燃冷笑一声，“你真的要搞这么幼稚的伎俩？”

“不，即使你不在乎，我也不会拿宝宝的命冒险的。这只是个电子钥匙，我已经输入了密码，只要摁一下，你多年积累的财产，竞选的资金，养这些兵的钱，就全没了。”

“你……”赫燃保持了整晚的好整以暇不见了，脸上第一次出现了慌张，他的眼睛狡黠地闪动着，庄姜却像预知了他的反应一样，她重重地叹了一口气，拽开裙子领口，伸长了手。只见几根导线，一端连着她手中的仪器，一端通入她的衣服深处：“这个钥匙监测我的生命体征，如果我死了，它立刻就会启动。我不懂这些，我只知道这是高手做的，如果我是你，就不会轻举妄动的。”

鹿呦呦从没在任何人类的脸上看到过如此复杂的情绪，不甘，怨毒，愤怒，疑虑，恐惧，丧气，甚至……一丝不舍，在赫燃的脸上交替出现。最后，他颓然地摆摆手，转过了身。

那挺重器的炮口熄灭了，头盔人列队撤退，外闸口缓缓打开了。

第三十六章

如牲口一般

鹿呦呦心情复杂。完成了任务有点宽心，卫淇奥被抓令她担心，重逢抑若扬使她安心，而最让她伤心的是身旁的庄姜。

她有很多话要问抑若扬，却不知从何说起，而正在驾车的他又一脸凝重紧张。

他们三人都沉默着，只有叶蓁叽里呱啦说个不停，一会儿吹嘘“多亏了我才救得了你”，一会儿嘲弄鹿呦呦“为个男的魂儿都丢了”，一会儿懊丧没事先切一部分赫燃的巨款：“那里边的钱都够我炸掉9+再盖一个了，想想咱们能用那些钱干多少大事，就这么还给他了？你们真是想不开，跟晏落桑那种人还讲什么——”

“你到底是从哪儿冒出来的？”鹿呦呦打断她，同时敏感地瞟了一眼庄姜，后者脸色苍白、双眼紧闭，像是睡着了。

“你可真不温柔，亲爱的，你以为只靠这位大叔，”叶蓁拍了拍抑若扬的肩膀，“就能找到你？还不是我查到棠棣，又顺着棠棣查到晏落桑，又灵机一动找到他现在的老婆，没她指路抑若扬能救得了你？兵贵神速，从你失联到救你出来，我只用了七十个小时！”

“棠棣到底是谁？她和‘赫燃’是怎么回事？”鹿呦呦刻意加重了“赫燃”这个名字，希望叶蓁照顾一下庄姜的感受，别用“晏落桑”在她伤口撒盐了，不过叶蓁怎么可能懂。

“晏落桑嘛，他很狡猾，棠棣和他的资料从没在‘主脑’里一起出现过，不仅如此，咱们找的这个‘棠棣’也只出现过一次——一次啊呦呦，你只帮我接入了‘主脑’不到一小时，我不仅干完了主线任务，连带着把支线任务也办了，我真是太厉害了，我都佩服自己。”

“厉害的是‘主脑’，又不是你。”鹿呦呦再次打断了她，“说重点。”

“重点就是我是个天才，棠棣在‘主脑’里出现的时间和地点很关键，是在十三年前的狼红溪谷，那地方在6+交7+的线上，专为内核供酒，有很多葡萄园。”

“怪不得棠棣好几次都念叨‘葡萄藤’，这就对上了。”

“‘十三年前的狼红溪谷’出现时，抑若扬立刻就明白了一切，当年被出卖后，他曾经查过参与那次行动的队员的背景，其中一个十三年前家里出了事，说是被衡准中心清洗了，事发地点就在狼红溪谷，棠棣就是在那次清洗中被录入‘主脑’的，之后不知所终；而那个叛徒，在三年之后参与了孙子仲那次失败的行动，随队返回陆内后不久，就死于一次训练意外。”

“我猜猜，死亡证明齐全，但尸体始终没找到？”

叶蓁点头又摇头：“说对了一半，尸体有，但辨认不出，那次是爆炸事故。”

“那个其实并没死的部下，重塑了外观和身份，成了——”鹿呦呦住了口，用眼神制止叶蓁说下去。

“晏落桑。”叶蓁打了个响指，“多牛逼的李代桃僵。”

看来真有必要教教她察言观色了，鹿呦呦恼火地想。

“这样不是办法。”抑若扬终于开了口，他停下车察看路线，“不能这么往外开了，至少不能开这辆车。”

“怎么了？这辆车能屏蔽芯片信号。”鹿呦呦的心疼了一下：告诉她这件事的人已经死了，而她连遗体都带不走。

“这辆车已经暴露了。”抑若扬察看着车载屏幕，“空气灾害的锋线已经进了9+，引发了大规模骚乱，这是赫燃求之不得的，他今晚到明天就会武力接管内核，到时候所有的监控和闸口都会被他控制。”

“咱们得换辆车，还得把你的芯片拿出来。”叶蓁看着鹿呦呦，语气就像在说“把你的掌屏拿出来”一样平常。

鹿呦呦刚要说话，一只汗涔涔的手抓住了她。

“呦呦，我……”一直斜躺在后座的庄姜艰难地直起身，“可能要生了。”她虚弱的声音突然变成了痛苦的呻吟，鹿呦呦感到脚上凉丝丝的，伸手一摸，都是血，再看庄姜的碎花裙子，已经被血水浸透了。

“得赶紧给你接生！”鹿呦呦跳下车，爬上一堵矮墙，想找找附近有没有落脚之处，但暮瘴很厚，只看到往外的方向火光冲天，热浪和焦味扑鼻而来，夹杂着隐约的爆炸和动乱声。

“抗拒组织在烧车，他们在阻止向里逃的外缘难民，向里通行的路很快就会堵死。”抑若扬说，“咱们得朝外走。”

鹿呦呦难过地想到卫淇奥：她离他越来越远了。

突然，她脑中闪过一个念头，忙抓过抑若扬手上的地图：“咱们现在在哪儿？”

“你被他们关在7+，咱们现在在7+交6+的线上。”

她沿着抑若扬指的位置向西找，果然看到了期望中的地方："咱们可以去选手村，为了保障比赛安全和选手隐私，那儿是屏蔽芯片的，而且住所里有医疗箱。我看看，离咱们最近的是……"她弯下腰，借着模糊的火光看地图，极短地犹豫了一下，"最近的是泉区。"

"为了节约资源，空气灾害下'主脑'会先开启无人区的室外防护罩，这意味着不会有人去那儿避难……咱们走。"抑若扬发动引擎，重甲车向西疾驰而去。

车开进泉区时，鹿呦呦一度以为他们跑错了地方。曾经盛放如粉红云雾的桃花凋败了，新叶发得不好，漫山遍野徒留枯枝，没有了气候恒定装置的加持，这里活像恐怖电影的取景地。

绕过漂着垃圾的镜湖，他们来到了三层楼阁——她和卫淇奥住过的地方。还好，过滤系统暂时能用。

鹿呦呦把工作台上的杂物胡乱推到地上，好让抑若扬把庄姜放在上面，接好光源向庄姜身上一照，只见她脸色白得发青，下半身全是血，嗓子已哑得叫不出声了。

"得让她赶紧生下来，不然两个都没命。"抑若扬翻箱倒柜找着可用的东西，"叶蓁，点火，给那把拆信刀消毒，在那个盆里倒满酒，把这双手套泡进去，呦呦，让她撑着点，保持冷静！"

鹿呦呦一边呼唤庄姜，一边回过头问他："你懂接生？"

"刚进收割者时给马接过生。"他接过叶蓁递上的刀，割开产妇的衣物，低头查看，"已经看到胎顶了。庄姜，坚强点，你是个妈妈了，用力，推——"消毒水不够，他让叶蓁把酒柜里所有的烈酒都拿过来给产妇消毒，又抓着医药箱底一倒，里面的东西撒了一桌，他翻到一小瓶麻醉剂，咬开瓶口，吸入注射器就要下针——"哎，你要干什么？那是她的——"鹿呦呦没说下去。

"会阴，这是她的会阴，我要给她打麻醉，叶蓁，这里，消毒。胎头出来前得在她的会阴上切一刀，不然那儿会撕得比台风后的船帆还破——欢迎来到现实世界，生产是最脏最疼最牲口的，也因为这样，你们女人都是好样的。现在给我警醒点，来给宝宝清理羊水。"他抽出一只手指示她，"从宝宝下巴往上挤，从鼻子往下挤，轻一点。庄姜，哈气。叶蓁，清理一下视野，血太多了，这不是好事。"他皱着眉，周遭闻起来像铁，是血的气味。

叶蓁刚要下手擦拭，拿着纱布的手却停在了半途，她立刻受到了抑若扬的训斥："愣着干什么呢？快点！"

她恢复了动作，在哆嗦着擦拭血水了。

"这，就是价值，为了他，一切苦都值得了。"抑若扬双手托住婴儿的头肩，取过一块干布，包住这个软软的小家伙，轻轻擦着他湿漉漉的脸，捧到母亲的脸旁，"是个男孩，抱抱他吧。"

庄姜紧贴着孩子，眼泪落在他浓密的头发上。但她已经没力气合拢臂弯了，她一下一下地喘着气，胸部每起伏一次就停顿许久。

“她这样正常吗?”鹿呦呦握着她的手，热量似乎从她身上一点点散掉了，“她好冷，我再找两条毯子去。”她转身要走，却被抑若扬拉住了。

“她失血太多了，从刚才在车上就一直在流血，现在也没有止住的迹象。”工作台上的血滴滴答答向下流，地上一片血泊，他们都站在庄姜的血上。“有什么话要和她说吗？叶蓁，跟我过来。”抑若扬颓然地站起来，却似乎连走开的力气都没了。

“那就给她止血啊！有什么药可以用?”鹿呦呦扒拉着散落一桌的药，有几个瓶子被她碰掉，软软地摔在地上的血里，“这里有这么多药，你救救她啊！咱们可以给她输血，她是O型的，你们……”

抑若扬和叶蓁互相看了一眼，摇摇头。

“那我给她——”鹿呦呦说到一半就住了口，眼泪扑簌而下，“怎么会这样，怎么会这样……对不起，我对不起你……”她在庄姜身旁瘫坐下去，头埋在她手心里，那只冰凉的手，慢慢翻转过来，抚摸着她卷曲的发尖。

“不……不……是我，对不起你……”庄姜缓缓地说，“我……太蠢了……什么都和他说……婚后的日子你不知道……慢慢地就没什么可说了……我对不起你……”

鹿呦呦拼命地摇头。

“我……该做的都做了……还是不能补偿我犯的错……我这么多年……承蒙你照顾了……你答应我一……一件事……”

“我一定照顾好他，你放心，我一定……”鹿呦呦把婴儿抱在怀里，下巴贴着他的额头，抑制不住地哭了起来。

“自，自然的。但那不是，不是我要拜托你的事……”声音越来越低，呼吸也渐渐微弱。

“我一定答应你，你说。”

“我的丈夫……他有苦衷的，他很可怜……你知道吗?”

“我不知道，他有什么可怜?！他是个叛徒……姜姜你要说什么?”鹿呦呦心里已经知道她要说什么，可是她恨不能杀了他。

“我死了以后，请你别杀他……”庄姜面向她，眼睛却去寻抑若扬，后者背过了身，她只好收回视线，看着鹿呦呦，“他变成这样，是有理由的……你……求求你，问问他们，他们知道真相……再问问他们，杀了他真的能……解决问题吗?”她目光涣散，惨白的脸上遍布用力过度导致的皮下出血点，脸上全是恳切的神色，鹿呦呦想起一起长大的十几年中，凡是庄姜要求自己做什么事，她也是这种软磨硬泡一定要成功的神色。庄姜原本是个最最潇洒不羁的性格，却为了晏落桑洗手做羹汤，成了最最温柔顺遂的妻子，再也没有执拗任性过，而她再次露出这种恳切哀求的神色，竟然是为了那个人。

这是庄姜最后一次的愿望了。眼见她哀婉的眼神和奄奄一息的模样，鹿呦呦只好点头："我答应你。"

庄姜的眼里放出光彩，嘴角泛出一抹微笑，紧握着她的手："谢谢你，呦呦，我放心了。"她渐渐放开了手，最后手掌一张，闭上了眼睛。

鹿呦呦觉得世界一黑，想要号啕大哭却又哭不出，眼前闪过的都是她和庄姜年少时的往事，两人交缠着头发躺在地铺上说体己话，她账户积分赤字时庄姜省下口粮分给她，她的第一个头盔是庄姜和她一起攒钱买的，很长一段时间里，如果她失联了，庄姜都是唯一一个会满世界找她的人……庄姜是父母过世后唯一无条件爱她的人，现在她死了。

鹿呦呦以为她理应有足够时间哀悼，至少能在温暖闷窒、暗不见光的被窝里躺到昏死过去——而心疼似乎永远不会过去了。

可是，另外两个人立刻就开始收拾庄姜的遗体，用毯子裹了抬到外面去了。

"你们不能这么对她，好像她是什么不可回收的垃圾一样……"

"其实是可回收垃圾……"叶蓁小声说。

抑若扬瞪了她一眼："不可能给她一个体面的葬礼了，咱们得尽快继续上路。"

"去哪儿？"

"向外走。"抑若扬回答。叶蓁踢了他一下，他回看叶蓁，摇了摇头。

"我以为咱们要先去救卫淇奥的。"鹿呦呦以为他要回地堡，让叶蓁继续她的解药研制。

"其实解药已经做出来了，只是还没来得及临床试验。"抑若扬看着她，像是在观察她的反应。

"那咱们还等什么？救出卫淇奥，等解药通过测试，一切就可以结束了。"一直以来，她都像是走在隧道里，现在黑暗中总算出现了光明的尽头。

"我说的向外走，是指探外。"

"什么？"鹿呦呦用手背抹了把脸，她已经很久没睡了。

抑若扬鼓起勇气，直视着她："探外，你跟我。"

"为什么？'主脑'不是重启了吗？"她疑惑不解。

“得了得了，你还要循循善诱到几时？她不是你养的小奶猫，你还要把她揣在怀里哄多久才算完？”叶蓁拨开抑若扬走上前，“之前你帮我进‘主脑’，不是为了重启‘主脑’，而是为了找到冷掣开关的坐标。在陆内重启是不可能的，陆内所有的冷掣开关都被衡准中心毁了，唯一一个还能用的，在陆外。要让一切恢复正常，只能探外，而且冷掣开关是生物识别开启的，只有‘零号陆民’活体才能开启，你必须去。”

鹿呦呦迟滞地说：“也就是说……经历了这么多，等来的不是结束，而是刚刚……开始？”她真想躺倒在地大哭一场。

“恐怕是的，所以不能耽搁，必须马上给你手术——”

鹿呦呦冲到抑若扬面前，用尽全力打了他一拳，他纹丝没动，倒是她自己朝后倒去，要不是被他扶住，她就摔倒了。她立刻挣脱了他的怀抱：“放开我！你没感情的吗？希瑟死了，庄姜死了，而卫淇奥生死未卜，都是因为你！你诓我进了这个局，你这个骗子！你现在居然还敢要求我和你探外？我要和你们拆伙，从此我是死是活，都和你们没关系！”她甩开他的手，摇晃着向外走。

叶蓁叉着手，冷冷地说：“早和你说过，直接弄晕她拉去陆外，一切就都好办了。”抑若扬没理她，径直追上鹿呦呦，拉起袖子，给她看手腕上的计时器：“正因为付出了代价，就更不能半途而废，留给咱们的时间不多了！你想过没有，一旦‘主脑’关闭过滤系统，会发生什么？”

“人总是会死的，不是吗？重启了‘主脑’又如何，资源还是不够，人们还是会死……既然这样，一切又有什么意义呢？”

“生命终有尽头，人心总要破碎，难道一切就没意义了？生老病死，爱恨别离，都有归属，都有方向，即使下一刻就死了，这一刻也要用力地活。不能改变暗淡的结果又怎样，至少怒斥过光的消逝！鹿呦呦，你是个好姑娘，你聪明隐忍，坚韧自制，可你太消极了，你想想，你有多少次重大的决定是自己主动作的？每一次都是被逼得退无可退，才任由外界或他人替你拿个主意，如果我不骗你，你很可能根本不会参与这个计划，那么你，还有我们，拿什么改变这个现状？”

“所以你也承认是骗我了？”鹿呦呦冷笑一声，依然要走。

“等等！”叶蓁追到跟前，把一面屏幕怼给她，“如果看过这些你还要走，那随你去！”

她迟疑了一下，接了过去。

屏幕上是尸体的回收资料，男女老少，死因各异，每个死者的照片上都打了红叉，一页页翻过去，竟翻不到头。除了极个别的人看着眼熟，大部分都是陌生人。她困惑地看着叶蓁。

叶蓁指着其中一个干练模样的高瘦女人问：“这人你认识吧？”她眯起眼，在记忆里搜索着这张脸，毫无印象。最终，还是那女人制服上的标志提醒了她，当时在衡准中心预估能否外观重塑的记忆喷涌而出：

“……你这个不太好办。……预备液对你不起作用。……你应该知道你没有接受重塑手术的可能吧？……你还没搞清楚自己的血型稀有到什么程度。……整个虚陆也很难找到这个血型。”

她是衡准中心那个医官，给她预评、宣告她无法重塑外观，又找来同事会诊，再次宣告同样结论的那个医官。

“她怎么死了？”

叶蓁没回答，而是把另外六人的资料拖拽到同一窗口：“他们呢？你认识吗？”

“他们是……”

“他们是那天参加会诊的医官，对你的会诊。”

鹿呦呦的表情由诧异变成了惊骇：“他们……都被杀了？到底是谁干的？”

叶蓁对着抑若扬努了努嘴。

“为，为什么？”

“当然是为了保护你的身份。”叶蓁拍了拍她，“除了我爸，没人知道寻找‘零号’的线索，不论是内核那伙人，还是晏落桑，都是瞎的。咱们对阵内核根本没有胜算，咱们唯一的优势是你在暗处，所以不能冒任何风险，咱们承受不起。”她做了个收放的手势，所有资料都聚在了一个窗口里，每个像素都是一个死人，屏幕被这些光点填满了，“除去参与会诊的七个人，其余人都死于收割者的暗杀，衡准中心采用了最傻却也最准的肉身穷举法，只要试一下就好，谁能在暮瘴里存活，谁就是‘零号’。凡是疑似‘零号’的人，都被他们强制性地摘掉了头盔，稀里糊涂地死在了暮瘴里。这些人都是无辜的陆民，就为了找到你，这些人都是因为你而死的。”

鹿呦呦盯着那些光点，她数不清有多少人，她愤懑不甘，只想大喊“为什么是我？”却找不到质问的对象。

叶蓁继续说：“还会有更多人死，这种事没个头。我爸生前做过研究，他认为‘零号陆民’是自然界的选择，暮瘴激活了人类身上的求生密码，环境剧变会加速解码过程，有理由相信，‘主脑’关掉过滤系统后，外缘还是会有人活下来——极少，但会有人活下来。到了那个时候，他们就是焦土上剩下的嫩芽，一目了然、任人宰割，晏落桑等的就是这个，先颠覆9+政权，再收割幸存的‘零号’，十年经营、苦心孤诣，你觉得他是为了什么？为了陆民的福祉？鬼才信！”她看了看抑若扬，脸色凶狠起来，“抑若扬为了保护你，话说得轻，我不是他，事实是，只要你活着，人们就会死——不论是想杀了你、想得到你、想保护你，还是数不清的无辜的人；即使是你死了，也还会有更多的人死。我们已经替你做了很多本该你来做的事，所以你他妈的能不能振作起来，做好你早就该做的事?!”

“一个条件。”鹿呦呦抬起头，看着抑若扬，“答应了，我立刻摘芯片，跟你走。”

抑若扬看着她，扬起了手，他掌心藏着的寒光一闪而过，那把沾着庄姜鲜血的拆信刀被他侧向甩出，刀刃擦着她的鼻尖飞了出去，刹那之间，斜靠在一旁的叶蓁已经挺身、拔枪、瞄准了抑若扬飞刀的方向，动作一气呵成，她厉声问道：“你是谁?”

有几秒间，鹿呦呦忘了眨眼，她缓缓转过头，看清了被抑若扬钉在门边的人：“林衡?”

“你认识她?”抑若扬制止了要靠近林衡的她，他端着枪，绕着林衡走了个半圆，向叶蓁做了个偏头的动作，后者会意，把枪别到腰后，上前搜身，边向她肋下摸索边说：“你啊，土得要命，大红大紫的明星都不认识，这是林衡，‘颜战’里跟卫淇奥传绯闻那个。”她一直摸到林衡的脚踝才起身，冲抑若扬点点头，他上前拔掉拆信刀，用一根电线绑了她，才让鹿呦呦上前，自己则出门探看去了。

“林衡，你怎么来这儿了?”鹿呦呦注意到那刀刚好扎中林衡的面罩束带，并没伤到她。

“我经过附近，看到这儿有光，就想来看看卫淇奥在不在，你知不知道他失踪好几天了?”

鹿呦呦沉默地点点头。

“你找他了吗？他在哪儿?”林衡挣扎着，想解脱反剪身后的双手，“这俩人是和你一起的？让他们放了我，我女儿还在7+等着我，我得赶紧回去。”

“既然这样，你跑无人区来干什么?”抑若扬已回来了，和叶蓁交换了一个“安全”的眼神，将林衡摁回椅子，“你给我坐好。”

“看不见外面路上有多堵吗？简直都水泄不通了。”林衡什么时候都是一副爱理不理的样子，“快放我走，我要回家看女儿。”

“她在外缘出通告，不想赶上了空气灾害，路上走不动，才想着借道这里碰碰运气，她有个女儿，要不是为了孩子她不会这么冒险，放了她吧，她帮过卫淇奥。”鹿呦呦看着林衡，后者使劲点头。

“这个关口谁也不能信。”抑若扬把林衡和椅子推出门外，关上门，问鹿呦呦，“什么条件?”

“什么?”

“你刚才说的，跟我探外的条件。”

鹿呦呦叹了口气：“如果能活着回来，我不想再见到你了。”

“可以。”

“谁给我摘芯片？你还是叶蓁?”

“我我我！”叶蓁举手上前，得意扬扬地说，“我爸什么都教给我了，我的芯片是他摘的，他的芯片是我摘的！”

“你爸后来怎样了？”鹿呦呦问。

“死了啊。”

抑若扬捏着眉头：“她问你的是他摘芯片之后怎样了。”

“哦哦，挺好的挺好的，恢复得很快。他是被收割者毒死的，和摘芯片没关系，我技术很好的，你放心。”

“我怎么就这么不信呢。”鹿呦呦望着天花板自言自语，“我一定是疯了……好吧，在我后悔之前——我一定会后悔的，我知道。”

“那我去车上拿工具！”叶蓁欢叫一声。

“等一下。”抑若扬扶着鹿呦呦的肩，郑重地看着她，“你再考虑一下，其实不摘芯片也能把你运出去，只要到了陆外就测不到定位了。”

叶蓁强烈反对：“不行！能做信号黑盒的车能耗太大，自体又重，根本躲不过去，现在是非常时期，外面肯定在查大型车，你是想害死咱们吗？”

“我不相信你的技术。”抑若扬沉吟道，“如果失血过多，咱们救不回来她，我说过摘芯片是最后选择，不到万不得已不走这一步。”

“怎么可能失血过多？我用导管，做的是微创啊！”

“万一伤了脊椎呢？她就瘫了。”抑若扬仍是摇头，“你跟呦呦说一下你跟我说过的那句话，关于手术难度的。”

“就像在针眼里放个卡车再在卡车轮子上画个小鸡再用缎带给它打个蝴蝶结一样。”叶蓁极快极轻地嘟囔了一句，生怕别人听得清。

鹿呦呦下了决定：“做吧。即便瘫了也能启动冷掣，没问题，是吧？”

抑若扬还在犹豫：“你确定？你好不容易才拿到6+身份，摘了芯片，如果咱们这次的重启失败，就意味着从此走在黑暗里，没身份，没正常人的生活，你想清楚了？”

“难道我之前就不是走在黑暗里了？”鹿呦呦苦笑着说，“与其过被圈养的生活，倒不如干脆点自我放逐，至少还有尊严，事实上，摘芯片是这个烂摊子里，我唯一必须要做的事了，而且，重启这件事只能成功不能失败，对不对？”

“我去准备器械！”叶蓁冒失地弄翻了一盘茶具，熟睡的婴儿大哭起来，鹿呦呦连忙抱起他，抑若扬从她怀里接了过去：“你抱得不对，要扶住他的头，像这样。”又对叶蓁打了个响指，“找找看有什么能喂他的。”

叶蓁刚一开门，林衡就连人带椅子摔了进来。

“你不是在那头吗？怎么跑这头来了？哦，我知道了，你一定在偷听，看我不割了你的耳朵!”叶蓁摸出一把短匕，朝她耳朵抹去，却被抑若扬挡住：“别胡闹！她有话要说。”说罢摘掉缠住她嘴的束带。林衡干咳了几下说：“我车上有孩子吃的东西，就在外面。”

孩子吃过后很快睡着了，鹿呦呦放好他，跟着抑若扬出门，看着他在镜湖边上挖了个坑，把庄姜放进去，填平了土，没留下任何标记：在虚陆，人死后必须交由衡准中心回收，埋葬尸体是违法的。

抑若扬把庄姜的芯片交给鹿呦呦：“墓穴坐标我留存了，如果你以后想来看她的话。一会儿让叶蓁把这个芯片处理一下，删掉定位，你留着做纪念吧。”

他们并肩站在墓前，没念悼词，也没说煽情的话。

“你说，庄姜是怎么拿到晏落桑的账户信息的？那么多钱，他一定看得很严。”

抑若扬回答：“永远别小瞧‘妒妇’的能力。庄姜说她怀孕后整天疑神疑鬼，时间、精力和零花钱都用在防范丈夫出轨上了——晏落桑也许有些冷落她，但家用给得着实不少，足够她请最好的私家侦探了，而且她毕竟是他身边的人，他去过的地方，用过的密码，她都知道。”

鹿呦呦笑：“这很‘庄姜’。”

“确实。不过她怎么也没想到，她的丈夫就只有‘没出轨’这一件事没骗她。另外，叶蓁告诉我，他账户的安全码，是棠棣的生日。”

“庄姜知道吗?”

“我没让叶蓁说。”

“谢谢你。”

抑若扬点点头，没说话。荒林很静，他的面罩内屏映得暮瘴变成了青蓝色。鹿呦呦盯着他眉骨上的疤，倏忽间回到了初识他的那天，也是这样的暮瘴、夜晚，他救了被歹人堵在死胡同的她。

“一直没问过你，你的疤……怎么弄的?”

“蛊叼咬的。”他指指脑后，“这儿还有条一样的，一口下去，半个脑袋。”

“蛊叼……是什么样的?”

“你会见到的。”

“……还有件事，林衡怎么办？你不让她旁听咱们的谈话，我可以认为你不会杀她，对吧？她还有孩子。”

“我也不能就这么放她走，我会跟她谈谈的。回去吧，叶蓁准备好了。今晚会很漫长的。”

第三十七章
启　程

鹿呦呦从麻醉中苏醒后，叶蓁告诉她手术很成功，芯片拿出来了，而且，从她脚趾对针刺的反应看出，她没瘫痪——“竟然没瘫痪”，叶蓁“竟然”这么说。不管怎样，这是个好迹象，恢复8~10小时、等肢端麻木等药物反应消失后，他们就可以出发了。

令她意外的是，她醒来时，林衡没被绑在椅子上，不仅如此，她怀里还抱着庄姜的孩子。

鹿呦呦半支起身望着林衡：“发生了什么?”她感到后颈一阵酸麻，不禁抬手要摸，叶蓁立刻阻止了她：“别动那儿！很难受吧，恐怕这种感觉要跟你好一阵子了，毕竟那儿被我开了个‘油井’。好消息是，等伤口恢复得差不多了，我就送你一条和我一样的项圈，很酷吧?”她指指自己的项圈，那银色的圆环紧贴着颈部肌肤，挡住了取芯片时留下的伤口。

“可是林衡……”虽然她不怀疑林衡，但这样轻易信任陌生人，不像这两人的风格。

“林衡?她啊，她可比咱们三个人中任何一个都会带孩子，不是吗?”

“我和她谈了，她用一个很简单的办法证明了自己的可信。这又带来了一个问题，”抑若扬说，“我本来打算开走她的车，但现在不能扔下她自生自灭了，所以还得找辆车。”

“我知道哪儿有车。”舜华的车库是满的，至少她上一次去未来石时还是满的，“咱们有安全线路吗?我得打个电话。”尽管现在的选手村好似一片死地，但未来石有点不同，那里就像是舜家的别苑，所以排除一下风险总没有坏处。她接过叶蓁递过来的通信器，自言自语地说：“感觉南哥就像我的专属NPC①似的。”

电话响了十几通才被接起来，南茁蓬在那头气喘吁吁、劈头盖脸地问：“大小姐！大小姐是你吗?”他那边的背景非常吵，几乎听不清他在说什么。

“南哥，是我！呦呦！”她提高了音量，“你在哪儿?”

“我吗?我在7+交8+的闸口！内核出事了，大小姐现在被暴民围在宅子里，用人都跑了，我

---

① NPC，指的是游戏中不受玩家操纵的游戏角色，这里特指“引导者”与“能给予帮助的人”。

得回去救她！你在哪儿？现在不要出门，街上死了好多人……”

“舜洵没派人保护舜华吗？”闹事的抗拒组织和舜洵应该同属一个主子，怎么会狗咬狗起来？

“闹事的是舜先生厂里的工人，很多人都有家人在外缘，他们要求他给内核施加压力，打开内行的闸口。工厂被砸了，工人们围攻了舜家的庄园，舜先生不在家，我已经联系不上大小姐了……呦呦，你有什么事？”他的声音因为极度焦灼而变了形，鹿呦呦觉得自己此刻提任何要求都很过分，但南茁蓬又说，“呦呦，你是我弟弟生前最后见到的人，我是个粗人，但我感觉得到你在做大事，你有什么事就说吧，我能帮一定帮。”

“是这样的，南哥，我想去未来石借辆车，但不知道你们是不是留了什么安保措施在那边？”

“之前是有一支保安队伍在，但几天前舜先生把他们调到别处了，现在只有安防系统开着，密码是——开始是大小姐的生日，后来大小姐改成卫先生的生日了，你知道的吧？”

“嗯，谢谢你。现在怎么样了，你进闸了吗？”

“不好说，我现在和闸口中间隔着至少几百辆车、上千人……又有人被电弧打下来了，他们打开了电网……资源切断前这里是过不去了……不管怎样我一定得进去！再联系！”

鹿呦呦的一句“保重”含在嘴里，南茁蓬已经下线了。

林衡问：“怎么了？”她低下头，用嘴唇碰碰孩子的额头，孩子睡得很香。

“闸口乱套了，很多人死了，他们为什么不开闸？”

抑若扬说：“怎么可能开闸，现在的状况是内核求之不得的，既能清除人口、生产尸体，又能筛选出他们梦寐以求的‘零号陆民’，何况9+正忙着和8+内战，哪里顾得上外缘的死活。外缘的过滤系统已经过载了，很快就会出大事，咱们得尽快出去，一旦重启，‘主脑’会打开所有闸口，难民就能得到疏散了。”

“未来石有车，安防密码是400725。”

“我去开车，叶蓁你留下保护她们。”抑若扬走到一半又折返，按住鹿呦呦的肩说，“尽可能多休息，我一回来咱们就走。”

抑若扬走后，林衡就抱着孩子在鹿呦呦身旁坐下了，鹿呦呦猜她有话要说，就把庄姜的芯片交给叶蓁，又如此这般地拜托了她一番，哄得她高高兴兴离开了。

然后她问林衡：“方便告诉我那个秘密吗？”

“秘密？你怎么——”林衡眼睛一转，“哼”了一声，“你一定想等着我问‘你怎么知道我有个秘密’，然后再炫耀一下你多聪明，我偏不问。”

鹿呦呦一笑："请你告诉我吧，既然能告诉他们俩，我应该也有资格知道的。"

"你记得简若彤招供的视频吧？成功洗白卫淇奥的那个？"林衡盯着她。

鹿呦呦吃了一惊："难道……你就是那个蒙面者？"她的惊讶并不能满足林衡，相反，她反应得这么快，让林衡很恼火，她又"哼"了一声，脸一扭："你怎么回事？像这样终结话题很好玩吗？"

"不是，我不是故意抢你话的，我是特别惊讶才脱口而出的。"鹿呦呦打量着林衡，她穿着一条合体的黑色连衣裙，胸前横向织了三片白色的叶子，虽然是高领的，却凸显了美好的胸线；又长又直的黑发扎成马尾，发尖有一个恰到好处的卷曲，特别好看；她让婴儿躺在怀抱里，那个小脑袋正好枕着她的臂弯，还有不时低头亲吻婴儿的样子，她分明就是个温柔美丽的妈妈，哪里像视频里那个压迫感极强的蒙面者？不过，这种强烈的反差，反而更加深了她对这个"戏精天后"的敬佩，她不禁再次脱口而出："你可真棒。"

她由衷的赞叹精准地击中了林衡，后者得意得几乎摇头晃脑了。

"可是这么做对你有什么好处呢？你当时排名很靠前，不需要帮竞争对手吧。除非你喜欢卫——"

"打住！你可别想用女朋友的身份在我面前秀优越，少臭美了，卫淇奥不经我同意就偷录我和他的对话，等我找到他，得好好算算这笔账。我教训简若彤才不是为了卫淇奥，我是为了扳倒曹家兄弟。"

"为什么？"

"因为我恨他们。"林衡垂下了头。过了好一会儿，她才抬起头，眼里溢满了泪水。

鹿呦呦没作声，默默等着她平复情绪。

林衡哽咽了半晌，缓缓地说："我有个妹妹，叫林准，父母给我们姐妹取名衡准，是希望我们珍惜自己的特质，不要随波逐流。你可能不信，我从来没有调整过外观，一丁点都没有，我就是我自己的标准。

"我妹妹准儿，生前也没有调整过外观，她根本不需要，她天生就漂亮得很。她没来得及参加外观衡准，如果她能参加衡准，一定是天然9+，她就是这么漂亮。我记得小时候，我经常看着准儿在家里跑来跑去，想着真是不公平，同一个妈生的，怎么妹妹比我漂亮那么多。不过我真是没办法嫉妒她，准儿特别可爱，讨人喜欢，善解人意，她是全家人的宝贝，我们姐妹感情也特别深。

"话说到这儿，你肯定感觉到了，这里就是故事要转折的地方了。没错，故事要转折了。准儿十七岁那年发生了可怕的事。我后来想，如果那天我没有只顾自己约会，事情会不会完全不一样？可世间哪有如果呢？

"准儿参加同龄孩子的聚会，有人提议去大人的地方体验一下，她不想去，被指责不合群，就去了。途中她联系我，让我去陪她，我当时刚交了男朋友，哪里顾得上？准儿呢，刚进店就被盯上了，她那么漂亮，而且她和那里的熟客截然相反，素颜，傻里傻气的，一看就好欺负。"

想起简若彤在视频中提到的强奸事件，和当时蒙面者的反应，鹿呦呦有种不好的预感："她去的是简狄的店？"

"你都猜到了，我还说什么。"这次林衡没怪她抢戏，悲戚地补充道，"准儿一直被家里保护得很好，没人教过她不能让喝的东西离开视线……"

"我讨厌这么问……是谁干的？哥哥还是弟弟？"

"曹子蔚。他给准儿下了药，把身体不听使唤的她拖到了车库。准儿后来怎么回的家，我不知道。我玩到第二天中午才回家，发现她把自己锁在房里不出来，我敲了半天门，她才让我进去，解开衣服给我看，她身上有好多瘀伤……"林衡说不下去了，哽咽道，"她是我的小妹妹呀。"

"你们没去备案吗？"

"怎么没有。我还带她去验了伤，可是有什么用？我们先后去了三次，每次都是不久就被悄悄撤了案，后来连验伤报告都不见了。曹子蔚始终都没出现。后来有个衡准中心的官员找了我们，'建议'我们别再追究了。"

"我猜猜，'建议'后面加了个'否则'？"

林衡点头："准儿越来越消沉，整天把自己关在房里，医官说她得了重度抑郁症，我和我妈每天轮流陪护她，可是她心意已决，一天半夜，她偷偷爬起来，用丝袜自缢了。

"准儿没来得及参加衡准，'主脑'里没有她的数据，她死后只留下了数码公墓里的一串序列号。我出道以后，几乎没人知道我有过一个妹妹。这样也好，方便了我为她报仇，我一直在等机会。"

"所以你参赛是为了报仇？"

"我在赛委会里有些关系，能保证在追逐赛环节让我和曹子建分在一组。"

"难道开赛时曹子建落水，是你推的？"

林衡看了鹿呦呦一眼："要不你来讲？"

"抱歉，我只是觉得以你的性格，会倾向于让对方感同身受的做法。"

"什么叫'以我的性格'？你未免太卖弄了，这样真讨厌！"见鹿呦呦不说话了，她意识到自己的失态，便低声说，"我是说，你打乱我的叙述了。刚刚我想说，我担心暴露身份是多余的，曹子蔚压根儿不知道我是谁。准儿对我来说是最珍贵的妹妹，但对那个畜生来说，只是‘众多想和他睡的婊子’之一罢了，有种男人就是会觉得所有女人都想对他投怀送抱，女人出事也是活该，他集邮的‘事迹’你听过吗？上一届‘颜战’的五强，他睡了6个。”

“‘五强’？”

“其中有对双胞胎。”

“那这一届……”鹿呦呦管不住脑子，瞬间就把那些选手的名字过了一遍。

“你觉得他肯放过谁？”林衡冷笑道，“比赛时，他几次通过曹子建暗示我，只要和他睡，亚军就是我——冠军自然是他弟弟。他还真把自己当成邪教教主了，逼迫、引诱女人在最私密的层面向他臣服，再加以控制——我只恨不能杀了他。”

“我倒觉得现在的下场更适合他，你曝光了他的丑闻，毁了他的政治前途，‘颜战’后他们兄弟再也没公开亮相过，你做得好，真了不起。”

林衡被夸得不好意思了：“你盯着我，看什么呢？”

“觉得你好看呗。”她确实好看，和舜华是截然相反的好看，她是那种英气的美，颧骨很高，眼梢吊起，整张脸神采飞扬。

“你也很好看啊。”林衡认真地说，“第一次见你时，我就觉得咱俩长得有点像，眼距都开开的。”她在脸上比画了一下。

鹿呦呦无语：“我好看？别说笑了。”

“我说真的，别听衡准中心那些狗东西的瞎话，女人的美有很多种。啊，咱俩别互撩了，你男朋友知道该恨我了。说起来，卫淇奥人呢？公布成绩后我就没见过他了。”

鹿呦呦的神情变了。在抑若扬和叶蓁的面前，她还能强作镇静，但面对林衡，却怎么也维持不下去了，这大概是因为后者对卫淇奥抱有和她相同的关切。她把卫淇奥的近况向林衡和盘托出，包括自己对他的内疚、担心失去他的恐惧，都说了，她越说越激动，最后竟然捂住脸哭了起来。

“好了好了，别哭，你们那个面瘫带头的不是让你多休息吗？”林衡有点慌乱，“我不大会安慰人。我倒没想到你竟然这么在乎他，你总是表现得无动于衷，我时常忘了你其实还是个孩子呢。现在不是哭的时候，得想想怎么救他，你联系他家里了吗？”

“9+乱成那样，他家里也自身难保，而且，我连他在哪儿，都不知道，怎……怎么救？”她哭得哽咽了。

“也未必。”叶蓁不知何时回来了，闲闲地靠在门框上说，“抑若扬进基地救你时，我让他随身带了潜望直播的设备，卫淇奥那段投影应该也录下来了。”她走到电脑前，敲了一串指令，一个小型建模便出现了，卫淇奥被关押的环境，甚至身后守卫的身形特征都一目了然。

鹿呦呦不哭了：“这是……你什么时候弄的?”

“当然是昨晚啊，我一直在忙这个。”叶蓁摆弄着手指头，“都像你睡大头觉，咱们早死了几百回了。我已经拿这个建筑环境跟数据库里的做了比对，应该能找到他被关的方位，不过这需要时间。”

“不用了，我认识这儿。”林衡说，“这是曹子蔚的房子。”

“你确定?”

“确定，我一直在调查他。”

“这就说得通了。”鹿呦呦沉吟道，“曹子蔚官场受挫，想借内核洗牌重新回到牌桌上，卫淇奥是他和新势力谈判的砝码……他应该是趁卫淇奥和我在‘主脑’分手离开时绑走他的。”

“既然这样，事不宜迟，我在9+有熟人，咱们去救他。”林衡把婴儿放进了被衾。

“鹿呦呦不能去。”抑若扬也进了门，“她还有更重要的事要做。”

“那怎么办?”叶蓁问。

“只能兵分两路了。”抑若扬看着叶蓁，“你和林衡进内核，我和呦呦往外走。”

“那怎么成！说好的我跟你一起出去的！”叶蓁急得蹦高，林衡见他们产生分歧，便借口收拾行装，走到别的房间去了。

“你知道救鹿呦呦的时候，我为什么不让你进抗拒者的基地吗？因为永远不能把鸡蛋放在同一个篮子里。我为了偷‘主脑蓝图’受伤的那次，鹿呦呦找了赫燃把我运出内核，他大可以抓了我俩的，为什么没抓？就是因为你不在。叶诚留下的技术、数据、资料，都在你脑子里，换言之，只有你知道怎么做解药。鹿呦呦和你，一个是锁，一个是锁匠，你们两个在一起，万一一起落到敌人手里，怎么收场？这只是其一；

“其二，光有我和鹿呦呦探外还不够，必须有人公开真相，不然我们所做的一切公众都不知道，岂不是白做了？我刚才查过，现在整个虚陆的数据上传都停了，估计赫燃已经控制了网络，很快‘主脑’也会落在他手上，咱们还怎么公开真相？卫淇奥能帮忙，他知道怎么传播消息，也有进入媒体平台的权限，所以你必须救他出来；

“其三，你看看他，”抑若扬指着婴儿，“他在陆外一秒都活不下去，你必须护送他进内核。车我开回来了，现在去叫林衡，你和她带着孩子，马上走。”

“好吧。”叶蓁的头垂到了胸口。

该启程了。鹿呦呦把庄姜的儿子抱在怀里，端详着这个小家伙，他既不像母亲也不像父亲，可能还是像重塑外观前的赫燃吧。他刚吃饱，正满意地嗫嚅着嘴，眼睛明亮有神，但刚出生的孩子其实还什么都看不见呢。

“可怜的孩子。”她亲了亲他的额头，把他还给林衡，又从叶蓁手里接过那块芯片，这绿豆粒大小的芯片已被叶蓁精心地钻了小孔，鹿呦呦把芯片穿上链子，给婴儿戴上：“这是他妈妈的，我代表她把这孩子托付给你了。”

林衡郑重地点点头：“你想给他取个什么名字?”

“叫他小选吧，是他妈妈的选择带咱们来到这一步的。让他跟你姓，行吗?”她不想让赫燃找到这孩子。

“当然可以，我女儿也是和我姓，这样挺好。”

“你不想知道他父母是谁吗?”

“我只需要知道他是我的儿子，就够了。”林衡伸出一根手指，轻轻抚摸着小选的脸蛋，“我倒是真有件事要问你，你是怎么知道我有个秘密的?”

鹿呦呦抿嘴一笑：“你其实根本没有看上去那么高冷，抑若扬说了，你用最简单的办法获得了他的信任，获取别人信任最直接的办法，就是交出自己最大的秘密。”

林衡也一笑。

“我会来看你的，只要我能回来。”鹿呦呦拉着小选的手吻着，红了眼圈。

“你还哭呢，你都不知道我多羡慕你。”叶蓁在一旁噘着嘴，“我有东西送你，你来。”她把鹿呦呦拉到一边，咬了好一会儿耳朵，又伸开双臂给了她一个大大的拥抱，氛围有点微妙，掺杂了一丝决绝与凄凉。

抑若扬发动了引擎：“别磨蹭了，各上各车。”

鹿呦呦上了车，从窗口探出头，对叶蓁喊：“有问题就联系舜华，她会帮忙的!”

“知道了!”她们率先开了出去，车轮在山坡上扬起一团烟尘，鹿呦呦整个上半身都探出窗外，望啊望啊，直到她们消失在山的那面。

“项圈不错。”抑若扬看了看她新戴上的颈环，这颈环乌光锃亮，和叶蓁的同款不同色，活像缠了条海蛇，有点可怕。

“叶蓁说和她的是情侣款。”鹿呦呦摸着颈环，她发觉颈环并没看上去那么光滑，每隔一段就有一条凸起的短线，“这是什么?”

“你会知道的。”

“咱们现在去哪儿？直接探外吗？”

“地堡，这车不行，换了车再走。”

“需要我做什么准备？”

“没必要。”抑若扬偏过头，看着窗外的天际线，“在外面，任何准备都不够。”

第三十八章

陆　外

从6+交7+的闸口到地堡，他们只开了多半天，风驰电掣。外向行的道路一辆车都没有，畅行无阻；而内向行的一侧惨不忍睹，歪七扭八地停满了车，十环、二十环相撞的都有。隔离带上三三两两挂着干尸，都是车载过滤器停止运转后，企图弃车逃生的人，还有更多的人死在了车里。

每隔一段，隔离带上就有朝外向行车道凸出的鼓包，那是绝望的人们驾车撞出来的。“衡准中心为什么不打开隔离带？”鹿呦呦问了一半就咽住了话题，自言自语地说，“对了，这和他们关闭过滤系统的原因一样。”

“这就是个人类清除计划。”抑若扬目视前方，“别看了，睡一会儿，咱们最少要赶五天的路——最好只赶五天，我担心……你睡一会儿吧。”

鹿呦呦收回视线，窝进靠背，闭上了眼。她极度疲倦，麻醉药劲过后，伤口表面到脊椎中心都钻心地疼，头也晕得厉害。

她睡得并不安稳，梦里，她看到外缘变成了死域，建筑剩下残垣断壁，风化的沙砾掩埋着森森白骨，隐藏在重重暮瘴之后的怪物急速向她逼近，她只看清了血盆巨口里密密麻麻的锋利牙齿……

“醒了？”她睁开眼，抑若扬正看着她，“到了，下来换车。”

说是车，倒不如说是陆行艇。面前是一辆有十个轮子的巨型车，装甲厚重，舱体全封闭，就连驾驶室的视窗外都有金属护盾；与一般车辆通过内外循环过滤空气不同，陆行艇配备了气密室；武器系统是顶部一门重炮，辅以前四后二共六门反步兵激光炮，舱体中部的潜望台配有全自动重型机枪；驾驶舱有两个，一前一后，不必转弯就能前进后退。

“好棒！”她由衷地赞叹。

“叶蓁造的。她为这个载具下了不少功夫，这次不让她去，她心里肯定炸了。”

“出发前她一直嘱咐我照顾好她的‘宝贝’，原来是这个，我还以为是——”鹿呦呦想说

“你”，咽住了。

抑若扬根本没注意到，他忙着装车，搬运各种补给，食物、水、弹药、滤芯和氧气瓶装满舱室后，他们就出发了。

穿过边界线的体验远没有预想中的惊心动魄，她只感到太快了，快得令人恍惚，陆行艇就那么一路不停地冲过生死界线，向荒陆深处驶去了。

仪式感的缺失小有遗憾，但很快就被抛在了脑后，荒陆的景色谈不上美丽，却自有一番诡谲的壮阔。她平生第一次见到如此延展无垠的天际线，无论看到哪儿，都是如出一辙的戈壁滩涂。风吹尽了沙，露出刀刻斧凿的裂隙，所谓河床，早在不知何时干涸了，偶尔可见几根粗大的树干或钢筋斜插在那里，揭示着很久以前人类活动过的痕迹。仪表显示外界风速为每秒17米，抑若扬皱着眉说风再大下去，他们就不得不停车了。

她第一次在如此辽阔的空间看到快速流动的暮瘴，原来它们的运动轨迹是可见的。暮瘴本来就是不同物质的混合体，深浅度各不相同的微粒在强风的作用下，被淘澄成了黑灰白相间的色带，向虚陆内部直射而去，陆行艇则在这些暗黑彩虹之中穿行，色带频频撞击着视窗，在玻璃外炸成一团团毛茸茸的灰雾，这就像是某种强行洗脑的视觉游戏，鹿呦呦不由得看呆了。

抑若扬指给她看雷达里的黑点，面积大的是迷雾沼泽，面积小的是蛊叼，后者比前者多得多：“这就是空气灾害如此频繁的原因，蛊叼在野生环境下没有天敌，生态严重失衡了。”

“为什么衡准中心不组织陆民捕杀它们呢？”

抑若扬冷笑一声：“他们的注意力全都放在巩固统治、保持9+纯净和控制人口数量上了。捕杀蛊叼是个长期又艰巨的事，哪里有偏安内核来得风光雍容。我想，资本势力夺权以后，也许会考虑这件事吧。”

“你是说，赫燃的人会致力于恢复生态平衡？不可能，这怎么可能。”

“可能的。我想你是误会了，赫燃不是你想的那么坏。”

“咱俩说的是同一个人吗？那个骗了我姐妹、背叛你兄弟的人？”

“他做过的事确实不可原谅，但也不是没有理由的。”抑若扬迟疑了，仿佛不想说出下面的话，“就像他……完全有理由恨我一样。”他没有说下去，鹿呦呦知道他想让她问“为什么”，又不想让她问“为什么”，就换了个难度小一点的问题：“所以你的本名叫韩捷？”

他点头：“‘抑若扬’是我在旧书摊上翻到的。”

“所以真是言情小说男主角的名字。”

“可能吧。为了安全，必须让化名排除任何个人色彩，人在取名字时总会带有潜意识的痕迹，有时连自己都意识不到，而这往往会成为暴露行踪的线索。”

“你想让我叫你什么，抑若扬还是韩捷？”

“都可以，只是个符号而已。”他又检查了一遍仪表和雷达：各项读数稳定，风速保持在17.2米/秒，最近的蛊叨群距离他们20公里。除了道路颠簸、舱体在强风中有些飘以外，一切正常。

鹿呦呦没有继续提问，尽管想知道答案，但她不想催他。

沉默了好久，抑若扬终于说话了：“我和你说过吧，我以前是个兵痞，对任务麻木只是一方面，我的放纵更表现在对人上。霸凌——听过吧？我不是在为曾经的所作所为找借口，我确实是做错了，错得很离谱，但军队里霸凌是很普遍的，尤其是在收割者里。由于普遍实行凌辱式训练，意志磨炼很难和人格羞辱区分开来，最后连教官自己也搞不清底线在哪儿，霸凌成了传统，每一届都变本加厉地折磨下一届，毕竟在军队里，没人会问为什么。

“孙子仲是我的教官，而我是赫燃的教官。我不会怪孙子仲对我的那些‘训练’，也不后悔我给后辈收割者的那些‘训练’，但是，我对赫燃所做的事，是我回首过去，唯一后悔、唯一想重新来过的事。”

鹿呦呦打趣道：“你说话的语气，就跟在谈前女友似的。”

抑若扬却表情严峻地看了她一眼，眼神里带着责备：“这可不是开玩笑的事，我毁了一个人，之后这些年，我都在为此付出代价；不只如此，我还连累别人也付出了代价，孙子仲、叶蓁和她父亲，你……如果不是我做错了，也许一切都会不同。”

抑若扬讲了一个故事，一个以梦为马、野心勃勃、想在行伍里大展抱负的热血青年，被现实狠狠甩下悬崖的故事。

赫燃的家乡在6+一座风景优美的葡萄庄园，庄园坐落在两侧山坡长满柔叶杉的溪谷里，一条清澈的河绕着庄园缓缓流过，这里除了一年两度的品酒时节，几乎不会有外人到来，可以说是与世隔绝了。田园诗般的生活造就了他性格中不切实际的一面，和他那醉心于研究葡萄“一季三收”技术的父亲不同，他的空闲时间都用在了阅读、筹划和愤怒上，他认为衡准中心在维护陆民分级制度上耗费了过多资源——这些资源本可以用于探索陆外的。连内核都没去过的他一直向往着陆外，他认为陆外有答案，能解决他长久以来的一切疑问：比如陆民为什么会被分级？比如为什么没有人想要对暮瘴做点什么？再比如，为什么他这样的人，就不能像书上写的9+贵族一样，成就一番事业？

他这样的人，进入现实是注定要碰壁的。但彼时的他浑然不知，他只是急于离开那个限制了他雄心壮志的小庄园。十八岁那年，他离开父母和青梅竹马的未婚妻，带着改变虚陆的种种梦想入了伍。

凭借农夫的体格和书匠的气质，他很快在预备队混得风生水起，入伍两年就被选进了收割者。去新编队报到前，他把攒了两年的假期都用了，回家和未婚妻成婚，分别时，他热烈地和妻子吻别，告诉她“我很快就会回来，接你一起进内核定居，我保证”。

他不知道此时妻子已经怀孕，更不知道此一去，便再无家可回。

收割者和他待过的任何地方都不一样，在这里，每个人都很出色，在一群精英中他显得并不起眼，但强烈的功利心不允许他平庸，他急于表现自己、拔群而出，却用了一种最不合时宜的方式。

在一次任务后的庆功会上，本应和其他新兵一起喝酒吹牛的他，端起酒杯走向了长官的桌子。他勇敢地向坐在最中间的大人物介绍自己，邀请他们去他的家乡品酒，侃侃而谈自己的政治抱负，这种笨拙莽撞的社交方式在上流社会并不常见，那些习惯了玩物赏的内核老爷们乐得有个篾片[①]，拿他逗闷子却谁也不说穿，他哪里懂得这里面的门道，只当是自己受到了赏识，从此要更加积极表现起来，却不知队友们在背后对他的鄙夷与嘲笑。

那次聚会以后他就被孤立了，不论是训练还是执行任务，都没人愿意跟他搭档，不仅如此，主管教官对他的厌恶也越来越明显。本来，像他这样不上道的新人不多却也不少，遇到了就该调教点拨，往正路上引就好，可那个教官平生最反感钻营耍心机，铁了心就是要整他。

于是，他从原来的预备队尖子变成了收割者小丑，忽然之间，他要刷厕所、清理过滤器、洗全队的内裤袜子，还时不时被从睡梦中拖下床打一顿——他不知道有多少次是教官指使的，但他知道所有事都经过了默许。他投诉过，但教官是大长官的得意门生，他只有咬牙坚持，指望用行动证明自己的诚意和实力。

为了陪伴妻子生产，他提前请好了假，却在临行前被教官取消，他不得不留在基地待命，但不幸的事才刚开始。

他先是联系不上家人，而后接到了妻子一个电话，接通后只有收讯不良的杂音，然后就彻底失联了。此刻上级下达了行动命令，心急如焚的他趁大家忙着整队时溜出了基地，却在最后一刻被教官抓了回去。

他被取消了参加那次行动的资格，在小黑屋里关了半个月禁闭之后，他终于回到了家，或者应该说，曾经的“家”。

---

① 篾片，豪门富家帮闲的清客，在富贵场中帮闲凑趣的知识分子。

在衡准中心的一次临检中，他的父母被带走，罪名是窝藏“无芯人”，被他们窝藏的“无芯人”，就是他的妻子。据匿名线索称，她出生于内核，因为先天外观缺陷被原生家庭遗弃，辗转到了葡萄庄园，被他的家庭收养，在这个桃花源般的地方平安长到了成年，并且和年龄相仿的他相爱了。他原本打算出人头地后为她买个身份——他在内核听说过这种服务，只要有足够多的钱，就能买到身份，外观重塑，档案、芯片一应俱全——只要有足够多的钱。

他后来真的买到了这种服务，他没想到的是，是给他自己买的。

由于他父母守口如瓶，衡准中心在临检中并没有找到他妻子，只查到了她的名字——棠棣，这个幽灵人并没有实际存在过的证据，衡准中心只能以“拒不配合调查”为名，强制他们参加提前衡准，他的父母再也没回来，可他们抵死保护的那对母子也没能逃脱厄运。尽管临产的妻子被父母藏在山腰洞穴里，托付给了同为无芯人的家中老仆照顾，但缺乏护理和颠簸受惊，使她提前产下了孩子，尽管山洞里备有足够的气瓶，新生儿面罩却出现了故障，孩子很快死了。

当他在山洞中找到妻子时，她已经奄奄一息、神志不清了，怀里还抱着他们早已干瘪的孩子。

那是十三年前的事，而他的复仇发生在十年前，没人知道那之间的三年他是怎么过来的，从“家”归队后，他对家里的变故只字未提，在教官的回忆中，他一切如常，训练、做任务、挨打、刷厕所、洗衣服——一切如常。

三年后，他出卖了主管教官和上级长官，与衡准中心做了交易，用兄弟的性命换取了另一个后半生，并在随即而来的训练事故中人间蒸发——

“那场事故，我怀疑也是他策划的，毕竟参与过最后一次探外的队员，全都在事故中丧生了。这既是他自我掩护的障眼法，也是他报复霸凌的手段。”抑若扬终于讲完了，鹿呦呦呆了半晌，才深吸了一口气。

暮瘴撞击在快速行驶的舱体上，发出“通——通——”的空腔声，天色渐渐黑了。

鹿呦呦清了清嗓子：“你为什么取消他的休假？我是说，他妻子快生了，休假要求很合理。”

“取消休假是上面的意思，当时真的必须待命，我们那次的任务其实就是清剿陆内的‘无芯人’，衡准中心想借此回收尸体。收割者在陆内执行任务的编制是以中队为单位的，每个中队负责不同的区域，由于是突袭检查，为了避免泄密，全员都被强制取消休假、原地待命，如果强行离队按逃兵处理，是要上军事法庭的，而且全中队都会受到牵连。”

“那你向他解释了没有？”

“没有，军人的天职是服从，我没义务向他解释。不过这不是理由，或许，我就是想看他痛苦吧。”

“为什么？这样一来，他很容易把遭遇不幸的原因都投射到你身上。”

“出于一种很微妙的心理，你想，那时候我对收割者其实已经很失望了，我们本该尽全力对付暮瘴和蛊叼的，相反，我们在干什么呢？我们在处决‘无芯人’。他们都是很可怜的人，因为各种无奈绝望的原因失去了身份，你现在也是‘无芯人’了，你应该都懂的。当你对一个组织失望，再看到有人对这个组织仍抱有期待，尤其还想借此向上爬时，想要不愤怒是很难的。”

“这还真是意气用事了，或者说，孩子气。”她低头想着，“但你不该把责任全揽上身，整件事太复杂了。”

“我不想和你抬杠，自从棠棣的线索进入视野，我一直在还原当年的真相，等真的凑齐了这张拼图，我也像你现在一样，试图说服自己‘这不是我的责任’，但是，我确实让个人的喜恶影响了决策，我做过的事就是那只扇动翅膀的蝴蝶[①]。”

“可是——”

“嘘！”抑若扬做了个停止的手势，鹿呦呦扁了扁嘴，一种对叶蓁的佩服油然而生，抑若扬真是独断专行得可以，放肆任性如叶蓁，居然和他相安无事地共事了这么久。

抑若扬敲敲雷达的显示屏，屏幕上类似扰波的横纹却依然存在，他离开驾驶位，爬上舱体中部的舷梯，上半身探进潜望台，半刻之后飞身而下：“必须停车了，我去后边的驾驶室，你等我信号，把绞盘放下来，这里、这里，还有这儿。”他指点着驾驶位旁的一串按键和拉杆，“记清了吗？弄错会翻车的。”

鹿呦呦突然听到了一阵由远而近的雷声，只是这雷不是从天上来，而是从地面传导过来的。她抬头看向视窗，但抑若扬已经升起了护盾，什么也看不到：“这是什么声音？”

抑若扬已经到后舱去了，在这嘈杂的环境里，他的声音显得异常模糊与遥远：“……烈风来了。”

风速表的读数已经上升到22.4米/秒了，还在上升。

“呦呦……现在……呦呦！”他的声音切换到机载电台了，“按下左边第一个键！现在第二个！然后是拉杆，一、二——就现在！”伴随着一声巨响，舱体剧烈地抖了一下，地面明显下陷了一截，然后是乒乒乓乓几十声枪响似的声音，伴随着链条传动的声音，舱体像做拉伸动作似的咯咯嘎嘎响了一阵，等机械的动静停止时，舱体仿佛在风暴中下锚的船一样稳住，停了下来。

抑若扬咚咚咚地跑回来，爬上潜望台观察了一会儿，才坐回驾驶位：“必须把雷达收回来，不

① 语出“蝴蝶效应”。

然会连防风罩一起被刮掉，咱们就彻底瞎了。”雷达关闭的瞬间，原本在屏幕前半面的横纹，覆盖了整个屏幕，然后屏幕黑了。

“这下好了，咱们暂时瞎了。”抑若扬向后一靠，身体明显松弛了。

“屏幕上的横纹，是风吗？”

“是风暴，风速已经上到每秒28米了，估计今晚会超过30，但愿叶蓁不是在吹牛，她跟我说这东西抗风暴的能力是海洋级别的。”而刚才舱体的抖动，是陆行艇在下陆锚，通过陆锚钉、稳定轨和斜拉索，形成一个固定结构，把艇身固定在岩层上。

“你们以前探外，都是这样子的？”真是太可怕了。

“以前风速没这么高，和现在相比，以前的探外就跟露营一样，但愿这种烈风只发生在晚上，蛊叼夜间都在休眠，如果是白天，像刚才那种动静，早引过来一群了。”

“蛊叼吃什么？”

“吃人。”

“可它们有多少人可吃，这里是陆外。”

抑若扬把手垫在脑后，往椅背上一躺：“傻姑娘，就因为是陆外，才有的是人可吃啊。咱们待的地方，多年以前都是人口密集的区域，过滤系统被关闭后，人口都变成了尸体，陆外这么干燥，又没有微生物，尸体不会降解，只会干尸化，干尸也是人，也能吃——”

“别说了。”她脑补的画面比他讲的恶心多了，她觉得胃里一阵翻腾。

抑若扬笑了起来，伸出一只手，揉了揉她的头顶，一撮呆毛被揉得翘了起来，他抿嘴，忍俊不禁。

她未知未觉：“也就是说它们是腐食性动物？”

“我不确定它们算不算动物，我更倾向于它们是‘异’物的说法。事实上，目前人类对它们的了解都是基于探外的经验，学术上的研究几乎没有，它们的习性、繁殖、食物系统，都是谜。不过，有一点是肯定的。”

“什么？”

“蛊叼不能弯腰，确切地说，它们够不到两腿之间的位置。”抑若扬站起身，双脚与肩同宽站好，右手在双脚间比画，指尖和地面始终保持着一段距离，“我的手就是它们的嘴，它们够不到地面，所以进食时都是抓起食物扔向空中，再啄着吃。”他把“食物”的名称模糊化了，但这并不能阻止鹿呦呦的脑补，她又有点头晕了。

第三十九章
长裙与短裤

鹿呦呦忘了自己怎么睡着的，梦中只有风声和灰雾，醒来时风已经停了，阳光照在脸上，透过视窗能看到天空，蓝得仿佛要淌下水来。她发现自己躺在驾驶位旁边的平台上。

叶蓁没有给陆行艇设计生活区，诸如床铺、浴室等生活设施，都让位给机械和武器系统了，即使这样，陆行艇仍然是个重吨位的大家伙，辎重和速度反相关，它的时速根本谈不上风驰电掣，勉强能甩掉蛊叼而已。

她睡得还算不错，身下垫了一层泡沫板，应该是从弹药箱内层拆下来的；身上搭了一条散发着机油味的毡子。看来昨晚最后入睡的那个人想让她舒适些。

或者他根本就没睡。她环顾四周，他不在舱里，用电台叫他，他回复“在外面”。

她走进气密室，关闭内舱闸口，确认气密良好后才打开外舱门——然后看到抑若扬没戴头盔。她无奈地一耸肩：“你本可以告诉我外边是干净的，我出来前至少等了五分钟。”

“当心点不是坏事，让你养成习惯也好。”

“为什么陆外的空气比陆内还干净，不是应该有暮瘴吗?”

“你理解错了，陆内之所以有空气灾害，是因为夜里暮瘴涌入的量太大，过滤系统无法中和这么多暮瘴，以至于积蓄到了白天，而不是因为陆外白天也有暮瘴。相反，因为有迷雾沼泽的存在，白天陆外的空气很干净。”他裸着上身，正在抡着一把大锤，敲击陆锚钉上歪掉的部分，他的上衣缠在锤子头上。

鹿呦呦走下台阶，端详着陆锚系统的全貌：从舱体底部伸出了三道半米宽的固定臂，每条臂都被十几对锚钉固定在地表，锚钉之下是长钎，钻透了岩层；锚钉之上是钢索，连接着舱体。下了锚的陆行艇活像一座钢铁帐篷。

眼下，大部分长钎已经拔出来了，剩下几根的钉头歪了，还留在地里，抑若扬边敲钉头边说：“这是夜里被风卷过来的石块撞歪的，得把钉头敲正，再挂上绞盘，才抽得出来，弄完了咱们就走。”

“你怎么不叫我帮忙?”

他笑笑，把绞盘挂上一颗锚钉，拉动拉杆，传送带缓缓转动，将长钎往外拉，铁链吃着劲，发出了嘎吱声：“这是最后一颗，虽然现在还早，但我担心会有落单的蛊叼游荡到附近来，你最好回里面待着去。”

她感觉受到了轻视，有点不快：“你这是过度保护，我能帮忙。”

雷达突然报警，抑若扬立刻紧张起来：“有蛊叼!”他一边推她回舱，一边加速拔锚钉，绞盘却在这时卡了壳，他扳了几下拉杆，不想铁链之前已经吃不住劲，这么一用力就迸断了，刚露出地面的长钎卡在洞口动弹不得，续接铁链已经来不及，而蛊叼已经接近到能看清长相了，最近那一只的牙在阳光下泛着森森的白光，可是松不开陆锚，他们就走不了。

鹿呦呦急得四下张望，想找找有什么可以代替铰链的东西，突然瞥到自己的裙摆，这条长裙是她在泉区住所里随便换上的，当时还抱怨卫淇奥买给自己的都是这种行动不便的服饰，现在却庆幸自己穿了这条裙子：长裙上有防护暮瘴侵蚀肌肤的特殊涂料，增加了布料的强度，那巨幅的裙摆也足够胜任铰链的长度。她连忙脱下长裙，扔给抑若扬：“接着!”后者会意，把那团布料拧成麻花状，一端挂住钉头，一端缠在绞盘上，卡在地表的长钎被缓缓拉了出来。

最快的那只蛊叼却已杀到，照着抑若扬的头就是一口，他一矮身躲了过去，抄起一根撬棍朝怪物的下颌扎下去——鹿呦呦顾不上再看，三步并作两步地跑回驾驶舱，启动了回收陆锚的开关，激活了武器系统，又攫过一把半自动步枪，跌跌撞撞地跑回舱口。

只见先头那只蛊叼已被抑若扬撂倒，开膛破肚地躺在一旁；他正在和第二只蛊叼缠斗，一手握着撬棍，撬棍撑住了蛊叼的巨口，另一只手仍抓着拉杆，眼看长钎就要出来了，但第三只蛊叼已经上来了，他行动不便，眼看就要被扑倒——

武器系统还没加载完毕，她来不及调整射击的姿势，端起枪、以肩抵住枪托末端，对准那只正在起跳的蛊叼一阵扫射。她紧张得手指痉挛，扣住扳机无法撒手，直到打空了一整个弹夹，她的肩被后坐力撞得生疼，也顾不得了，大喊“陆锚松开了！你快上来!”抑若扬还在和第二只蛊叼僵持，她却哆嗦得装不上弹夹。

这时，她看到了舱口挂着的气泵，便又拖又蹬地拽下来，用尽全力举过头顶，朝蛊叼甩了过去。那怪物被砸中后肢，愣了半秒，抑若扬趁机退开，一个箭步登上了舷梯，她拉他进舱，另一只手拉下了手掣，闸口应声而下，蛊叼紧随而至，被闸门夹掉了半条舌头。

“武器装载完毕，自动识别作战对象，自由射击。”语音提示未落，舱外就响起了咻咻的射击声。

抑若扬发动了引擎，陆行艇向前驶去，加速过程中，还能听到舱尾不时的撞击声，那是紧追不舍的蛊叼群。

鹿呦呦爬上潜望台，这才真正看清了蛊叼的模样：它们和梦中的完全不同，体格要小得多，略大于马，通体灰褐，前肢像没有羽毛、只有骨骼的鸟类翅膀，两条粗壮后肢的奔跑速度很快，在本该有面孔的地方，长着一条长长的圆锥形舌头，舌头尖端是一串角质环，舌头下面才是血盆大口，嘴里密密麻麻，少说有四五圈尖牙。追赶陆行艇的蛊叼至少有十几只，它们的舌头都高高扬起，疯狂地晃动着。

陆行艇提升到了全速，蛊叼群渐渐被甩在了后面。

鹿呦呦突然跌坐在地上哭了起来，边哭边干呕，这时怕也知道了，饿也知道了。哭了几声，她意识到自己只穿着内衣，想去找件衣服穿，但人一松懈，气力就不见了，怎么都站不起来。

抑若扬扔给她几件衣服，展开一看，都是他的，户外衬衫和陆行短裤，还有配套的置物腰带。她穿上短裤，把衬衫扎在腰里，袖子挽了好几折，紧了紧靴筒，扶着舱壁站起来，走到副驾驶位坐下时身体还在发抖。

抑若扬看了她一眼："还挺适合你的。"

她不回答，赌着气。

对峙了一会儿，他忍不住说："我小看了它们，没想到它们变异得这么快，上次探外到现在也不过几个月，它们的速度快了不少，休眠时间也短了，以前每天的这个时间，它们还是植物状态。"

她一反常态，憋着一肚子问题不问，仍是不说话。

他问了一句，她嘟囔了几个字，他没听清："什么？"

"我！"她语气很冲地大声说，"你小看的哪是它们，你小看的是我！"

抑若扬大笑起来——他这几天很爱笑，这种时候居然还笑得出："我不是小看你，我是担心你，毕竟你的命比我的命值钱多了。"

"要是你死了，我还有命活吗？你别忘了，咱们现在是一体的。"她觉得不太妥当，改口说，"一个团队，咱们是一个团队！我不是标本，也不是你揣在背心里带去目的地即插即用的记忆棒，既然来了，我就得为生存抗争，"她加重了语气，"我有这个权利。"

他呵呵一笑："说得这么严重，既然这样，我问你，你怎么还穿了长裙来探外呢？"

她脱口而出："那你怎么不说呢？"而后声音渐低地吐露了真相，"我没有其他类型的衣服……选手村嘛，你知道的。而且我从5+带去的衣服都被卫淇奥扔了。"这个突然出现的名字刺伤了她：他怎么样了呢？她咬咬嘴唇，问道："你说，叶蓁她们到哪儿了？"

"不知道，从跨过陆缘的一刻开始，咱们就和陆内断联了。"他平淡地说。

她感觉到了他情绪的变化，便换了个话题："蛊叨舌头上的东西是什么？"

"发声器，就像响尾蛇一样，不过蛇用那个恐吓敌人，蛊叨是用来相互联络，它们结群行动，一旦摇起舌头，短时间内能集结几十只。单体蛊叨不难对付，多了就难说了。"

"它们没眼睛吗？"

"有的，在舌头和嘴之间。不过比起视觉，它们更愿意用听的，它们听觉极佳，是循声行动的，所以蛊叨群体的机动性非常好，它们迁徙时的编队很有智慧，孙子仲在世时曾研究过它们的指挥协调模式，想借此来训练收割者。"

"人类对它们的研究太少了，这很可惜。"

"是的。呦呦？"

"嗯？"

"你怎么懂开枪的？"

"那个啊，叶蓁教的。以前在地堡做试验时，我躺在一边很无聊，她一直念叨她的武器、她的发明，我多少记得一些，她还给了我一本手抄书，叫什么《消除生命指南》，估计是她自己杜撰的。"

"确实像她的风格。"

"其实我根本不会，都是急的，开枪时我特怕打到你，我现在手还抖呢，你看。"她给他看自己的手，这才发现右手有一道横贯掌心的新伤，应该是拆气泵时割破的，但她一直没感觉到疼，现在伤口的血已经发黏了，活动时粘皮带肉，疼得她从牙缝吸了口气。

他接过她的手，从座位底下掏出医药箱，给她冲了伤口、缠上纱布，这突如其来的温柔让她有点尴尬："我真是不咋地，打蛊叨的是你，受伤的反倒是我，哈哈，哈哈。"

"对不起。"他突然严肃地说。

"没事没事，我都没感觉到疼。"

他抬起眼看着她："不是，我小看了你，对不起。以后不会了。"

接下来一整天都意外地平安无事，白天碧空如洗，夜晚风平浪静，两人交替开车，轮流休息，他们甚至还喝了一点叶蓁的私货：一瓶陈年威士忌，被叶蓁藏在座位下的隔层里，被抑若扬拿医药箱时拖了出来，就倒了一点，递给她半杯，她抿了一口，起先被泥煤味呛得皱鼻子，渐渐尝到了那醇厚的芳香："我都有点错觉这是在度假了。"

抑若扬还教了她很多战斗技巧，侦察、潜行、射击……要学的太多，她听得七七八八，只有近距离遭遇蛊叼时的保命技能，她记得格外清楚："你要借着惯性，滑步躺下，仰面滑到蛊叼的两腿之间，同时半举双手、紧握武器、刀尖向上——这正好是蛊叼的嘴够不到，又能滑开它腹腔的高度，蛊叼倒下时记得要躲开，否则被压住的话，就变成下一只蛊叼的自助餐了。这是一个不可逆的过程，如果不能一击即中，就等于把你最柔软的腹部暴露给了它，只要它没死，下一秒就会踩死你。所以动作的标准性、出刀的时机都至关重要。"他看着她做了几百遍滑步举刀的动作，后来她都感觉不到自己的屁股了。

探外第四天，鹿呦呦被抑若扬严厉地训了一顿，但很快，他就不得不收回了责备。

事情是这样的，抑若扬有意让她熟悉陆行艇的操作，她在探索舱体功能时发现了一个小彩蛋：叶蓁在潜望台留了一道直通舱顶的小门，"大概是想一个人溜上去喝酒吧"，鹿呦呦这么想着。她够到了阀门拉杆，向上一顶，稍一拔身，便站在了长空之下、旷野之中。

其时他们正沿着一条深不见底的峡谷行驶，峡谷两侧的山石多为红色，巨岩断层被大自然镌刻得层峦叠嶂，从谷底到顶部分布着各个时期的岩层，岩石的色彩在阳光下时而深蓝、时而赤褐，变幻无穷、斑斓诡秘，一望无际的高原夹着巨蟒似的峡谷，卓显出无比的苍劲壮丽，她观望着这无可比拟的景色，呼吸着谷中吹来的寒湿空气，不觉胸怀大畅——

"你在干什么?!"陆行艇突然停了，脚下传来一吼，她吓得一跳，低头一看，可不是抑若扬，正瞪着她呢。

"这上面视野可好了，你来看看。"

"你以为这是观光啊?！给我下来！陆外的日照不是闹着玩的，你这么不戴防护措施地晒上十分钟，就得二级烧伤！溃烂毁容都是轻的，出人命都有可能，给我下来!"

她不舍地看了一眼大峡谷，正要下去，却听到天边一阵异响，她站住脚细听，抑若扬叫她，她摆手："别叫！你听。"

他也上来了，和她并肩站着细听，那声音越来越近，他说了声"不好!"指着天上一个黑点，"无人机。"

"什么?"

"衡准中心的老伎俩，我和孙子仲上次探外，也是被这东西坑了，快来!"他跳回舱内，伸出双手接住她，心里已经有了主意。

见他飞快地敲着键盘，在机载系统里搜索数据，她忙问有什么能帮忙的，他头也不回地指了一下后舱：“去弹药箱，找一个步枪样子的东西，白色的，应该不难找到。”

她匆匆去了，片刻回来，手里端着那白色步枪：“找到了，这是什么？”

“电子步枪，得把无人机打下来。”

“这、这怎么可能？它是天上飞的！”

“只要等它下降到一定高度，进入这枪的有效射击范围就行。”

“多少？范围多少？”

“400米，戴上你的帽子，咱们要出去了。”他查到了需要的东西，从她手中接过电子步枪，拉着她跑出舱外，递给她一副目镜，“帮我看着，无人机一进入射程就告诉我。”

她戴上目镜，在视野中寻找无人机，锁定后高度显示900米，还在下降：“900！这东西要干什么？”

“冲咱们来的，我推测是赫燃，他已经控制了内核，从‘主脑’里拿到了冷掣坐标，无人机的续航能力不是很强，所以它一定是在陆外被放飞的，所以赫燃的人已经在追来的路上了，而且离咱们比想象中要近。”

“这个飞机是来监视咱们的？700！”

“是也不是，如果我没猜错，它携带了一枚音弹，马上就要空投了。要保证落在目的地且不损坏音弹，它必须下降到400米以下。多少了？”

“450，等等，430，415，就现在！”

他把握着枪的右手架在左手腕上，枪口追随着无人机偏了半个角度，扣下了扳机。

什么都没有发生，没有声音，没有闪光。

鹿呦呦凑近那把白色的武器：“坏了？”

“没有，你看！”那无人机盘旋了半圈，向地面俯冲而下，而抑若扬拔腿向它降落的方向狂奔而去，“没时间解释了，跟我来！”

她紧紧跟着他，高原上干热的空气灼烧着喉头，让她几乎无法呼吸，他们一直跑到无人机旁边才停下，抑若扬大致检查了一下：“音弹还在，它还没来得及空投就被打下来了，但是音弹已经启动了，得赶紧把它关掉，走！”他把手探进无人机腹部，取出音弹，拉着她向陆行艇跑去。

她气喘吁吁地说：“既然，它没爆炸，咱们就该扔下，扔下它啊。”

“谁说它会爆炸的？这是个音弹，声音的音！”

“所以……”她陡然反应过来，下意识地看了一眼天际线，瞬间惊恐地瞪圆了眼睛：原本空无一物的远方，出现了一大片黑影，它们身后扬起的烟尘遮天蔽日，“那是……蛊叼？”

他们到了陆行艇，抑若扬一扬手，几乎是把她甩进了舱，自己紧跟着跳进来，一连按下十几个按钮，闸门锁闭、陆锚启动、武器加载同时进行，在各种嘈杂交织之下，她根本听不清抑若扬的声音，但她看懂了他的口型：“还觉得这是度假吗？”

一切都发生得太快了。蛊叼如潮水般从四面八方涌来，陆行艇震动得像鼓面上的老鼠，武器系统火力全开，激光束像雨点一样落下，被击中的蛊叼纷纷倒地，但怪物群毫无退意，它们踩着同类的尸体，像自杀飞机一样撞向陆行艇。只要没有被立即击中，它们就会用尖利的牙齿咬住任何能下嘴的地方，疯狂撕扯、死不松口，尽管舱体覆盖了重装甲，舱内的人仍然能感到被炮弹击中一般的重震。

“装甲耐久度80%——武器系统折损——光能电池板毁坏——陆锚稳定性下降——装甲耐久度70%……”系统每一秒都在报警，直到抑若扬命令它“停止语音报警，推送到主屏幕上”才停止，语音播报停止的同时，主屏幕立刻被报警的红条刷屏了。

鹿呦呦冲抑若扬大喊：“想想办法！”从进舱开始，他就一直在摆弄那个音弹，先掀开外壳，再一粒一粒拧掉螺母，拆出弹芯——他的动作小心翼翼，甚至有些慢条斯理。眼下，他正举着剪线钳，对着弹芯中间乱糟糟的导线发呆，仿佛这个绝境与他无关似的。

“安静点！这是断路触发的电路设计，剪错任何一根都会自爆。”他要下剪子了。

“所以说你为什么要把这玩意儿带进来？”鹿呦呦急疯了，但她仍然不自觉地放轻了音量。

“因为必须关掉它，否则它会一直响。它发出的声音频率太高，人类听不到，却会吸引蛊叼，这个声音来自一种稀有矿石的共振，对蛊叼来说，这声音就像是某种血腥摇滚，能激起它们的捕猎本能。”

“所以说你为什么把这玩意儿带进来！”他一定是老糊涂了。

抑若扬歪着头，咬紧嘴唇，又剪了一根：“叶蓁一直想做一个音弹，但我们搞不到那个稀有矿石。”

“都什么时候了，你还想着为她收集标本？叶蓁是疯的，你也跟她一起疯？”

“叶蓁不是疯，是强大。”抑若扬抬起头看着她，“你没别的事做吗？！”

鹿呦呦气得一跺脚，她心急火燎地四下乱看，看到通往潜望台的舷梯就立刻像抓住救生艇一样爬了上去，她记得潜望台上有控制舱顶重机枪的射击位，因为火力强劲，为了避免误射毁坏舱体，这门重机枪并没有编入人工智能“所见即所得”的自由打击程式，反而是手动控制的，此刻也没有启动。

虽然之前抑若扬曾讲解过操作，但机枪她连摸都没摸过，别提真正的开火了，可是让她干坐着等死，她做不到。

射击位的指示灯亮着，是待机状态，她心一横坐了上去，踩住控制枪口方向的踏板，双手刚握住操纵杆，瞄准镜就降了下来，贴合脸形，正好扣在双眼上，眼前的屏幕亮了起来，她恍然大悟地叫出了声："原来是这样!"

这个操作界面、视角、色调，分明就是叶蓁让她打过的那款射击游戏，连右上角的计分板都一模一样，甚至已经同步了她在地堡中打过的成绩！这个叶蓁，看来是一早就算计到她会探外，把她也考虑进了设计方案，一起诓她的八成还有抑若扬。

算账的事以后再说，现在她要刷新分数榜了!

她扳动操纵杆，加载系统，切换八倍镜，按下开火键——中了！计分板迅速上跳了几个数，她欢叫一声，掉转炮口，对准蛊叼最扎堆的地方，又是一个点射，分数翻了好几番——这回是个连击，她稍稍握拳，做了个赞爆的手势："这可比打游戏爽多了!"

"肌肉记忆！肌肉记忆!"叶蓁的话在耳边响起，而她的肌肉记忆真的回来了，她打得越来越准、越来越快，屏幕里到处是飞散的烟尘、残肢和污血，影响了视野，她索性命令人工智能"前一门（激光炮）、后二门（激光炮），以陆行艇为圆心，烧出一道半径十五米的地面焦痕，从现在起，你只负责自由打击圈内对象"。

"圈外的交给我。"她喃喃自语，熟练地重复着转向、聚焦、瞄准、射击的动作流程，尸体越来越多，蛊叼越来越少，分数远远超过了她的原始成绩——在地堡打游戏时，叶蓁一定是调高了游戏难度，那时的怪物是无尽模式，不管她多努力，它们总是越打越多，直到撕碎射击舱、杀死她；而现在——

蛊叼群退却了！尽管圆圈附近的还在抵死上前，但她看到，远处有几只掉头了。

"耶!"她欢呼一声，打得更起劲儿了。它们一定是怕了，火力全开的她，简直是太棒了！"女人就是要时刻准备着"，她终于理解了叶蓁这句话，"是强大"，抑若扬说得对。

强大真好。

当最后一只蛊叼被打倒，视野里再也没有活动目标时，她才松开操纵杆、抬起目镜、将系统待机，站了起来，却见抑若扬站在身后，她把汗湿的手心在裤腿上搓了搓："你站在那儿多久了?"

"久到能见识你的本事了。"他笑着拍拍她的肩，"你怎么没告诉我，你还留着这么一手?"

“我自己也不知道。”她讲述了叶蓁的秘密特训、地堡里那几百小时的射击游戏，听得抑若扬摇头又点头：“这个叶蓁。”唯独在她感觉良好地自夸“saved the day（拯救今日）”时，他微笑不语。

她又亢奋了一会儿，才看到他手上的音弹，圆圆的一个，亚光外壳，完整如初：“你……关掉了音弹?”

他看看音弹：“关掉也修好了，现在它是咱们的了。”

她竟然感到了一丝失望：“所以蛊叼不是被我打退的，而是你停掉了对它们的召唤?”

他看出了她的怅然若失：“别失望，虽然我制止了更多蛊叼前来，但已经聚拢的蛊叼是你打退的啊，否则它们的猎食一旦开始，即使暮瘴降临都不能让它们停止攻击，它们会把体内储存的氧气耗尽，攻击到最后一刻，而且我不可能边拆音弹边打蛊叼，要是没有你，即使我能在它们撕烂陆行艇之前关掉音弹，咱们也没命逃出去，所以是你救了咱们。”

“现在呢？咱们干什么?”她装作不好意思地问。

“我知道你很累，但恐怕不能休息了。”抑若扬抬起头，对人工智能说，“报告舱体损坏程度。”

“光能电池板报废。装甲剩余20%。武器系统折损70%。热能弹储量不足5%。辅助仓库毁坏。过滤系统——”

“剩下的推送到屏幕吧。”抑若扬看着鹿呦呦，“看来叶蓁没教你怎么节约弹药，是不是?”

这回她是真的惭愧了，她打得太过瘾了，简直杀红了眼，压根儿没考虑弹药储量。

“没必要后悔，即使弹药没动，咱们也撑不住下一轮攻击，剩余装甲太少了。不过这都不重要，眼下，动力是最大的问题，出去看看吧。”

舱外的景象惨不忍睹，鏖战持续了很久，天已经黑了，暮瘴萦绕在野外，土地被烧得焦黑，陆行艇周围横七竖八地铺满了尸体和残肢，越靠近中心就越多，几乎无处下脚，每走一步都要从黏糊糊的肉酱和污血中拔腿出来。陆行艇本身也好不到哪儿去，简直是伤可见骨了：外壳多处剥落，露出了钢架结构，铺设在顶部的电池板悉数粉碎，六门激光炮只剩下一门，不仅如此，舱体外的部件都没了，发疯的蛊叼没放过任何凸起的部分，陆行艇看上去就像一座垮塌的废车修理厂。

“雷达挂了。”抑若扬爬上舱体，开始清理悬挂在舱外的蛊叼，这并不容易，它们的尖牙刺穿了金属，把残存的肢体牢牢地钉在了外壳上，他必须用激光刀切开残肢，拔出尖牙，才能修补破损的舱体。

他们不得不留在原地维修陆行艇，叶蓁还没来得及配装电池板的自动更换设备，他们只能手动铲除旧的，再从艇底的仓储夹层抬出备用电池板换上，这项工作相当耗时，直到入夜，他们才筋疲力尽地爬回舱内。

鹿呦呦瘫在地板上，偏过头问抑若扬："现在能告诉我，之前为什么做那种自杀行为了吧！"

原来从她碰巧发现无人机时，抑若扬就立即估算出以陆行艇的速度，他们根本来不及逃离音弹强大的有效半径，便当机立断，采取了置之死地而后生的办法：捕获无人机，关掉音弹。至于改装音弹，是因为"还有用"。

"那你是怎么捕获无人机的？"

"电子步枪能干扰无人机的无线电频率，让它误以为已经飞出了控制范围，一旦信号发生混乱，它就会降落。虚陆的飞行资源非常有限，生产厂商就那么两家，芯片的类型就更少了，叶蓁预先存储了所有控制降落的信号，我拷贝了数据串，试了几次就试到了有效的。你睡一会儿吧，我还有事要做。"

抑若扬一直在捣鼓无人机，把它的控制台接入了陆行艇的系统，试飞了几次，临近天亮时才成功放飞，它在他们上空盘旋几圈，汇入了急速流泻的暮瘴中，朝着他们来时的方向逐渐远去。

此时动力也已加载完毕，他们立即启程，继续向陆外深处进发。

驾驶舱里的气氛很凝重，抑若扬目不转睛地盯着无人机载雷达传回的信号：除了零星的蛊叼群，地面始终空无一物，他的表情越来越焦灼。

鹿呦呦大致猜到了他的计划，他是想以彼之道还施彼身，她显得比他紧张多了，死盯着屏幕，生怕错过一帧画面，握拳的手抓着裤腿，布料都被她攥湿了。

抑若扬低声说："再走十公里就飞出控制范围了。"无人机的遥感导航在迫降时摔坏了，他们不得不手动控制音弹的投放，而眼下还不见追兵的影子。

鹿呦呦沉不住气了："要不，掉头去追无人机？"

"再等等。陆行艇禁不起下一轮攻击了，音弹投放时，咱们离得越远越好。"

"可是真的有追兵吗？咱们和他们足够近吗？"

"要相信计算，无人机芯片里的飞行里程和速度说明了一切，加上这一昼夜咱们停着，他们在走，他们已经离得很近了……你看！"他兴奋地指着屏幕，三个形状规则的白块，逐渐移动到了雷达显示器的网格中央。当无人机开始原地盘旋时，鹿呦呦发现，白点是静止的。

"这些白点就是他们的车队，一共三辆车。赫燃很偏执，他们一定是日夜兼程追过来的。以前我们探外，都会在日出的前后停车休整，因为这是蛊叼最稳定的休眠时段，室外比较安全。赫燃还记得这个训练要领，但他在陆内待得太久，根本不知道蛊叼苏醒的时间已经提前了，现在它们根本没在休眠，反而是精力最旺盛的时段。无人机的体积太小，他们的雷达根本探测不到，防御更是不可能，咱们的突袭会很成功的。”

他按下启动键，投放了音弹。

不一会儿，雷达屏幕的边缘就出现了一大片细小的白点，它们急速向中心聚拢，直到在三个白块处压缩成一个浓稠的白点，画面就此静止，雷达就像坏了一样，只剩下正中央一团不规则的白色。

但他们知道，在一百一十公里开外的后方，一场惨烈的团灭正在发生。

第四十章

承　诺

抑若扬说："没用的。你看再多次也不能让它延迟哪怕一秒。"但鹿呦呦太焦虑了，几乎每隔半小时就要看一眼他的手环。

外缘过滤系统关闭倒计时：00-39-56-31，最后两位一直在减少。

还有不到两天。

大战蛊叼后，履带是陆行艇上唯一完好的部分，但现在也磨损得厉害，长时间的超速运转和陆外的高温，使车轮传动系统严重过载，他们不得不几次停车，从数量有限的储水中汲取一部分，给车轮降温，否则履带就要熔在车轮上了。

他们还得留意躲避迎面而来的蛊叼。时不时会有一只向陆内方向飞奔的蛊叼，像自杀飞机一样朝陆行艇撞过来，但它们对陆行艇毫无兴趣，即便被撞得筋断骨折，依然拖着残肢继续跛行而去。看情形，尽管距离音弹投放已过去了一夜，赫燃的追兵依然没有拆除音弹——或者，根本没有剩下任何追兵了。

糟糕的是舱体的气密性出了问题，泄漏量很小，也因此找不到泄漏点，空气不再安全，他们不得不二十四小时开着暮瘴警报器，抑若扬必须一直戴着面罩，他说这让他"很不舒服"，鹿呦呦有两次听到他的声音不太对劲，也许是她听错了。

抑若扬如果是正常人的话，一定会严重缺乏休息，他的睡眠时间远低于常人。他解释说这是因为睡眠训练：为应对突发状况，收割者被要求将人类习惯的单次长时间睡眠分散成多个睡眠周期，从而减少睡眠时间[①]，抑若扬已经习惯于在工作间隙打盹儿，而且他的睡眠很浅，稍有动静就会醒来。

他在整理装备，鹿呦呦看着他："你不会困？人是会困傻的。"

"不会。他们做过一个测试，要求试验对象每四小时睡三十分钟，持续两个月，结果证实逻辑

---

① 来自达·芬奇睡眠法。

思维和记忆力都完好无损。我是最早那批试验品之一。”

每天只睡三小时，连续两个月。鹿呦呦觉得他真是个了不起的人——可悲的那种了不起。

这个了不起的人装好了两个半人高的户外包，封上口，检查背带，举起其中一个让她试背：“试试重不重，背不动的话，再分一些负重给我。”

“还好，背这些干什么？”

他指指前面：“剩下的路必须徒步了。”

旷野尽头，天际线上终于出现了不自然的起伏，人类活动的痕迹越来越近，这是一座废弃已久的城邦，建筑风化得很严重，早褪去了光泽和色彩，远看上去黛青一片，倒像海市蜃楼。

他们把陆行艇停在一座巨大穹顶的阴影中，出了舱。抑若扬给武器装上消声器，攥在手中咔嚓一抖，便上了膛：“跟紧我，轻一点，尽量不要跑。”

“快到了吗？咱们去哪儿？”

他激活了定位仪，校准太阳的位置，观察了一会儿，指着远处一座模糊的高耸尖塔：“那里。”

遍地瓦砾，几乎没有路，他们用布条裹住靴底，在残垣断壁之间攀爬跋涉，耳边是呼啸而过的风声。

默默负重前行了许久，他们被一大片废墟挡住了去路，这里看上去像是管道胶囊的闸口，外墙上的路线图污渍斑斑，依稀可以辨识出昔日虚陆的广阔：现今的外缘在这张图上只占据了中心的部分，余下一多半都已成为失落的陆外。

刚出陆外时，抑若扬就告诉过她，陆外的建筑很危险，由于视野不开阔，行走其中容易发出噪声，稍有不慎就会成为蛊叼群的盘中餐，所以不到万不得已不会进入室内。无奈这座闸口建筑占地面积太大，底围半径少说有十公里，他们的时间紧迫，绕道不太现实，遂决定冒险穿行而过。

抑若扬拉开锈迹斑驳的铁栅，侧身等她进入，那铁栅发出轻微的吱嘎声，在她听来仿佛雷霆万钧，她顿时感到肾上腺素奔涌，心脏里像有个小鞭子在猛烈地抽动。他握住她的手，用V形手势指指自己的眼睛，又指指她的眼睛，意思是“有我看着你”，她点点头。他的手很暖。

这儿和她认知里的管道闸口不一样，与其说是“管”，倒不如说是“道”，巨大的拱顶下，并行排列着至少二十条轨道，站台尽头停靠着不少方形的车厢，而不是陆内那种单人单座的半透明胶囊。抑若扬解释道：“这是轻轨，以前资源不紧缺、人口流动也不受限，陆民都是坐这个。”

下午的阳光透过玻璃拱顶洒向站台，原本阴森衰败的景象变得平和神秘，视线所及之处尽是苔藓和野蛮生长的绿植，掩盖了大部分蜿蜒的钢轨，红砖墙壁残存了温柔的颜色，建筑两侧的白色立柱笔挺庄严，随着视线的上移，它们越来越细，终于在天花板的交会处变成叶脉状的横梁，经过它们切割的阳光落在混凝土站台上，形成了极富动感的纹理，这是大自然和人类合作演出的光影魔术。

他们跳下站台，穿过齐腰高的、青翠欲滴的蕨类植物，像摩西渡海般地走向彼岸。

走出闸口，鹿呦呦立刻被眼前的景象震慑住了。她望望抑若扬，他显然也是第一次看到这样的陆外：

太多水了！她长这么大，从没看到过这么多水，城邦里到处是星罗棋布的内湖，多数建筑脚下都系着银带似的细流。悠悠烟水填满了每处低洼，让这里看上去像极了被灌满水银的沙盘，细看之下，城邦结构规划得极好，楼宇或雄伟或典雅，错落有致，若不是建筑外墙上随处可见的脏污和破碎的玻璃，她都错觉回到9+了。

“别被假象骗了，这里比9+危险得多。”抑若扬走下台阶，向她伸出手，“有水的话，蛊叨群的规模会大得多。”

城市内河阡陌纵横，他们不得不蹚水前进，抑若扬折了两根铁栅做探杖，每下一步都得探探深浅，虽然大部分水域刚刚过膝，但这种谨慎的行进方式大大降低了他们的速度，尖塔还是不远不近地在那儿，似乎一点都没变大，她忍不住又看了一眼抑若扬的手环。

00-27-46-50。

她心里一慌，脚下就打了绊子，膝盖一软，跪在了水里。抑若扬揽住她的腰，把她拎了起来：“休息一下吧。”

“不能耽搁，咱们耽搁不起了。”

“怪我，已经连续十小时没休息了，你这么乱来，受伤的话就不是耽搁的问题了，我负重太沉，没办法背你。”他朝前看看，找到了目标，“那边，十分钟后休息。”

他们进入了一片户外园区，里面有很多高大的金属架，它们被搭造成各种形状，圆形、直线形、波浪形……金属已经掉漆生锈，其上悬挂的装饰和花体字也摇摇欲坠。

抑若扬说在一本写人类娱乐史的旧书上看到过这种地方：“这里是游乐场，那些都是娱乐设施，是用速度和高度刺激神经，让人感到害怕的。”

“为什么要特地感到害怕?”

“害怕让人兴奋。”

“这种兴奋有什么好的？我宁可选择安全。”

“过去的人就是活得太安全了。陷入安全的人会渴望危险。”他指着不远处一个大圆盘，“那是摩天轮，过去一到晚上，它就会亮起来，缓慢地转动，坐在里面能看到半个城市的夜景，是情侣最喜欢的去处之一。不过我更喜欢从远处看着它亮起来的样子。”

她静静地听他讲，想象着摩天轮运转的情形，此时已近黄昏，夕阳在折射光芒，温暖的粉色、明亮的橙色、炽烈的血色，缓慢地反射到摩天轮上，这栩栩如生的天启景象，其背景是渐进深邃的黛蓝。

“天黑了……天黑了!”她先是自言自语，突然想起天黑意味着什么，连忙催他“快戴——”，却见他早已戴上了面罩，那熟悉的内屏光也点亮了，不禁会心一笑：“我觉得，你以后一定是个好爸爸。”

他一脸诧异：“为什么……怎么想起说这个。”

“我是说，和你在一起很有安全感，而且，你是个会像孩子一样思考的人。”

他哑然失笑：“就因为我喜欢摩天轮?”

“不是……”她思忖着怎么措辞，她想告诉他，他为她讲过那么多有意思、她不懂的事，即使她不能理解，有时甚至还发脾气，他始终都那么有耐心，偶尔的生气，也都是因为她危及了自身的安全。因为这些，她感谢他——

“快走!”他抓起包给她背上，自己那个只挎了一边肩膀，就拉着她飞奔起来，“雷暴来了!”话音未落，一道闪电劈中了摩天轮，这庞然大物闪了两闪，发出了钢架结构崩裂的尖锐噪声，伴随着紧跟而至的炸雷，轰然倒塌，掀起的气浪几乎要把他们吹倒，抑若扬一把捞住了她：“这里不适合避险，跟着我，离架子远远的!”

他们穿过园区，跑向出口，一路上火花四溅，四周跟白昼一般，空气中充满了焦煳味，地面上不时长出一棵极亮的紫树，又像天空巨怪掷下的光矛，最近的一支就扎在半米开外，那声音大得就像炸裂在她的颅骨中。她不敢看，用手肘护住头，跟住了抑若扬，不管不顾地低头猛跑。

终于从开阔地跑进了街道，雷声被楼群隔绝在外，变得模糊，她突然意识到自己听不见了，耳畔只有擂鼓隆隆的耳鸣声。抑若扬领她躲进最近的一栋建筑，掩住了门，没上楼梯，就在门口暂时安顿了。他刮了一些镁粉，掏出打火石生了火，从背包侧面抽出一张行军毯，裹住发抖的她，喂她喝了半管糖水：“甜的可以压惊，再喝点。”她觉得耳朵里疼，脖子上温温热热，伸手抹了一把，全是血。

他替她揩净血迹，借着微弱的火光寻找伤口：“没有外伤，是你的耳朵。”她没反应，他绕到她面前，让她看到自己的口型和手势，“你的右耳受伤了，别怕，耳鸣会恢复的。”又指指天空，

“咱们就在这儿等雷暴过去。”

“会，会死吗，咱们。”十分钟过去了，她哆哆嗦嗦地说出第一句话。她听不到自己的声音，咬字含混不清，心里却格外清楚，这是她第一次如此真切地感到，死亡近在咫尺。

他靠住墙壁，拍拍膝盖，让她枕在腿上，双手抱住她的耳朵，抚慰地摸着她的头发，她睁大双眼，看着他的口型。

“别怕。有我在。”

鹿呦呦是在汹涌的耳鸣中昏过去的，所以当她在寂静中醒来时，她是诧异惊恐的，她急需证明自己并没有失聪，但抑若扬不准她出声，他捂住她的嘴，做出“嘘”的手势，使了个“看四周”的眼神。

她向他身后看去，这一看可吓得不轻：他们在一部大型自动扶梯的脚下，扶梯非常长，纵贯了三个楼层，上面躺满了褐色的干尸，尸体都已木乃伊化，失去了光泽和弹性，但还保持着死前一刻的表情和动作，应该是瞬间死亡的，尸体姿态各异，神情却如出一辙，都是极度的惊骇恐惧。再看四周，这里曾经是大型购物中心，应该是多年前突发的空气灾害，杀死了所有的游客。由于入口是下沉式的，闪电照不进来，夜里能见度极差，慌不择路的他们根本不知道自己逃进了现实版的地狱图里。

抑若扬扶住她，走到玻璃钢的围栏边上，让她向下看，捂住她嘴的手没有松开。她上一秒还觉得奇怪，下一秒就全明白了。

地下三层是个极宽阔的天井，里面躺满了干尸，再仔细看，黑乎乎的天井里，还有什么东西在动，她以为眼花了，挤挤眼睛再看，是蛊叼！她先看到了一只，然后看到了这只周围的几只，然后看到了那几只周围的几十只，她从没亲眼见过这么多蛊叼，它们在昏暗中蠕动着，不时把尸体扔向空中啄食。

抑若扬确定她不会尖叫后，松开了手，趴在她右耳边说了句话，她摇摇头：听不见。他又趴在左耳边，这回听见了：“听得见吗？咱们得悄悄说话了。”

她点头。

他继续说道：“这是个蛊叼大群，门外的更多，咱们得上去。”

她用嘴型问：“上去？”

他指头顶：“昨晚进来之前，我大概记了一下建筑群的外观，咱们旁边还有一栋更高的楼，不过已经倒了，就搭在这栋楼的侧面。这栋楼的出口都是蛊叼，不能走了，咱们得上到高处，从那栋楼出去，然后就到城邦内核了。”

她指自己的耳朵。

“你跟着我，我踩过的地方你再踩，不会出声的，别怕。”

他们踩着干尸的空隙拾级而上，有时不得不直接踩在干尸上。鹿呦呦警告自己不要类比这种感觉，可她有预感，她再也不会喜欢踩初雪了。

地板塌陷，楼梯断裂，通道堵塞，路不好走。爬了不知多久，终于看到了两栋高楼的交会点，手环显示00-11-17-30。

两座建筑交叉的部分，钢架刺穿了楼体，能感受到高空的强风拂面，冷冽而干燥。越往上走，坍塌得越厉害，看上去伸手就到的高度却不能直达，他们不得不绕到一条漆黑的走廊，抑若扬抽出长刀，反手执在胸前，另一手紧紧抓着她，缓慢而坚定地前进。

道路越来越狭窄，不时被斜刺里的钢架撞到，或者被脚下的异物绊倒，尽管看不见，但仅凭脚底踩到的感觉也知道那些是什么，她强迫自己别去想、别去感受，可还是害怕到心脏都麻痹了。

终于，仅靠触觉探不到路了。抑若扬站住脚，开启了面罩的内屏照明。那荧蓝微光亮起的一瞬间，鹿呦呦撞到了什么，一具干尸从天而降，她被整个人压在了下面，她意识到发生了什么时，已经听到了尖叫——那是她自己在叫，仅凭一只没失聪的左耳，她都听得出自己叫得多凄厉多大声。

下一个瞬间，她已经被抑若扬推着逃命了，从地底传来了强烈的震动，伴随着“咔啦咔啦”的声音，她认得这个声音，这是蛊叼在摇动发声器，它们很快就能聚集到上百只。

“咔啦咔啦”的声音越来越响、越来越近，仿佛就在脑后，她没命地跑，走廊尽头渐渐有了光亮，但眼前的一切都是模糊的——“轰！”刚拐过一个转角，她就踩空掉了下去，眼前一黑，嗓子里又甜又腥，半口血喷口而出。

又是“轰”的一声，她以为是抑若扬掉了下来，抬头看时，他却在上面焦灼地回望她。那么……她脖颈僵硬地循声望去——蛊叼。

一只蛊叼跟着她掉了下来，就在三四米开外，她甚至能看清楚藏在它舌头下面那对精光四射的小眼睛。那怪物伏低了身，咧开嘴角，露出四五排密密麻麻的锋利牙齿，一副狩猎前的准备姿态。这时，身下的吱嘎声吸引了她，她低头一看，不禁倒吸一口凉气，她和这只蛊叼落在了横倒下来的廊窗上，隔在她和万丈深渊之间的，只有一层玻璃，这玻璃上已经有了裂纹，裂纹从蛊叼脚下延展开，一直连到她身下，越裂越长、越裂越多，她抬头看向抑若扬，眼中充满了绝望。

他已从她掉下来的地方荡到了另一端，正在把绳圈从头顶的钢梁上解下，一端系在腰间，一端重新打成绳套："呦呦！我要你看着我，别看别处，看着我！我数到三！"他在空中旋转着那段绳套，速度越来越快，最后向她抛了过来，"抓住了！"

她使出浑身力气，朝那绳套奋力抓去，伸手的一刹那，蛊叼也朝她扑了过来，但它的起跳被打断了，玻璃承受不住压力，碎裂了。她身下一空，同时感到手腕被重重地扯了一下，抑若扬拽住了她。

他双腿撑住一段斜梁，缓缓地拽她上去，一拉到她的手就立刻抱住了她。她听到他深深地松了口气。

她轻轻说："对不起。"她太蠢了，竟然叫了出来！

他松开她，摸了摸她的头顶，什么都没说。

从破口那端冲出了十几只追来的蛊叼，跑在前面的一股脑儿都掉了下去，剩下能刹住脚的，在深渊边缘徘徊几圈，不甘心地掉头离去了。

他们继续向上爬了几十米，穿过楼体交会点的破口，就进入了另一栋倾斜的高楼，继而下行，在栏杆扭曲、摇摇欲坠的楼梯上盘桓许久，终于听不到蛊叼活动的迹象了，才敢停下来稍做休息。鹿呦呦发现抑若扬的防护服破了，肩膀处洇了一大片血迹，掀开来，四五排密集的牙印。

"什么时候被咬的？"她心疼地问，找出纱布块摁住伤口，但血持续地渗出。

"你掉下去的同时。我分神了。"他抽出一根止血带，"帮我简单处理一下。"

"你得缝针，不然止不了血的。"她从肩袋掏出个卷轴似的小包，展开，取出针具，给他消毒、缝合、上药，不一会儿就弄好了，他看着她的动作，问道："什么时候学的？还带了药。"

"还记得我第一次给你缝伤口吗？"她用三角包扎法缠好绷带，低头咬断纱布头，"我当时不会缝，被你鄙视了。"

"那个时候啊。是在5+，你的住所。"他陷入了回忆，"感觉像隔了半辈子的事儿了。"

"发生太多事了。"她叹口气，视线飘向远方。那个墙壁上有妈妈画的小鹿的房间，她再也没回去过。自从认识了卫淇奥，她的生活就和9+、白色巨塔、选手村的流泉松林裹挟在一起，过去的日子一去不返，而此刻，在世界边缘，在这坟墓般的废墟里，她再一次不可抑制地想起了他，他的笑容、声音、拥抱，都虚幻得像不曾发生过。

再也见不到了吧，她绝望地想。

"继续走吧！时间不多了。"她拍拍手站起来，弯腰去拿抑若扬的背包，"这个我来背。"

"你背不动，太沉。"他立即抢走背包，咬牙背上了。

“你到底背了什么？”一路上，补给品都是从她的背包里拿的，他的背包丝毫没减轻分量，刚刚掂了一下，沉得她根本拎不起来。

“返程用的。”

她默默往前走了几步，发现他没跟上来，回头一看，他正往楼体外安装什么东西，半个身子探在高空中，很是惊险，忙问“你在干什么？”这一路上她注意到，他已经有好几次停下来做这件事了。

“放个信标。”他从胸口掏出一个挂链，摁了那吊坠一下，楼外的信标立刻发出了一道又细又亮的红线，很像是瞄准镜上的激光。他摘下挂链给她戴上，“你收好，回去的路线就靠它了。”

她不相信会有返程了，但她什么都没说。

太难走了。在外墙严重损毁的楼层，要时刻当心坍塌和高空落物，碎砖不时掉落，有几次就落在附近，像炮弹一样砸穿了楼板；在外墙完好的楼层，则几乎漆黑一团，又得担心暗处躲着蛊叼。他们不得不跳过那些楼板断裂造成的深洞，裂口太宽跳不过去的，就只能借助悬垂绳摆荡过去，这体验太可怕了，那些深洞都大张着嘴，等着吃人呢。

终于下到最后几层时，她的体力已到了极限，累得干呕，手上抓悬垂绳磨出的血泡破了，和汗水沙石混在一起，钻心地疼，腿抖得厉害，膝盖处仿佛变成了一根火柴棍，再稍用力就要咔嚓断掉似的。最糟的是右耳疼得厉害，疼得她恨不得伸手进去捣。而且这只耳朵肯定是聋了。

事情往往就是这样，在你认为已经不能更糟的时候，还会更糟。

“不能再走了。”抑若扬拉住动作已经机械化、仿若行尸走肉的她，“你看。”

她顺着他指的方向朝下看，这里的地面曾是个广场，后来改造成了临时闸口，开阔带被军事壁垒分割成一块一块，要从他们所在的地方到内核区域，至少要翻过三堵高墙，以她目前的状态，实在是难。

但是总得试试。她勉为其难地说：“你先上去，再拉我的话，我应该……”

“不行，尸体太多了。吸入暮瘴后，人体会迅速失水，你知道的吧？等于是给尸体做了防腐处理，所以才能维持这么久不降解，蛊叼食尸，有这么多尸体的地方，附近一定有蛊叼群，如果走下面，还没等翻过第一道墙，就得被它们撕了。”

“那怎么办？”

“地上不行，就从空中走。”他冲不远处一扬下颏，那是一条长长的空中栈桥，直通墙的彼端，过了墙，就是城邦中心了，他们要去的尖塔近在眼前。

走到跟前，她就傻眼了：栈桥是玻璃的，如今玻璃早被雷暴炸得粉碎，只剩下两道平行的钢梁，每道只有半个手掌宽，两道钢梁离得还挺远，一脚踩一道的话连站都站不稳，别提走路了。

她心虚地看看抑若扬："没别的路吗？"

"绕道的话时间肯定不够。"手环上的倒计时，只有不到两小时了。

他拉住她的手："来，一人走一道。"

她哆嗦着站上去，被他牵着向前走。

"别出声。"他低语道。

脚下，蛊叼群渐渐聚集围拢，它们抓起干尸抛向身前，专心咬食，咀嚼声萦绕在广场上空。它们的舌头高高扬起，有几条都能抽打到她的脚了，她吓得浑身僵直，脸色煞白，手心早已湿滑，都快握不住抑若扬的手了。

他意识到她的不对，立即反抓住她的手，力量和暖意从他的指尖传到她的手心，她稳住呼吸，伸直双臂，跟着他的节奏，一步一步向前走，走得越来越稳……

到达彼岸时，她浑然不觉，嘴唇还在翕动着默数步伐："2025，2026，2027——"

"咱们到了。"抑若扬揽住了她。

她愣了几秒才反应过来，一把攀住他的臂膀，忍不住干呕起来："对不起……我太㞞了。"

"是我对不起你，没让你准备好。你已经做得很好了。"他拍拍她的头顶，"你看。"

她恍惚地回望他们走过的双梁桥，居然长得看不到来时的尽头，蛊叼越聚越多，无数条舌头在空中此起彼伏，双梁桥像湮没在灌木林的小道。她扭过脸，顺着他指的另一个方向看去，那里是一个面积更大的广场，广场上有一座大脑神经元结构的雕塑，那神经网络四通八达，覆盖了半个广场，可惜受了破坏，只剩下半边。雕塑的另一侧，就是那命运的尖塔。

走上几百级白色的环形台阶，就来到了尖塔底部的碟形大厅，大厅里一片荒凉，装饰细节已不复存在，钢筋、混凝土裸露着，遍地是碎裂的玻璃和砖石，踏上去噼啪作响。围绕大厅的是一圈高大窗户，四周的市景360度尽收眼底，如同观景台，从窗户看出去，阳光照射下的神经元雕塑在地面上投射出涟漪般的阴影，白色的地面，黑色的影子，和绕流而过的银色的水，被只剩框棂的窗洞框住，构成了一幅超现实风格的画，这幅画似曾相识，具体在哪儿见过，她一时想不起来。

还有许多房间，门窗位置还在，但房间只剩空壳，地面上有大量的积尘杂物，充满了诡异的气氛。尽管建筑功能已丧失，但往日痕迹依稀还在，墙壁上用马赛克拼嵌着政客头像，多数都被抠掉了眼睛，好几处转角和入口都被人喷上了涂鸦："忘记过去"，而后又被红漆涂改成了"不要忘记过去”。

尖塔位于碟形大厅的后面，之间有通道相连，通道一侧是混凝土墙壁，另一侧是窗户，透过满是龟裂和污渍的玻璃，能看出对面是生化实验室兼医院，这里就像一个黑暗胶囊，完整地保留着工作人员匆忙撤离时的现场：手术室的滑轮车上放着各种医疗器械，化验室桌上陈列着成排的样本试管，急诊室留下了浸满血液的清创材料，还有上百张积满灰尘的病床，就像某部恐怖电影的取景地。

抑若扬用刀柄碰了碰她因紧张而攥紧的拳头：“拿着。”

“怎么?”

“不太对劲。这些碎玻璃，都太干净了。”他用手指拂了一下走廊的窗棂，“没灰尘。这都是刚碎不久的。”他突然回过脸看着她，显得不安而焦灼，“咱们不是这儿唯一的活物——”几乎就在同时，他俩之间的窗户突然炸裂，一只大到离谱的蛊叼冲了出来!

抑若扬冲向鹿呦呦，却被那怪物一摆尾巴甩得老远，它就势一摇头，扫倒了鹿呦呦，钢钩似的爪子朝她胸前抓下来，与此同时，又有两只稍小一点的蛊叼从实验室撞出，一前一后围住了抑若扬。

鹿呦呦凭着本能横向一滚，惊险地躲过了攻击，那巨爪划破了她的衣服，在她肋下留下三道深深的血沟，她疼得差点晕过去。蛊叼步步紧逼，她根本来不及逃跑，只能打着趔趄向后退，手里死死抓着抑若扬给的刀。

那怪物仿佛不着急吃她，一张巨口悬亘在斜上方，先放了舌头下来试她的味道，那舌头上满是倒刺，她的脸瞬间被刮出无数条小口，怪物的黏液流进伤口，剧痛无比；而那张长了至少一千颗牙齿的嘴里喷出的气息，臭得难以形容，她强忍住呕吐的冲动，把心一横，双手向后撑地发力，把自己送进了蛊叼身下，同时举高双手，用尽全身力气将刀尖送向它的腹部——

那怪物却没像预期般倒下，它太大了，以她的臂展不足以刺透要害，只是划伤了它。突然的疼痛激怒了怪物，它后退半步，再次向她抓了下来，鹿呦呦完全暴露在怪物的视野中，而且之前训练的肌肉本能，让她行刺之后迅速侧翻，此刻她的背被冷冰冰的墙壁顶住，根本避无可避，眼见这一爪就要捣烂她的胸腔腹腔，她听到抑若扬在嘶喊她的名字，她无力地看向他，他正从一只蛊叼眼中拔出长刀，向她跑过来，但是已经来不及了。

她闭上眼，等待永恒的黑暗降临。

剧痛没有如期而至，眼帘中红光几闪，她感到周身又黏又凉，睁眼一看，那蛊叼像被钉住一般，暗红的血瀑从它脖颈、腹腔倾泻而出，流了她一身一脸；然后，这只少说有三人高的怪物裂成了切口平滑齐整的十几方肉块，像坍塌的土方一样碎裂了，头颈的那一块落到她手边，后脑勺上插着抑若扬的长刀。

“你还好吗?”他冲过来，半跪在她身边，着急地问。

“你用的……是什么武器?”她刚死里逃生，还有些发蒙。

他摸探着她的腰腹和四肢，检查她有没有伤口：“不是我杀了它，我晚了一步，是你，是你的颈环杀了它。”

她摸着叶蓁送自己的颈环，颈环上每隔一段就凸起的短线，还留有高热后的余温。

“这个颈环能捕捉蛊叼的猎食动作，激活自身的防御性攻击，刚才这只对你做出了捕猎姿势，所以被颈环发射的高热射线切碎了。”他拍拍她的腿，“能走吗？咱们必须赶快了，还有最后半小时。”

她点头，爬起身，跟着他向尖塔入口跑去，经过那两只被抑若扬撂倒的蛊叼时，她发现它们还在喘气，只是眼睛都被戳瞎了。

为防备蛊叼入侵和风化等自然因素的影响，冷掣尖塔被设计成了全封闭的结构，无窗，连直接入口都没有，他们在塔基上找到一个小洞，钻了进去，手脚并用地爬过几十米的泥泞小路，才到了塔底中心。从这里仰望，能看到全塔的核心结构，是一个高度上百米、直径近百米的内腔，红砖砌就的楼梯绕着内腔螺旋而上，抑若扬告诉她，内腔里是反应池：“整个冷掣塔就是一个超级燃料电池，能在激活重启的同时为信号传输供电。”

他们在塔底卸掉背包，只携带基本武器和攀爬装备，沿着螺旋状楼梯向塔顶冲锋。她突然理解了所谓的“精神战胜肉体”，她周身上下没有一处不疼的地方，每跑一步都像是在钉板上滚了一圈，但她依然在跑，一步一步，疼痛成了她的行走口令。她已经不在乎有没有返程，她要把这件事做完，既然这是她的宿命，就让她来结束这一切。

可肋下的伤口实在是太疼了，刚刚爬过泥泞小路的时候，不知沾上了什么脏东西，现在像火烫一样，她一边把手伸向怀中，想用冰冷的手背给伤口降温，一边还在费力地拔腿向上。

她的身体突然一轻，脚下踩空，抑若扬像背负褡裢一样把她扛了起来。

“放我下去，我能行。”

“别逞强，到顶上有你爬的。”他用肩膀顶着她的腹部，小心地避开了她肋上的伤口，但他的伤口又裂开了，肩上一片殷红。

“我沉吗?”她上一次量体重是很久以前的事了，自打知道外观重塑无望，她就彻底放弃这些了：都是虚的，没用。但现在，她只希望自己再轻一点。

“这个时候，你居然关心这个问题?!”他拍拍她的后腰，“我说啊，你的颈环，热射线是一次性的，叶蓁还没找到解决水晶磨损的方法，回去的时候小心一点，要记得。”

她没说话。哪里还能回得去呢?

他又问：“信标挂链收好了吗?”

她拍拍胸口：“在的。”

“好姑娘。”他放下了她，“咱们到了。”

这是一间八角形的机房，没有地板，只有从内角伸出的八道横梁，横梁在中心的平台交会，发射天线的塔柱就从这个平台贯穿而过，塔柱下接塔身内腔的燃料电池，上连一个更小的平台，小平台高出下面平台十多米，冷掣开关和生物识别系统都在上面。

机房的穹顶神似榕树的树冠，是保持塔内明亮的关键，其上巧妙的镂空形成了透光隔扇，既减免了风力对外壳的侵蚀，又不影响采光。尽管没有人工照明，但穹顶洒下的光线被一面大聚光镜收拢，几经反射和散射，照亮了大部分楼梯。这项工程明显来自古代智慧，加上尖塔的建筑风格毫无未来感，而是怀旧古雅的，顶层机房更是遍布巨大化的齿轮、轴承和活塞，使人产生了穿越感，仿佛回到了过去。这种设计风格最初的动机是实用主义，使建筑在无人维护的漫长岁月中也能尽可能维持功能，但它却自带一番别样的美感，因为复古不跟随潮流，所以往往意味着经典与持久，这就是越古老的东西反而越显得先锋的原因。

他们贴着墙壁转了小半圈，找准一根钢梁踩了上去，钢梁上没有护栏，彼此间距离也很远，就那么孤零零架在空中，其下四五米是燃料电池的反应池，但鹿呦呦已经走过了长得多、窄得多的双梁桥，眼前这座自然不在话下，她不等抑若扬来牵，兀自走在前面，由他断后。

到了平台，她去抓塔柱上的钢梯，奈何梯子最下一级距离地面有一人高，抑若扬用双手搭桩，让她蹬脚，再往上一送，待她站稳，他正要跟上，却冷不防被侧后方射来的一束光弹击倒在地。

鹿呦呦的第一反应是跳下去救他，却被他坚决地制止了：“不许管我！你接着爬！是赫燃！”

夕阳的余晖照亮了入口那个黑影的脸孔：一道泛着血沫的伤口从左脸颊延伸到右嘴角，他的脸像被撕裂了一样，十分狰狞可怖，眼镜也不见了，可那深色皮肤、方正的下颌，可不就是赫燃！他见抑若扬躲在射杀盲区，便掉转枪口，向鹿呦呦连开了几枪，但他在明、她在暗，他只打断了她踩的横杆，她顿时半个身子挂在空中，这动作撕裂了伤口，她疼得惨叫一声，依然顽强地死死抓住梯子。

抑若扬挣扎着起身，扬手扔出匕首，削掉了赫燃握枪的手指，后者嘶吼着冲上来，和抑若扬扭打在一起。搏斗的地方就在钢梯正下方，鹿呦呦听得到重拳捶击人体的声音，看得到抑若扬被压制得没有还手之力，赫燃正摁着他的头向地上猛磕——她心疼得恨不能跳下去，身体却清醒至极，依然奋力向上攀爬，时间所剩无几，必须马上重启。

登上冷掣平台时，只剩最后八分钟了。她拉开生物识别器的护罩，正要钻进去，脚下突然传来了一声极其凄厉的叫声，只见赫燃满脸是血地在平台上翻滚，嘴里发出恶毒的咒骂，他的双眼被戳瞎了。

而抑若扬呢？她看不到抑若扬！

她剧烈地颤抖着，伏在平台边缘，尖声叫着他的名字，她看不到他，“抑若扬！你在哪儿?！抑若扬——”

“呦呦……”黑暗中传来微弱的声音，她看到他了！他伏在反应池盖子的悬架上，已经虚弱得不能动了。

“我我我下去救你！”她抓住钢梯上缘，要撤脚下去。

“不许救我！快……重启！快！”

“我不……”一旦重启，燃料电池就会激活，反应池盖子打开，他就……她的身体不听使唤地僵直着，他们两个人都明白，一旦她下去，根本来不及回来重启，一切就全完了。

“呦呦，听话……拿着我的背包回去……”他仰起脸看着她，温柔地笑着，“至少……你以后都不会再见到我了……”

“我不是有心那么说的……”

他松开了双手，重重地摔落在反应池上，滑向了进气口。

她抹了一把泪，决绝地钻进生物识别器，拽下了点火拉杆。护罩关闭，身后的机器发出怒吼，巨大的齿轮开始转动，富氧液体迅速淹没了她，液体自下而上漫过她的头部。开始她试着憋气抵抗，很快“溺水”，挣扎了一下，却适应了。几根细细的长针插入她的皮下，随后指示灯开始倒数闪烁，闪动频率越来越快，最后停止了闪动。

一道蓝光从信号发射塔柱的底部升起，直达穹顶。

平台剧烈地震颤，她觉得塔都要塌了，便闭上眼睛，平静地等待最后一刻的到来。

震动逐渐停止，生物识别器中的液面慢慢下降，最终，护罩打开了。

夕阳的金色光辉洒满了塔顶，一切都变得柔和，什么都没有不一样——除了抑若扬。反应池重新关闭了。

她昏昏沉沉地走过不知是死是活的赫燃，走过钢梁，走下楼梯，在塔基坐了下来。她和抑若扬上塔前甩掉的背包就在脚边，她呆呆地看了一会儿，突然想起他临别前说的话：“拿着我的背包回去”，急忙拖过背包，打开一看，里面是稍小的一个方方正正的背包，金属外壳，相当沉，她把它掏出来时，几张折叠起来的纸掉到了地上，她弯腰去捡，信标挂链从胸前滑了出来。

卡片的字迹是抑若扬的，她只读了一行就看不下去了，泪一粒一粒掉下，落在信上，打湿了字迹：“喷气背包使用说明。1. 配合信标使用……”

她哀哀地呆坐着，坐到光线暗淡褪色，暮瘴丝缕浮现。她回想着探外以来的每一分每一秒，心中充满了懊悔。似乎她做过的每件事都是错的，每个步骤都能省出好多个八分钟，只要有一个，哪怕只有一个，抑若扬就不会死。她恨自己那么蠢，那么自私，为了逃避痛苦，就真的允许自己，把这么生死攸关的事当成苦中取乐的游戏了?！而抑若扬一次也没责备过她，他就那么容忍了她，一次又一次，她有点恨他。

突然，塔基的入口处有了动静，有什么东西进来了，正沿着那条泥泞小路向她接近，她陡然警觉，之前一闪而过的轻生念头一扫而空，立刻向上退了几步，蜷起身体，躲在阴影中，握紧抑若扬的刀，执在身前，同时绝望地想到，哪怕是只最小的蛊叼，她也没有任何胜算，她真的一点力气都没了。

那个声音越来越近，在她面前的拐角停住，剪影投在对面墙上，是个人。她心中升起坚决的求生欲望，猛地闪出阴影，出刀向来人的喉头划去，谁知对方早有防备，一把扣住她执刀的右手，她立刻松开右手，刀子向下一落，她用左手接住，顺势就要钉入对方的心口，被对方一沉右臂隔开了刀尖，她被惯性荡得向后一仰，马上收回重心、屈膝起跳，照准那人的面罩狠狠撞了上去——抑若扬教过她，这招若是得手，面罩铁定碎裂，敌人会立刻死在暮瘴里。

对方没料到她还有这么一招，连忙后撤闪躲，她趁机转身就逃，向出口跑去，可那人突然出声，叫出了她的名字。

她双肩一震、僵在原地，慢慢地回过了头，只见那人穿着黑色防护服、戴着深色面罩，看不清身形面貌，可他的声音，她无论如何都记得。

这个声音，曾在5+住所深沉的夜里对她轻声低语，曾在白色巨塔明亮的窗前和她言笑晏晏。这个声音，是星光、流泉、花香，是白色的风，银色的水，粉红的香气。这个声音，是她即使在陆外的生死之间，只要偶尔想起就能获得力量的慰藉。

她想跑向他，可人的精神一旦松懈，身体就忘了坚强，她只挪了半步就软倒在地，她的样子太过狼狈，浑身是泥，腮边有血，肋下有伤，一双因极度困倦而红肿的眼睛反射出一点亮光，使暗处的她看上去像只饥饿警觉的猫。

他上前扶住了她，抚摸着她的头发，后者沾满了泥水、汗水和血，失去了原本毛茸茸的触感，更添多了他的心疼："我来晚了，你受苦了。"

"你……怎么来了？我以为再也见不到你了。"她张嘴才发现自己失声了，只能发出嘶哑的气音。

他抱紧她，抱得紧紧的："对不起，我不会再离开你了。"

"啧啧啧。"叶蓁抱着胳膊，从暗处走了出来，"情侣的酸臭气。"

鹿呦呦一看到她，就大致明白了一切：她和林衡果然及时救出了卫淇奥，不仅如此，他们还循着坐标找到了这里，来接应她和抑若扬。可是她不知道，该怎么向叶蓁解释抑若扬的死，该怎么告诉她，是自己的愚蠢怠惰、拖延时间害死了他？

她暂时找不到机会忏悔，叶蓁一如既往地立刻接管了谈话的重心，先是炫耀了一番营救的功劳，"我救了他，又带他来救你，也就是说，我是你们两个的大恩人。"又表扬了她的身手，"你可以呀！也不过半个月没见，都成女侠了，能跟卫淇奥打个五五开，虽然他不是抑若扬那种兵痞，好歹也受过9+精英的生存训练，肯定不是废物一个咸鱼一条，不然一路走过来，他就算不被蛊叼咬死，也早被我弄死了。欸，抑若扬呢？是不是还在上面？"她边说着，已经拔腿向上跑了，"我去找他！"

卫淇奥捧起鹿呦呦的脸颊："你还好吗？能不能走？"

"我没事。你跟着她，赫燃……赫燃还在上面。我刚刚还在想，该怎么把他带回去……你跟着她，我怕她气急之下会杀了赫燃，我答应了庄姜，要留着他的性命……这是她的遗愿，我不能不信守承诺……你快去！"

卫淇奥的眼中闪过复杂的情绪，他大概明白发生什么了："好，好，我去。可你一个人……"

"我没事，我在这儿等着。"她推了推他，"你去吧。"

他犹豫了一下，把她扶到墙边靠着："我马上回来，带你回家。"在她额头轻轻亲了一下，便上楼去了。

鹿呦呦擦了擦眼睛，收敛精神，重新打开了信。

前两张纸详细地写了喷气背包的使用说明，和帮助她顺利返回陆行艇的注意事项，包括在哪儿给背包补充动力，控制在多少高度和速度既安全又节省燃料，信标的开启与定位，也解释了喷气背包的工作原理，只不过这一节更像是叶蓁的口吻，她只看懂了“喷气背包是军方的实验技术，并不完善，飞行只能维持在低空和短途飞行，但足以安全高效地穿过蛊叼集中的区域”这一部分。

在快速浏览的过程中，她越来越疑惑，既然有这件神器，他怎么不早拿出来，两人飞着过来，反而自讨苦吃地背了一路，还只背了一个呢？

下一张纸解答了她的疑惑。

这是另一封信，应该是在他们击退蛊叼大群之后写的，那时她累得昏了过去，而他在她身边，写下了这封算是遗书的东西。

“呦呦，在很多人眼中，零号陆民的身份是天选的幸运，尤其是在完成重启之后，你会被视为英雄，盛名加身——但我知道，这些都不是你想要的，失去的也永远不能再回来，而零号陆民的身份是一种诅咒，我宁愿你不是。

“可是你是。无论怎么不情愿，你始终都对外缘陆民的生命负有责任，不能逃避，所以即便违心，即便辛苦，我也要保证你完成这件事。不能再这么下去了，虚陆旧有的规则必须打破，不论是外观衡准，还是这没完没了的节节败退。重启是你的责任，保护你完成重启是我的责任。

“尽管如此，这些并不能减轻哪怕一点我对你的歉意，我很抱歉，把你牵扯进这件事，我知道你只想过普通的生活，你的愿望很简单，仅仅是活下去。

“但活着这件事一点都不简单，对吧？

“在刚刚结束的战斗里，你的表现让人惊艳，你救了咱们两个人，我很久没见到这么精彩的射击了，或者说是射击游戏，无所谓。当然，你有个好教练，我是指叶蓁——你别告诉她，我一般不夸她，她那个人你也知道。

“不过我就令人失望了，确切地说，是令我自己失望。我犯了一个低级错误，高估了陆行艇的装甲，而且竟然忘了探外最重要的因素：时刻。在我改装音弹的过程中，天不知不觉地黑了，陆行艇某处被蛊叼破坏了气密性，具体是哪儿系统电脑还在排查，相信天亮之前我会补好的，但是我吸入了微量暮瘴。几乎在吸入的同时我就知道了，所以我注射了叶蓁给的血清，是从你身上提取出来的半成品。

“说是半成品，是因为这东西还没通过活体测试，注射了血清的老鼠都撑过了暮瘴测试，但最后无一存活，最多七天过后，它们都死了。叶蓁还没找到原因，我想她最终会解决的，但我没那么好运，怕是赶不上了。

“不得不说，还有一件糟糕的事。咱们的辅助仓库被毁了，里面的大部分东西都被蛊叼拖出去破坏掉了，我查了库存，喷气背包只剩一个完好的，我会带着它，这样完成重启后，你就有机会活着回来，只要回到陆行艇上，你就能回家，我相信你。

“没有必要内疚，即使内疚也别和自己过不去，要相信一切会过去的。幸存者内疚在很多幸存下来的士兵身上都有过，我也有过，我撑过来了，你也一定会的，你这么坚强。

“等你回了陆内，要好好生活，连你父母的份、我的份、庄姜的份一起，努力认真地过好一生。我知道你很爱卫淇奥，他算是个值得托付一生的人，但是不要让他的要求凌驾于你的需求之上，他也许是梦中情人，可他不是太阳，你才是。”

最后是一行稍小的字：“后面是一些备忘录，我写给叶蓁交办的事，你交给她看，她会理解我的死和你没关系——而且真的是没关系。”

后面的内容她没有看，折了起来，和抑若扬给她的信分开放好。

她很想哭，但现在并不是哭的时候。她需要真正独处的时刻，一个人好好哀悼。

况且，她有一生的时间。

尾声

虚陆最终还是被迫关闭了5+的过滤系统，但是是在全部陆民撤离之后，而且是暂时的，取代衡准中心的理事会成立了特别行动组，目标是收复失地、拓展生存空间，任务的第一环节就是收复5+，使其恢复到人类能生存的环境水平。

“主脑”重启后，外观衡准被废止，原有外观衡准、外观重塑相关的资源都被移交，以建立新的社会秩序。

比如，除保留极少数供应医疗用途的生产线，原液工厂被悉数关闭，改建成安置难民的居留点；而原本用于原液生产和外观重塑研究的资金、技术和设备都转向探外，重点是剿灭蛊叼、恢复迷雾沼泽和研制零号血清，最后一项任务仍然由叶蓁负责推进——如今她的身份变了，不再是东躲西藏的“无芯人”，而是探外项目的主持人之一。

由于叶蓁拒绝到内核报到，特别行动组扩建了她的地堡，作为探外派遣队的基地。据说那里的建设和研究进展惊人，不过鹿呦呦都是从媒体报道里了解到的，探外归来数月，叶蓁还没联系过她，也不接她的电话。这还是头一遭，看来叶蓁是铁了心要独自消化抑若扬的离世。

鹿呦呦一直在白色巨塔养伤。她的伤势比黑泊那次还要糟糕，除去严重脱水和多处软组织挫伤，她的右耳永久性听力丧失，蛊叼在她身上留下了三道半米长的伤痕，从背部的肩胛下方延伸到左胸，绕了身体半周。

有天半夜，她醒来时发现卫淇奥在端详她身上的伤疤，次日他就大费周章地搞到了两个单位的整容液为她祛疤——是的，这东西如今成了违禁品，也因此身价暴涨，价格相当于过去的十倍，还未必买得到真的。

她故意问他是不是介意她的疤。

他一脸无辜：“不啊。”

“那你弄这些？”

“我怕你介意。或者你从此就不愿意穿晚礼服了呢？我送你的裙子，你一次都没穿。”

“我介意？怎么可能。”她穿上那件他送的湖蓝色裸背长裙，弯月形的伤疤像白玉玦一般裹在左肋。

“漂亮。”他微笑地看着她。

她拒绝整容液，还有一个不愿说的原因。她知道，不管身体上的伤痕怎样消弭，内心的伤疤仍然还在。她无法告诉卫淇奥，她正在经历幸存者创伤，每当她想发自内心地欢笑时，就会想起长眠于陆外的抑若扬，笑容就会戛然而止。她终于明白抑若扬为什么总是板着脸，以前她还觉得他在装酷呢。

她的健康一恢复到能执刀的状态，就做了一尊雕塑：抑若扬背着半人高的户外包，右手执刀，左手伸向身后，像是紧拉住谁的手，他的肩上血肉模糊，有四五排密集的牙印，他的脸和英俊完全不沾边，肮脏邋遢、胡子拉碴，表情狰狞、五官扭曲——得知她要重新拿起雕刀，卫淇奥就再次为她引见了任无止，这位雕塑大师对她的人物塑造不太满意，认为“太写实了”，鹿呦呦却坚持保留原样，因为这就是她“记忆中的抑若扬”。

事实证明鹿呦呦是对的，这座雕塑后来被安放在衡准中心旧址、现在的特别行动组总部之外，日后成为虚陆的一处著名地标，被陆民昵称为“老兵”，鹿呦呦与路人擦肩而过时，无数次地听到这个词，每次她都会想一遍那句“老兵不死，只是凋零”，这是后话。

对媒体来说，鹿呦呦是个富矿。从这个留着凌乱卷发、眼距开开的小个子女人身上，似乎总能发掘出与众不同的惊喜，她固然是个从陆外死里逃生的奇迹、拯救了万千生命的英雄，她居然还是个艺术家，而她和卫淇奥的恋情也总能牵出话题，受众想知道她更多的事情，媒体当然热衷于追捧她，可惜她为人低调神秘，几乎拒绝了一切采访，唯一出现在公众视线中，只有和卫淇奥父母见面的那次。

事前鹿呦呦并不知道这是一次公开亮相，当她穿着深空蓝色、裙摆像水一样铺开的礼裙，头发里簪了星星般的碎钻，站在卫家宅邸的白色石头台阶上，看到一大片记者时，她的瞬间反应是“糟了”。

看卫淇奥的反应，他的知情度并不比她多多少。看来，是他那个在政坛遽变中急流勇退的父亲要“最大限度地利用这次家庭重聚的剩余价值”，卫淇奥解释道，“将其变成了一场盛大的记者招待会”。

在进入宴会大厅之前，鹿呦呦不得不接受了四十分钟狂轰滥炸般的记者提问，她讲述了自己的出身，披露了和卫淇奥的相识，表达了对“单一化女性美”的看法（自然是反对的），回忆了九死一生的陆外历险……而最难回答的部分是抑若扬的死，以及她和赫燃的关系。某个红唇短发的女主播在提问中隐藏了最大的恶意："既然赫燃杀了你的——按你的说法——'挚友和导师'，你为什么还要救他回来，不应该留他在陆外自生自灭吗？我听说赫燃和你之前也很熟，我们可不可以这样理解，他非要抑若扬死的动机，是因为你？"这种对人际关系的熟练误读，是媒体骗取关注的常用伎俩，以此作为切入点做出的报道一贯非常受欢迎，真相如何无所谓，只管看热闹的受众会习惯性地罔顾事实。

鹿呦呦不知如何作答，不管是庄姜还是抑若扬，她不想让他们任何一个成为廉价的谈资。所有的眼睛都盯着她，她周围至少悬停了五十个悬浮摄像头，她的后背一点点地沁出了冷汗。

就在这时，卫淇奥发话了："带赫燃回陆内是我坚持的，和呦呦没关系。之前我一直在跟虚假原液的故事，赫燃和这个案子的关系密切，我有理由认为，他就是幕后主使，这个事件涉及数十万陆民的生命，是反人类的罪状，当然有必要留存证词，赫燃作为嫌疑人和重要的证人，是必须带回来的，这是其一。其二，"他停顿了一下，"赫燃和我的家事有关，家母有很多疑问需要他解答。"

台下媒体一团骚动，悬浮摄像头嗡嗡而至，迅速调整焦距的镜头通通对准了他，记者们纷纷大声抛出问题："你指的是不是你失踪多年的妹妹？""有传言说赫燃禁锢了你妹妹多年，是不是真的？""卫小姐现在在哪里？是不是就在这儿？""据说卫小姐多年以来一直在接受非法的外观重塑，她的现身算不算是卫家丑闻的延续？你如何应对'天然贵族'神话的破灭？"

卫淇奥自始至终带着平静的微笑，等所有人乱糟糟地问完，才徐缓地说："目前赫燃还在特别行动组接受问询，在官方审讯结束后，我们才能处理私人事务。我会密切跟进相关的情况，查清真相之前，我不会就此事发表任何看法。但有一点，我必须再次重申：虚陆已经废除了外观衡准制度，所谓的'天然贵族'已经不复存在，那么'丑闻'自然就没有了，希望媒体朋友们不要再将'丑闻'一词和卫家联系起来，否则就是对陆民的误导，让大家误以为颜值歧视还存在……"

鹿呦呦感激地看着他。问答全程他一直轻轻揽着她，无声地表示支持，而且她知道，他是为了帮她转移火力，才有意提起了自己的"家事"，虽然他表现得很淡定，但只有她知道，这桩"丑闻"有多困扰他。

回到陆内后，鹿呦呦才得知，在她离开期间发生了很多事，其中最令她震惊的是棠棣的真实身份。内核动乱开始之初，赫燃公开了卫氏家族一直在秘密调整外观、遗弃缺陷婴儿的秘闻，这桩丑闻一度造成了颠覆性的影响，卫淇奥的父亲被迫辞去了衡准中心的一切职务，而受到牵连的高层和内核陆民不计其数。

赫燃手握的铁证就是棠棣。他让棠棣公开接受了血缘鉴定，结果显示她是卫氏家族的直系血亲，而赫燃对往事的讲述则补全了最后一块拼图。

当年卫淇奥的母亲生下有缺陷的女婴后，被他父亲直接抱出了宅邸，交给贴身仆役处理，这位仆役动了恻隐之心，没有依照指令溺死婴儿，而是把她塞进了一辆进入庄园酒窖的货车——这辆车归6+一对儿经营葡萄园的夫妇所有，他们每年两次到内核送酒。

于是，这个小女婴鬼使神差地被带回了红狼溪谷的葡萄园，平安长大，嫁给了葡萄园夫妇的儿子——后来的事，我们都知道了。

赫燃一直照顾着棠棣，除了舍不得，更有拿她当活证据的考量，他把这个铁棋子放在身边，处心积虑多年，也真的借此将了虚陆最大的政治豪门一军并成功上位，没想到最后还是功亏一篑，被鹿呦呦和抑若扬重启了“主脑”，旧有的社会秩序被颠覆，虚陆政局重新洗牌，赫燃被押解回陆内后，卫淇奥在他的府邸找到棠棣，把她秘密接回了卫家，交由母亲照顾。

事情并未就此皆大欢喜，棠棣根本不认识自己的家人，加上已经精神恍惚多年，离开了熟悉环境的她一直处于情绪崩溃的边缘，卫母又心疼又内疚，经常以泪洗面，卫淇奥要照顾母亲妹妹、应付难缠的媒体，还要和冷漠现实的父亲博弈，也是身心俱疲。

而如今他为了替她挡枪，居然在公开场合主动提起此事，无异于自揭疮疤，她看着他在众多媒体面前侃侃而谈，知道他的风度和镇定都是强作出来的，却无法替他分忧解难，只好紧握住他的手，带着同样平静的微笑，陪他挨完全程。

他们终于对付完媒体，进入宴会大厅，满堂宾客已经入场，卫淇奥的父母站在椭圆大厅的楼梯末端迎接他们。这对夫妇的互动让鹿呦呦很是惊讶，他们是那么泰然自若、相敬如宾，很难想象私下里的他们，彼此之间疏离得像陌生人——“爱的反面往往不是恨，而是冷漠。”卫淇奥告诉她，这就是很多表面光鲜夫妇的相处之道。

卫淇奥的妈妈非常漂亮，保养也十分得宜，一见到鹿呦呦就满怀歉意地解释眼前这个铺张的大场面：“因为卫淇奥从没带过女孩子回来，一时太高兴就……”鹿呦呦当然知道这是外交辞令，但她明白这种家庭的处事风格，而且，因为棠棣的事，她对卫妈妈是同情的，也就尽量打起精神，配合他们的表演。

尽管如此，当卫父在她毫不知情的前提下，突然在众多宾客面前宣布为她和卫淇奥订婚时，她还是出离了愤怒。

她震惊得说不出话，周围都是祝福和笑脸，人人盛装打扮，她仿佛回到了初遇卫淇奥的那一晚，格格不入、狼狈惶恐。而这一回，更多了些被欺骗、被利用的愤怒：搁在以前，由卫家提起婚约根本是不可能的；而现在，竟然是卫父主动提出，这让她感到自己就是一场政治作秀的道具。

卫淇奥察觉了她的不快，带她提前离场，没有回白色巨塔，而是带她去了泉区。可是泉区对他们两人的意味已经大不相同，她思索着是否要故作轻松以配合他的心意，他却说："去看看庄姜吧。"

镜湖畔的环境又变了，选手村也迁入了难民，山坡上的死树被挖掉，种上了玉米等作物，绿油油的，一扫昔日衰颓恐怖的气息，也不是"颜值战争"期间那种虚假浮华的浪漫，而是一派田园诗、烟火气的随和与温馨，她喜欢这样的泉区，想必长眠于此的庄姜，也会开心吧。

只是漫山遍野郁郁葱葱，庄姜坟穴的新土怕是被掩盖，找不到了。她激活掌屏，要查询抑若扬同步进去的坐标，却在绕过山弯之后，看到一座方正的花岗岩标识，棕褐色的石板上刻着"庄姜"二字。

"这是'墓碑'，人们会把逝去亲人的名字刻在上面以寄托哀思。临时政府正在起草提案，赋予陆民自由处置尸体的权利，人们仍然可以选择数码墓地，与此同时，现实墓葬也将合法化。所以你的好朋友不必籍籍无名地藏在这片荒野的地下了，我在名字旁边留了白，看她的母亲，或者你有话要说，可以请人刻在上面。"

"谢谢，你不知道这对我来说多重要。"她感激地凝望着庄姜长眠的地方，墓碑两侧各有一丛葳蕤的灌木，点缀着粉红色的重瓣花朵，花苞很大，杯状的花朵坠垂着脸，由边缘的柔粉逐渐转向中心的淡紫色；而初生的花蕾是玫红色，鼓鼓地冒着尖。她认出了这两株植物："这是……庄姜种的？"婚后的庄姜常常在花园里打发时间，她见过庄姜侍弄这种灌木月季。

"我注意到她种了很多这种花，就挪了两株过来。这种花疯长起来不管不顾的，光长傻大个，就是不爱开花，但只要生长到一定高度，等到赏花视角能从下往上看的时候，她的美会是惊艳的。这可能就是尼采所说的精神三变，坚韧、自由、创造，我猜这就是花名的由来——'自由精神'[①]。希望有最喜欢的花陪着，她能不那么寂寞，虽然没有太多机会了解她，但她一直陪伴你、照顾你，尤其在我没有尽到责任的时候，我真的很感激她。"卫淇奥扶住鹿呦呦的双肩，把她转向自己，"我还没有正式向你道歉，在'主脑'那天，我不该丢下你一个人。作为男人，不管任何理由、任何矛盾，我都应该留下解决问题，而不是一走了之。"

"不用说了。"她把手放在他胸前，"我也有错，我对你隐瞒了好多事，相信我，我想说的，可

① 自由精神，一种英国灌木月季。

我不知道从何说起。”

“叶蓁都告诉我了，我理解。你的身份太敏感了，换作是我，也会犹豫，不想让咱们的关系变得那么……复杂。我只是难过自己去得太晚了，没能在最困难的时候陪在你身边，刚才……你在媒体面前讲的那些陆外的事，我还是第一次听你提起，我不知道你是怎么熬过来的。对不起，让你受苦了。”

“都过去了。再说，如果没有你和叶蓁，我很可能已经死了。”

“还有今天的事，我知道我不能代表我父亲向你道歉，但是，正因为这样，正因为我不是我父亲，请你相信我，我始终是很郑重地和你交往，我的心意从没改变过，我希望你嫁给我，但现在并不是合适的时机，你还没有从过去中恢复，我都明白。我只是想告诉你，你就按自己的节奏来，我会一直陪着你。”

她微笑着点点头。

他俯下脸亲了亲她，然后说：“你想在这儿待多久都可以，等你想离开了，我带你去个地方。”

“去哪儿？”

“晚枫林。”他用手背蹭了蹭她的脸颊，“我知道你对泉区的情感很复杂，毕竟庄姜是在这儿去世的，但林区就不同了，那儿有咱们的松木屋。”

“松木屋？不是炸毁了吗？”

“毁了多可惜，我一直在修复那儿，昨天完工了，和以前的一样，要不要去看看？”

“好。”她挽住他的胳膊。

卫淇奥的一番表白让鹿呦呦心情愉快了不少，在去晚枫林的路上，她一直在欣赏美景，并没有注意到伴侣那深藏不露的阴郁。

他默默地开着车，心里回忆着宴会后和父亲的秘密谈话。

他愤怒地谴责父亲不经同意就招来了这么多媒体，不仅如此，竟然还单方面宣布他和鹿呦呦的婚讯，完全不顾及她的感受——但他的父亲不以为然：“我只是在帮你，你还看不出来吗？咱们的家族正在经历前所未有的危机，而你手里握着的是咱们最有力的筹码，是咱们家族的未来！虽然你现在在理事会混得风生水起，可你离地位稳固还差得远呢，稍不留神就会被拉下马，摔得粉身碎骨！你必须抓住一切机会巩固和她的关系，她是你政治前途上的盾牌，只要有她在，任何人都没办法用‘丑闻’、用你‘天然贵族’的身份攻击你。必须承认，你探外救她是一步妙棋，你也看到了，你带着她回到内核时，公众的反应是多么热烈。你不愧是我的儿子，多年以来，我对你的期望——”

“别说了！我不是为了你的期望而活的，呦呦也不是我的棋子，我救她是因为我爱——”

“得了，咱们都收起这套虚伪的托词吧，你早就过了为爱奋不顾身的年纪了。我从来没有说过你救她不是出于个人情感，可是问问你自己，这是唯一的原因吗？在这之前，你真的对她的身份一无所知？”

卫淇奥沉默了。

父亲拍拍他的肩，语气中不无得意：“不管你怎么拒绝承认，你都是卫家的人。血统是无法抗拒的，它刻在你的身上，你天生就是搞政治的材料，你有城府，懂阴谋，更重要的是，你知道如何笼络人心。别辜负了你的天赋。”

……

卫淇奥变得更忙了。卫家的丑闻让父亲被迫退休，但这个家族中新的政客神话正在崛起。

被叶蓁和林衡救出以后，卫淇奥迅速扭转了舆论颓势，他原本就握有许多虚假原液的事实证据，再与叶蓁手里的视频两厢对照，很快得出了真相：8+的一部分新兴商贾借尸体生意和虚假原液快速敛财，豢养名为反抗组织、实为恐怖分子的“抗拒者”，挑起圈层矛盾、操纵高层改选，为了上位，视外缘陆民的性命为草芥。

卫淇奥相当沉得住气，尽管当时他的家族丑闻缠身，他本人也面临政治前途、职业前景尽毁的危险，他依然顶着巨大的压力，压下了这些真相，隐而不发，直到一切的始作俑者离开陆内去追鹿呦呦后，才公开真相。这样做不仅避开了对手的锋芒，让其无法狡辩，也隐藏了自身的功利心。

卫淇奥公开真相的方式不是直接跳出来咬住对手，而是录了几段视频，托付林衡在指定的时间上传，这么做的节奏感非常好，就像是潮汐，受众的关注度刚退潮，他这里就又放出了新料，于是潮水又舔上来，沙滩永远是湿润的。

猛料放出以后，虚陆顿时炸了锅，内核乱了套，抗议示威的陆民挤满了衡准中心楼下的广场。刚刚在内斗中上位的8+政权摇摇欲坠，政治新贵晏落桑的支持率一落千丈，他的鹰犬更是被削株掘根：森曼在某次祭祀中被情绪激动的信众拖下神坛，打得头破血流；舜洵的工厂被围攻打砸、被迫关闭，他自己最后也被羁押；在“颜战”中元气大伤的曹氏兄弟，在被曝与晏党有关后更是身败名裂，愤怒的陆民冲破了曹宅，却发现人去楼空，于是卸掉了宅邸的大门，一时风光无两的曹家大宅，变成了另一处难民安置点。

也有人将信将疑，质疑卫淇奥爆料的动机不纯：要么是为了从负面舆论中脱身，或者自己还想上位。不论外界怎么猜测攻击，卫淇奥都不做回应，既不发言也不亮相，仿佛人间蒸发了一样。

直到林衡放出了最后一段视频，卫淇奥销声匿迹的原因才浮出水面：原来早在被救出不久之后，他就动身去救鹿呦呦了。这也解释了曹氏兄弟的失踪：这对兄弟在外缘某处藏了足以抵御终极空气灾害的房车，所以被叶蓁和卫淇奥带去指路，后者拿到房车之后兵分两路，叶、卫二人探外，林衡则带着爆料视频和进入媒体中心的秘钥回了内核。曹氏兄弟则被“不慎”落在鸟不拉屎的车库里，被发现时已经半死不活了。

营救鹿呦呦是卫淇奥的大招，他借此逆风翻盘，远离内核动乱的是非之地，留下一个事了拂衣去的背影，等他救回了心爱的姑娘，虚陆早已换了新天，腐朽不作为的衡准中心被取缔，代之以外缘、内核代表按陆民人口比例分别占据议席的理事会，但拯救虚陆的英雄不会这么快就被忘记，理事会为探外的英雄们保留了议席，盛情邀请他们任职，鹿呦呦志不在此，但一向入世的卫淇奥就不同了。

鹿呦呦在松木屋醒来时，林鸟在啁啾，阳光洒了满床，白纱窗幔被晨风拂起，房间里充满了干燥的松木香气，她在被衾里舒服地翻了个身，看到床头摆着一件绣着白鹿的晨袍，一张浅蓝色的卡片搁在上面：“我回内核了，还有工作，下班我来接你，或者你想小住也行，准备了你用的东西。另：昨晚很愉快，已经开始想你了。——卫。”

她披上晨袍，在周围无所事事地兜了几圈，突然想起南茁蓬带着舜华搬回了旧日工作过的牧场，就在6+的外缘，离晚枫林不远，于是决定去拜访他们。

空气灾害时，舜家庄园被闹事的陆民攻陷，仆人都吓跑了，躲在楼梯间的舜华被几个暴徒搜了出来，要不是南茁蓬及时赶到，后果不堪设想。

事态稳定后，舜华把舜家庄园捐给理事会作为难民安置点，自己则在6+牧区过上了田园生活。

鹿呦呦看到的舜华已和记忆中的大不一样：曾经精心梳理的鬈鬈长发用方巾随意地扎在脑后，脱掉了丝缎裙子、钻石首饰，换上了背带裤、格子衬衫和长胶鞋，没化妆，眉梢上沾了草灰。她在和南茁蓬学挤奶，从奶牛身下抽出奶桶时，奶牛打了个喷嚏，吓得她一声尖叫，紧接着哈哈大笑——鹿呦呦从没见过这样的她，以前的舜华就像水晶盒子里的瓷娃娃，美得不可方物，双颊没有血色，冰冷又脆弱。

她注意到，南茁蓬仍然叫舜华“大小姐”，但舜华却不再用“喂”“嘿”支使南茁蓬，而是叫他名字的后两个字。

鹿呦呦问道："南哥，我那天打给你的时候，你不是被堵在6+交7+的闸口了吗？怎么那么快，不到一天就进了8+？"她记得当时交通状况很糟，还有宵禁。

南茁蓬轻描淡写地说："我想了点办法。"同时给她使眼色。她却装没看见："讲讲嘛，当时一定很惊险。"在一边拌草料的舜华也听见了，扭头看着他，他只好说了一下梗概。

那天，被堵在闸口进不去的他急中生智，绕到闸口外围的秩序站，敲晕了一个溜号的抗拒者，偷了一台维持治安的小型步行机，踩着被遗弃在路上的车顶进了内核。为了求快，他走了一条暮瘴浓度最高的路线，以至于滤芯的损耗速度大大加快，他不得不临时改道，改为步行，冒着头盔泄漏和被暴民袭击的危险，在街道和住所中搜寻滤芯，险些死于午夜的一场械斗。

南茁蓬马不解鞍地急行了一个昼夜，终于赶到了舜华身边，其时那几个暴徒正绑了她装上车要带走，他先是驾驶步行机踩死了一个没来得及上车的，又像自杀飞机一样和暴徒的车对撞，剩下最后一个为首的，被他愤怒的老拳打得不省人事。他打开后车厢救出了舜华，两人在宅园躲了一夜，第二天便启程离开了内核，辗转到了这个牧场，住了下来。

听过他的叙述，鹿呦呦还没来得及感慨，舜华先发话了："你不是说你是从9+过来救我的吗？"

他怕她生气，连忙从牛栏后绕到她身旁，追着她说："大小姐，你听我解释。"

"你为什么骗我？""大小姐"果然生气了，扭过脸不理他，径直往外走。

"我不是故意要骗你的，我只是，我只是怕你害怕，当时不是谈话的时候，你刚受了惊吓，我怎么能再讲这些吓你呢？再说了，我也不是那会讲故事的人，万一说错话刺激了你，我多后悔，大小姐——"他只管跟着她赔不是，冷不防那可人儿突然停住脚步，转身对着他，他还叨叨着往前走，毛熊般的身躯撞倒了她，他忙不迭地又是道歉又是帮她绾头发，她烦躁地一拨他的手："你别说了！听我说！"

舜华换了一种柔和的语气："我不知道你为救我冒了这么大的险，我还怪你来得慢，我真是……太不应该了，对不起。"

他没料到她竟会这么说，顿时手足无措，手也不知往哪儿搁了，只是一个劲儿地重复"你没事就好，我多高兴你没事"，不小心又把她的头发弄乱了，她烦躁地一跺脚，他只好一直道歉……

鹿呦呦冷眼瞧着这俩人，想起叶蓁那句"情侣的酸臭气"，忍不住一乐。

她走出畜栏，在开满白花的山坡上西向而立，天边不知何时飘来许多云，遮住了太阳，那云缝中透出金里带红的光，像是地裂之下通红的岩浆，这色彩被山脚下的湖泊吸收了去，湖水里星星点点，摇金荡银，像掉落了银河。这场景似曾相识，她环顾四周，发现这里正是她救了抑若扬以后、等叶蓁来接他们的地方。

原来我们互救一命，也算是扯平了。她苦苦地想。

点点回忆上心头。上一次在这里，受了伤的抑若扬对她说，“咱们留下不走了，好不好?”这一次，她却只剩下那封信，在脑海里，把那封信的折痕反复展开又抚平。

“失去的已经不能再回来……零号陆民的身份是一种诅咒，我宁愿你不是。”

叶蓁依然不接电话，鹿呦呦决定去地堡找她。她留了语音消息给卫淇奥，告诉他自己暂时不回内核了，又打电话给林衡，请她和自己一起去。不知为什么，相处时间不长的叶蓁和林衡很投契，两人同行走了一遭内核以后，始终保持着联系。

林衡很快到了，把车停在牧场篱笆外，对着鹿呦呦一歪头：“上车，开得快的话，能赶在半夜前到地堡。”

鹿呦呦爬进前排，见后排放着婴儿椅，坐着长大了不少的小选，他身旁那四五岁的小女孩想必就是林衡的女儿，就笑着说：“是丝丝吧?真好看!”

那小女孩甜甜地打了声招呼：“姐姐好。”

她妈妈不干了：“你叫我妈妈，叫她姐姐，我不成了她阿姨了?我有那么老吗?不行，你得叫她阿姨。”

“阿姨好。”林丝乖乖地说。

“好乖!”鹿呦呦见她在给小选喂水，便夸奖道，“都知道照顾弟弟了。”林衡语带自豪地应道：“那自然，我女儿最棒了。倒是你，”她眉头一皱，“别啰唆了，赶紧坐好，我要开车了。”说着发动引擎，车子怒吼着蹿了出去。

鹿呦呦不无担忧地说：“带着孩子们去地堡真的好吗?毕竟那边现在是陆外了，而且，有些路段还没清理完，会有死人的。”

林衡不以为然：“有什么要紧，都是生在特殊时期的孩子，就应该有特殊强大的心态，难道要在真空中长到十八岁，再突然被放出来见识现实有多惨?你也没被父母保护几年，现在不照样挺好。”她看了鹿呦呦一眼，“你可别敏感，我不是那个意思，我是在夸你。”

“我没那么脆弱，再说，你说的也是事实。”

“对呀，事实就是，林丝已经跟我去了好几趟地堡了，她喜欢那儿，而且，地堡已经跟以前不一样了。”林衡对她眨眨眼，“到了你就知道了，你肯定都认不出那儿了。”

林衡说得对，直到她们到达目的地、停下车，鹿呦呦都没认出地堡。

眼前这片灯火辉煌、机器轰鸣的建筑工地，哪儿还有半点昔日的影子？这里以前可是黄沙漫天、乱石铺地的荒野啊。

叶蓁的地堡变成了地下城，它就像一粒受精卵，在蛮荒的陆缘生根着床，变成胚胎，并且仍在加速生长，特别行动组把这里拓宽至原来的千倍，深度也翻了几番，地下结构的西翼已接近完成，东翼刚动土，工期似乎很紧，夜里也不休息，在强亮照明和暮瘴的共同作用下，整座工地像是建在乌云上的天空之城，魔幻、神秘，又带有一些恐怖。

“今天凌晨，”林衡指着工地边缘停泊的一排重型步行机，“第一批猎杀小队就要出发了。特别行动组改编了收割者，这里就是他们的基地和探外起点，叶蓁跟你说了吧？她在这儿干得可真不赖。”

“其实自从探外回来，我还没联系上她，她一直不接我电话，你知道为什么不？”

“你可以自己问她。”林衡摁下了电梯楼层。

叶蓁的窝还在老地方，除了原本是墙的地方多开了几个洞、扩建成连接其他功能区的通道以外，她的老窝几乎没有变，还是那么脏乱潮湿，带着一种诡异的亲切和安全感。

叶蓁本人却变了很多，见到第一眼时，鹿呦呦差点没认出来，她剪掉了乌瀑一般的齐腰长发，变成了一边铲青的短发造型，原本清秀的她变得清癯，脸孔又小又苍白，反衬得一双大眼格外明亮与深陷。

她们进门时，叶蓁正盯着屏幕发呆，林衡叫了她一声，她抬头看到了鹿呦呦，先是一愣，而后立刻抓起电话：“给我找你们队长！”等待的时候，她不耐烦地敲着桌面，鹿呦呦注意到她左手虎口文了一串数字，应该是刚文不久，还有些红肿。

电话那头有了回应，叶蓁立刻虎起脸斥道：“你们工程队怎么搞的？自从你们来了，我这儿就开始闹耗子，我让你们好好查一遍设备，肯定哪里藏着耗子窝呢，你们压根儿就没找吧？我这儿现在到处都是耗子，线都给咬坏了，你们打算怎么办吧……”她越说越起劲，谁都看得出她在生拗，这通电话明明是为了避免和鹿呦呦说话才硬打的。

鹿呦呦上前拿走她的电话，挂掉了。

“你挂我电话干吗？”

“这不是你一直对我做的事吗？”

“咦，林丝呢？”林衡说着，转身出去了，走廊里传来她呼唤女儿的声音。

鹿呦呦绕到叶蓁面前：“你为什么不接我电话？”叶蓁不理她，蹲下装作摆弄主机，她只好跟着蹲下，搭着叶蓁肩膀——那肩真是只剩了一把骨头——柔声问：“是不是因为我害他没能回来？”

叶蓁眼泪汪汪地说：“和你又没关系，他信里写得清清楚楚，让我不许错怪你。”

“那为什么——”

“你自己看吧。”叶蓁从抽屉深处拿出一个叠得很小的纸块扔给她。纸的折痕很深了，破旧处重新粘过，显然被展开又叠上了多次。展开来，不出所料，就是抑若扬那封信的后半部分，上款是“叶蓁”，她犹豫地看叶蓁，后者摆摆手：“随便看，反正虽然是写给我的，但写的都是你。”

叶蓁：

展信详。我此番大概是凶多吉少，现将我留存的陆外补给点坐标告知，另附陆内一些安全屋和存储点的地址……

我的死因是吸入暮瘴……

我知道你惯会怪罪别人，这次就请保持冷静，鹿呦呦会需要很长时间恢复创伤，你就不要再雪上加霜。

还有一件事要拜托你。虽然你和鹿呦呦很亲，但，请你以后和她保持距离，最好从她生活里消失。你我本来就是硬要介入她生活的突发人物，她多次表示不想认识你我。既然任务已完成，她有权利过自己的生活，你不要再打扰她。

但我不反对你留只眼睛看着她，即使回了陆内，也不能保证她就一定是安全的。我不在了，你就是她和居心叵测之间唯一的屏障。记住，不打扰。

另，重启后你会有一番作为的，好好干。

——抑字

鹿呦呦合上信，不知该说什么。如果说此前她还能模糊处理，现在不论如何，她也懂得了他对自己深沉的心意。她百感交集，但不论感动还是悲痛，她都无法表露。

看着她欲言又止的样子，叶蓁说：“你什么都不用说，我都懂。”说话间不自觉地抚摸左手虎口的那串数字。

“那是抑若扬的芯片串码？”

叶蓁松开手，盯着那串数字：“对。”

“怎么拿到的？收割者入伍前不是都会摘除芯片吗？”

“嗯，但摘除后他们的芯片状态都会显示为‘损毁’，我在‘主脑’里查过，抑若扬的芯片状态是‘不明’。”

“你认为是他自己藏起了芯片？”

“不是我认为，一定是这样，而且应该就在信里写的某个地址，我会找到的，芯片是他活过的唯一证明，我会找到的。”叶蓁用指腹摩挲着串码，语气温柔又坚定。

“不是唯一的。”鹿呦呦纠正道，“咱们就是他活过的证明啊。”

一颗泪从叶蓁长长的睫毛上弹落，滑向她的嘴角，她歪过脸，用手背蹭了一下眼睛。

“你知道吗？我从没觉得你们对我来说是打扰。你们是我最好的朋友。”鹿呦呦说，“不管我说过什么气话，都不是真心的。他走之前，我也和他解释了，那是气话。”她的眼泪夺眶而出，“谢天谢地，我跟他道了歉。”

叶蓁伸出胳膊，揽住了她：“如果他知道咱俩为了他抱头痛哭，他会得意死的。”

鹿呦呦破涕为笑：“不过表面上一定还是装臭脸。”

叶蓁也笑了：“所以一定不能让他知道。”停了一会儿，她说，“其实我不联系你还有一个原因，你保证不生气，我再告诉你。”

“我为什么要生气，你只管说。”

“那我可说了。我不喜欢卫淇奥。不仅不认同他的做事方式，他这个人我也很讨厌——城府太深了。让我眼看着你和他腻歪在一起，又不提醒你提防他，我做不到，可抑若扬好几次让我别干涉你的私事，我只好眼不见为净了。”

“你为什么会这么说，你知道他什么事了吗？”

“那倒没有，可就是这一点奇怪，没有人能这么完美，再说他是唯一一个从整件事里全身而退的人，不仅如此，他还得到了内核的席位，还搞上了你——别人不是死了就是凉了，你不觉得蹊跷？”

“不……蹊跷吧。”鹿呦呦迟疑地说，“他始终什么都不知道，我什么也没告诉他。”

“你是什么都没告诉他，可你怎么就肯定他什么都不知道？”此刻叶蓁背光站着，大部分脸隐在黑暗里，她的提问令鹿呦呦不寒而栗，她刚要说话，走廊却传来了小孩子的哭声——

通道里，林丝被妈妈牵着，正泣不成声地向这里来，她俩见状，连忙跑过去：“宝贝，怎么啦？”

林丝举着手，手指上一个细小的长条状伤口有点渗血，叶蓁查看了伤口："这是啮齿类咬的。"

"可不就是老鼠咬的，老鼠！"林衡端着个盒子，里面趴着一只小白老鼠，"就是这只，好像受了伤跑不快，我给捉来了，你赶紧化验一下它有什么病——不不，来不及了，你这儿有什么疫苗，先都给她打了！"

"疫苗也是随便打的？还是先化验一下。"叶蓁戴上手套，捏起老鼠正要抽血，突然惊讶地"欸"了一声。她拿过扫描枪，对着老鼠耳后一扫："这是实验用的老鼠，我没记错的话，应该是对照组的。"她把扫描枪接入端口，启动了串码搜索。

结果显示出来的时候，叶蓁瞪大了眼睛，一副难以置信的表情，突然拉住林丝的手，眼睛发亮地问："你是在哪儿被咬的？"她的神态和动作吓到了孩子，原本只是啜泣的林丝"哇"地哭了出来，林衡一把搡开了她："你干什么?！收起你那套科学怪人的做派，我女儿不是你的试验品!"

"你不明白！丝丝，告诉姐姐，你是在哪儿看见这只老鼠的？能带我去看看吗?"

林丝点点头，牵着叶蓁向外走。

她们来到一条还没完工的通道，孩子指着尽头的一口井："它就是从那儿爬出来的。它太小了，抓不住藤条，就要掉下去了，我就帮了它，它上来时不小心咬了我，它不是故意的。"

"好孩子，你确定它是从底下爬上来的?"叶蓁兴奋地问。

"是爬上来的。"孩子认真地回答。

"啰唆这些干什么？快想办法救我女儿……"

"听我说!"叶蓁激动得声音都发抖了，"我的血清成了！我就知道我能行!"

鹿呦呦说："你别急，慢慢说。"

叶蓁咽了一口唾沫，双手举到空中往下压了一下，似乎是要压平自己的情绪："首先，你女儿没事，这个老鼠是对照组的，除了提纯过的血清什么都没注射过。其次，抑若扬很可能没死。"

"什么?!"这下轮到鹿呦呦激动了。

"想证实我的推测，得先下去一趟。"叶蓁指了指井口。

"我跟你一起去!"

井并不深，她们两人沿着绳索往下几米就到了底，叶蓁立刻在地下摸索起来："这里其实不是井，只是个塌陷形成的洞，这里是工程队开掘的第一条通道，他们挖了一段以后，这里就塌了，他们说前面是迷雾沼泽的含水层，再挖就会透水，所以就搁置了，没按照图纸继续开掘。我那时正在为血清的事烦恼，从陆外回来以后，我把试验的老鼠分成两组，一组还是对照组，只注射最初版本的提纯血清；一组是试验组，注射加入不同物质的血清，不管我怎么尝试和改进配方，两组老鼠没有一只存活的，我烦极了，有一天我抱着一箱对照组的死老鼠经过这里，看到这个洞，就把箱子扔了进来。”

“可是，这里并没有老鼠尸体啊？骨骼什么的也没有。”

“对呀，我说的就是这个意思。”叶蓁用头灯仔细地照着洞壁，“这是个死洞，只有上面一个出口，地堡里也没有会捕食它们的任何动物，也就是说，它们爬出去了，从这儿！”她指着洞壁上蔓延的青藤，喃喃自语，“所以地堡里才会闹耗子，就是它们，这群小东西……”

“等等。你刚才说，你扔下来的，是对照组？”鹿呦呦笑了，带着恍然大悟的欣慰，“它们注射的血清，就是你给抑若扬的那种？”

“一点不错！”

“可它们不是死了吗？不然你也不会扔了它们啊。”

“虽然还需要实验和观察，但事实就在眼前，它们没死，应该是处于某种不能测出生命体征的假死状态。所以注射了血清之后，再吸入暮瘴的生命体，是可以存活的，只要给他们足够长的时间休养生息，它们就会从假死状态自然苏醒了。你说抑若扬掉进了进气口对吧？”

“对。”

“我看过图纸了，那个冷掣开关的燃料电池，它的进气口连接的是普通空气的容器，而且里面是一层一层的隔扇，应该摔不死人的。”

“所以说……”

叶蓁一笑：“抑若扬，我相信他，除了暮瘴，什么都杀不死他——他就是个人形小强！”

“接下来呢，你打算怎么办？”

叶蓁已经向上攀爬了：“再过几小时天亮，第一批猎杀小组就要出发探外了，我要跟他们一起去。”

“我跟你一起去！”

“那还等什么！上来啊！”叶蓁在洞口朝她招手。

鹿呦呦抓住了绳子。她还没来得及打开头灯，但黑暗的洞底，似乎有了光。

5.0/10.0

图书在版编目（CIP）数据

颜值战争 / 陈瑜著. —沈阳：辽宁人民出版社，2019.10
ISBN 978-7-205-09647-2

Ⅰ. ①颜… Ⅱ. ①陈… Ⅲ. ①长篇小说—中国—当代 Ⅳ. ①I247.5

中国版本图书馆CIP数据核字（2019）第123315号

出版发行：辽宁人民出版社
地址：沈阳市和平区十一纬路25号 邮编：110003
电话：024-23284321（邮 购） 024-23284324（发行部）
传真：024-23284191（发行部） 024-23284304（办公室）
http://www.lnpph.com.cn
印 刷：辽宁星海彩色印刷有限公司
幅面尺寸：158mm×230mm
印 张：20
字 数：450千字
出版时间：2019年10月第1版
印刷时间：2019年10月第1次印刷
责任编辑：高 丹
封面设计：壹书工作室
版式设计：chacha王滢
责任校对：唐锡成
书 号：ISBN 978-7-205-09647-2
定 价：42.00元